黄永林 主编

新时代中国民间故事理论建构

XINSHIDAI ZHONGGUO MINJIAN GUSHI
LILUN JIANGOU

华中师范大学出版社

新出图证（鄂）字 10 号
图书在版编目（CIP）数据

新时代中国民间故事理论建构/黄永林主编．--武汉：华中师范大学出版社，2024.9．--ISBN 978-7-5769-0629-5

Ⅰ．I207.73

中国国家版本馆 CIP 数据核字第 20247S927W 号

新时代中国民间故事理论建构
ⓒ 黄永林　主编

责任编辑：魏冬晴	责任校对：肖　霞	封面设计：胡　灿

编辑室：高等教育分社　　　　　　电话：027-67867364
出版发行：华中师范大学出版社有限责任公司
社　址：湖北省武汉市洪山区珞喻路 152 号　　邮编：430079
电　话：027-67861549（发行部）　　传真：027-67863291
网　址：http://press.ccnu.edu.cn　　电子邮箱：press@mail.ccnu.edu.cn
印　刷：武汉邮科印务有限公司　　督印：刘　敏
字　数：300 千字
开　本：710mm×1000mm　1/16　　印张：17
版　次：2024 年 11 月第 1 版　　印次：2024 年 11 月第 1 次印刷
定　价：68.00 元

欢迎上网查询、购书

敬告读者：欢迎举报盗版，请打举报电话 027-67867353

新时代中国故事学理论建设研讨会暨《刘守华故事学文集》（十卷本）新书发布会在我校隆重召开

记者：郝日红　　通讯员：韩冰雪

2022年7月8日，新时代中国故事学理论建设研讨会暨《刘守华故事学文集》（十卷本）新书发布会在华中师范大学逸夫国际会议中心隆重召开。来自中国社会科学院、北京大学、上海交通大学、复旦大学、中国科学技术大学、中国人民大学、北京师范大学、中山大学、武汉大学、山东大学、华东师范大学、中央民族大学、上海大学、华中师范大学、辽宁大学、山西大学、湖北大学、湖北省社会科学院等60所高校和研究机构的164名代表与会。线上线下的与会代表"云聚"桂子山，共同商讨中国故事学理论建设问题，同时祝贺《刘守华故事学文集》（十卷本）新书面世，为正值炎夏的武汉带来了中国故事学的新时代风貌。

新时代中国故事学理论建设研讨会暨《刘守华故事学文集》（十卷本）新书发布会召开

华中师范大学原副校长、国家文化产业研究中心主任、华中师范大学中国语言文学一流学科民间文学方向学科带头人黄永林教授主持开幕式。

开幕式上，华中师范大学党委书记赵凌云教授致欢迎辞，中国民间文艺

黄永林教授主持会议

家协会分党组书记、驻会副主席邱运华教授，中国社会科学院学部委员、民族文学研究所所长、中国少数民族文学学会会长朝戈金研究员，中国民俗学会会长、山东大学特聘教授叶涛，湖北省民间文艺家协会副主席鄢维新和华中师范大学出版社社长周挥辉到会祝贺并致辞。中组部国家"万人计划"哲学社会科学领军人才、华中师范大学副校长彭南生教授到会祝贺。全国马列文论研究会法人代表兼副会长、文学院教师代表胡亚敏教授与华中师范大学校友代表、贵州师范大学党委书记肖远平教授也分别发言，对刘守华先生表示感谢与祝贺。

赵凌云书记致欢迎辞

赵凌云在致辞中代表学校对刘守华先生表示祝贺，对各位与会专家学者给予中国语言文学一流学科建设的关心支持表示感谢。他表示，我校民间文学学科致力于汲取和改造历史地理学派的理论方法，在故事类型学研究、神话母题研究、民间文学与作家文学关系研究等方面，形成了自身学术特色。刘守华先生作为学校民间文学学科的开创者和学术带头人，为该学科发展作出了巨大贡献。《刘守华故事学文集》（十卷本）是刘守华先生一生的学术精华，不仅构建了具有自主话语特色的中国故事学理论体系，也增强了创建"桂子山学派"理论自信的重要基石。希望学校中国语言文学一流学科能以此为起点、为契机、为动力，在推进一流学科建设上开创新的局面、取得新的成果、迈上新的台阶。

邱运华认为，《刘守华故事学文集》（十卷本）是刘守华先生毕其一生学术建树最核心、最华彩的篇章，体现了他追寻民间故事、扎根民间文化、成就一生热爱的赤子情怀。刘守华先生多学科、多角度、多层面地对民间故事艺术世界进行着不懈探索，取得了多方面成就，但他始终如一地强调民间故事感染人的艺术美、教育人的灵动美，这是刘守华先生民间故事学的思想脉络。当前，党中央高度重视包括民间文艺在内的中华优秀传统文化的传承发展事业，高度重视新时代民间文艺的新发展、新业态。希望与会专家学者及全国民间文艺界勠力同心，接续刘守华先生等老一辈民间文艺家开创的事业，共同铸就中国民间文艺事业新辉煌。

邱运华教授发言

朝戈金对刘守华先生长期专注于故事学研究、带出了一支优秀的研究团队、作出了巨大贡献深感钦佩。他谈道，中国是一个故事蕴藏量非常丰富的国家，刘守华先生能在该领域长期耕耘，取得丰硕成果，特别是在学理性思考方面颇有建树，对于建设中国风格、中国气派的故事学学科意义重大。中国民间文学的发展有赖于像故事学等特定领域的深入耕耘和专题研究，有赖于像刘守华先生一样长期专注于深耕特定领域并产生大量成果的专家学者。

朝戈金研究员发言

在叶涛教授看来，刘守华先生的学术成就不仅仅局限于民间文学领域，他在宗教学，特别是道教文学、佛教文学、民俗学、地方历史文化等领域也颇有研究。他在六十多年的教书育人生涯中，为民间文学培养了一大批学术人才。这些学术人才在各自岗位上承担起民间文学、民族学、非物质文化遗产的教学科研重任，传承着刘守华先生的治学精神和治学方法，为中国民间文学的繁荣和发展贡献着力量。

叶涛教授发言

鄢维新在致辞中回顾了刘守华先生对《黑暗传》给予的学术上的指导和支持表示感谢。他回忆说："当时关于《黑暗传》算不算是神话史诗，学界有过争论。尽管没有达成共识，但是通过学术论争，对我国建设自己的神话体系具有重要意义，其间刘老师功不可没。"

胡亚敏表示，刘守华先生的故事学研究成果影响卓著，他持之以恒、潜心探索、视野开阔的学术品格令人敬佩。她非常感谢刘守华先生在她的学术

鄢维新教授发言

胡亚敏教授发言

成长过程中给予的悉心指导与热情支持,"这是刘老师注重培养学术团队、积极扶助青年学人的优良学风的具体表现。刘老师作为中国民间文学研究领域的一面大旗,对我校中国语言文学一流学科建设发挥着重要的引领作用"。

肖远平感谢刘守华先生对他走上民间文学研究道路的引导和帮助,对刘守华先生志存高远的大气,怀着振兴国家民族的强烈愿望从事民间文学研究表示钦佩;对他真诚求索的正气,几十年投身于民间文学研究与教学,不畏艰难曲折,一步一个脚印向上攀登表示敬仰;对他敢于创新的勇气,开创了故事学研究的诸多"第一"表示敬佩。他期待与会学者能以先生为榜样,推动新时代中国故事学的理论建设,持续关注民间文学的创新发展。

大会主题发言环节由陈建宪教授主持。

肖远平教授发言

陈建宪教授主持主题发言环节

刘守华教授发表了《谋事在人，成事在天——〈刘守华故事学文集〉出版感言》的主题发言。

大会主题发言阶段，刘守华先生回顾了自己从事民间文学的学术生涯，介绍《刘守华故事学文集》（十卷本）的构成与特色。他说："在研究工作中，我力求以马克思主义的历史唯物论来审视民间文化，认真借鉴国际历史地理学派方法的同时，力求贴近中国故事的鲜活生态，注重承续中国故事的诗学传统。"他认为，在中国民间文艺学诗学体系中建构中国故事诗学，是一个极具学术魅力的课题，他期待学界能够不断将故事学研究推向深入。

随后，中国民俗学会副会长、辽宁大学文学院江帆教授，中国民间文艺家协会副主席、中国民俗学副会长、北京师范大学文学院万建中教授，中国民间文艺家协会副主席、中国民俗学副会长、中央民族大学民族学与社会学学院林继富教授，中国民俗学会副会长兼秘书长、中国社会科学院施爱东研究员4位学者代表，以线上的形式进行了大会主题发言。

刘守华教授发言

江帆教授发言

江帆以《从"地方"镜像到"故事里的中国"：故事的"在地"张力及其意义——以黄振华故事为基础的讨论之二》为题，讨论了民间故事与生活的关系。她认为，民间故事是生活的化事为镜，故事与生活具有本原的互文关系。作为叙事策略，谙熟此道的讲述者将地方性知识无痕地嵌入故事框架，让原本别人的故事在自身生活中扎下根系，酵化了故事的认同情感，使文本酿生出无限张力。故事镜像将地方群体的精神内在及知识谱系赋形外显，故事也因此在当下再次将地方照亮。以故事为烛照，或可探索从地方通达现代中国的路径。

万建中以《不在乎"语境"的民间故事研究》为题，讨论了民间故事研究与语境问题。他认为，民间故事记录文本具有独立于田野之外的意义，以田野语境去衡量记录文本是徒劳的。记录文本尽管远离了现实生活和口头语

万建中教授发言

言系统,却更加容易地进入了学术话语系统之中,自在地展开学术历程。以记录文本为考察对象,有着与表演理论和民族志诗学迥异的学术路径,沿着这条路径,产生了故事形态学、口头程式理论、结构主义分析方法以及历史地理学派、比较故事学、民间故事类型和母题索引,还有刘守华先生这样纯粹的著名故事学家。20世纪的文学理论有一个引人注目的现象,就是对文学文本自身的关注。回归记录文本或许可以视为新时期故事学的新趋势。

林继富以《民间故事艺术世界的理论建构——刘守华先生故事学思想研究》为题,较为系统地论述了刘守华故事学思想。他说,民间故事是大众化且富于魅力的口头语言艺术,伴随着民众的日常生活实践和审美体验,以其独特的艺术魅力而具有持久的生命力。为了开掘民间故事艺术世界,刘守华先生以极大的热情投入民间故事研究中。他从1956年发表的《谈民间讽刺故事》开始,就乘上民间故事的快速列车,始终围绕民间故事精耕细作,努力探索民间故事艺术世界的奥秘。刘守华先生对以佛教、道教为主的宗教文化与民间故事关系、民族文化与民间故事、民间故事传承与社会发展等进行系统思考,进而在与时代潮流、学科发展的同频共振中,架起了生活世界与艺术世界的桥梁,揭示了民间故事艺术世界的独特魅力及其所蕴含的价值观念。

林继富教授发言

施爱东以《刘守华对中国故事学的贡献》为题，全面论述了刘守华先生对中国故事学的突出贡献。他认为，刘守华先生从事民间文学研究事业六十多年，全心全意地耕耘在这一块并不宽广的学术天地，与故事学相爱相守六十多年，彼此从未辜负。我们很少能找到这样一位如此热爱自己的学术事业，这么多年从未离开自己领域的大学者。通过对《刘守华故事学文集》的排序分析，我们可以将其在故事学领域的学术贡献分为六个部分。一是中国民间故事史的开拓性研究，正如钟敬文先生所说："作为专门研究中国民间故事史的第一本著作，它已经具有重要的开创意义。"二是民间文学教材的编写和故事学人才的培养，刘守华先生先后独立撰写或主持编写过多部民间文学教材，其《故事学纲要》更是一部开拓性的专门教材。三是宗教观念与民间文学的关系研究，主要集中在佛教与道教这两个最重要的传统宗教对民间故事的影响，涉及民间故事的起源、传播和变异诸问题。四是中外民间故事的比较研究，刘守华先生所领导的华中师范大学民间文学团队，是最早引入、推广、运用比较故事学方法，对中外民间故事展开多角度研究的学术团队。五是著名故事类型的单项研究，这是刘守华故事学团队最具特色的研究之一，《中国民间故事类型研究》标志着"故事文化学派"的初步形成。六是民间故事的传承保护研究，这又包括三个部分，即故事家的故事生态研究、民间故事类非物质文化遗产的保护研究、故事在青少年教育中的推广和传播研究。

施爱东研究员发言

基于大会提交论文涉及多个研究领域，大会分四个小组，分别以"刘守华与故事学""新时代故事学研究""神话、传说与故事学""故事学的当代发展"为主题，开展了四场分论坛会议。

第一组围绕以湘潭大学漆凌云教授的《构建故事学的"中国话语"——评〈刘守华故事学文集〉》为代表的12篇论文展开了"刘守华与故事学"的

第一组研讨会

研讨。北京大学陈连山教授、武汉大学肖波教授担任主持人,北京大学陈岗龙教授、中国社会科学院毛巧晖研究员担任评议人。漆凌云教授认为,刘守华的故事研究有着开阔的国际视野和鲜明的主体意识,注重理论的适用性和研究方法的本土化。注重将民间故事的文化属性和诗学特性结合起来考察,刘守华在故事学领域的开创性研究均是以"钻油井"精神深挖本土资源而成。其六十多年的民间故事研究有着鲜明的故事学学科意识,不断完善着故事学学科体系,拓展了故事学学科疆域。

第二组研讨会

第二组围绕以北京师范大学高丙中教授的《蛇郎故事再研究》为代表的14篇论文展开了"新时代故事学研究"的研讨。中山大学蒋明智教授、湖北第二师范学院戴峰教授担任主持人,浙江师范大学陈华文教授、石河子大学吴新锋教授担任评议人。高丙中认为刘守华先生一生从事故事研究和故事学建设,获得了卓越的学术成就,产生了广泛的学术影响。其中,他的蛇郎故事研究具有很强的代表性。刘守华先生的开拓性研究引发了众多的后续研究,我们今天仍然可以在这些研究的基础上继续追问一些问题,尝试以今天的眼光和情怀赋予故事学以新的意趣。

第三组研讨会

第三组围绕以中国科学技术大学祝秀丽教授《包公传说"鹰叼老鼠断不清型"的故事学探析》为代表的13篇论文展开了"神话、传说与故事学"的研讨。中国人民大学岳永逸教授、辽宁大学周福岩教授担任主持人，华东师范大学田兆元教授、中国社会科学院安德明研究员担任评议人。祝秀丽认为，包公传说"鹰叼老鼠断不清型"的故事类型体量不大，但意义深刻。包公无法断清此案，结局令人深思，因此故事重在讲述这桩无头案的前因后果，其叙事意义最终依旧回到了古老的议题——社神、社鼠和人的关系。这种关系表现为两个层面：在土地生日节俗中，它折射了农耕文化中社神、鼠、人之间的牵制且共存的关系；在象征叙事中，社鼠隐喻无法根除的依附权势为祸的阶层，包公无处稽查的鹰与鼠的关系背后潜藏着的是盘根错节的社会权力结构，清官虽无法彻查，但令恶势力畏惧收敛，仍有积极的社会现实作用。

第四组研讨会

第四组围绕以复旦大学郑土有教授《从传统故事到网络故事：故事的现

代演进问题》为代表的12篇论文展开了关于"故事学的当代发展"的研讨。上海大学黄景春教授、湖北省社会科学院刘玉堂研究员担任主持人,浙江师范大学宣炳善教授、复旦大学郑土有教授担任评议人。郑土有认为,中国民间讲故事经历了从传统故事到新故事、网络故事的演进,新故事和网络故事呈现出的澎湃发展之势和影响力,体现了故事发展的新趋势,理应成为故事学研究的对象。但从比重和趋势来看,网络故事将成为主流。原因在于:第一是载体的转换,第二是讲述场的更替,第三是讲述形式的改变,第四是传承者的变化。

中山大学刘晓春教授主持大会闭幕式。

刘守华先生为优秀学生颁发获奖证书

闭幕式上,刘守华先生为我校2019级中国民间文学博士生程萌同学和硕士生张紫怡同学颁发第三届刘守华奖学金获奖证书。刘守华奖学金由刘守华先生出资设立,旨在奖励华中师范大学中国民间文学专业在校研究生中勤奋好学、成绩优秀的同学。

华中师范大学文学院孙正国教授进行了大会总结,感谢与会学者到会共商新时代中国故事学的理论发展大计,共同祝贺《刘守华故事学文集》(十卷本)的正式出版及其对故事学的贡献。同时,充分肯定了这次会议对于新时代中国故事学理论建设的重要意义,他认为大会围绕刘守华先生的故事学成就和故事诗学发展趋势作了深入讨论,成果丰硕,收获满满,是21世纪以来规模大、议题新、影响深远的中国故事学专题会议。

本次会议还特邀了国务院学位委员会第八届社会学学科评议组成员、中国民俗学会副会长、北京师范大学教授萧放,教育部长江学者特聘教授、中国民族学学会副会长、北京师范大学教授高丙中,湖北省社会科学院原副院长、华中师范大学国家文化产业研究中心特聘教授刘玉堂和武汉市民间文艺家协会秘书长张露文等嘉宾与会。

与会专家学者线上线下合影

华中师范大学中国语言文学一流学科、文学院、出版社和国家文化产业研究中心合作主办了本次会议。会议举行了线上线下合影留念。时光匆匆，记忆美好。期待未来的日子里，所有与会代表线下重逢美丽如画的桂子山，为新时代中国故事学的创新发展再谋新篇。

《刘守华故事学文集》（十卷本），华中师范大学出版社出版

《刘守华故事学文集》（十卷本）收录刘守华教授六十余载学术生涯中有关故事学研究的重要著述460余万字，包括《中国民间故事史》《民间文学概论十讲·中国民间童话概说·略谈故事创作》《比较故事学》《故事学纲要·中国当代少数民族文学》《中国民间故事类型研究》《佛经故事与中国民间故事演变》《道教与中国民间文学》《非物质文化遗产保护与民间文学》《中国民间文艺学百年耕耘录》《民间文学：魅力与价值》十卷，各卷或着力构建民间故事学的学科体系，或展开古今贯通的中国民间故事史的全景叙说，或进行跨国跨民族的比较故事学开拓性研究，或发掘民间故事的艺术世界。这套文集先后获国家出版基金、湖北省公益学术著作出版专项资金资助，并列入华中师范大学中国语言文学一流学科建设文库①。

---

① 部分论文已收入黄永林、孙正国主编的《皓首穷经追故事　诲人不倦育英才——"中国文联终身成就民间文艺家"刘守华学术思想研究》（华中师范大学出版社2024年版）一书中，因此本书未重复收录，特此说明。

目　录

上编：故事学研究

从"地方"镜像到"故事里的中国"：本土故事的现代张力及其意义
　　——以黄振华故事为基础的讨论 …………………… /江　帆 3
从口述故事到网络故事：故事的现代演进问题 ………… /郑土有 14
从传统故事到新故事
　　——民间故事的当代进路 …………………………… /祝丰慧 21
昭君出塞故事的中外文学演绎 …………………………… /李　琳 29
跨媒介叙事：民间故事资源的转化策略 ………………… /徐金龙 39
齐普斯童话理论视野下"狼外婆"故事中的家庭维系和儿童安全之思考
　　……………………………………………………… /雷　娜 54
黑龙江多民族"灰姑娘"类型故事的比较分析 ………… /郭崇林 66
冯梦龙与晚明女扮男装故事的演变与发展 ……………… /张　静 77
包公传说"鹰叼老鼠断不清型"的故事学探析 ……/祝秀丽　叶芒含 88
论道教对鬼神志怪故事中女性形象的渗透与影响 ……… /王冠含 110
干宝《搜神记》与"孝妇蒙冤感动天地"型故事研究 …… /王曼利 123

下编：传说、神话及其他民间文学研究

民间文学是民众自己的文学 ……………………………… /陈连山 137
民间叙事研究的本源探索及其意义
　　——以端午叙事为例 ………………………………… /田兆元 142
民间传说的功能转向与文化成因 ………………………… /高艳芳 157
非遗项目的保护与中国民间故事类型索引的增补 ……… /丁晓辉 173

赓续与播布：歌谣运动的新发展
　　——以民国时期的报刊为中心 ………………………… /任　正 190
中国仙侠游戏叙事中的道教色彩 ………………………… /程　萌 210
"眼光向下"与"目中无人"
　　——重估顾颉刚先生的民俗学遗产 ………………… /王杰文 219
傩文化的民间文学属性研究
　　——以中国环北部湾地区傩书为中心 ………………… /林安宁 243

上编： 故事学研究

从"地方"镜像到"故事里的中国"：
本土故事的现代张力及其意义
——以黄振华故事为基础的讨论

江 帆
（辽宁大学文学院）

摘　要：本土故事是依附特定区域的自然生境与社会生境产生并承传的，具有在地、在场的可感性。本土故事以其保留的原生地场景，为我们提供了另一种感知地方、建构知识、思想与智慧的可能。与通识意义上的现代叙事相比较，本土故事的价值与魅力在于能够导引我们进入具体的生活世界，进而从故事中的"地方"镜像发现"故事里的中国"，建立起过去、现在与未来之间的文化链接。随着新的地缘文化审视与研究的展开，对本土故事的概念及其内涵应重新审视并理性认知，基于这一视域，本土故事或可再次将"地方"照亮，成为理解"地方"乃至现代中国的切入点，而"故事里的中国"也将成为极富现代意味的时尚表述。

关键词：本土故事；现代中国；"地方"；互文；黄振华故事

当前的中国故事学研究大体呈现出两种态势：一种是故事的跨界研究，即通过对宏观对象或具体文本的多维度审视与开掘，以跨文化、跨文类、跨媒介视角，依托故事这一民间叙事文类，建构对人文研究具有普适性的理论体系；一种是故事的本格研究，即通过对故事的内在机理、文体属性、文类特质乃至具体类型等予以当下视角的审视探究，在故事本体研究领域力求生产新的知识，形成具有当代学术意味的研究突破。

基于这一时代语境，中国故事学研究一方面需要具有通识性的新人文理论视野，另一方面更需要立足本土文化背景，理性审视中国故事特有的内质与样态，对本土故事这一重要概念进行重新审视与研究理路的展拓。这将有助于廓清中国故事学研究的根脉与机理，为故事学研究辟建开阔的维度与空间，真正使中国故事学研究得以划时代发展，以相应品质加入国际人文研究领域的学术对话。

本文拟以近年来比较活跃且有较大影响力的辽宁满族故事家黄振华为对象，对本土故事在当下凸显出的丰富内涵、文化功能及其现代张力予以阐释和分析。

一、本土故事的概念基础：故事与生活的互文具有本原性

牙买加学者比瓦基2017年发表了《本土故事的重要性》一文，认为："运用不同的语言，人类创造了自己的故事，他们重视自己的本土故事甚于来自其他地区的故事。所有的文明都非常重视包含了自身本土文化、知识体系和存在方式的故事。"[①] 比瓦基在这里明确提出本土故事即自己的故事，他将本土故事界定为包含了自身本土文化、知识体系和存在方式的故事。同时，他还指出了一个有意思的文化现象：人们重视自己的本土故事甚于来自其他地区的故事。比瓦基所说的这一现象在故事传播中确实普遍存在，人们在接收故事时，往往都会下意识地对听到的故事进行直觉分类，即听的是别人的故事还是自己的故事（这里的"别人"和"自己"均代指故事内质所属群体，下文同），自己的故事即本土故事，是与自身有关的故事。无论讲者还是听众，对待别人的故事与自己的故事，往往持有两种截然不同的讲述立场与接收心态。别人的故事是"在俗之外"，是置身其外的旁叙和围观；自己的故事则是"在俗之中"，是身在其中的牵动与体悟。这里，我们以辽宁满族故事家黄振华的故事为例，对本土故事的内质展开探讨，揭示本土故事与生活世界的互文性何以具有本原的性质。

黄振华是辽宁省清原满族自治县的一个普通农民，1943年生人，现为辽宁省非物质文化遗产项目"满族民间故事"的代表性传承人。黄振华家族几辈人都生活在辽东山区，他一生鲜少走南闯北。黄振华身材敦实高大，说话大嗓高声，为人豁达，古道热肠，上下连屯若有红事白事，多见他主持、帮忙的身影。黄振华兴趣广泛，爱说书讲古，喜扭大秧歌，当然，他最出彩的还是讲故事。近年来，经常有学者或媒体专程到他居住的小山村聆听故事，或把老先生请到省城里讲故事。总之，黄振华连同他的故事火了，听他讲故

---

① 约翰·艾雅图德·伊索拉·比瓦基：《本土故事的重要性》，联合国教科文组织2017年第2期《信使》中文版。

事的人一拨又一拨,听黄振华讲故事,是一种享受,观其情述其景,似可用"欢天喜地"来形容。曾有北京来的学者登门听他讲了三天故事后,直言感慨:"老爷子太牛了,是我见过的最好的故事家!"这赞誉之于黄振华并不为过,毕竟如今擅讲传统故事且水平高超的故事家太少了。2016 年,"满族故事家黄振华的故事及口述史"获国家图书馆"中国记忆"项目立项,相关影像资料已入"中国记忆"数据库;2020 年,70 万字的《黄振华故事精选》由春风文艺出版社出版。可以说,如今的黄振华不仅声名远扬,也以他的故事照亮了"地方"。

黄振华的故事凸显着辽东区域本土故事的标签,他生活的清原县上大堡村是典型的辽东村落,山地丘陵的区位生境使当地满族形成了独有的生计方式,很多生计方式如今已随着生活的变迁渐行渐远,但他却以故事的方式保留了大量传统社会里当地人生产与生活的记忆。他的故事颇具画面感,犹如一点点拉近的镜头,历史上辽东地区生境之闭塞、民众生存之艰难仿佛近在眼前:

> 苏子沟住着一家姓王的,姓王的家五口人,有个老头。这老头重活不能干,待还待不住。他干啥呢?早上起来捡粪,天蒙蒙亮,他就起来,老人都睡不着……捡粪就捡粪呗,你别瞎说话呀。那时候胡子(土匪)、棒子手(劫道的)哪哪都是啊,哪儿下晚儿都有人家挨抢的、挨砸的,人心惶惶啊。结果呢,天没亮这老头就出去捡粪去了,起的太早了。老头走到两个沟岔交错的地方遇着俩人,干啥呢?分赃呢,分钱呢。这俩胡子光顾着分钱了,也没注意这个老头……(《黑狗告状》)

> 从古至今都闯关东,年年有。咱这东北关里人老多了,俺这堡子里一打听,有几家是当地人,剩下都是关里人,就是来的年头多、年头少的事。有一个小伙儿是河北省的,河北有三县,有昌黎、乐亭和塘沽。闯东北挣钱呐,东北的钱都没腰深,就看你能挣来不……开矿的、伐木头的、放山的(挖参)、打猎的、烧窑的、烧炭的这都有。这些活这小伙儿都干不了,干哪个哪个不行,太累。小伙儿心想,东北这钱也不好挣啊!小伙就开始琢磨了……(《卖大块儿糖的吹牛皮》)

> 我们老黄家有一个老爷爷,半个脸,这脸剩半儿拉(半面)了,那半儿拉没有了,那不俩脸蛋剩一个么。怎么没有的呢,让熊瞎子(熊)啃的。咱这边人常说"你那脸让熊瞎子舔去了,没脸!"这熊瞎子还真舔人,它那舌头带刺的,舔的肉给吃了,它吃东西就是舔着吃。那天,我这老爷爷干啥去了?上山捡蘑菇去了……(《黄振华口述史》)

在相当长的历史时段里，人类群体对世界的认知都是从所居处的具体地方与生境开始的，本土故事的产生必然带有地方的种种印记，是"存在决定意识"的一种映射。历史上，辽东区域民众远离喧嚣，大多生活在山林深处，渔猎生计使人和山里的动物猛兽同处一个食物链或生态链，生计中难免杀机四伏。黄振华讲述的《黄老六打熊》，说的就是其祖父割苫房草时与熊遭遇，人熊相搏死里逃生的真实故事。黄振华尤其擅讲精怪故事，精怪是他的故事中最为典型的意象，这类故事承载着辽东民众对山林渔猎生计的历史记忆，反映着区域民众对自然生境的独特认知。在辽东民众的传统观念中，精怪是强有力的，无处不在，无时不有，这从黄振华的一些故事篇名中可见一斑，如《雷劈精怪》《妖精沟》《李达遇山怪》《水上吃饭的精怪》《山里的四不像》《露尾巴的狼精》《蝙蝠成精》《癞蛛子精》《蚊子精》《白老鼠成精》《树精》《柳仙烫嗓子》《种瓜老头儿与泥鳅精》《斗蟒仙》《精灵运木头》《狐仙赠豆》《王祥打火狐》《鹰抓狐狸》《黄皮子闹事》《二杆子治黄鼠狼》《鹰神比武》《石磙子成精》《猪槽子闹事》《莲花双头蛇》《西关城门上的大蟒》等。黄振华的这类故事是把人对自然的敬畏放在一个更为曲折的关系中展现的，故而故事里的精怪形象才千奇百怪，光怪陆离。作为一种地方性口承叙事，这类故事有的甚至只能为辽东区域民众所乐享，由于讲述者在讲故事时省略了一些与故事有关的上下文，因而故事中的某些特定知识、味道与机巧只有当地民众才能真正理解和品味，正所谓知者自知，而文化他者就难免不得其道。恰如认知人类学所指出的那样，文化存在于文化持有者的头脑里，每个社会成员的头脑里都有一张文化地图，只有熟知这张地图才能在所处的社会中自由往来。从某种意义上看，本土故事是以另一种方式勾勒的特定区域的文化地图，线条间纠缠着故事与生活的互文性内质。

互文性这一概念出现于20世纪60年代，通常指不同文本之间的相互关系，也称"文本间性"，这一概念最早由法国符号学家茱莉亚·克利斯蒂娃提出。茱莉亚·克利斯蒂娃认为，一个文本总会同别的文本发生这样或那样的关联。任何一个文本都是在它以前的文本的遗迹或记忆的基础上产生的，或是在对其他文本的吸收和转换中形成的，因为任何一部文学作品总是浸润在该民族的文学、哲学、宗教、传统、习俗、传说等构成的文化体系之中，同时又总会与前人或同时代的人的思想或话语发生种种直接或间接的文字姻缘①。从认识发生学角度看，人的认知是有选择的，一切都取决于环境的不同部分对他们的重要性。任何人类群体都不可能把有限的认知能力，不分主次地用到一切可以感知的事物上。人们必须审时度势，根据生存与发展的需要，把认知对象分出主次，合理安排能力投入，如此形成了处于不同生境中群体的认知取向及文化差异，也生成了令人目不暇接、各具"小生境"特色的本土故事。

如果将本土故事视为民间文学的文本，那么，孕育滋养这些故事的特定区域的生活便是本文，两者的互文关系恰如英国社会学家迈克·费瑟斯通所指出的："所有的概念、定义和叙事都要依靠日常生活这个生活世界来提供最终的基础。"②

二、别人的故事与自己的故事之辨：本土故事的空间图示与特征

前面提及，由于别人的故事与自己的故事有着"在俗之外"与"在俗之中"的区别，故而人们对别人的故事与自己的故事会持有两种截然不同的讲述立场与接收效果。然而，别人的故事在原生地生成之初也曾是当地人自己的故事，只不过此后在向外扩散过程中，尤其在文化他者群体的传播中，原版故事中一些属于特定群体的知识与语言等因影响传播及妨碍接收被逐渐地消解、替代和散失了。目前一些在现代社会广为流布的世界性经典童话故事，便大都经历了在不同文化语境传播中的反复"美颜"和"滤镜"，故事中那些带有原生语境特点的细节都已大部分滤掉，保留下来的基本是故事的情节骨架，因此才蜕变为与谁都不搭界的别人的故事，既可在任意时空展示，又可为不同文化群体所消遣利用。这些剥离了原初生活土壤的故事，不仅鲜少令人印象深刻的鲜活元素，故事的空间图景像素也很低，多为只可远观不可近睹。这类故事与当下无土栽培的植物并无二致，人们无法从中体察故事生成之初的在野美感与活泼泼的生命气息。

---

① 邱大平：《当代翻译理论与实践新探》，武汉大学出版社，2019年，第202页。
② 迈克·费瑟斯通：《消解文化：全球化、后现代主义与认同》，杨渝东译，北京大学出版社，2009年，第76—77页。

相形之下，本土故事则大有不同。品读本土故事，需要从地缘坐标的指认开始，这是解读本土故事文本的有效途径。以黄振华的故事为例，他的故事是活泼的、热情的、奇幻的，与人们印象里带有老式套路的传统故事有明显差异，故事的空间镜像与内质蕴含都凸显着区域文化地理的印记。即使一些在我国各地广为流传的别人的故事，经他巧妙移植，也往往都顺利"落地"，且"在地化"的过程几无痕迹。一些经他打理的别人的故事，不仅在辽东区域生了根、开了花，还演化得枝繁叶茂：

这个儿马山它坐落在哪地方呢？坐落在抚顺市年马州，年马州分上年马和下年马俩堡，当间儿隔个小河。为什么叫年马州呢？年马州有一家姓王，是个大户人家啊，家里有上百口人啊，这么大家。他自己家有马，九十九匹。这个儿马山呢，在年马州的河南，当间儿隔条河，他赶这九十九匹马放牧，一过河，查吧，一百匹，赶过河，到河北，九十九匹，就少一匹，到河南，正好一百匹。为什么说到河南就一百匹呢？儿马山儿马山，那是匹马啊，那是匹成精的马。这个马说不上从哪儿冒出来，你看不着，它就进那马群里了，你一查，一百匹。等你要走了，它一甩花儿一尥蹶子一吐烟儿，没了，它又回到这个山上了，这是个宝山啊。

就这么的，这个老王家啊，就觉得他家那个坟不好，就这么就来了一个看茔地的先生，就是看风水的。老王家就要看坟地。老王家多少人？他家上百口人，这么大个家……占坟不点正穴，这坟就不起多大作用，得点正穴了才能起作用。点正穴有什么不好的呢？风水先生给老王家占坟，他家过好了，先生眼睛就瞎了……（《破风水》）

王祥就是俺们沟里的，从小就爱玩枪。他使的是围枪，专门打猎使唤的。这小伙儿枪法太好了，枪响就见物啊。王祥有一天就打这个火狐狸，一打，枪一响，狐狸一抖搂毛，回头瞅瞅他，"嗷嗷嗷"叫，意思你没打着，气他。这小伙儿气得寻思，打不着你？还打！一连打了三天。最后这天，枪一响，枪后尾儿（后部）开火了，"呼"一股烟，把眼睛呲坏一个，就是他瞄准的那只眼睛。火狐狸的意思是，你这眼睛瞎了，再不能打围了，打不了我了。这狐狸就不是一般的狐狸，就是治他的。瞎了一只眼他还打，怎么打呢？搁另一只眼睛打，还是百发百中。火狐狸一看，这没救了，治不了他了……（《王祥打火狐》）

这两则故事都是在我国北方广为流传的故事类型,前者开篇好似在讲当地的一个地名传说,然而这只是套路,话题一转,故事正篇却是当地富户"王家大院"占坟看风水的故事,故事的核心母题及主干情节是"占坟茔点正穴双瞎眼"。后者是北方地区流传的狐故事,讲述猎人与狐仙斗法,后被狐仙惩治。这两则故事的情节虽然常见,但被黄振华以"落地"的方式处理得活灵活现,不仅与本土生活建立起关联,仿若历历在目的讲述也触动着听众的感性和直觉,远方的故事就这样被拉至近前,由别人的故事转化为自己的故事。值得提及的是,讲述者这种以族群内部向外观望的叙事视角,也一石二鸟地将自己的故事与场景模糊不定的别人的故事划开了界限,增强了本土故事之于族群的情感凝聚和身份认同功能。

事实上,故事在流传中都是被不断重复讲述的,处于不同时空讲述者的种种创造,都隐藏在对故事的复制之中。讲故事在东北民间俗称讲"瞎话儿",东北民众这样描述讲"瞎话儿"的过程:"瞎话瞎话,扯起没把,三根牛毛,织个马褂,老头穿八冬,老太太穿八夏。太破太旧,扔到房后,儿媳妇捡回来,补一补,纳一纳,一穿穿到七十八。"补一补,纳一纳,即指讲述者在传讲故事时的创造。当下已进入追求细节的时代,文学、艺术乃至某些性质的学术研究,最后大多都是以细节胜出。没有细节的空间是模糊的,没有细节的人物形象是模糊的,细节是无价的,也是难以复制的。而黄振华犹如技艺高超的工匠,对故事的打磨、讲述风格的拿捏以及细节的调动与渲染都堪称一绝。巴尔扎克认为:"才能最明显的标志,无疑就是想象的能力。但是,当一切可能的结局都已准备就绪,一切情节都已经加工过,一切不可能的都已试过,这时,作者坚信,再前一步,唯有细节将组成作品的价值。"① 因为细节常常与个体的生命体验密切相关,含带着群体的意识以及个性要素,容量巨大,充满无限的文化况味。对于人类而言,日常生活是最基础的生存场景,本土故事将特定群体的日常生活视为故事建构的基础,以丰富的细节含蕴为未来展示了曾经的"前现代"社会以及目前运行中的当下时代丰富的日常性,本土故事的空间镜像与内质特征也在于此。

---

① 巴尔扎克:《私人生活场景·后记》,《巴尔扎克全集》第一卷,郑永慧、袁树仁译,人民文学出版社,1984年,第602页。

三、从"地方"镜像到"故事里的中国":本土故事的现代张力与意义

本土故事是依附特定区域的自然生境与社会生境产生并承传的,"本土"指向地理意义范畴,"故事"指向"在俗之中"的区域文化,两者结合形构了地理就是历史,存在决定意识。毋庸置疑,日常生活的实施与故事的生成都从属于特定的"地方"范畴,故事只有与"地方"发生关联并形成互文,方成其为本土故事。本土故事的镜像主要映现三个维度:地方——一方水土一方人的生活图景;地方性知识——基于一方水土形成的认知与知识谱系;地方性思维——一方人持有的文化心理与观念。对于区域民众来说,本土故事就是自己的故事,在很多情况下,本土故事不被人们视为是从生活中抽离的某种艺术,而就是他们实实在在的生活,是日常生活的参照框架,是安身立命的生存背景,也是形成族群认同的依据。

聚焦辽东"生态场",从黄振华讲述的本土故事生成源头扫描,或可体悟"地方"生境对于本土故事的生成与衍化具有哪些独特意义。

黄振华故事的"地方感"与"小生境"特色十分鲜明,他讲故事有自己的策略,一些明显是各地相传的故事,经由他讲出来,统统打上了本土标签。不知是有意设置还是原本如此,他的故事大多发生在辽东山林以及他生活的那一带村屯,他的故事常常这样开场——"这件事就发生在俺这片儿",脱口而出的即是他的家乡抚顺市新宾县红透山镇的某某村屯:

> 这个故事发生在哪呢?发生在俺们新宾县的莫日红大山。莫日红大山是有名的深山老林啊……在咱们尚大堡这个山上,晴天老日的天头,就能看见那个莫日红大山……这地方有一伙叫放山的,什么叫放山?挖人参的。多少人啊?三四十人……(《放山》)

> 这个故事发生在我老家,这里头参与的还有我四爷爷,我四爷爷人称"高炮"。这高炮在哪住呢?在阿吉住,叫阿吉堡子。俺们家是哈达东沟,还有一个地方叫上哈达、下哈达,都是这一带的地名。那时候这地方称为炮手的有高炮、黄炮、张炮……这几位炮手枪法好,冬天闲着没事就上山打围。这地方狍子、野猪、野鸡、兔子、豹、虎都有,还有熊瞎子。(《"高炮"伤人的故事》)

听众若有质疑,他便拿出细节用以佐证,他用以佐证的细节都是真实的,

是货真价实的地方性知识,他将这些行将忘却的地方性知识巧妙地代入故事中,与故事原有的框架堪称无缝嵌入:

> 这事发生在团山子。这地方有乌拉草。乌拉草分多少种啊,哈达甸子里的乌拉草叫红根子,根是红的;团山子的乌拉草叫青根子,是在山上长的,不成堆,长得一片一片的,一根一根的。乌拉草差不多都一米来高。这个乌拉草是最好的,冬天锤一锤,根是三棱的,锤开之后软乎,靰鞡鞋絮上乌拉草最暖和,比别的草都暖和。这地方还有三棱草,羊胡子草。羊胡子草是一堆一堆的,长得像山羊胡子似的,不高。羊胡子草糟,但是它取暖不怎么够暖……(《误伤割乌拉草的人》)

接下来的故事内容惨烈,猎人行猎误伤了割草的路人。故事内容关乎着生计,有令人信服的生动细节。但是,当情节发展触及人性,黄振华的品评便凸显出东北人的耿直豪爽,道德评价不由分说。至此,故事着力点也渐渐清晰,不止于对山林及旧时生活的遥望与追忆,情节兜兜转转,最终都落到对人性的评判上,这也是黄振华许多故事的落点。

黄振华的生活故事多以写实的空间图示展现了与本土生活的互文性,较有代表性的有《黄老六打熊》《黄老六帮人不图报》《半夜杀驴》《宝马跳墙救主人》《烤假火》《半仙躲灾》《王本山下套套狐狸》《孙全打虎》《跳大神的吃豆子》《黑狗告状》《喇叭匠遇险》《胡子绑票割耳朵》《卖大块儿糖的吹牛皮》《误伤割乌拉草的人》《会计过河买马》《孙子媳妇给爷爷找对象》《大姑姐偷嫁妆》《一鞭子打个媳妇》《雷劈买猪的》《变戏法的说大话》《挖山参遇大蛇》《说书说不好也比放屁强》等。从这些故事篇名,不难辨识这些故事讲述的都是发生在辽东"地方"上的大小事件,故事空间不是以辽东山川地理作为地缘坐标,就是以辽东社会历史、文化传统、生产生活、岁时节令、人生仪礼及民间信仰为依托。包括他的一些家族故事,虽无大起大落、大悲大喜的情节,但却穿插许多拨动人心、具有地方特色的细节,让人感受到辽东民众平淡生计中蕴含的智慧果敢,艰辛困苦中对生活的坚守热爱,动荡世事中对家庭与社会的责任,扶危济困中的淳朴民风。总之,这类故事展现的区域性生态景观及生活图景已构成一种文化体系,故事所表现的空间可视为辽东"地方"的缩影。

包括黄振华在内的辽东民众认知世界是从"地方"与"生态"开始的,辽东多山,历史上这一地域人烟稀少,群山阻隔,孤村散屯十分常见,山林草莽密布，野生动植物资源异常丰厚，为地方民众从事渔猎和农耕生计提供了得天独厚的自然条件。当地民众直接与大自然打交道，与万物相刃相磨，天长日久，积淀成一种粗犷豪放、崇尚勇武、"见大不见小"、侠义好客的文化性格。在生产生活方式与文化建构方面，凸显着身在其中、心在其中的内在逻辑，依此形成了特有的认知系统和知识谱系。"地方"与"地方性知识"似无形之网，不仅罩住辽东民众的日常生活，也使人们于耳濡目染和习焉不察中形成一张日常生活的意义地图，人们自觉以其指导着各自的社会实践。

本土故事中的"地方"镜像，使区域文化传统及民众的心事俗常变得真实可感，这些故事以其保留的原生地场景，展示了或是刚刚过去的时代，或是正在日益变化的生活，或是当下时代的种种日常性，为我们提供了另一种感知地方、建构知识、思想与智慧的可能。故事中的日常叙事与生活细节不仅是阐释故事的根源与依据，更是未来阐释学的重要根源与依据。事实上，真正有深度的本土故事，都是通往特定区域历史及族群心灵深处的路标，能够引导人们认知一方水土，进而认知一方人及其文化，与通识意义上的现代叙事比较，本土故事的价值与魅力正在于能够导引我们进入具体的生活世界。

本土故事及其负载的对"地方"的认知价值与文化意义在单一的学科视角中很难显现，只有在跨文化的多棱镜审视下才能清晰显影。经过岁月打磨，一些传承至今的本土故事已由生活中的感性叙事转而呈现为艺术之美，散发着恒久的光晕。许多本土故事承载着区域或族群的历史，浸润着民众的悲欢，不仅是美的，也是有生命的。加拿大地理学家爱德华·雷尔夫认为，"地方"的本质在于其本真性，"具有本真性的地方，是同人自身有着真真切切和紧密联系的地方"。雷尔夫进一步指出，"地方"充满了意义，而地方的意义"构建起了个人与文化的认同，也是人类安全感的来源，是我们由此出发的坐标，能让我们在世界当中找到自身的定位。相反，无地方则是地方意义的消亡"[①]。如今，现代性所具有的"无地方"已经把植根在"地方"之中的历史与意义连根拔起，伴随标准化逐渐侵入日常生活，"地方"正在变成一个个的"无地方"，同质化不断地削弱着差异性，此已成为当代社会的显著特征。与此同时，地方性知识在当下也已被当作一种过去的知识，一种历史，或被今人无限夸张，或无限矮化，或有意无意淡化与改造，或弃之如敝履，一种曾经非常真实的生活正在逐渐被当代社会所虚化、抽象、不屑、遗忘。然而，

---

① 爱德华·雷尔夫：《地方与无地方》，刘苏、相欣奕译，商务印书馆，2021年，第71、131页。

值得庆幸的是，本土故事在某种程度上为我们记录和备份了这种曾经非常真实的生活，为当代和后世保存了许多富有特色的区域文化基因与地方图像。基于社会快速变迁的时代语境，可以说，本土故事是在一定意义上守护着这个世界的复杂性和丰富性，而在当下，本土故事更以另一种方式提醒当代民众应聚焦并关注"地方"的现代张力与内涵意义。

伴随着近年来中国社会意识形态与文化领域对"中国故事""中国话语"的空前关注与强调，我国人文研究领域也开始对"地方"与"地方性知识"重新审视，开掘并认知其于现代中国的价值与意义。美国汉学家杜赞奇认为：经验首先是个人的，是源于地方的，而地方则代表着一个又一个不同的不可替代的"中国"[1]。从"地方"镜像到"故事里的中国"，本土故事的现代张力及其意义已不言而喻，其不仅对过往的社会生活史、人类的心灵成长史予以了"地方"版本的记录、显影、重现与备份，更以其特有的功能在过去、现在与未来之间建立起了文化的链接。

中国故事是由"地方"故事构成的，说到底，每一个"地方"都是缩小版的中国。如果说中国是一个巨大的拼图，那么，每一个"地方"都是这个宏大拼图上不可或缺的一角。如今，全球化使世界各国都在面对新的挑战，"地方"将重新作为一个重要概念与思想对象，构成理解现代中国与世界的重要切入点。随着新的地缘文化审视与研究展开，系统性地理解作为空间的"地方"及其与现代中国的内在关系，成为值得探讨的一个议题。在关注本土故事与生活世界的具体构成方式时，研究者尤应重视对"地方"的重新审视与认知。当下，本土故事已再次将"地方"照亮，依托本土故事，深入解读本土故事，重新审视"地方"概念，有助于理性认知"故事里的中国"，继而从本土故事走进"地方"，走进日常生活，走进现代中国。

---

[1] 杜赞奇：《从民族国家拯救历史：民族主义话语与中国现代史研究》，王宪明、高继美、李海燕等译，江苏人民出版社，2008年，第194—195页。

从口述故事到网络故事：
故事的现代演进问题

郑土有

（复旦大学中文系）

摘 要：民间故事的形态随着历史的进步、经济的发展、生活方式的改变、审美习惯的变化而不断演进。中国民间故事总体上经历了从口述故事到新故事再到网络故事的发展脉络。三者不是相互替代，而是螺旋式发展。故事学对故事的界定应持开放的态度，正视其变化的必然性，重视网络故事的研究。

关键词：口述故事；新故事；网络故事；现代演进

中国民间讲故事传统悠久，故事蕴藏量丰富。然而，毋庸讳言，自20世纪50年代以来，随着民众识字水平的提高、经济的发展和人们生活方式的逐渐改变，无论是故事的载体、讲述空间还是传承群体都在不断变化。这其中表现较为突出的是，中国民间故事总体上经历了从口述故事到新故事再到网络故事的演进，呈现了一条较为清晰的发展脉络。当然这三者并不是相互替代的关系，后者是在前者基础上为适应新形势而出现的变化发展，是一种螺旋式的递进发展。从故事学的研究角度而言，以口头讲述为主的口述故事当然是研究的主体，但新故事和网络故事呈现出的澎湃发展之势和影响力，也是不可忽视的，它们体现了故事发展的新趋势，理应成为故事学研究的对象。

一、传统讲故事活动的衰微与永恒

传统讲故事活动，通常是人们在生产劳动、休闲娱乐时的一种自娱自乐活动。其中涉及五个关键要素：以口头语言为载体，有相对固定的"讲述场",有基本固定的讲述时间,有多人在场的聚集活动,有一个或多个善于讲故事的讲述者。这五个要素齐全,讲故事活动才能正常进行。但在1949年后特别是20世纪80年代以后,情况发生了较大的变化:一是生产方式的改变,随着机械化程度的提高,在生产活动的场合讲故事逐渐少了。二是生活方式的改变,随着广播电台、电影电视、网络的普及,人们的娱乐方式多样化,尤其是适合年轻人的娱乐方式层出不穷,传统的听故事逐渐没有了听众;有了电风扇、空调,人们无须在夏天的晚上到室外乘凉、在冬天到室外晒太阳。三是人口的流动,尤其是中青年人进城务工,农村空心化;城市住房条件改善,人们住进了楼房,交流的机会少了。因此,讲故事活动也就逐渐萎缩了。

这种萎缩给传统民间故事的传承带来了严重的后果:讲述者没有了讲述的机会,讲述能力不断下降,很多作品慢慢就遗忘了;民众没有了听故事的机会,新的传承人也就难以出现。因此,口述故事慢慢走向衰微也就不可避免。例如,《梁山伯与祝英台》是我国著名的四大民间故事之一,产生于东晋时期,已经流传了一千六百多年。但就是这样一则曾经家喻户晓的经典作品,在口头传承领域已处濒危状态。在浙江宁波梁祝庙、墓的所在地高桥镇,原先大多数村民都会讲述梁祝故事,但现在绝大多数年轻人已经不能讲述完整的梁祝故事。

但不可否认,口头讲述具有先天的便利和优势,仍然有需求。例如2012年上海民间文艺家协会和上海市群众艺术馆共同策划创办的"上海故事汇",内容以口述故事、长篇说书、新故事和笑话为主,全部采用口头讲述的形式,一开始在上海市群众艺术馆三楼报告厅举行,每月2次,听众踊跃,场场爆满。后来又相继开设了7个分会场:"虹桥故事汇"(虹桥社区文化中心)、"枫林故事汇"(枫林街道文化中心)、"山阳故事汇"(金山嘴渔村茶馆)、"曹路故事汇"(浦东金海文化艺术中心)、上海故事汇金山分场(金山区文化馆)、长宁阿拉故事汇(长宁文化艺术中心)、黄图故事汇(黄浦区图书馆),每月举办1场,也是场场爆满。"上海故事汇"活动蒸蒸日上,一直持续到现在,显示出了一定的稳定性、持续性,并呈壮大扩散的趋势。据主办方介绍,许多社区、街道都希望能够开设分会场,但是面临着故事员不够的难题。如果故事员和故事作品足够的话,故事汇的分会场会继续增加。当"上海故事汇"举办至第100场时,《解放日报》有如下报道:"'上海故事汇'近日在市群艺馆迎来第100场。3年半时间,众多名家来到故事汇,讲演300多个生动有趣的故事,观众累计达 2 万多人次……一开张就大受欢迎,几乎场场爆满。"① 十年下来,已在固定场所讲演 223 场,主题巡回讲演 120 多场,听众累计达 10 万多人。从"上海故事汇"现象中可以发现,即使是在像上海这样的现代化程度很高的大都市,讲故事仍然有听众,仍然受民众的喜爱。因为人类过着群居的生活,口头交流是人与人之间最原始也是最基本、最便捷的交流方式;文字阅读、视频观看都是个体在私人空间里完成的,达不到交流的效果;只有口头交流需要在公共空间、多人(至少 2 人)在场的情况下才能实现,口头讲故事就是这样,需要有讲述者、有听众。而且,口头讲故事不需要任何外在的条件(如书本、手机、电视等),只要能说话就可以。因此,可以说讲故事是满足人类交流需求的有效途径之一,它会因上述原因而减少,但不会完全消失,会伴随着人类社会的始终。

二、新故事的"新变"

新故事出现于 20 世纪 50 年代,至八九十年代达到鼎盛期。一开始是为了宣传的需要,由故事员根据书本上的故事用口头形式宣讲,如《包身工》《刘胡兰》《白毛女》《高玉宝》《智斗小炉匠》《梁生宝买稻种》等,在图书馆、文化宫、工厂礼堂等场所讲述。由于书本上可供讲述的故事有限,同时如何结合身边的现实生活也是一个问题,因此慢慢地就开始由具有编创能力的故事员自己编创故事,这样就催生了新故事形式的出现。

1958 年"大跃进"的新民歌运动,引发了赛歌、赛诗、赛画等,同时也推动了新故事的比赛会。如 1959 年上海群众艺术馆在松江县醉白池举办的比赛,其中就有一场市郊农村故事比赛会,12 个故事参赛,其中 8 个是革命斗争故事,4 个是新创作的故事。此后,新故事的创作活动在各地蓬勃开展。到了 60 年代初,特别是 1962 年,宣传文化部门、共青团系统提出了以故事配合农村社会主义教育运动,用社会主义思想占领农村思想文化阵地,新故事活动迅速开展。1963 年毛主席题词"向雷锋同志学习",为宣传雷锋精神,大量以雷锋先进事迹为内容的新故事应运而生。上海《文汇报》在 1964 年 1 月底到 8 月 20 日不到七个月的时间,连续发表了 7 篇故事社论:《大力提倡革命故事》(1 月 30 日)、《读〈卖烟叶〉有感——再论大力提倡讲革命故事》

---

① 诸葛漪:《还有人面对面听讲故事吗?"上海故事汇"迎来 100 场》,《解放日报》,2015 年 11 月 4 日。

(2月11日)、《两种效果论——三论大力提倡讲革命故事》(3月9日)、《故事员风格赞——四论大力提倡讲革命故事》(3月29日)、《故事员队伍扩大也要巩固提高——五论大力提倡讲革命故事》(4月27日)、《需要更多更好的革命故事——六论大力提倡讲革命故事》(5月6日)、《文艺工作者要积极参加革命的群众文艺运动——七论大力提倡讲革命故事》(8月20日)。电台也举办讲故事节目。在这种形势下，故事员和故事脚本都出现了严重不足的情况。于是各地的群众艺术馆、文化馆站，工会系统的文化宫，团委系统的青年宫、少年宫等，纷纷举办故事员培训班、故事创作班。新故事作者队伍逐渐形成。

到了20世纪80年代，新故事广受人们的喜爱。新故事活动频繁，如上海群众艺术馆从1982年到1992年连续十年举办了十届上海故事会串，其中1990年的故事会串面向全国征稿，促进本市与外省市的故事创作交流。该馆还与江苏、浙江两省的群众艺术馆联合举办"江、浙、沪故事大会串"，与上海电视台联合举办"故事大王电视大赛"，将故事讲演推上荧屏。这些无疑都促进了新故事的创作，出现了一批优秀的新故事作者。

之所以称为新故事，是因为它与口述故事相比出现了一些新的变化。

一是载体的变化，从单一的口头语言转变为遵循口语法则的文字书写。从新故事的发展历程来看，第一阶段是故事员讲述书本上的故事，第二阶段是为满足听众的需要，故事员自己编创一些简单的新故事，第三阶段出现了专门创作新故事的作者。早期的新故事作者，如上海的黄宣林、张道余、夏友梅等，他们一般在获取故事性较多的素材后，进行提炼加工，把可以口述的内容，通过书面手段写出来，然后讲给听众听，听取各方意见后再进行修改提高，如此几个反复，才最终定稿，呈现以书面文字固化口头文本、以口头讲述检验文字文本的特征。虽然后来的新故事作者大多数做不到这点，但新故事文本的口语化特征、遵循口语法则的表述却一直是新故事创作的传统。例如，《故事会》编辑部会要求新入职的大学生必须花半年时间熟悉口头语言的特征，否则就不能胜任编辑工作。

二是表演方式的变化，由口头讲述转变为以文字阅读为主、口头讲述为辅的方式。新故事作品发表于报刊，是案头文学，主要供读者阅读。但一些优秀的新故事，虽然是在刊物上发表的，但由于其曲折的情节、贴近生活的内容、口语化的表达，便会由阅读者转述给其他人听，然后口头流传。

三是由匿名变为有署名的作者。几乎所有在报刊上发表的新故事，都有作者署名，这是新故事跟口述故事最大的区别。

至21世纪，随着网络的普及，以纸媒为主要媒介的新故事开始走下坡路。由于读者减少，相关报刊发行量下降，有的因入不敷出而停办，如《乡土》《故事报》等。有的转变了性质，不再刊登新故事，如《采风》报改为《上海采风月刊》，主要刊登文化类文章。发表困难、稿酬降低，影响了部分新故事作者的写作积极性，也有些作者因此转而创作更赚钱的小品作品。

三、网络故事的盛行

1995年互联网进入中国，随着用户群体的扩张和互联网的广泛应用，网络逐渐成为人们沟通交流的主要媒介和载体。故事在信息时代获得了继续发展的新通道，并在虚拟化的网络空间有了新的创作与传播方式。

故事在网络空间的呈现大致可分为两种情况：

一是故事借助网络载体的传播。开始阶段有些人直接将民间故事、新故事放在网络上，供人阅读，利用网络强大的传播力进行传播；后来一些网络平台开设讲故事频道，由于受众多，获得了理想的流量效果；在新冠疫情防控期间，一些民间故事的传承人利用网络平台如抖音等宣讲故事，开展传承和宣传工作。

二是在网络上的故事编创。如校园故事、都市故事的大量出现。在虚拟网络空间出现大量编创的故事，这与网络的性质与民间文学的特征相类似有密切关系。如网络的交流性、参与性、娱乐性、拟"在场性"等。网络故事虽然事实上不具备人与人的面对面交流，但在屏幕的后面有许多看不见的人的存在，随时都会得到回应，本质上回归到了口述故事的编创和传播模式，人人都可以成为故事的编创者和传播者，并且作品会不断得到修改，满足了人们娱乐的需求和表现的欲望。如上海的"龙柱故事"便是典型的网络故事。在延安路高架和南北高架交汇处的桥墩，用不锈钢包裹装饰，上有九条龙纹环绕，全上海所有高架桥墩仅此一根，非常独特。据施工人员介绍，因为遇到花岗岩，当初建造桥墩时遇到了困难，但最终解决了。出于好奇，民间就有人在网上编创了这个故事的雏形：施工人员在打桩时怎么也打不下去，于是请来一位老方丈。老方丈看后说这是上海的龙头宝地，所以没法打下去。唯一的方法是找个好的时辰请老方丈做法事，让龙头偏一下，而且要在建完的柱子上包上龙纹，那样才能镇住，要不柱子会倒掉。于是就有了上海高架中唯一这根包龙的柱子。据说老方丈因为泄露天机不久就圆寂了。因为这件事很奇特，吸引了网民的兴趣，于是网上就不断有人添枝加叶，出现了十几个不同的版本异文。

与口述故事的口头讲述、新故事的纸质文字阅读相比，网络故事具有自身的特点与优势：（一）数量庞大，题材范围广，各种类型的故事层出不穷；（二）作者队伍层次多，受众面广。任何人只要有电脑、智能手机，就都可以把在生活工作中听到的某些传闻轶事、奇谈怪论发到网上，一开始多半是半成品，经过多人参与后逐渐完善；（三）传播范围广、速度快，有网络的地方都有它的足迹。一个故事要传到远方，若是以口耳相传的形式，要传几年、几十年，以至几代，而通过网络，几秒钟就能传到世界各地。

四、现状与展望

从以上对口述故事、新故事、网络故事发展情况的简要介绍中我们可以发现，三者呈现了较为清晰的发展序列：新故事出现于以口头讲述为载体的口述故事衰弱之时，阅读逐渐成为人们接受的主要手段；而网络故事出现于以纸媒为载体的新故事衰弱之时，网络普及后成为人们主要的信息来源。故事的这种螺旋式递进发展，并非某些人努力的结果，也不单纯是意识形态宣传的需要，而是与整个社会的大环境密切相关，可以说是时代发展的必然，也是故事发展的内在规律使然。

目前的状况基本可以用"三驾马车并驾齐驱"来概括。传统民间故事虽然遇到了传承的困难，受众在减少，传统"讲述场"在消失，但由于其讲述的便利性和人的生理属性（面对面交流的客观需要、人的表现欲和好奇心），促使新的"讲述场"不断出现，如多人聚集的宿舍、旅游途中和景点等，都是人们讲述故事的场所，且讲述故事的人遍布社会各阶层。进入网络时代后，以纸媒为载体的新故事遇到了极大的挑战，刊登新故事的报刊印数急剧下降，但正如有部分读者喜欢阅读纸质图书一样，也有一部分新故事爱好者喜欢阅读新故事报刊。从全国各地新故事刊物的情况来看，经过了21世纪初网络的冲击，近十年来销量已基本稳定，读者群基本固定。据《故事会》主编介绍，2022年其每月的发行量仍达40多万份，这在文学类刊物中仍然属于很高的发行量。而网络故事目前正处于快速生长期，诸如如何界定网络故事，网络故事生长的规律是怎样的等也是仍待我们研究的问题。

从总体上看，目前三者都存在于民众的日常生活之中，都有基本的受众群体，影响力不相上下。但就发展趋势而言，网络故事肯定要超越口述故事和新故事，成为主流。因为随着互联网时代的到来，人们的生活、工作已经离不开互联网；而随着科技的发展，智能化设备必将越来越人性化、简便化，无论男女老幼、无论文化水平高低都能方便使用，为人人都能成为网络故事的编创者和参与者创造了条件。

因此，我们对民间故事的认识也要与时俱进。长期以来，对新故事的属性问题争议颇多，有一种观点认为新故事是以文字书写、有作者署名的，就不能算是民间文学，而是属于文人创作范畴。就传统的民间文学定义来说，的确是这样。但问题是，随着人们文化水平的提高，阅读已成为人们获取知识的主要途径，更何况，新故事始终保持了口头表述的法则。从内容上说，任何时期的故事都是"新故事"，都是人们对当时现实生活的反映。对网络故事的认知，目前也有争议。主要是网络故事虽然没有固定文本、人人可以参与改写，但其都是通过文字表述的作品，而非口头讲述的，跟口述故事相比有许多差异。诸如此类问题，需要我们对故事的概念重新认识，应持发展的眼光和开放、包容的心态看待故事的发展，正视其变化的必然性，尤其是要特别关注方兴未艾、潜力巨大的网络故事，重视对网络故事的研究。

从传统故事到新故事
——民间故事的当代进路

祝丰慧

(华中师范大学文学院)

摘 要：民间故事始终处于传承和发展的过程中，从传统的故事形态到20世纪以来方兴未艾的新故事都是中国民间故事的重要构成。传统故事到新故事的演变，不仅是在故事内容上增加了具有时代性的故事内容，其创作模式呈现出从讲说到读写的变化，讲述形态也经历着从图文到视听的演变。不同层面的变化是中国民间故事在当代社会保持发展动力的内在需求。

关键词：民间故事；新故事；《故事会》

民间故事作为民间文学的重要组成部分，承载着历代社会成员对于人生的理解、关于未知世界的遐想和丰富多样的情感表达。民间故事并不是一成不变的，它是与人们的精神文化需求紧密相连的文学样式，在不同的历史时期其故事内容、主题、样式等都做出了相应的调整。20世纪以来，随着人们生活方式的变化、文学观念的转变以及政治变革等方面的影响，出现了一批适应时代需求的新故事。刘守华教授认为新故事是指"群众创作的广泛反映人们现实生活的故事"[①]。从发生机制来看，新故事不同于传统的民间故事经由口头创作、传播并臻于完善的演变模式，而大多数是由故事作家个人创作而成的，且由个人署名发表。但新故事仍承继着口头性、通俗性等民间故事的固有属性。"新故事是在传统民间故事基础上发展起来的新时期的民间口头文学。这就是说，新故事不是一种新产生的文学样式，是传统民间故事的继续和发展。"[②] 因此新故事不是一种孤立的文学现象，而是传统民间故事顺应

[①] 刘守华：《刘守华故事学文集》（第二卷），华中师范大学出版社，2020年，第583页。

[②] 何承伟主编：《故事基本理论及其写作技巧》，大众文艺出版社，1993年，第22页。

时代发展趋势、持续发展而来的文学现象。新故事与传统民间故事共同构成了具有中国特色的民间故事体系。从传统民间故事到新故事的转变是我国民间故事得以传承和发展的必然要求，也承载了新时代社会成员们为民间故事赋予的当代文化内核。

一、创作模式的嬗变：讲说向读写的跃进

传统民间故事是由社会成员集体创作的产物，并通过口耳相传的方式实现故事内容的完善和传承。发展至20世纪初期，受五四新文化运动的鼓舞和"到民间去"思想的启迪，作家群体参与到通俗故事的创作中，新故事由此萌芽。新中国成立之初，为响应《在延安文艺座谈会上的讲话》提出的文艺为政治服务，文艺要站在人民大众的立场、紧密联系群众的创作精神，知识分子有意识地运用普通社会成员易于接受的语言讲述民众喜欢的新故事，普通百姓也随之参与到新故事的创作中去。在娱乐方式较为匮乏的时期，编讲新故事丰富了人们的精神文化生活，也为革命思想的广泛传播提供了便利。以革命故事为主的新故事在改革开放后，内容和主题更加丰富，并以《故事会》等故事刊物为主要阵地融入人民群众的日常生活中，使得故事在人们精神文化需求愈加多样的年代依旧能够获得大众的认可，成为人们精神文化消费的重要对象。可以说，传统民间故事向新故事的转变首先就体现在故事的创作模式从传统的讲说变更为读写。

传统的民间故事的雏形应是率先出于某个人之口，继而在广泛受众的口述中实现故事的发展、完善甚至异化。其和新故事创作的区别主要在于新故事的创作者是在明确的故事创作动机的驱使下进行故事创作的。创作者多是在借鉴民间故事母题、收集民间叙事片段的基础上，构建出较为完善的故事形态，又在故事的讲述活动中吸收群众意见进一步作出修改。可以说，新故事的个人创作环节实际上是对民间流传的故事素材进行美化、归纳和创新的环节。从新中国成立初期设立的负责编讲新故事的故事员，到改革开放后主动积极参与新故事创作的故事作家，共同促进了民间故事创作模式的更新。首先，新故事相较于传统故事而言，创作者是有明确的署名权的。在个性意识彰显的当代，人们重视自我价值的实现，故事创作的署名也激发了一批创作者投身到新故事的创作实践中，为民间故事的当代发展提供了动力。集体创作和口头讲传是民间故事的本质特征，这些特征的形成与传统社会时期人

们的生活状态息息相关。其次，新故事以读写为主的创作和接受模式是民间故事时代性的又一体现。古代中国是农业社会，人们的文化水平普遍较低，也缺乏多样化的娱乐方式，讲故事、说古今就成了人们重要的娱乐手段。而后随着时代的发展，人们的文化水平、生活方式发生了变化，民间故事作为人们消遣娱乐的对象，也根据人们的新需求出现新特征。新故事在超越传统民间文学现场讲听的时空局限的基础上，吸收传统民间故事在内容和主题等方面的特点，以大众化、口语化、通俗化等故事属性，适应受众长期以来形成的关于故事的集体认知和心理需求。所以新故事得以在20世纪末，其他现代化的娱乐活动开始崛起但尚未广泛普及的时期，获得读者的广泛喜爱。此外，新故事读写的过程也是人们对故事内容反复推敲和建构的过程。书面化的读写推进了故事文体和内容方面的演变，"新故事继承并发展了民间故事'口头性'的特点，在以满足'口头性'注重以情节结构叙事的纵向历时型发展为基本特征的基础之上，加强了描写与人物塑造的关照，扩展了横向丰富情感的描写功能"[1]。新故事诸多新的特质，为其在当代传播和发展提供了多种可能性。

二、科技赋能：从图文到视听的故事讲述

借助《故事会》等刊物发表的新故事，以通俗化的故事内容和可保存的文字形态使得人们保持着对于故事的浓厚兴趣。欣赏故事是人类共同的精神和情感需求，因为优秀的故事，尤其是流传千百年的民间故事，以故事的原型传达出千千万万社会成员共同的人生体验和最真实的生活诉求。吸收民间故事母题、结构发展而来的新故事，在表现人类共有的生命体验的同时，又顺应新时代受众的期待视野，植入了新颖独特、不落窠臼的故事内容，从而获得了强大的生命力。20世纪末以阅读为主的新故事消费，是人们重要的娱乐方式。

这一时期对于中华民族来说是"百年未有之大变局"，人们的生活方式和社会观念出现了质的变化，人们可以接受和消费的文化内容也更加多样。为适应新时代人们的消费需求，新故事继听说向读写的变革之后，又出现了一

---

[1] 侯姝慧：《20世纪新故事文体的演变及其特征研究》，华中师范大学博士学位论文，2011年。

次质的飞跃，视听化的故事讲述和接受方式成为新故事在当代社会的存活路径。"我们处于以互联网为中心的多媒体发达时代，社会文化生活的方方面面无不受到它的渗透。它对传统的口头故事讲述活动形成巨大冲击，却又提供了极为便捷的传播方式。在小范围内的口述故事转化为现代视听艺术，其传播范围与影响便可无限扩展，有待人们大胆尝试。"① 人们从过去物质和精神资源匮乏的年代解放出来，电视、游戏、短视频等娱乐方式不知不觉代替了传统读书看报等文化消费方式。在这种时代变革的背景下，新故事的传播和接受从现场的讲说和书面的读写转变为借助手机、电脑等网络终端的视听化发展。

  新故事讲述活动的视听化，一方面是指故事传播媒介的视听化。纸质媒体在受到新媒体冲击的情况下，不得不改变传统的刊发形式，寻求新的生存之道。于是，出版方有意识地将刊物与新媒体技术结合起来，开发了相应的应用客户端、电子书、有声书等形式，以网络化的形态迎合读者的需求。如《故事会》紧跟时代需要，开发了《故事会》网页版、电子书、有声书等刊发形式。发表于该刊的新故事，也通过这类网络视听化方式为受众所接受。从这种层面来看，新故事讲述活动的视听化本质上并没有改变新故事文本化的特征，而是处于故事外在的传播形态的改变。

  新故事讲述活动的视听化，另一方面是指故事本身演变为可视、可听的对象。自 2011 年社交平台支持制作和发布短视频以来，短视频以其时间短、内容丰富多样、制作门槛低和便于接受等特点，迅速演变为普通大众娱乐消遣的重要方式。短视频的出现和流行都与民间文化紧密相连，"从一开始，它就拥有与传统视频内容不同的文化底色与文化基因"，"生活化仍是民间短视频的底色"②。尤其是普通社会成员自己录制的短视频，更是以人们的日常生活为表现对象，以几秒到几分钟的时长，演绎一段生动有趣的故事，并利用视频本身的直观性，唤醒受众的情感共鸣和接受欲望。可以说，短视频的火热为新故事的讲述提供了全新的思路，即人们可以用视频演绎的方式来展演和讲述一段有趣故事。虽然，在短视频平台我们所接触的视频内容异彩纷呈，但其本质都是普通社会成员借以这种方式讲述一些具有共性的人生故事，表达能够在广泛社会群体中产生共鸣的多种情感。普通大众通过短视频讲述和

---

  ① 刘守华：《"多棱宝石"的不倦探求——写在〈刘守华故事学文集〉出版之际》，《歌海》2022 年第 5 期。

  ② 彭兰：《短视频：视频生产力的"转基因"与再培育》，《新闻界》2019 年第 1 期。

欣赏的内容，主要包括家庭伦理关系展示、榜样人物和事迹的塑造、挫折的克服和积极生活方式的彰显、段子和笑话的制造等几个大类。以在抖音平台发布的一条题为《婆婆：农村婆婆和儿媳斗法，结果还是媳妇更胜一筹》的短视频为例，视频中恶婆婆以儿子是娘生应顾大家、媳妇是婆家的人不能顶嘴等保守的思想来刁难儿媳，儿媳则以媳妇也是由娘生、农村的规则城市行不通为说辞反驳婆婆。视频中还戏剧性地通过婆媳二人的京剧扮相展示二人斗法，增添了视频内容的趣味性。视频通过动态的画面讲述故事，与传统民间故事中的巧媳妇型故事有着异曲同工之妙，都是以婆媳争斗为依托，反映出自古以来就广泛存在的婆媳关系难以应对的问题，也以儿媳取胜表现出新一代女性的机智和聪慧。诸如此类的短视频在故事的具体呈现方式上或许有所差异，但其基本的内容构成依然是传统民间故事经过历代受众的审美趣味筛选、流传而来的重要情节链条。

受网络信息、新媒体等科学技术的影响，新故事的讲述在近十年实现了大跨度的发展。在继承传统故事母题和重要情节的前提下，短视频将故事的讲述活动转变为视觉和听觉相结合的动态视频演绎，以潜移默化的方式讲述新的具有时代特点的故事。所以即使在网络技术日益发达和人们娱乐方式日趋多样化的当下，新故事也没有从人们的生活中退场，而是以更加潜在的方式陪伴着广大社会成员。

三、故事变革的实践：以《故事会》为例

20世纪60年代，《故事会》以为故事员提供故事讲述脚本为创刊宗旨，此后数十年刊发了大量为人民群众所喜闻乐见的新故事。刘守华教授曾将新故事视为中国传统民间故事在当代发展的一次试验。他于20世纪80年代末，在《故事会》等故事刊物广受大众欢迎的基础上，指出"以上海为中心的新故事活动十年来持续不断，表现出巨大活力。它是社会主义时期群众文艺创作与民间文学传统的结合，是适应现代文化潮流，保持和发展口头叙事文学传统的一项伟大试验"[①]。《故事会》的发展历程，证明讲说民间故事到读写新故事的这一试验是成功的，它为民间故事在当代的传播和发展注入了活力和生机。在创作理念上，人们不再拘泥于民间故事过去的创作和讲述模式，而是与当代人们的生活方式和消费需求相耦合。

---

① 刘守华：《故事学的春天》，《民间文学论坛》1986年第5期。

(一) 新故事的初兴，《故事会》的异军突起

20世纪中后期，新故事还处于发端阶段，人们对于新故事的喜爱是不争的事实。一方面，因为新故事在内容和价值取向等层面极大程度上贴近传统民间故事的叙述模式，满足了审美趣味转变之际人们新旧兼具对故事的审美需求。另一方面，当时的人们精神世界虽得到解放，但精神文化生活又相对匮乏，以通俗易懂的语言讲述新故事的《故事会》毫无疑问成为人们文化消费的重要对象。据统计，以刊发新故事为主的《故事会》曾获得巨大成功，"1985年，它曾以760万册的发行量创造了世界期刊单语种发行的最高记录。1988年以来，在全国九千多种期刊激烈的市场竞争中，《故事会》的发行量一直保持前五的位置，并连续多年高居榜首"①。直至新旧世纪之交，《故事会》仍然占有巨大的市场份额，据世界期刊联盟（FIPP）1998年统计，在全世界发行量最大的文化综合类期刊中，《故事会》名列第五，其发行量占中国故事类期刊发行总量的60%强，在读者中的品牌忠诚度更在80%以上。发展至2004年，《故事会》根据读者的阅读需求调整为本月刊。笔者对《故事会》的读者进行了调研，发现目前处于40—65岁的受访对象，都曾在20世纪90年代阅读过《故事会》，阅读《故事会》是他们共同的记忆。当问及当时为何会阅读《故事会》时，受访者们表示因为在当时几乎没有其他的娱乐活动，加之《故事会》亲民的价格和广泛的刊发，他们便将阅读《故事会》作为重要的娱乐方式。还有受访者认为《故事会》中讲述的许多民间故事很有吸引力，也是他们阅读该刊物的动力之一。

可以看出，《故事会》能够在同时期的诸多刊物中脱颖而出，其成功绝不是偶然的，是时代和其自身创新的故事创作理念共同造就的。《故事会》"在坚持故事文学特点的基础上，成功塑造人物形象，提高艺术美感，力求口头性与文学性完美结合，从而使每一篇故事能读得进、记得住、讲得出和传得开"②。这种对于故事创作和编辑贴近大众的理念，在开展从传统故事到新故事的试验，改变传统的创作模式，牢牢把握当代社会成员的文化消费习惯的同时，延续着传统民间故事中常见的故事母题，回应着人们对故事的欣赏习惯。《故事会》在这一时期也凭借其对新故事的实践和亲民的发行模式，迎来

---

① 王姝：《〈故事会〉复刊后的新故事理论探讨及其生产实践——兼及当代民间文学研究范式的反思》，《文学评论》2012年第6期。

② 秦文苑：《情趣向上，眼光向下——浅析〈故事会〉的编辑思想》，《出版科学》2007年第2期。

了它的巅峰时刻。在一定程度上可以说,《故事会》的成功就是新故事这一民间叙事文学当代试验的成功。

(二) 冲击与生机:《故事会》的转型

尽管当下网络媒体日益繁荣,《故事会》依旧坚持其十几年来半月刊的发行模式,但是它受到的冲击是毋庸置疑的。笔者调研的受访者多数对于《故事会》的记忆还停留在20世纪末的阅读体验,少数人还保持着订阅《故事会》的习惯。问及仍旧阅读《故事会》的受访者为何选择该刊时,受访者认为《故事会》的许多小故事读来饶有趣味,并且该刊版面较小,具有便携、易得的特点。所以,所述故事的吸引力仍然是《故事会》在众多新媒体的冲击下生存的根基。消费者购买《故事会》的欲望降低,这并不意味着这些人不再喜欢《故事会》中讲述的新故事,而是受多方面情况影响。一方面,与《故事会》网络化的传播方式相关。《故事会》紧跟时事,在冲击中寻找新的生机,坚持发行纸质刊物的同时,还以电子书、有声书、故事会手机客户端等形式,让人们可以抛开纸质期刊的束缚,以更便捷的方式阅读。在喜马拉雅平台中,《故事会》有声书播放量多达两千多万次,"故事会"客户端也有几十万次的下载量。此外,由《故事会》主办方主导的网页版《故事会》中每一篇新故事也有成百上千次的点击量。可见在娱乐方式丰富的当下,人们并没有遗忘新故事,只是选择了更加方便的形式来感受故事的魅力。另一方面,新的多样化的娱乐活动从根本上影响了人们对于新故事的接受活动。"随着中国社会主义现代化建设的迅猛发展,社会形态的急剧转型,农民大量涌向城市打工,少年儿童忙于学业,人们的文化生活趋于现代化和多样化,传统的口头讲述故事活动日趋衰落,这已是人所共知的不争事实了。"时代发展给《故事会》造成的冲击在给该刊带来压力的同时,也促成了刊物向现代化文化接受方式靠拢的生机。在利用现代化传播媒介推广刊物的同时,《故事会》的文化内核可以进行相应的转型。近十几年来,人们的兴趣爱好出现了较大的转变,所以刊物上刊载的新故事应该进一步推陈出新。《故事会》在栏目设置上也顺势而为地做出转变,在传说故事、民间故事、笑话等固定的栏目之外,还增加了网文热读、法律知识故事等栏目,在维系读者黏性的同时,试图以社会热点吸引新的读者。

新故事是中国民间故事在当代社会发展和进步的结果。刘守华教授在新故事这朵新花刚绽放之时便开始关注。他成书于1974年,后改名为《略谈故事创作》的论述新故事创作的著作,虽"不可避免地被打上了'左'的思潮的烙印。但书中认定，这些革命故事'它是过去同消费者的艺术相对立的'生产者的艺术'的继续，是千百年来劳动人民创作的那些富于民主性和革命性的故事文学的继续'，只是主张有所区别地看待和继承中国的故事文学传说，仍坚持将新老故事作为一个完整的文化链条相连接"[1]。民间故事是根据人们的生活时刻发展的动态的故事，不能因固守传统而与人们的当代生活脱节，最终成为图书馆里的沧海遗珠。以动态的眼光来看待民间故事的传承，以更加开放的眼光接受新故事，是中国民间故事当代传承的必由之路。同时将新故事与中国的时代背景相结合，"一方面充分借助国家实施'非遗'保护工程的机遇，更广泛深入地采录原生态的民间故事，按故事集成的体例将它们以文字或视听作品的方式保存下来，另一方面积极进行书面改写，或制作画本、影视作品等，借助新的形式保持它们的文化基因，以强固我们的民族文化传统，更有力地弘扬中华优秀传统文化"[2]。总之，作为中国民间口头叙事的重要组成部分，无论是传统民间故事还是新故事，都是中华民族独特的民族精神和民族情感得以凝聚和保存的载体。讲故事、听故事、写故事、读故事、演故事，将共同丰盈、充实和扩充中国民间故事的资源库。

---

[1] 刘守华：《"多棱宝石"的不倦探求——写在〈刘守华故事学文集〉出版之际》，《歌海》2022年第5期。

[2] 刘守华：《"多棱宝石"的不倦探求——写在〈刘守华故事学文集〉出版之际》，《歌海》2022年第5期。

昭君出塞故事的中外文学演绎

李 琳

（湘潭大学文学与新闻学院）

摘 要：昭君出塞故事是一座底蕴丰富的艺术宝藏，将中国昭君故事与日本昭君故事以及捷克《汉宫里的背叛》作为主要文本考察对象，通过情节模式、悲剧冲突的比较观照，可以呈现不同语境中同一故事类型的文化实践差异，以此开拓昭君研究的思路和视野。

关键词：昭君故事；比较研究；文化差异

昭君出塞的本事最早见于班固《汉书》，其后在《元帝纪》《匈奴传》《王莽传》《后汉书·南匈奴传》中也均有记载。我们由此可以了解到王昭君的一生：入宫，出塞，为宁胡阏氏并生二子，复为后单于阏氏并生二女。这就是王昭君真实的生命历程。由于昭君的貌美见弃与文人的怀才不遇极为相似，无论是对悲剧氛围的渲染，还是对悲剧缘由的追究，历代文人们都是为了突出昭君的"不遇"。正如康熙皇帝在《昭君墓》一诗的序言中所说："昔有不得志于功名或身遭迁谪，往往托昭君怨而为诗，以写其抑郁。则在当日之怨极而悲，又不知何如。"[①] 昭君出塞的故事正是因为有了历代文人的情感投入，才会流传极广、影响极大。这一流传了 2 000 多年的故事成为作家艺术家取之不尽的灵感源泉，它孕育了丰富的艺术作品，有文学、有音乐、有绘画，仅昭君出塞的文学作品就构成一道壮丽的文学景观，咏叹昭君的古今诗词达 700 余首，描写昭君故事的小说、戏剧有 200 多部，而大多昭君故事都是以"哀怨"为主要基调的，这是由于古代中国农耕文明的发达使得国人安土重迁之观念根深蒂固，而背井离乡自然就成了人生之大不幸。可以断言"昭君怨"虽未必为历史之真实，却必定是人性之真实，因而必定是最高最美

---

① 《康熙帝御制文集》卷二，台湾学生书局，1966 年，第 1305 页。

的艺术真实。正是人类情感的可通约性促成了"昭君怨"主题之形成和发展，也促成了昭君故事的中外文学演绎。

昭君故事在古代日本广为流传，日本诗人们咏唱昭君，如9世纪初期日本君臣的昭君母题诗作等。昭君出塞形成各种故事传说，成为日本文学中为人所熟知的悲剧故事，如《今昔物语集》中王昭君的故事，日本谣曲《王昭君》更是脍炙人口。昭君的故事也流传至西方，19世纪捷克著名的晚期浪漫主义、颓废主义作家尤利乌斯·泽耶尔就曾根据昭君故事创作了他的第一篇东方悲剧故事《汉宫里的背叛》。"一个民族对其他民族文化的吸取绝不是无条件的，而是在隔离机制的作用下，用本民族特有的心理结构和审美定势有选择地认同和消化，从而产生出传统性和新颖性相结合的文化，宗教文化的交流也同样遵循上述法则。"① 昭君故事的传播也同样遵循上述法则。而现代文学批评家认为，一个故事用什么样的语言、采用什么样的方式叙述，往往比故事本身叙述的内容更重要。因此，本文把中国昭君故事与日本昭君故事、捷克《汉宫里的背叛》作为文本考察对象，透过三者情节模式和悲剧冲突的比较研究，尝试开启富有意味的文化景观。

一、日本昭君故事

中国与日本具有既广又深的文化因缘，因此王昭君的故事在日本文学中也广为传播。12世纪中期编撰形成的日本"说话文学"《今昔物语集》里就有如下记载：

> 震旦汉元帝时……胡国有使来朝。……朝中贤臣曰："胡国使者此来，于国极不宜也。若遣此人，宫女甚众，择一丑者相送可也。如此使者欣然而归，此为至善。"天皇闻言以为然。……天皇以为可唤画师数人，令其观宫女绘形。天皇观像选一丑者，送于胡国。……宫女皆惧被遣于遥遥陌生之国，以重金珠宝贿画师。……其中有王照君者，姿容超群。王照君自恃貌美，不贿画师。故画师不如实绘貌，气貌劣下。天皇见此以为不美，遂定王照君。天皇略觉蹊跷，召见王照君。见她光彩四射，美如珠玉，妙不可言。其他宫女粪土无异。天皇惊叹不绝，懊恨送

---

① 黄永林、余惠先：《"挪亚方舟"与"努哈方舟"——〈圣经〉〈古兰经〉中洪水神话的比较研究》，《外国文学研究》1990年第4期。

夷。数日之后，夷国亦闻此事，入宫相商，此事遂定，不可更改，只得送夷。王照君乘马将行，虽悲悲切切，然无济于事。天皇亦悲恋不已，思念之深，遂往照君居处。春风拂柳，莺鸣空响，秋叶飘落，厚积院中，屋檐无隙。悲怜无过于此，恋情弥深，悲伤之极。彼胡国之人得王照君喜不自胜，弹拨琵琶，吹奏诸乐，行离汉土。①

"处于相同社会发展阶段上的各民族，由于社会生活与民族心理的相近，可以不约而同地产生出大体相似的情节粗略的故事。但在已有可能进行文化交流的情况下，不同民族共同采用某一种精巧的情节型式来编织故事，则肯定是文化交流的结果。只是这种交流的途径很曲折，不易探寻罢了。"②《今昔物语集》的内容大体与中国《西京杂记》相类，只是略有不同，故可以认为《今昔物语集》是以《西京杂记》为底本来创作的。《今昔物语集》的昭君故事比《西京杂记》更具悲剧性，这不仅是因为《今昔物语集》的描写更加细致，更重要的是，《今昔物语集》描写了汉元帝对昭君的爱恋，而《西京杂记》等作品只写了汉元帝的悔恨。《今昔物语集》对恋情的描写尽管没有展开，但爱情内容的加入使冲突变得更加突出，悲剧性增强了，尽管其中爱情内容的增加似乎有些突兀。

谣曲《王昭君》也取材于中国的昭君出塞历史故事，它与中国原本有相当程度的重合，但也有很多内容是中国原本中看不到的。作品以昭君村作为故事发生的地点，主要写了昭君的父母白桃与王母。白桃、王母在昭君离开汉宫被遣往匈奴之后，终日以泪洗面，思念昭君。昭君在前往匈奴之前，曾在家门口栽下一株柳树，并说假如她在匈奴死去了，柳树就会枯死，柳叶飘落。白桃、王母见柳树枯死，心中甚为焦虑，便用镜子照柳树。这时镜子中出现昭君的亡魂，随后又出现了呼韩邪单于的身影。呼韩邪单于的形象奇丑无比，如鬼一般。单于自惭形貌丑陋，从镜中遁形隐去。从这一故事情节的发展来看，似乎看不出谣曲《王昭君》与史书之间的直接联系。然而白桃、王母的情节之外还有另外一条线索，写白桃、王母的邻居前来探望，并在闲聊中问起昭君为何被送到匈奴时，白桃、王母便向邻居讲述了昭君被送给单于的经过，在这一条线索中回忆了昭君的身世。昭君有绝代美貌，进入宫中

---

① 引文译自《今昔物语集》卷十《汉前帝后王照君行胡国语》，日本古典全集刊行会，昭和七年，第414—415页。
② 刘守华：《比较故事学论考》，黑龙江人民出版社，2003年，第201页。

之后与汉元帝十分恩爱。这时匈奴呼韩邪单于强索美女,汉元帝便派画师为嫔妃画像,以像之劣下者送与匈奴。昭君因其容貌出众,又受汉元帝宠爱,就没有贿赂画师,导致她的画像较为丑陋。汉元帝虽然不愿意把昭君送给匈奴,但因"君无戏言",只得如此。显然,作品对于昭君身世的描述是依据中国史书和笔记小说而写成的,而后昭君父母的加入,昭君与父母彼此的思念却使作品更具悲剧色彩。

二、捷克《汉宫里的背叛》

泽耶尔是中国文学及其他东方各国文学的热情读者,他的作品里有大量同东方相关的素材和主题。1881年,泽耶尔开始写作他的"中国风"作品,开篇之作便是《汉宫里的背叛》。这个短篇故事主要取材于英国汉学家兼外交官德庇时爵士的著作《中国:中华帝国及其居民概述》中的一章及其中国杂记中的一篇散文。泽耶尔还读了其他汉学家的著作或翻译著作,虽然依赖的是译本,但他对主题进行了学术或艺术的演绎。他还借重李白和常建题咏王昭君的两首小诗,在自有人物框架内按照其自身的创造性构想展开,所有对故事的演绎都依赖于他创造性的构思。

漫漫黄沙中,一群被驱逐者坐在长满松树和阿月浑子树的树荫下,那儿就是青冢的所在地,他们在树荫下听说书人讲王昭君的故事。说书人是这样开始的:总督库塔宇受元帝之命,让他寻找一位非常漂亮但却"不值得他看一眼,也无法给他激情"的女子,以献给匈奴呼韩邪。而元帝自身对爱情和美丽的向往,希望用"蝴蝶之选"的方法来寻找后宫最有魅力的女子,然后陪自己一起品尝和着晨露的美酒,以克服自己的坏脾气,同时避免与呼韩邪及其军队的交涉。阴险的库塔宇希望昭君能成为元帝最爱,但同时也能为他所用,以实现他的野心。昭君拒绝了,于是她只能作为礼物送给呼韩邪单于,而元帝对这一切毫不知情。在匈奴呼韩邪单于把美人昭君带到蒙古草原成为自己的妻子以前,爱上昭君的元帝做了一个奇怪的梦,他梦见一个宝石雕就的湖泊,在它五彩斑斓的浪尖漂浮着一只白色的孤舟。舟里站着一位孤单的少女,少女用悲哀的眼神目送一群白鸟飞去。她正唱着一首忧伤的歌,她的声音正是昭君的声音。白色在中国是死亡的颜色。昭君用自己的梦境来回应元帝,她梦到那艘船航行在黑暗的湖上,两边是茂密的树木,有鸟群在其中哀鸣。其中有一只夜莺唱着忧郁的歌在树间飞来飞去,从树上采了一朵蓝色的花。昭君知道那棵树和那朵花代表的是她,所以她觉得她与元帝的爱情是没有结果的。在欧洲浪漫主义诗歌中,"蓝花"是纯诗或诗性的美好愿望。在这里,它代表一种纯粹的、浪漫的爱情。通过梦境的分析,我们知道昭君冥想着她的爱人——元帝,他应当作为一只夜莺来到她身旁,折下她化身的树上的一枝蓝花。而事实却并非如此,因为她知道自己已被抛弃。昭君、元帝和呼韩邪会面的结果,对昭君意味着彻底的绝望,对元帝意味着难以置信的震惊,而对呼韩邪意味着凯旋。昭君认为,这不仅仅是总督库塔宇的背叛,也是皇帝的过错,他轻信了臣子的谎言。他看着昭君的黑发、高额和悲哀的眼睛,痛悔地说道:"我找到你了。你是我的梦中女郎。我看见你站在宝石海间的小舟上。用这双悲哀的眼睛,你目送一群白鸟飞入沉沉黑夜……"昭君最终成为匈奴可汗的新娘。她曾耐心等待着命运的召唤。在她可以做出选择的时候,她选择了顺从。元帝对昭君说:"把我的心从胸膛里剖出来,扔到鞑靼人的马蹄之下吧!我绝不放弃你!"而昭君把手放在匈奴可汗——她未来丈夫的剑上,说:"我会随你去那片蛮荒之地。大汗,我将践行元帝所承诺的。"其实那也不是她的选择,处于当时的环境之中,她不可能追求她想要的东西。在19世纪西方作家的笔下,昭君不再是一个传统的、性格单一的深宫中的幽怨女子,而脱胎成为一个有思想的、追求纯粹浪漫爱情的新女性形象,昭君故事成为带有颓废色彩的中式风格作品,但依旧讲述的是一个悲剧故事。

三、中外昭君故事的比较

(一)情节与细节:文本的异同

由于昭君故事流传久远,种类繁多,限于篇幅,现仅将昭君出塞故事中占主导地位的文学作品作为比较对象。通过比较,我们发现中国、日本、捷克三国昭君故事有着相似的情节元素:被选入宫、小人作祟、美而不遇、出塞和亲、香消玉殒。这些元素反映了人类生活境遇和精神心理的相通性。当然,三者之间也有着明显的细节差异。在小人作祟这一重要细节上,东晋葛洪的《西京杂记》填补了史书上记载昭君入宫数年不得见御的逻辑空白,增添了画工之事:"元帝后宫既多,不得常见,乃使画工图形,按图召幸之。诸宫人皆赂画工,多者十万,少者亦不减五万。独王嫱不肯,遂不得见。匈奴入朝,求美人为阏氏,于是上按图以昭君行。及去召见,貌为后宫第一,善应对,举止闲雅。帝悔之,而名籍已定,帝重信于外国,故不复更人,乃穷按其事，画工皆弃市。"①《西京杂记》所记载的昭君故事成为后世影响最为深远的版本。由于日本受中国文化影响很深，日本《今昔物语集》和谣曲《王昭君》都延续了画师画像这一细节，但谣曲《王昭君》在细节上却有区别。王昭君此时已是深受元帝宠爱的明妃，她自恃美貌和汉元帝的宠爱，不贿画师，画像最丑，因而落入了被遣匈奴的命运。汉元帝尽管宠幸昭君，但他有言在先，以图形丑好为准决定远嫁匈奴的人选。就因昭君的画像丑陋和"君无戏言"，就决定把昭君远送匈奴，显得不合情理，也与中国历史上的诸多史实不合。然而作为异国人的想象，如此构造冲突还是可以理解的。捷克的泽耶尔在《汉宫里的背叛》中却省略掉了宫廷画师毛延寿的角色——这个向王昭君和后宫女子敲诈勒索、背信弃义的画师。他用另一位重臣库塔宇取而代之，库塔宇有着"鹞心鹰爪"，他的目标则是"瞒上欺下"。他妄想通过控制皇帝最宠爱的女子来控制皇帝，在阴谋没有得逞后，便利用"蝴蝶之选"，把昭君头上的花环浸泡了毒药，蝴蝶落在上面纷纷死亡，昭君落选，元帝被告知昭君只不过是一朵苍白、无色的花，于是元帝与昭君失之交臂。

同时，在昭君的结局上，三者也有一些差异。旧传东汉蔡邕所写《琴操》中昭君最终吞药自杀。唐代无名氏的《王昭君变文》也有同样的结局：昭君到胡地后，终日郁郁寡欢。单于用种种方法以引起昭君的兴致，而昭君最后还是在忧郁中死去。元杂剧《汉宫秋》以民族矛盾为背景描写了汉元帝同王昭君的悲剧：王昭君被选入宫时因未贿赂画师毛延寿，被点破画图，打入冷宫。后被汉元帝发现，封为明妃，恩宠有加。不料毛延寿畏罪叛国，把她的真像献给匈奴单于。单于遣使赴汉，并以大兵随后，指名索要昭君，朝廷上下束手无策。在这国难当头的时刻，昭君挺身而出，愿和番。昭君北行，在番汉交界处毅然投江自尽。昭君的结局，或吞药而死，或抑郁而亡，或投江自尽，都是要其全节而终，这就为昭君形象打上了封建道德观念的烙印。这种结局的安排，虽与史实不符，但丰富了昭君的形象，并且符合封建社会对女性的传统道德标准要求，也符合特定历史时期群众的想象和愿望。

日本谣曲《王昭君》则通过昭君父母回忆，由柳树枯死，写了昭君在匈奴死去，最后昭君的幽灵在镜中出现，白桃、王母得以与昭君团圆，使得昭君父母思念昭君和昭君父母谈到昭君时回忆昭君的悲剧身世两条线索最后重合。白桃、王母思念昭君的线索在中国文学和日本"说话文学"《今昔物语

---

① 葛洪：《西京杂记·王嫱》，见《五朝小说大观》卷三，上海文艺出版社，1991年，第83页。

集》中都没有，以这一线索作为基本线索来结构整个作品，使得原本没有的亲情内容占据了较大的比重，从而使作品成为亲情的悲剧。通过柳树枯死写昭君的死，这是远古树神崇拜在日本文化中的遗迹。在他们看来，花草树木也跟人一样有灵魂，有时人们相信死人的灵魂依附在树身上，使树有了生命，从而也必随树而死亡。在日本的自然环境中，日本人接触最多的是树木。他们赞美树木强大的生命力，感激树木给人的恩惠，食物、住房、船只、衣服等几乎都是由树木提供原料。对树木的亲和感情，加之万物有灵的宗教观念，使日本人对树木有很深的感情，这一点也表现在日本文学中。日本人自然观的重木情缘在文学中有种种体现。据日本学者统计，《万叶集》写的149种草木中，木就占66种。他们也十分尊重与木相连的其他植物，特别是花。《古今和歌集》到《新古今和歌集》的歌素材，几乎都与植物联系一起。通览这个时代创作的数千首诗歌，就可以想象出当时的植物分布情况。一位日本学者说："日本文化形态是由植物的美学支撑的。"谣曲《王昭君》让昭君的灵魂寄托在柳树上，可以看出日本民众对昭君的喜爱和深深的同情。而死去昭君的幽灵在镜中出现，白桃、王母得以与昭君团圆这样的结局是同日本小说对神鬼怪异题材的浓厚兴趣分不开的，鲜明地体现出日本文学空寂、幽娴、物哀的总体特点，追求和营造一种冷艳幽异之美。

而在捷克作家泽耶尔的故事里，元帝的梦中女郎被永远带进了匈奴的帐篷。王昭君并没有像马致远剧本和德庇时译本中那样，在属中原的一边自沉黑龙江。她穿过了边境线，开始思念故土，思念那些浓密的森林、金碧辉煌的宫殿和中原地区房子的暖炉。她在她丈夫的金帐里哭泣流泪，她的脸因漫天风沙而憔悴——她忘不了那份爱。她居住在荒野间的匈奴游牧部落里，"缓缓走向死亡，怀念着大河高山之外的黑色森林。她哭泣在鞑靼可汗的深红帐幕里，枯萎在飞沙黄云下。只有温存的黑夜带给她些许安慰。无边无垠的草原上有一座低矮的绿丘，她常常在一群年轻侍女的陪同下前往散步。从那里她眺望着自己祖祖辈辈生息的挚爱的故乡"。元帝的哀痛是无边无际的，但在泽耶尔的版本里，他没有过在梦里见到昭君的机会。他向匈奴可汗送去了一笔巨大的赎金。泽耶尔利用了德礼文侯爵（Le Marquis d'Hervey Saint-Denys）翻译常建的《昭君墓》一诗。他读到的译本是：

> 留在汉宫，她也不能免除死亡，
> 但却能避免这死亡的痛苦，孤独远离故乡。

> 百驼黄金买不来，这年少多娇；

> 如今所余几何，不过枯骨寥寥。①

赎金毫无用处，可汗没有接受，汉皇的使臣无功而返。昭君似乎也不愿意回去，虽然她爱着元帝，但比起一个中国式传统的女子，她更像一个信仰基督教的女子。她意识到元帝把她当作东西一样送给匈奴，这是她无法接受的。昭君最后还是死在了异域他乡，她的匈奴侍女把她抬进可汗的丝绸王帐。得知深爱的明妃过世的消息，元帝离开了宫殿，漫步在山林中，想捕捉昭君的身影，抑或希望在梦中见到她。元帝向匈奴可汗索要昭君的遗体，可遭到可汗更加坚决的拒绝，正是这种切肤之痛成为元帝去世的诱因。"她长眠于此，在这座陵墓，在大漠的中心地带。"说书人这样结束他的故事，"在这里，有风吹过，有月光照亮她归天的路途。天上的云都为她停留片刻，在青冢的上空哭泣。甜蜜的梦啊，你总是伴着一颗垂死的心"。昭君始终爱着元帝，但她又想忠于呼韩邪。所以，她不想回头，而是选择了死亡。《汉宫里的背叛》以一种独具一格的表象、意志和文本形式淋漓尽致地再现了19世纪西方昭君的悲剧命运和一种颓废美。

（二）悲剧冲突之差异

中、日、捷克三国作家以同样的昭君故事创作悲剧，在构造悲剧冲突时，是通过赋予意义来结构的。三国作品都不断地赋予昭君故事以新的意义，并以此为基点构造冲突，塑造人物。其中，马致远的杂剧《汉宫秋》是一部典型的政治悲剧。为了把昭君故事写成政治悲剧，《汉宫秋》对历史背景也做了较大的改动。历史上的汉强番弱并不存在多少政治冲突，戏曲作品改写为汉弱番强则构造出了原本没有的冲突，加入了政治冲突，使得王昭君作为政治牺牲品的悲剧意义更加突出。以一个弱女子去调和政治冲突正是为历史上很多诗人所耻笑的政治悲剧，在中国封建社会，皇帝便是江山社稷的象征，是权力的象征，是国家统治核心的具体体现。爱妃被夺，就不仅仅是汉元帝个人家庭的支离破碎，而深深地隐喻着国破家亡、江山改易之含义。身为君主，不能保全姬妾爱妃，无异于不能保全江山社稷和黎民百姓，究其原因，当是政治统治上的惨痛失败。于是昭君和汉元帝的爱情悲剧同时也是一个国家的悲剧，是汉民族的悲剧。作品之所以这样安排，是和作者马致远当时所处的特定的历史环境密切相关的，生活在元代异族的统治之下，被异族奴役和驱使的切肤之痛使他有感于汉民族的衰微而对历史进行了改动。剧中汉王室忍

---

① 此处翻译转引自高利克、杨志益：《汉宫"蓝花"：穿着捷克服饰的王昭君故事》，《清华大学学报（哲学社会科学版）》2008年第3期。

辱屈从，反映了剧烈的民族矛盾，作者也借此抒发心中对汉室的想念，寄托自己对汉民族强大的希望。

日本谣曲《王昭君》则是一部亲情悲剧。虽然其中也写了汉弱番强的内容，但仅仅是作为背景来写，不能构成真正的冲突，没有使之发展，因而其中没有政治悲剧可言。然《王昭君》具有双重冲突的结构，悲剧的主要冲突并不在于昭君远嫁匈奴的命运冲突，而在于这一冲突引起了昭君父母的思念。这一冲突是以昭君幽灵回归故里进行结构的，显然，白桃、王母的思念和昭君幽灵的回家构成了不可调和的冲突，是真正悲剧性的。《王昭君》的主要线索是由昭君父母思念昭君而不得相见构成的矛盾，这一矛盾的发展过程是以父母与女儿的亲情来建构的，从而显现出冲突的伦理意义。《王昭君》在以亲情为中心的表层之外还有一个形而上的层面，即生与死的对立和断裂来构造整部作品的基本冲突，叙述昭君经历的那一条线索也是作为这一线索的前提而存在的。《王昭君》中虽然没有直接出现昭君死亡的悲剧性场面，却以间接的方式写了死亡，而且主要是以此为核心编织内容的。整部作品以两件东西为中心安排结构，一是柳树，二是镜子。昭君父母的思念围绕着柳树飞扬、柳枯叶败、水浮乱叶、泪湿衣袖、泪映月影……其中饱含无限的焦虑、不尽的孤独与绵长的哀怜。这里的悲剧体验实际上就是由生与死的冲突构成的，并表现了对生死意义的思考。白桃、王母从柳树的枯死中看到了昭君之死，从柳叶的飘零中体会出人生的无常。这里表面上写的是对昭君的思念，而实质是对生死问题不可解决这一冲突的体验。

而捷克《汉宫里的背叛》却是一部爱情的悲剧。作为19世纪的晚期浪漫主义、颓废主义作家的泽耶尔，可能追随了福楼拜对梦境的描写，也可能敬仰中国道家作者庄子和沈既济所描写的梦境，夹带着各种对梦的阐释，泽耶尔讲述了昭君与元帝之间的爱情悲剧。作为"汉宫里最珍奇的花朵"，却得不到元帝的眷顾，昭君苦闷、忧郁、孤独、绝望。她正期待着，希望被选择成为纯粹、浪漫的爱情中的一方。在她的梦里，她渴望"蓝花"从自己的化身树上被人折下，她渴望皇帝正是自己梦里那个摘下她化身树上"蓝花"的英俊青年，但最终她失望了。如今她被引介给了匈奴可汗，虽然这时第一次看到昭君的元帝认为，她的确是自己能够想象到的最精致的美的范本，他发狂地爱上了她。但此刻的昭君却决定离开，她的尊严让她选择离开："元帝，我一直生活在一个男人的怀抱里，你把我赠给了他，如同一件物品。多谢你毁灭性的重量。我的忧伤，它给我哭泣的灵魂插上翅膀。"昭君与元帝浪漫唯美的爱情在19世纪西方颓废主义、作家的笔下弥漫着一种忧伤的气息，昭君对美好平等爱情的渴望，她身处匈奴草原中的孤独与忧伤，她的美丽与自尊，她的牺牲精神，都表现得那样动人心弦。在这里泽耶尔运用的是李白的诗《于阗采花》。他读到的也是德礼文的译本：

    昔日，于阗女子采花时，
    自言：此花与我们相似；
    但是一天早晨，汉宫的新娘来到西方，
    多少鞑靼美女羞愧自伤。

    她们发现汉朝诸多美女，
    没有鞑靼的鲜花可以比拟。①

  泽耶尔在他的《汉宫里的背叛》中展现了他心中的天使型的女性形象。颓废主义者常常塑造一些病态而且可怖的女性形象，如红颜祸水、妖艳狠毒的女人。而天使型的女性形象则是承传了浮士德中的具有永恒意义的女性形象。塑造这样的形象，可能与泽耶尔曾受天主教教育的影响有关。美丽、爱情和死亡以一种理想化的形式置放在一起。爱情的美丽与诗意是瞬间的，孤独才是永恒的，爱情更因为悲剧而绚丽。"荒漠上的风可以卷走那些流浪者的足迹，可岁月的狂风吹不走你的名字——王昭君，不幸的中原女儿。即使是百头骆驼负的万两珠宝黄金也补偿不了你。"正是这种因不被人理解的孤独而产生的悲剧性结局，才使他们的爱情具有震撼人心的力量，也正是这种强烈的冲击和震撼才使得这份情感越发凄美。

  共同情节的相同性反而能够大大凸显变化部分所暗示的不同价值观与假设。比较昭君故事的中外文学演绎，我们找寻到了昭君的不同命运之旅。同时我们必须承认，中、日、捷克三国昭君故事在从历史向悲剧作品的演变之中，都不断地赋予历史素材以新的内容、新的意义，并以此为基础构造了悲剧冲突。内容细节的差异、悲剧冲突的演变，使得三个国家的同一母题作品具有各自不同的悲剧意义。

---

  ① 此处翻译转引自高利克、杨志益：《汉宫"蓝花"：穿着捷克服饰的王昭君故事》，《清华大学学报（哲学社会科学版）》2008年第3期。

跨媒介叙事：民间故事资源的转化策略①

徐金龙

(华中师范大学国家文化产业研究中心)

摘　要：跨媒介叙事作为21世纪初新兴的理论方法和研究视角，适用于民间故事资源在新媒体时代语境下的跨界转化。基于一个优质的源故事、故事核或故事原型进行跨媒介叙事，每种媒介"各司其职"，甚至融合共生。从口头到文本到影像再到融合媒介，民间故事资源转化所借助的传播媒介越来越多元，民间故事在现代社会的出场方式也越来越多样。民间故事资源的跨媒介转化策略包括但不限于文本化、影像化、展演化三种类型，依赖不同的媒介将民间故事资源转化成了不同的叙事形态和创意作品。跨媒介叙事涵盖与故事叙述相关的多个领域、多个平台、多个载体，创新了民间故事内容生成、传播和消费模式，为读者、观众、玩家、游客带来互文性体验和审美性愉悦，推动民间故事从资源到资本的创造性转化和创新性发展。

关键词：跨媒介叙事；民间故事资源；转化策略；互文性体验

广义的民间故事泛指流传在民众中与民间韵文相对的民间散文叙事作品②。施爱东指出："广义故事涵盖了所有的口头散文叙事，包括神话、传说和狭义故事等。"③ 本文指称的民间故事均采用广义概念，狭义的民间故事不包括神话和传说两种民间文学体裁。民间故事传统的讲述方式多为口传心授，以口语为主要传播媒介。在现代化的冲击之下，其赖以生存的文化生态发生了革命性的变化。"传统民间故事讲述活动的衰落是极为普遍的现象，也是极

---

① 原文刊载于《华中师范大学学报（人文社会科学版）》2022年第5期，略有改动。

② 参见《中国大百科全书》总编委会编：《中国大百科全书（第二版）》第16册，中国大百科全书出版社，2009年，第90页。

③ 施爱东：《故事概念的转变与中国故事学的建立》，《民族艺术》2020年第1期。

为正常的趋势,即使试图动用政府或学者的力量加以挽救也是徒劳的。正如芬兰著名学者劳里·航柯所言:'把活生生的民间文学保持在它的某一自然状态使之不发生变化的企图从一开始便注定要失败。'①那么,"置于新媒体时代语境下,从传播学的视角分析民间故事的传承困境"②,民间故事作为一笔不可多得的宝贵文化资源应该如何激活生命力,加强创造性转化和创新性发展?对此,跨媒介叙事提供了新的理论方法和研究视角,打破了过去单一口语媒介对故事内容生产、传播、消费的诸多限制,不失为新媒体时代一种行之有效的转化策略。

一、跨媒介叙事对民间故事资源转化的效用

美国亨利·詹金斯(Henry Jenkins)在21世纪初提出跨媒介的概念并发起跨媒介理论。跨媒介也被译为跨媒体,是一种媒介向另一种或多种媒介的转换,其最初的表述出自影视传播领域,特别强调发挥不同媒介的特点来促成一个故事在不同领域的跨界呈现。"这样一个跨媒体故事横跨多种媒体平台展现出来,其中每一个新文本都对整个故事做出了独特而有价值的贡献。跨媒体叙事最理想的形式,就是每一种媒体出色地各司其职,各尽其责……"③跨媒介描述的是不同媒体平台与故事资源转化实践之间某种结构化的关系,"跨媒体的方法是多模式的,这些方法有效地利用了媒体间的联觉效应;同时跨媒体的方法也是互文性的,跨媒体平台中的每一个平台都提供了独一无二的内容,有助于我们获得整体性的体验;此外,跨媒体的方法也是分散式的,观众通过多种平台上的偶然性经历建立起对故事核心理念的理解"④。跨媒介叙事不同于传统的叙事学,涵盖与故事叙述相关的多个领域、多个平台、多个载体,故事性的内容与可视化的形式进一步强化了人们对所要呈现的故事世界的认知和感受,适用于新媒体、融媒体、智媒体、全媒体

---

① 万建中:《20世纪中国民间故事研究史》,北京师范大学出版社,2011年,第324页。
② 徐金龙、曾晓梅:《新媒体时代民间故事的传播困境及其对策——以重庆走马民间故事传播传承为考察中心》,《湖北民族大学学报(哲学社会科学版)》2020年第1期。
③ 亨利·詹金斯:《融合文化:新媒体和旧媒体的冲突地带》,杜永明译,商务印书馆,2012年,第157页。
④ 亨利·詹金斯:《跨媒体,到底是跨什么?》,赵斌、马璐瑶译,《北京电影学院学报》2017年第5期。

环境下民间故事资源的转化创新。

民间故事的传播传承是随着科技的发展和媒介的变革而与时俱进的。跨媒介叙事基于协同创作、集体智慧，可以作为而且应当作为民间故事资源的转化策略，强调民间故事原型的衍生与重构，借助不同的媒介甚至多个媒介之间的交叉融合，通过口语、文字、图像、影像、动漫、游戏、舞台、景区等不同载体，来讲述或展演同一个故事世界里不同的形态。有研究认为，跨媒介的故事世界建构存在于不同媒介中的不同故事文本相互关联而互不冲突，并共同创造出新的意义①。在不同媒介的作用下，围绕同一个故事原型来讲述不同形态的民间故事，能够催生出不同于传统意义的内容创作生产模式，探索出一条适应当代文化生态变迁的讲述和传承的新方式，重新构筑故事传统与现代人类的连接沟通渠道，打造 IP 系列品牌，从而实现民间故事的资源转化和活态传承。

二、民间故事跨媒介转化的策略

具体说来，民间故事跨媒介转化策略包括但不限于文本化、影像化、展演化三种主要类型。

（一）文本化：书面文字媒介对民间故事的呈现

原始形态的民间故事以口头语言传播的方式停留在人们口耳相传的记忆里，进入书写时代之后，民间故事才开始以更稳定的书面文本为媒介进行传播传承。纸质文本打破了在场性单一口语媒介传播的时空限制，在记录保存口头民间故事的同时，极大促进了民间故事的传播效率。

1. 口传民间故事写定为书面文本

民间故事文本的写定是将口头创作并流传的民间故事直接转化为书面文本。这是与口传民间故事的原始形态最为接近的一种。写定的民间故事文本一般遵循忠实记录的原则，即 1956 年《民间文学》杂志在社论中明确提出的："忠实的记录，慎重的整理，这是当前需要引起大家注意的头等重要的事情。一切参加民间文学的搜集、整理工作的人，应当把它们看得像法律一样

---

① 参见李诗语：《从跨文本改编到跨媒介叙事：互文性视角下的故事世界建构》，《北京电影学院学报》2016 年第 6 期。

尊严。"① 但任何文字记录都不可避免地带有记录者本人的主客观色彩，且民间口头讲述中也有无法转化为文字的部分，因而写定的民间故事文本很难做到与故事的原始形态完全一致。

根据忠实于故事原始形态的程度，刘守华将民间故事的书面文本分为三种类型：一是接近原始记录稿的，二是有一定程度的加工整理，三是接近于改写的整理②。接近于原始记录稿的力求完全贴近于原生态，一般是写定者为保留原汁原味的民间风味而有意为之，是一种接近于科学真实的写定，为民间文学学者所广泛采用，"所以记录故事也当同歌谣一样，最好是照原样逐字抄录……"③ 有一定程度的加工整理比原真性的采录有了更强的文艺色彩，往往对情节稍加修改，语言上进行润色。这种加工整理普遍存在于各种自发不自发的民间故事的搜集整理中。接近于改写的写定直接来源于民间口头故事，且在写定成文本之前，写定者往往进行了长时间的原真性搜集活动，是一种在原始形态基础上进行的改写，如格林兄弟的厄仑堡手稿就是他们对搜集的原始形态的民间故事的忠实听写。之后，他们在此基础上进行改写和创作，历经半个世纪，先后出版七个版本的《格林童话》，"他们删除了所有他们认为不适合孩子阅读的东西，同时使它变得更加文学化。不过，他们忠实地遵循民间故事的法则，在改写过程中非但没有破坏民间故事的口头性，反而还在不断地加强，甚至是在修复它，这就使得它完全不同于其他的童话"④。

传播媒介的革新变化使得民间故事拥有了更多的受众，借由书面文本这一稳定的媒介，民间故事可以传播到人类文明的每个角落。

2. 民间故事转化为民间文学其他体裁

刘守华在《故事学纲要》中对民间文学进行了分类："流行于民间的口头文学，从其表达方式来看，不外乎四类：一是口头讲说的散文故事，二是口头咏唱的诗歌，三是说唱结合的曲艺，四是说唱加表演的小戏。"⑤ 从表达方式上来看，民间故事与其他形式的民间文学的区别在于民间故事是散文体的，其他的诗歌、曲艺、小戏则是有吟唱韵律的韵文体。而从内核来讲，除了纯

---

① 《民间文学需要百花齐放、百家争鸣》，《民间文学》1956年8月号社论，第7页。
② 刘守华：《论民间故事的"改写"》，《民俗研究》2017年第1期。
③ 林培庐：《潮州七贤故事集》，上海天马书店，1936年，第15页。
④ 彭懿：《格林童话的产生及其版本演变研究》，上海师范大学博士学位论文，2009年。
⑤ 刘守华：《故事学纲要》，华中师范大学出版社，2006年，第1页。

粹抒情的作品，不论是民间故事还是民间诗歌、民间曲艺、民间小戏，故事永远是一切叙事体裁的中心。因而，民间故事与民间文学其他叙事门类的区别只在于表达和表演方式，它们在内核上具有一致性——都是以故事为中心展开的叙事。民间故事和其他民间文学门类之间的相通性，使民间故事在转化为其他民间文学门类时具有很强的适应性。万建中在研究民国时期的故事时曾说："当时学者还有这样一种深刻认识：一个故事并不专属于某种民间艺术形式，各种民间艺术形式可能表演同一个民间故事。因此，故事是超越民间体裁的，成为其他民间叙事体裁的源泉。各种民间艺术形式在同一空间里可能建构同一故事的共同体。"①

原始形态的口传民间故事在转化为文本时，不仅表现为民间故事文本形态，还表现为民间诗歌、民间戏曲等其他民间文学文本形态。赵景深将明代民间"时尚"戏剧的内容，分为四大类：第一类是从民间传说与故事的基础上形成的爱情剧，第二类是从民间故事、村坊小唱基础上形成戏文的道德剧，第三类是从宗教剧向世俗剧过渡的目连戏，第四类是与传奇同时发展的历史剧②。可以看出，当时民间戏剧的一个重要来源就是民间故事，四类中就有两类戏文都是在民间故事的基础上形成的。除了由原始形态的民间故事转化为非故事文本，还有一类转化路径较为特殊，即从非故事文本转化为民间故事，又由民间故事转化为其他非故事文本，木兰故事就是其中的代表。其最初的源头是北朝民歌《木兰诗》，情节较为完整，人物形象鲜明。之后众多版本的木兰故事在民间广泛流传，而情节逐渐丰满的木兰故事又成为戏文等其他民间文学文本的源头。明代戏文《雌木兰替父从军》以及现代豫剧剧本《花木兰》都是在民间流传的木兰故事的基础上创作而成，与最初的《木兰诗》相比，在故事情节和人物刻画上都更加生动饱满。

民间故事突破故事体裁的范畴，转化为其他民间文学文本，是民间故事资源转化范围的一次扩大。虽然还是以文本为主要传播媒介，但是资源的转化已经扩充到了民间文学甚至其他的民间艺术门类。民间故事不仅转化成单纯的散文文本，还转化为可以歌唱、表演的韵文文本，传播的范围进一步扩大。同时民间艺术如民间小戏、民间说唱等有了精彩的文本支撑，进一步加强了对市民阶层的吸引力。

---

① 万建中：《20世纪中国故事学：发现民间故事的现实意义》，《大连大学学报》2011年第4期。
② 赵景深：《曲论初探》，上海文艺出版社，1980年，第126—131页。

3. 民间故事改编再创造为作家文本

民间故事是在民众口耳相传中存在的文化记忆，是一种具有广泛心理和文化基础的故事类型，对作家文学的创作产生了深刻的影响。一直以来，不少知名作家不断地汲取民间故事的营养，或对民间故事进行改写，或利用故事内核进行再创造，创作了众多优秀的作家文本。

民间故事与作家文本之间有着密切关联，古典小说的兴起也得益于民间故事的讲唱活动。鲁迅曾说："人在劳动时，既用歌吟以自娱，借它忘却劳苦了，则到休息时，亦必要寻一种事情以消遣闲暇。这种事情，就是彼此谈论故事，而这谈论故事，正就是小说的起源。"① 民间讲唱中形式自由、语言通俗、分次讲述的长篇故事，也为章回体小说准备了条件。章回体小说中留下的"欲知后事如何，请听下回分解"的套语就是早期讲唱文学留下的痕迹。我国古代的世代累积型小说大多脱胎于民间故事，可以视作对民间故事的文本化再创作。不论是在古典小说、诸子散文，还是在古代文人诗歌、笔记中，都可以见到民间故事的身影。

到了现当代，民间故事仍然影响着文人作家的创作。经过加工或再创造，民间故事在作家文本中展现出新的风貌。从内容上看，作家主要从两个角度对民间故事进行文本化转化：一是利用民间故事情节，创作出具有民间文化意味的作品，这类作品在思想内涵和文化追求上具有很强的民间立场和乡土色彩；二是利用民间故事原型进行再创造，创作出在思想意涵上与原来的民间故事截然不同的作品，具有鲜明的现代性和先锋性色彩。最为典型的当属鲁迅在《故事新编》中对神话、历史传说故事的改编。在对故事的改写中，鲁迅穿插现代生活的细节，以幽默的笔触、丰富的想象解构了庄严和神圣的神话、历史原型，融入了对现代生活的批判和思考。虽在表达上降格了原先神话传说故事的神圣性，但在思想上仍然严肃深刻。当代对各个类型的民间故事进行颠覆性改写的创作数不胜数，充满现实意味的黑童话、对神话人物的悲剧性挖掘在作家文本中屡见不鲜。

将民间故事转化为作家文学文本，是民间故事在资源转化范围的又一次突破。相比于上述的直接写定和在民间文学范围内进行改写，转化为作家文本的民间故事在思想的多元性方面更进了一步，表现出了民间与精英的双重视野，产生了许多具有现代性思考的作品。这些文本在进入文化市场时，沟

---

① 鲁迅：《中国小说史略》，人民文学出版社，1975年，第270页。

通了底层民众、市民阶层和精英阶层，受众市场更加广阔，多样的文本也为民间故事转化为其他类型的创意资源做了充分而重要的准备。

4. 民间故事延伸开发成图文文本

在民间故事文本化转化的过程中，还有一个类型不可忽视，那就是与图画相结合的图文文本。这类图文文本不是指带有少量插画的民间文学或作家文学文本，而是指以图文相结合的方式来传达故事的漫画、绘本、立体书等。图画在这类文本中所起的作用有时甚至大于文字。

漫画最初是篇幅短小、用笔简练且含有幽默色彩的单幅或四格画作，最初在报刊上出现。后来，"'漫画'演变成为以日本漫画为代表的画风精致写实、内容包罗万象、运用电影分镜式手法来表达一个完整故事的多幅绘画作品。现代意义上的'漫画'一词，既包括传统的幽默、讽刺漫画，也包括现代流行漫画"[①]。绘本也是以图文来传达信息的文本类型，但在风格上与漫画有所区别，图画的主体性也稍强于漫画。在我国，绘本和漫画的接受群体以儿童和青少年为主。从接受的角度来看，民间故事转化为图文文本，接受群体的范围进一步扩大了。民间故事本身具有奇幻浪漫的色彩，富于丰富的想象和纯真的追求，给图画的创作带来了很大的空间，纯真浪漫的特点也与少儿的心理特征相符，因而民间故事转化为图画文本具有相当的便利性。民间经典的神话、传说、故事、笑话、寓言等转化为便于儿童阅读的绘本图书，成为很多孩子的启蒙读物，同时不少神话传说中的人物形象也成为漫画的人物原型来源，如白蛇、貂蝉、诸葛亮等都是漫画作品中反复使用的热门IP。在纸媒出版走向衰落、全民阅读量堪忧的背景下，儿童绘本制作精良，不少绘本图书采用立体、拼贴、移动的方式加强互动，吸引儿童注意力，儿童绘本图书的销量并不算低。这类绘本往往售价远超一般图书，却得到了不少家长的热捧。同样，在纸质书籍走势低迷的形势下，青少年对于纸质漫画书的喜爱有增无减，漫画书始终占据着中小学图书的大量市场。因而，总量上虽然难以与文字文本相媲美，但从资源转化的效率上来看，图文并茂的绘本和漫画似乎更高，在影视动画中频频出镜。

自人类进入书写时代，民间故事由原始形态的口头传播转化为文本，从直接写定为故事文本到转化为民间文学的其他类型，再到突破民间文学的范

[①] 陈少峰：《非物质文化遗产的动漫化传承与传播研究》，山东大学博士学位论文，2014年。

畴转化为作家文学文本,甚至与图画结合产生绘本、漫画等多样文本形态,每一次文本化都实现了传播范围的扩大。文本使民间故事有了更为稳定可靠的传播媒介,民间故事借由不同的文本形态传播到了包括底层民众、市民、精英在内的多个群体。民间故事资源转化为文本,使得民间故事实现了从资源到资本的转化,彰显了经济和文化的双重价值。

(二) 影像化:电子视听媒介对民间故事的延展

电子视听媒介产生后,凭借更加先进的技术优势,民间故事得以转化为具体可感的视听影像。影像化转化不仅可以以原始形态的民间故事为蓝本,也可以在文本化的民间故事的基础上进行二次转化。根据表现的方式,可以将民间故事资源的影像化转化分为真人影视、动画影视、电子游戏三种类型。这三种类型各有特点,同时又呈现出某些共同特征。

1. 民间故事资源影像化的三种类型

民间故事资源在转化为影像时,既可以制作成由真人出演的影视作品,也可以借由动画技术制作成由虚拟人物构成的动态影像。如果严格按照是否由真人出演来分类,民间故事的影像化转化可分为真人影像和动画影像。电子游戏也属于动画影像的一种,但由于电子游戏在对故事的重构和受众接受方式上与影视作品存在较大的差别,因而把电子游戏单独分出另作一类。

汲取民间故事元素进行创作的真人影视作品不在少数。1905年我国拍摄的第一部电影《定军山》就是在传统剧本的基础上改编而成。新中国成立后,以民间故事为题材进行创作的影视作品更是层出不穷,我国的四大民间故事先后被翻拍成电影、电视剧。如今许多有口皆碑的影视作品都借用了民间故事的元素,如周星驰的喜剧电影《大话西游》系列就是在化用西游传说的原型上进行改编再创作。

动画是呈现非记录性运动的动态影像媒介[①]。所谓非记录性的运动是指由动画拍摄艺术和动画运动规律所创造出来的能被观众感知的运动影像。民间故事的动画化转化对我国动画事业的开创以及中国学派动画风格的形成都具有重要意义。美术片的开创者万氏兄弟(万古蟾、万籁鸣、万超尘、万涤寰)对于动画美术的探索正是从改写民间故事开始的。当下,民间故事资源仍然是动画创作的重要源泉之一,许多优秀的动画作品都是在民间故事的基础上改编而成。近年来三部口碑不错的动画电影均以民间故事为题材,如

---

① 刘书亮:《重新理解动画——动画概论》,电子工业出版社,2016年,第13页。

《西游记之大圣归来》在神话故事西游记的基础上改编而来，《白蛇·缘起》以白蛇传说为蓝本，《哪吒之魔童降世》以哪吒神话为创作的起点并且荣膺国产动画电影票房冠军。

电子游戏是民间故事影像化的新形式，虽仍以动画人物为主要形象，传播方式上也与动画相同，高度依赖电子视听媒介，但它是与动画影视有着极大区别的影像化类型。二者区别首先在于游戏的互动性，这也是民间故事在转化为电子游戏时的特点之一。电子游戏接受者的身份由观众变为玩家。接受者不再是被动地远距离地观看故事，而是需要进入游戏的世界，亲自体验故事、参与故事，且参与程度直接影响着故事的结局。在电子游戏中，接受者不再是故事的被动接受者，而是故事的体验者，甚至是故事的构建者。其次，电子游戏对于民间故事资源的利用方式也与影视改编有所差异，大多数的民间故事影视化作品都以一个民间故事情节为主线构造作品，不会出现多个不同时代的故事杂糅、情节矛盾的现象。但在电子游戏中并不存在这样的束缚，电子游戏并不追求与民间故事情节的一致性和连贯性。游戏开发者意在利用民间故事构造出新的游戏世界，他们将不同时代的故事人物、毫无关联的故事情节融合在一部游戏作品中，虚构新的游戏世界。如手游《王者荣耀》的游戏角色就包括了女娲、后羿、孙悟空、诸葛亮、张良、貂蝉、妲己、鲁班等。这些人物在民间故事中并不生活在同一时空，相互之间不存在交集，如果放在影视作品中，观众会觉得难以接受，但在游戏的世界，玩家欣然接受了这一设定，运用与人物相关的不同技能相互竞技，构筑自己的故事世界。

2. 民间故事资源影像化的特点

根据接受美学的观点，接受者在接受文本时，"基于个人与社会的复杂原因，心理上往往会有既成的思维指向、审美趣味与观念结构，会有对于文学接受客体的预先估计与期盼"[①]。同样，接受者在接受由民间故事改编成的影像时，会基于影像的类型形成对不同影像化改编作品的既定期待，同时这种期待视野影响着市场环节中的消费需求。而民间故事资源转化为资本，必须经过市场的考验，这就要求主创人员在创作的过程中需要在一定程度上满足接受者的期待视野，完全的期待受挫可能会影响观众（或玩家）对于作品的接受度。为与观众长久以来形成的类型化期待互动，不同类型的影像在转化民间故事资源时显示出了不同的优势。

---

① 童庆炳：《文学理论教程》，高等教育出版社，2015年，第350页。

真人影视作品产生于对实际存在的运动的真实记录,由真人出演,在场景营造上也力求营造出逼真的画面。长期以来受类型化期待视野的影响,接受者对于真人影视抱有现实性的期待。动画影视现在越来越受成年人的青睐,但其在产生之初以及之后的相当长的时间内,都被视作儿童的专属,既需要天马行空的幻想和想象,也需发挥启蒙和教化的现实功能。成人接受者在观看动画时,也会带着成人与儿童的双重视角来审视作品。这就要求即使是以全年龄段为接受目标的动画影视作品,也仍需符合适宜儿童观看的标准,具有神奇浪漫的色彩并传播积极向上的价值观。而电子游戏对于民间故事的展现更为多样,不受限制,大多只是借用了民间故事元素,并不讲究情节的一致性,其奇异和玄幻色彩也更胜于影视作品。

虽然三种类型的影像在转化民间故事资源时各有特色,但在对故事进行重塑时也表现出共同的特征。

首先,从题材的选择上来看,不论真人影视还是动画影视都表现出对某些母题的偏爱,如"女扮男装"母题、"异类婚"母题,主创人员对于哪些民间故事适合进行影像化转化似乎达成了共识,不约而同选择了那些耐人寻味的母题进行影视化改编。

其次,从情节改编上来看,如何重述故事、传达怎样的主题均体现出鲜明的时代特征。以哪吒故事的动画改编为例,不同时代对于哪吒故事情节的改造,体现着各个时代对于动画文化内涵的需求。哪吒动画作品改编较为成功的主要有三部:一部是1979年由上海美术电影制片厂摄制的动画电影《哪吒闹海》,一部是2003年由中央电视台摄制的52集系列动画片《哪吒传奇》,还有一部是2019年由彩条屋影业出品的动画电影《哪吒之魔童降世》。《哪吒闹海》产生于"文化大革命"结束后的1979年,面对"文化荒漠化"现象,电影主创人员希望影片能够承担文化宣传的作用。《哪吒闹海》的编导就曾说:"选择改编、摄制这样一个家喻户晓的神话故事,对肃清'四人帮'的流毒,解放思想,让神话、民间故事等传统题材重新回到美术电影银幕,复苏和振兴美术电影事业,起的作用可以更大些。"[①] 因而,《哪吒闹海》以展示我国传统文化瑰宝为主要目的,传达的主要是邪不胜正、保家敬父的传统美德。而产生于21世纪初的系列动画《哪吒闹海》在哪吒身上加入了许多现代

---

① 王树忱、严定宪、徐景达:《人海擒龙——摄制〈哪吒闹海〉的艺术小结》,《美术电影创作研究》,中国电影出版社,1984年,第102页。

儿童的特征，淘气、贪玩儿、常常与父母有摩擦，但仍以正邪对立为基本结构，以传播中华民族传统美德为主要目的。2019年的动画电影《哪吒之魔童降世》则是以命运为主题展开，不再以正邪二元对立为单一的价值判断，塑造了个性十足的叛逆英雄哪吒形象，展现了张扬个性、逆天改命的时代精神。

另外，民间故事资源影像化并不追求对原本故事情节的再现和还原，许多作品只是借用了民间故事原型或是在原有情节的基础上进行了创造性的再创作，与原本的故事情节相去甚远。作家文学改编为影视作品时，观众经常将文学文本与影视作品作比较，一些对文学原著改动较大的影视作品常常被称为"魔改"，受到观众的诟病。而在对民间故事进行改编时，主创人员受到的束缚显然小得多，观众并不会要求作品忠实于原本的故事情节。一方面，这是因为民间故事在长期的口头传播、集体流传的过程中，本来就存在多个故事版本，难以一一与影视作品对应；另一方面，在千百年来的流传过程中，民间故事以各种方式融入人们的生活中，在某种程度上已经成为一种模糊却深刻的心理原型。这种原型的意义在于能否唤起人们内心对于某种精神的感召，而不是使人追忆起某个具体的故事。

（三）展演化：媒介互动融合对民间故事的再造

如今在多种媒介互动交叉融合的促成下，接受者接受民间故事的方式随之发生了变化。在接受文本和影像时，接受者大多以远距离观看的方式被动地接受故事，而多种媒介融合的展演化则变被动的接受为主动的沉浸式在地体验。民间故事在舞台、景区等场景中多种媒介延伸再造，展示了故事创意的艺术魅力，助推了文化创意产业发展。

1. 民间故事在现代舞台上的演出

民间故事资源的演艺化具有漫长的历史，许多民间故事都曾转化为各类艺术表演形式。以梁祝传说为例，据钱南扬考察，"就戏剧而言，自有正式戏剧以来，即有梁祝故事的戏剧"，在《梁祝戏剧辑存》中，钱南扬共辑录元明清三代的梁祝戏剧18种，并推测"戏剧已有八百年左右的历史，在祖国辽阔的大地上，剧种之多可以想见，梁祝的戏剧也一定不在少数……二三十年来收罗所得，仅此十八种，恐怕不过十分之一"①。

当前的演艺大多依赖于多媒介的融合进行传播，单一的完全依靠艺人表演的传统演艺渐渐退出舞台。现代演艺融合科技手段，利用多种传播媒介，

---

① 钱南扬：《梁祝戏剧辑存》，古典文学出版社，1956年，第105页。

对民间故事进行挖掘和再创作,成就了不少经典演艺作品。在中央电视台春晚舞台上亮相的舞蹈《千手观音》,与民间故事有很深的渊源,至今令人回味。《千手观音》的传说在民间由来已久,形成了版本众多的观音传说。如将《千手观音》舞蹈视为一部叙事作品,那么 21 位聋哑舞蹈演员的演出只是叙事的一部分,舞台的荧幕展示、动态变化、音乐的转换都成了故事性的要素。民间故事资源利用现代科技转化为生动的艺术表演形式,电子媒介和真人演出相结合产生了更为震撼的视听效果,营造出沉浸式的观演体验。《千手观音》舞蹈自 2005 年春晚初次登台后,曾多次在重要的外交场合表演,联合国也采用《千手观音》的舞台照发行了限量版邮票,多媒介融合的舞台表演《千手观音》成为世界性的艺术经典。

2. 民间故事在旅游景区里的展示

与舞台演出相比,山水实景演出带给观众的沉浸感更强。由于演出背景的不可移动性,实景演出往往作为当地旅游景区的一个子项目,以地域文化为演出特色,因而富有浓郁地方色彩的民间故事就成了表演创意的主要来源。我国最早的山水实景演出是由梅帅元总策划,张艺谋、王潮歌、樊跃总导演的《印象·刘三姐》。演出以刘三姐的歌声为序章,在歌声中展现漓江沿岸的自然风景、渔民村民的生活劳作、少数民族的民俗风情等,最后又在刘三姐的歌声中结束,余韵悠长。民间传说中的刘三姐被壮族人民尊为歌仙、歌神,在代代相传中,刘三姐已经成为壮族的精神文化符号之一。《印象·刘三姐》选取"刘三姐"这一地方文化符号为演出的灵魂,与漓江山水实景结合,生动展现出了富有浓郁地方风情的民俗生活画面。家喻户晓的民间传说、知名主创人员的名人效应、震撼的实景山水演出,让《印象·刘三姐》获得巨大成功。演出自 2004 年在桂林漓江开演以来,截至 2019 年累计观看人数达 1 800 万,累计场次近 7 000 场①。

从旅游产业开发的角度来说,景区的形成依赖于对民间故事的挖掘,将广泛流传的名人故事、仙话传说、历史轶事转化为可观可感的具体景点,使景区富有文化内涵。而从一个完整的旅游过程来说,游客从对景点生发兴趣到进入景区最后带着回忆离开景区,都离不开对民间故事的感受和体验。从游客体验的角度来说,在整个旅游过程中游人通过民间故事加深对旅游目

---

① 《〈印象·刘三姐〉大型山水实景演出》,详见 http://www.yxlsj.com/yanchu/yczj/。

地的文化感悟。民间故事资源不仅转化成可触可感的旅游景观，也转化成一种潜移默化的文化传播方式，让旅游成为一种文化体验和文化消费过程。

3. 民间故事展演化助推产业化

民间故事的展演化以互动和体验为基础，运用多种媒介进行展示表演，推动文化资源向文化产业转化发展。

从文化意义上来说，首先，展演化使民间故事回归了原始的生命力。民间故事的原始形态为口头传播，是一种表演性、互动性很强的在场传播方式。故事家面对面地对着听众讲述故事，故事讲述者与接受者互动频繁，有时这种互动甚至会改变故事的样貌。而后随着印刷媒体的出现，民间故事走向文本化传播，电子媒介产生后民间故事又开始了影像化传播的阶段。而不论是文本化还是影像化传播，都是一种不在场的传播方式，读者或观众远距离地阅读文本或观看影视作品，是一种静态的参与。而舞台、景区等的展演化使得民间故事由不在场传播重新回归到了原始形态的在场传播。演员现场为观众表演故事，甚至走进观众中间与观众互动；演出现场还通过灯光、布景、音乐力求还原故事情境。旅游的在场性则更强，游客不仅通过景区介绍来了解故事、导游现场讲说来理解故事，还通过景观直接可视可触地实地感受故事、领悟故事。景区除了运用文本、影像、口头的方式讲述故事，还将故事表征化为具体可感的景观，将真实存在的景观摆在游客面前，让景观承担叙述的功能。同时，也通过景观存在，确证了民间故事的真实性。展演化的在场性特征，使得接受者对于民间故事的接受不再是远距离地观看，而回归到了原始的互动形态，是一种近距离的参与。

其次，展演化促进了民间故事更大范围的传播。展演化基于互动的传播方式，使得民间故事的接受重新转化为在场。这种新的在场不仅没有限制民间故事的传播，反而使民间故事的传播范围扩大了。当下旅游已经成为一种生活方式，"一些在流传过程中由于年代久远，而变得支离破碎、失掉枝叶的传说，或已经长期失传的传说，由于旅游活动的兴起，而被再度恢复起来，重新在人们口头上讲述着，变成了活态的传说。这些重新恢复起来的活态传说，又经过导游者和游客们这些媒介，而回到了民间，回到了群众中去，成为他们认可的民间作品，从而在更大的范围中流传开来"[①]。在场的传播不仅让民间故事得以复活，重新进入人们的视野，同时也影响到了新的接受群体。

---

① 刘锡诚：《旅游与传说》，《民俗研究》1995年第1期。

在三种类型的资源转化中，如果说文本化对于接受者的水平要求最高的话，那么展演化应该是对接受者水平要求最低的一种。可能会有接受者无法读懂文本，看不太懂影视作品，但极少有接受者不能通过现场参与体验到故事艺术的魅力。所以从接受的层面上来讲，展演化带来了接受范围的扩大。

再者，民间故事的展演化为演艺产业和旅游产业带来了新的生机活力。以前，演艺一直被视作一项高雅的文化活动，而在将民间故事资源转化为演艺作品后，演艺作品本身便带了民间的特质，更易于被大众所接受。近年来随着大型山水实景演出的兴盛，吸收了民间故事营养的大型演出大多以大众化、娱乐化为导向，演艺活动呈现出一定的民俗特点。另外，民间故事为景观赋予了文化内涵，旅游活动不再是单纯的自然风景观光活动，而成为文化体验活动。

三、结语

从文化资源与文化产业来看，民间故事作为发展文化创意产业的宝贵文学资源、文化创意源泉，在新媒体时代语境下，具有重要的社会价值与经济价值，"在当今不仅要面向传统进行抢救、保护和传承，而且更要面向现代，充分挖掘其潜在的社会价值和经济价值，通过生产创造、产品创意和技术创新进行转化，让其在当下继续发挥重要的作用"①。跨媒介叙事策略强调的就是传统向现代的转化、资源向资本的转化、产品向产业的转化，积极探索文化资源创造性转化为文化产业的多元化传播策略和发展路径。

从传播媒介和资源转化形式来看，民间故事资源跨媒介转化主要有文本化、影像化、展演化三大类传播策略和发展路径，三种类型依赖不同的媒介将民间故事资源转化成不同的叙事形态和创意产品。民间故事从口头讲述的在场到文本与影像的不在场，最后又通过舞台和景区展演而回归到最初的在场体验，经历了一个回环，民间故事重获了旺盛的生命力。同时，每一种类型的资源转化都带来了文化与经济的双重效益，民间故事作为原初的文化动因和独特的文化创意助推了多个文创产业的发展，展现了文化资源转化为创意产业的巨大潜力。

随着媒介融合的快速发展，跨媒介叙事这种故事内容创作生产方式还远

---

① 黄永林、纪明明：《论非物质文化遗产资源在文化产业中的创造性转化和创新性发展》，《华中师范大学学报（人文社会科学版）》2018年第3期。

未释放其应有的能量。无论科技如何突飞猛进，媒介如何更迭创新，新媒体时代语境下的经典民间故事都应得到更深的挖掘和更好的诠释。基于一个优质的源故事、故事核或故事原型进行跨媒介叙事，每种媒介"各司其职"，甚至融合共生，最终为读者、观众、玩家、游客带来互文性体验和审美性愉悦。如何利用新媒体的传播优势，创新民间故事内容生成、传播和消费模式，更好地发挥民间故事资源的特色和价值，多主体多层面多角度进行跨媒介叙事并打造一个自成系统的故事世界，彰显"一鱼多吃"的文化效益与经济效益，推动文化资源创新性转化和创新性发展，是广大有识之士应当深思的重要问题。

齐普斯童话理论视野下"狼外婆"故事中的家庭维系和儿童安全之思考

雷 娜

(河南工程学院外语学院)

摘 要:"狼外婆"型故事历史悠久,在世界范围内流传广泛,吸引着不同流派进行研究,产生了丰硕的成果。然而由于其广阔的流传圈,对该故事类型文化意义的考察相对有限。本文对44篇中国狼外婆故事的情节单元及角色特点进行比较和统计,结合齐普斯童话理论的社会文化历史视野,探究中国该类型故事的文化意蕴。通过分析,可以发现父母在家庭中的缺位对儿童的安全产生了重大的隐患,因此基于父母在家庭中扮演的角色,发挥父母在家庭维系中应有的积极作用,将会充分保证儿童的安全。

关键词:齐普斯童话理论;狼外婆故事;家庭维系;儿童安全

"狼外婆"型童话故事是世界范围内流传广泛的故事类型,AT分类法将它编为333型[①]。该类型故事在世界范围内有着较大的流传圈,并存在较多的异文,中外众多学者试图从不同的角度对其进行研究,探究该故事类型蕴含的不同意义。其中西方比较有影响力的是精神分析学的研究,产生了丰硕的成果,该流派早期代表人物弗洛伊德、荣格等主要将该故事当作阐释精神分析学方法和观点的案例进行分析,随后该流派的代表人物贝特尔海姆、阿兰邓迪斯等逐渐开始从童话心理学、民俗学等角度切入分析该故事的意义。尽管分析方法上借鉴了其他学科的理论,但在根本上并没有打破精神分析的桎梏,"精神分析作为一种科学研究的方法,当然是希望它可以用来进行一般性的阐释而非'德国人的''美国人的'或'法国人的'阐释;但作为研究对象的文本存在西方文本中心化、文人文本中心化与男性主导的文本中心化的

---

① 斯蒂·汤普森:《世界民间故事分类学》,郑海、郑凡、刘薇琳等译,上海文艺出版社,1991年,第560页。

特征，因此不解决这些问题，一切精神分析的阐释都是 AT333 型故事阐释的冰山一角。"①

其实，中国的"狼外婆"型故事作为 AT333 型的亚型，具有独特的文化意义和特征，丁乃通在《中国民间故事类型索引》中将它编为 AT333C "老虎外婆"型②。中国现存最早的一篇狼外婆故事口述记录文本是清人黄之隽的《虎媪传》③。故事梗概是：一对姐弟在去看望外婆的路上遇见了老虎假扮的外婆，夜晚睡觉时虎外婆吃了弟弟，姐姐发现后爬到树上，过路人救走了姐姐并将她的衣服蒙在树上，当虎外婆叫来同伴一起吃时，同伴发现树上只剩一件衣服，气得把虎外婆吃掉了。我国各地也都有该类型故事的不同异文。关于中国该类型故事的研究，周作人在《童话研究》中对其进行过人类学的研究，学者段宝林《"狼外婆"故事的比较研究初探》、刘守华的《佛经故事传译与中国民间故事的演变》、江帆的《藏不住的尾巴——狼外婆故事解析》等主要从类型学的角度，通过对该故事不同异文中主要母题的探究和比较，试图揭示"狼外婆"故事发展演变的轨迹和原因。韦世柏的《"狼外婆"故事的起源》同样立足于该故事的主要母题，试图从文化人类学的角度揭示该故事的起源问题，为该故事的中国起源提供了一种解释。然而如果我们能够基于更广阔的社会历史文化的视野，就会发现这则具有原型意义的故事所蕴含的多种文化意义。

一、齐普斯童话理论视野下的儿童安全主题

齐普斯的童话理论主要立足于新马克思主义理论基础，综合运用各种分析方法，结合童话文本的外部和内部分析、变异母题与不变母题分析，试图挖掘童话背后的社会历史文化因素，为童话的发展演变以及情节发展做出合理的解释。截至目前，能够在世界范围内广泛流传和讲述的童话类型大致有六七十个，而这些童话之所以经久不衰，被各种文化形态的人们不断讲述和传承，在齐普斯看来，是因为童话反映了人们的生活方式和心理需求，"口头民间故事和民间童话是用幻想形式表达的纯粹真相和希望，不仅是关于我们

---

① 李丽丹：《"小红帽"故事的精神分析学研究之批评》，《民族文学研究》2017 年第 2 期。
② 丁乃通编著：《中国民间故事类型索引》，华中师范大学出版社，2008 年，第 64 页。
③ 刘守华：《中国民间故事史》，湖北教育出版社，1999 年，第 541 页。

还缺少什么、需要什么，即尚未实现的未来，而且是关于被压抑的意志寻求自由意志的冲动，以及个人意志寻求与外在力量团结的可能。因此包括个人需求以及群体需求在内的、表现出对善的向往和对恶的驱逐的希望，在齐普斯看来是童话这一幻想性文学样式的本质"[1]。随着时代的发展和时间的沉淀，这些童话被当成一定群体的文化印记被不断传讲，逐渐具有文化基因的特性。而具有文化基因性的童话在齐普斯看来不仅是一种文化印记，而且随着岁月的沉淀已经进入人类的潜意识，并且始终能够找到与现实发生关联的意义，从而给身处变幻中的人们各种生存启迪。由此看来，中国的"狼外婆"型故事在中国经历几个世纪的传承后，至今还被人们广泛传讲，无疑具有文化基因性。在该故事类型以往的研究中，西方学者大多关注的母题是受害女性，而国内学者大多关注的母题是儿童的智慧；然而，如果从中国社会历史文化视角出发，从该故事类型的早期文本和44篇异文中，通过母题分析挖掘其母题中的共性，即找出不变母题，进而结合情节发展进行研究，就会发现该类型故事的主题与家庭关系中的儿童安全有密切关联。

二、"狼外婆"故事中父母缺位与家庭功能缺失的母题

从该故事类型最早版本——黄之隽的《虎媪传》可以发现，该文本带有明显的现实安全教诫意义。中国AT333C型"狼外婆"故事很大程度反映了当时虎患威胁的社会现实。另外，通过对《中国民间故事集成》中搜集到的44篇狼外婆故事进行情节单元与人物特点的比较分析，如后文列表所示，可以发现，无论《虎媪传》还是这44篇故事异文中都包含了一个重要母题，即儿童安全的问题。《虎媪传》中家人派十岁左右的姐弟二人给六里之外的外婆送大枣，其间并无大人陪同，才使儿童为虎所伤。而经过母题分析和数据统计，可以发现，这44篇故事异文中有30篇写到，母亲出门是为了回娘家，老狼总是扮作外婆、舅舅、大姨等娘家亲戚骗孩子打开家门；有40篇写到，父亲不在家，有父亲日常陪伴的家庭只有4个，剩下家庭的父亲要么去世了，要么在外游乡卖货。由此可见，除了包括虎患在内的各种现实威胁以外，父母的缺位是造成儿童为虎所害的重要因素。

母亲的缺位和粗心是导致儿童被害的因素之一。在这44篇故事异文中，30个母亲离家都是为了回娘家而把幼小的孩子独自放在家过夜，虽然"回娘

---

[1] 雷娜：《论齐普斯的童话观》，《华中学术》2020年第2辑。

家"这一母题具有强烈的情感意义和民俗意义,但将儿童单独留在家中是有极大安全隐患的。从四川、湖北等地流行的"狼外婆"故事中可以发现,老狼往往躲在窗外偷听到了母亲临走前对孩子的嘱咐,确认家里没有大人才敢上门行骗。另外,44 则异文中仅有 15 个母亲出门前会嘱咐孩子不要给陌生人开门。从分布在安徽、河南、江苏、青海、甘肃等地 22 则故事异文中,可以看到其中的 22 位母亲由于粗心,在外出的路上不仅没有识破坏人的伪装,反而把家庭情况一五一十地告诉了陌生人。相对于带着戒备之心的孩子们,这些母亲的机警程度确实令人咂舌。这些糊涂母亲外出途中不仅因为缺少防备之心,丢了自己的性命,而且最终引狼入室,造成了孩子们被害的惨剧。

父亲的缺位是造成儿童被害的又一重要因素。通过对这 44 篇异文研究发现,"狼外婆"故事中的孩子几乎都有一个常年缺席的爸爸。比如湖南卷中的《野人婆和冬冬》讲述的冬冬独自在家,于是野人婆扮成老奶奶来吃人,最后爷爷奶奶回来了,和冬冬一起打死了野人婆。从中可以推测,冬冬可能是一个留守儿童或是孤儿。可以想象没有父母保护的儿童,其自身安全在复杂的自然环境和社会环境中很难得以保障。

单亲家庭环境对儿童安全也会产生潜在的威胁。从异文中可以发现,野兽精怪在打算吃掉孩子之前,往往假扮家庭成员进行欺骗,在获得孩子们的信任后行动。44 篇异文中,44 个精怪除去 22 个扮成母亲的,剩余有 16 个扮成外婆,2 个扮成舅舅,还有 4 个分别扮成舅奶、大姨、二叔婆、奶奶。从扮演的这些角色中可以发现,代表父亲一方亲戚的只有二叔婆和奶奶这两个角色,其余全部是娘家亲戚。由此可以推断,儿童很可能生活在以母亲为主的单亲家庭,这样一来孩子必定和与他长期生活的母亲以及母亲的娘家人更加亲密,而野兽精怪又大多扮成外婆、舅舅、舅奶、大姨等娘家亲戚,因此儿童对于这些角色有相对的亲切感、信任感,从而放松警惕,由此导致了悲剧的发生。

通过对"狼外婆"故事中父母情况及家庭情况的分析,可以看出,家庭中父母的缺位在保障儿童安全方面失去了首要的防护作用,才导致了狼、精怪、熊等险恶力量有机可乘。如果父母都在家,平时能够给予儿童足够的关心和安全教育,或者在儿童外出时进行有效陪伴,那么儿童为外来各种危险所害的概率就会大大降低,由此可见,以父母为主的家庭维系对儿童安全具有重要作用。

三、父母为主的家庭维系对儿童安全的作用

"狼外婆"故事作为民间童话故事之所以流传至今,很大程度上表达了大众对处于复杂环境里儿童安全的关心和焦虑。"童话"一词在中国出现以来,就兼具了儿童文学的功能。童话故事的讲述和研究在20世纪初的中国形成了两条研究分支,除了之前的民俗研究以外,还开始了儿童文学的转向,其讲述对象也逐渐面向儿童及其家长,从而为儿童的成长提供帮助,因此"狼外婆"故事的儿童指向性非常强。齐普斯的童话理论注重童话在当下的意义,在他看来,童话之所以能够被广泛传承下来,得益于其主要母题在不同时代、不同意识形态的社会里不断被讲述,从而具有生命力和文化基因性,因此他特别强调挖掘童话与当代的关联性。在当下,中国的儿童安全问题逐渐成为全民关注的焦点,因此研究"狼外婆"故事涉及的儿童安全问题,尤其是家庭中的儿童安全问题,不仅是对该故事研究的一种新探索,也对儿童安全具有巨大的关切意义。

家庭中的儿童安全虽然以儿童为中心,但基于儿童和家庭密不可分的关系,可以发现家庭的安全稳定对儿童的成长和安全起着重要的作用,家庭维系作为一种价值导向和服务趋势在当下具有重要的实践意义。"家庭维系作为一种哲学,它强调家庭对儿童和社会的重要性,以及强化家庭作为应对危机第一策略的价值。"家庭维系的概念最早出现在19世纪中期的美国,经过一个多世纪的发展和演变,逐渐演化为包括价值理念、服务项目、社会统筹、制度保障的完整体系,促进建立稳定和谐的家庭关系,为儿童安全提供切实保障。家庭维系的重要作用在于支持和维护整个家庭的健全和稳定,完善家庭的功能,促进以父母为主的家庭成员充分发挥在儿童养育和安全方面的作用,承担其应尽的责任和义务。

母亲在家庭维系中作用非凡,不仅在于她与父亲共同构成了两性互补的家庭,更重要的在于,母亲因其性别优势,会使儿童产生天然的依恋和依附心理。就如生态女性主义对"女性(或阴性)价值/特性(如情感依附、关怀弱者、照顾单一动物、强调个别性、母性慈悲心,等等)予以正面肯定,不管此肯定是否是一种出于女性生理上与自然的认同,或来自马克思社会主义的阶级思想"[①],但在现实中毋庸置疑,大部分孩子对母亲有着特别程度的依

---

① 张嘉如:《全球环境想象:中西生态批评实践》,江苏大学出版社,2013年,第160页。

恋。母亲作为孩子安全感的重要来源，对儿童心理具有相当重要的作用。在发展心理学中，"依恋"指"个体对另一特定个体的长久持续的情感联结……从依恋者那里获得慰藉和安全感是依恋行为的必然报偿，同时也是巩固和加强这种依恋关系的情感基础与内在动力。依恋遭到破坏后，会造成依恋者情感上的痛苦"[1]。在"狼外婆"故事中母亲要出远门，儿童不得不暂时脱离母亲，与母亲的依恋关系遭到破坏，加之很多家庭中父亲的缺位，所以从母亲出门的那一刻，儿童就会感觉到极大的恐惧。这些极度缺乏安全感的儿童会在恐惧中渴望新的依恋对象出现，当门外有人冒充外婆敲门，儿童便会迫不及待地打开家门，从而造成被骗被害的悲剧。

　　家庭中父亲角色的重要性也不言而喻，尽心尽责的父亲对于儿童身心健康和安全具有重要意义。通常从家庭成员的社会分工来看，护卫家庭安全的职责主要由家庭中的青壮年男性即父亲来承担，然而"狼外婆"故事中大多数家庭中的父亲是缺位的，缺少了男性的保护，这不仅是对儿童，更对整个家庭的安全都有极大的隐患。除了保卫家庭安全之外，从儿童发展心理学的角度来看，父亲在儿童教养过程中也发挥着重要作用，缺乏父亲教育的儿童会在心理与人格上显示出不足。父亲的作用通常表现在：提供打闹游戏氛围，促进身心健康发展；提供性别行为榜样，促进性别角色认同；向孩子呈现外部世界，促进人际交往能力[2]。与家庭完整的孩子相比，缺少父亲的孩子往往缺乏安全感，少了一些自信和勇气，特别在男孩生长发育的早期阶段，父亲的陪伴尤为重要。

　　健全的家庭中，父亲和母亲的性别优势将得到充分发挥，父母在家庭中的角色分工将对儿童的人格建立起着重要的作用，进而对儿童的身心安全和心理塑造产生重要意义。相应地，健全的、良性的亲子关系对健康和谐的家庭氛围维系也将产生积极的反作用。家庭维系将儿童和家庭作为整体来考量，充分发挥二者在促进以儿童安全为核心的家庭责任中的重要策略性价值。在"狼外婆"故事中，大部分家庭里孩子是三姐妹，或者是姐弟俩，不论孩子的角色设置如何变化，往往最勇敢机智的都是最大的姐姐（几乎不出现大哥哥），而弱小的弟弟总是最先打开门和最早被吃掉的那一个。尽管母亲离家前曾嘱咐不要轻易给陌生人开门，当"狼外婆"来敲门时弱小的弟弟还是迫不及待地把门打开了。在儿童教育心理学中，父亲和母亲分别为男孩和女孩提

---

[1] 桑标主编：《学校心理咨询基础理论》，上海人民出版社，2015年，第302页。
[2] 桑标主编：《儿童心理学》，开明出版社，2012年，第195页。

供男性与女性的基本行为模式。故事中,最大的姐姐可以从母亲那里学会如何照顾弟弟妹妹;而由于大多数父亲的缺位,弟弟却无法从父亲那里学会勇敢、稳重、敏锐的洞察力等品质和能力。因此父亲在儿童成长过程中不仅扮演着玩伴、榜样、保护者的角色,还是教育权威者、道德规范者、规则树立者。父亲的缺位在一定程度上意味着规则和权威在孩子心中的缺失,所以故事中的孩子没有很强的规则意识。由此可见,生活在单亲家庭的孩子和留守儿童更容易失去安全感,在面对外来的威胁时也更容易失去规则意识,从而陷入危险之中,因此父母为主的家庭维系对于儿童安全将起到积极的保障作用。

除了父母以外,家庭中其他成员或同伴也将对家庭维系产生积极意义。尽管父母的缺位会对儿童安全产生重大威胁,但家庭中的其他成员或同伴一定程度上将会对这样的威胁起到一定的减缓作用。在"狼外婆"故事中,其他家庭成员或同伴的出现一定程度上缓解了孩子的紧张,帮助他们战胜恐惧,并成为新的依恋对象。孩子们一直在对抗外界的恐惧,寻求安全感:没有父亲,就从母亲那里获得安全感;母亲不在家,则寄希望于"外婆";当发现"外婆"是假的,他们可以与家里其他成员或伙伴合作,借此获得安全感。比如在湖南卷中的《野人婆和冬冬》中,故事的最后爷爷奶奶回来了,和冬冬一起打死了野人婆。另外,在"狼外婆"故事类型中,还出现了与其他类型故事组合的异文,比如与小鸡崽报仇情节的组合,如广东的《熊人婆》、吉林的《老虎妈子》、山东的《狼妖精》等。小鸡崽报仇故事描述了"只要弱小者联合起来,同心协力,就能打败凶恶强大的敌人"[①] 的道理。丁氏索引将小鸡崽报仇编为210"公鸡、母鸡、鸭子、别针和针一齐旅行"[②],将其情节概括为"这些小动物和物件在被害者的小屋里,当野兽晚上来吃人时联合起来一起消灭它"。广东的《熊人婆》讲姐姐害怕熊人婆吃她,便坐在门口哭泣,一个卖针的问清楚缘由后送给她一根针,教她把针插在门上戳熊人婆的手,后来卖油的送给她一些油,卖螃蟹的送给她螃蟹,她又从卖鸡蛋的、卖蔗的、卖凳子的那里分别得到了鸡蛋、蔗、凳子,最后熊人婆在这些"武器"的合力作用下惨死。当故事中弱小的孩子无法独立战胜敌人时,便会出现一些帮手,虽然他们看起来也很弱小,但是每个人都在发挥自己的长处,一旦联合起来就能轻而易举地战胜"狼外婆"。"同伴作为一种重要的安全感来源,为

---

① 刘守华主编:《中国民间故事类型研究》,华中师范大学出版社,2002年,第80页。
② 丁乃通编著:《中国民间故事类型索引》,华中师范大学出版社,2008年,第27页。

儿童学习技能、交流经验、宣泄情绪、习得社会规则、完善人格提供了充分机会。"①

齐普斯认为，童话故事本质上是关于人类生存和发展的隐喻性表达，表达了人类对纯粹幸福的追求，反映了一定时代中的生产方式和文化形态，从而参与了社会文明的构建。因此，无论是口头的、书面的，还是电影的形式的童话，它们的焦点始终是寻找神奇的工具、非凡的技术，或强大的人和动物，使主人公能够随着环境的变化而改变自己。童话故事以冲突开始，童话故事的形成与人类思想情感、日常生活、矛盾冲突等有关，从童话故事中可以发现人类的生存智慧。

从中国"狼外婆"型童话故事的44个异文中可以发现，无论其中情节发生怎样的变化，都离不开家庭中的儿童安全这一母题。毫无疑问，这一母题在任何时代都具有重要意义。家庭作为社会的有机组成部分，承担着多种功能，但最基本的功能就是保障儿童安全，进而培养身心健康的儿童。这一母题在漫长的历史中被人们以包括口头在内的各种媒介形式传播，它不仅表达了人们对儿童安全的关切，也警醒人们在儿童安全方面面临的各种危险，尤其启迪人们关注以父母为主的家庭维系的重要意义。

四、启示

弗里曼在《基于原生家庭的夫妻关系》一书中提出成人的心理问题很多源于儿童时期的原生家庭，可见儿童时代的身心安全将影响人一生的发展。而父母为主的家庭关怀将是有效解决这些问题的根本途径，这也是美国为何建立家庭维系服务，实现从"拯救儿童"到"促进安全稳定的家庭"的转变的原因之一。在当下中国社会，随着城镇化速度的加快和社会压力的增大，家庭类型也不断在发生变化，离异家庭、单亲家庭、组合家庭等家庭类型不断增加，相应地，儿童的生活环境也面临着前所未有的挑战。农村留守儿童增加，城镇儿童的生活空间和心灵空间逐渐狭窄化，除了自然因素对儿童安全造成的威胁以外，各种不良社会问题产生的隐性影响也逐渐威胁着儿童的身心安全。毋庸置疑，"狼外婆"童话故事通过隐喻的方式揭示了这一主题，提醒人们注意尽管时代在变化，但"狼外婆"中儿童的惨痛遭遇在任何时代都可能出现。因此挖掘"狼外婆"类型故事中的家庭维系和儿童安全这一母

---

① 桑标主编：《学校心理咨询基础理论》，上海人民出版社，2015年，第333页。

题,在当下仍具有重要意义,它不仅警醒人们关注儿童安全,还启发人们建立父母为主的家庭维系观念,促进社会构建和谐安全的家庭维系体系,督促国家建立健全家庭维系的各项制度,保障家庭维系中父母职责的充分发挥,由此将有助于儿童身心健康和性格发展,最终将对社会的长远发展产生积极作用。

本文依据的故事异文情况如下表①,所有故事均来源于《中国民间故事集成》各卷:

序号	题名	卷本来源	类型	父亲情况	母亲去向	母亲走前是否嘱咐	母亲是否引狼入室	"狼外婆"情况
1	《人熊家婆》	湖北卷	单纯型	去世	回娘家	否	否	人熊扮外婆
2	《熊家婆》	四川卷	单纯型	不住家	走人户	否	否	熊扮外婆
3	无题	四川卷	单纯型	不住家	回娘家	否	否	熊扮外婆
4	《熊家婆》	湖南卷	单纯型	未提及父母情况			否	熊娘扮外婆
5	《狼家婆》	湖南卷	单纯型	不住家	走亲戚	是	否	狼扮家婆
6	《野人婆和冬冬》	湖南卷	单纯型	有爷爷奶奶,未提及父母			否	野人婆扮奶奶
7	《野人家家》	湖南卷	单纯型	不住家	急事出门	否	否	野人扮外婆
8	《红毛野人》	湖南卷	单纯型	去世	回娘家	是	否	红毛野人扮外婆
9	《老虎外婆》	安徽卷	复合型	未说明	回娘家	否	是	老虎变外婆
10	《狼外婆》	河南卷	单纯型	爸妈出门了		否	是	灰毛狼扮外婆
11	《颠倒筷,筷颠倒》	河南卷	复合型	在外地做买卖	回娘家	否	是	老臭狐变母亲

---

① 表中内容由华中师范大学民间文学专业研究生刘梦整理。

续表

序号	题名	卷本来源	类型	父亲情况	母亲去向	母亲走前是否嘱咐	母亲是否引狼入室	"狼外婆"情况
12	《老虎外婆》	浙江卷	单纯型	未说明	回娘家	否	否	老虎扮外婆
13	《老臊狐与花花小蛇郎》	江苏卷	复合型	去世	回娘家	否	是	老臊狐扮作舅奶
14	无题	江苏卷	单纯型	在外头做工	回娘家	是	是	老秋狐扮母亲
15	《狼外婆》	上海卷	单纯型	常年在外做工	回娘家	是	否	老狼扮外婆
16	《虎外婆》	福建卷	单纯型	未提及父母情况		否	否	老虎精扮外婆
17	无题	福建卷	单纯型	去世	回娘家	否	否	老虎扮外婆
18	《姐弟斗人熊婆》	广西卷	单纯型	夫妻俩亲戚家办白事		否	否	人熊婆扮外婆
19	《巧姐斗人熊》	广西卷	单纯型	不住家	回娘家	是	否	人熊扮母亲
20	《老虎外婆》	广东卷	单纯型	未提及父母情况		否	否	老虎扮外婆
21	《熊人婆》	广东卷	复合型	未说明	去看戏	否	否	熊人婆扮二叔婆
22	《小姐姐巧惩山东婆》	广东卷	单纯型	未说明	回娘家	否	否	山东婆扮大姨
23	《人熊带》	广东卷	单纯型	夫妻俩外出		是	否	人熊带扮外婆
24	《三姐妹智斗熊人婆》	广东卷	单纯型	不住家	回娘家	否	否	熊人婆扮母亲
25	《野人婆的故事》	青海卷	单纯型	下地干活	去送饭	否	是	野人婆扮母亲
26	《三姐妹除妖》	甘肃卷	单纯型	去世	回娘家	是	是	毛速木恶魍扮母亲

续表

序号	题名	卷本来源	类型	父亲情况	母亲去向	母亲走前是否嘱咐	母亲是否引狼入室	"狼外婆"情况
27	无题	甘肃卷	单纯型	去世	回娘家	是	是	野狐精扮母亲
28	《毛野人》	宁夏卷	单纯型	去世	去看出嫁的大女儿	否	是	毛野人扮母亲
29	《野狐精儿》	宁夏卷	单纯型	未说明	回娘家祝寿	是	是	野狐精扮母亲
30	《有尾巴的舅舅》	陕西卷	单纯型	未说明	渴望有娘家人	否	是	猴子扮舅舅
31	《老狼舅舅》	辽宁卷	复合型	不住家	母亲眼睛瞎	否	否	老狼扮舅舅
32	《老虎妈子》	辽宁卷	复合型	未说明	回娘家祝寿	否	是	老虎妈子扮母亲
33	无题	辽宁卷	复合型	去世	回娘家祝寿	是	是	黑狐精扮母亲
34	《老虎妈子》	吉林卷	复合型	不住家	回娘家祝寿	否	是	老虎妈子扮母亲
35	无题	吉林卷	复合型	不住家	回娘家祝寿	否	是	黑罴精扮母亲
36	《老虎妈子》	黑龙江卷	单纯型	不住家	回娘家祝寿	是	是	老虎妈子扮母亲
37	《狼母亲》	北京卷	单纯型	不住家	回娘家	否	否	老狼扮母亲
38	无题	北京卷	单纯型	不住家	回娘家	是	否	红眼绿指甲扮母亲
39	《三姐妹》	河北卷	复合型	不住家	回娘家	否	是	狼精扮母亲
40	无题	河北卷	复合型	不住家	回娘家	否	是	红眼狼扮母亲

续表

序号	题名	卷本来源	类型	父亲情况	母亲去向	母亲走前是否嘱咐	母亲是否引狼入室	"狼外婆"情况
41	《老麻猴》	河北卷	单纯型	不住家	回娘家	否	是	老麻猴扮母亲
42	《狼妖精》	山东卷	复合型	去世	回娘家	是	是	狼妖精扮母亲
43	无题	山东卷	复合型	去世	走娘家	否	是	皮狐子精扮母亲
44	无题	山东卷	复合型	去世	回娘家	是	是	皮狐子精扮母亲

黑龙江多民族"灰姑娘"类型故事的比较分析①

郭崇林

（大庆师范学院）

摘 要：本文就黑龙江多民族曾广泛传播的"灰姑娘"类型民间叙事，择选9篇代表作品，在梳理情节、信息的基础上，划分出题目与关系、民族与地区、讲述与采录、时间与主题、情节与结构、主角与救助六个单元，尤其是主题内涵与情节结构的比较分析，进而指出：漫长而复杂的时代、地域、民族、人群的传承、演变过程，促使故事主题、形象、情节、结构形成鲜明的个性特征；基于对历史记忆的理解、尊重，着眼于现实语境，应结合非物质文化遗产保护，进一步发挥其道德和审美教化功能。

关键词：黑龙江多民族"灰姑娘"故事；情节结构；主题内涵；教化功能

在中国东北黑龙江，无论是来自山东、河北等地"闯关东"的移民，还是满族、蒙古族、达斡尔族、朝鲜族、鄂伦春族等诸多"世居民族"，都曾广泛传播着"灰姑娘"类型的民间故事。本文仅从笔者作为主编、正在编选的《中国民间文学大系》黑龙江故事卷中，择选出上述多民族的代表性作品9篇，在梳理其主要情节及相关采录信息的基础上，作一初步的比较分析。

---

① 本文为国家社科基金重大项目"渤海、女真、满洲族源谱系关系研究"（19ZDA180）子课题"满-通古斯民族民间叙事与民俗文化研究"阶段成果。

一、多民族故事基本采录信息和主要情节列表

名称	《雷劈母夜叉》	《三魔头》	《三姑娘与漂亮小伙》	《莫日根和他的老婆》	《顺女的故事》	《孔姬和葩姬》	《绣花鞋》	《查克颜》	《乌娜热与乌桂利颜》
民族	汉	满	蒙古	达斡尔	朝鲜	朝鲜	朝鲜	鄂伦春	鄂伦春
地点	依兰	宁安	富裕	齐齐哈尔	海林	五常	牡丹江	嘉荫	嘉荫
讲述者	陈秀英（75岁）	赵君伟（81岁）	敖燕珍（54岁）	乔秀芝（61岁）	金玉凤（未知）	金德顺（82岁）	姜信极（58岁）	莫秀英（37岁）	莫秀英（37岁）
采录者	康丙泰 栾国栋	张立宏	常桂梅 姜黎	李福忠	杜国成	裴永镇	单庆友	高歌	高歌
时间	1987年	1990年	1987年	1986年	1986年	1982年	1987年	1979年	1979年
主题	继母	继母 恶妹	姊妹 易嫁	姊妹 易嫁	继母 恶妹	继母 恶妹	继母 恶妹	继母 恶妹	恶姐
主人公	张桂花	金枝	三姑娘	三妹	顺女	孔姬	花妮	查克颜	乌娜热

续表

名称	《雷劈母夜叉》	《三魔头》	《三姑娘与漂亮小伙》	《莫日根和他的老婆》	《顺女的故事》	《孔姬和葩姬》	《绣花鞋》	《查克颜》	《乌娜热与乌桂利颜》
情节1	继母同和尚跑出却嫁祸桂花，将其砍手、撵出门	金枝长相丑，后母对她心狠手毒	一只狼对老人说，十天内必须从三个女儿中选一个嫁给他	一只狗威胁老人"把你姑娘许配给我一个，我就不吃你"	顺女的后妈恶道，鸡蛋里挑骨头，领来的女儿也不仁义	孔姬是死去的阿妮生的，葩姬是后阿妈妮生的	10岁花妮的后妈原是风流的寡妇，带一个8岁的女儿粉妮	前妻生的查克颜，后妈不拿她当人看，逼她砍柴采山货	后妈死后，乌娜热跟大她三岁的女儿乌桂利颜妈生活
情节2	张桂花搭救了一个书生，将其领回家，并与其结婚	三魔头把金枝变好了，像仙女一样美	大女儿和二女儿都不愿意，三姑娘嫁给了狼	两个姐姐都不愿意，三妹嫁给了狗	顺女冬天去采"米"，那里，连累带饿，哭着昏倒在河沿	孔姬长得美，心眼儿好，葩姬满脸麻子，心也坏	花妮每天顶水做饭，打柴锄地，纺线织布，伺候后妈和粉妮	这事儿让山神知道了，就打发一头老牛去帮助查克颜	美丽善良的乌娜热落在凶狠乌桂利颜姐手里，过着苦日子

续表

名称	《雷劈母夜叉》	《三魔头》	《三姑娘与漂亮小伙》	《莫日根和他的老婆》	《顺女的故事》	《孔姬和葩姬》	《绣花鞋》	《查克颜》	《乌娜热与乌桂利颜》
情节3	书生赶考中状元上任,走马接家眷,差人捎书信	后母想让她亲生女玉叶变得比金枝还美	三姑娘识破变成小伙的试探,将狼皮烧掉	三妹把一连几天试探她的脚伙用刀砍坏了	河神的儿子金龙救了顺女,留下了一只绣花鞋	孔姬用旧锄头铲石岗地,天上的黑母牛帮她铲完	端午节时,国王到民间巡访,为王子挑选妻子	老牛给查克颜吐馒头,给她的妹妹吐沫子	年青的猎人向乌娜热求婚,把新衣裳送给她
情节4	差人住店,继母偷书改信,设计捧走桂花	玉叶因得罪三魔头变成了丑八怪	三姑娘跟小伙漂亮回家,二姑娘心生嫉妒	妖精把莫日根变成狗,好媳妇能使他变回来	后母也贪婪地去采摘,被大水淹死了	外村亲戚家办喜事,后母阿玛姬只带葩姬去	后妈为粉妮精心打扮,给她穿的是花妮的绣花鞋	后妈杀掉老牛,扒皮、吃肉、扔掉骨头	乌桂利颜又嫉根又羡慕,便起了歹心

续表

名称	《雷劈母夜叉》	《三魔头》	《三姑娘与漂亮小伙》	《莫日根和他的老婆》	《顺女的故事》	《孔姬和葩姬》	《绣花鞋》	《查克颜》	《乌娜热与乌桂利颜》
情节5	经白发老太太点化，张桂花又长出了自己的手	国王决定要选世上最美的姑娘，做自己的皇妃	二姑娘将三姑娘推落井中，冒充三姑娘跟小伙生活	三妹跟莫日根回家，二姐又后悔，馋又起了坏心	后妈的女儿把绣花鞋骗到手，装成顺女的样子找金龙	孔姬却被后妈阿玛要求在家顶水、煮麻、舂碓子	后妈要拉磨、织布、劈柴，一天都不许她出屋	查克颜按老牛所说，把骨头埋在树下，十天后再刨出来	乌桂利颜骗来了新衣裳，把乌娜热推到井里
情节6	卖豆腐老头收养了桂花，并揭榜告知公子张桂花被害的真相	金枝的哥哥准备接她入宫，告她后妈和玉叶也要跟着坐船一起去	小伙从井边带回的一只鸟，因骂二姑娘，被摔死扔进灶坑里	二姐把三妹推到井里后，飞出只苏雀，叫着"二姐坏"	后妈的女儿穿了大个头的绣花鞋，脸摔成了大麻子	癞蛤蟆、黑母牛、麻雀分别帮助孔姬完成了劳作任务	王子瞧见粉妮脚上的绣花鞋，后妈却说是仆人绣的	坑里全是哈达、皮特、翁得、气其它密，还有苗卡和卡寿	井中翻着水花，飞出一只山白鸽，转身往回家的路上飞去

上编：故事学研究

续表

名称	《雷劈母夜叉》	《三魔头》	《三姑娘与漂亮小伙》	《莫日根和他的老婆》	《顺女的故事》	《孔姬和葩姬》	《绣花鞋》	《查克颜》	《乌娜热与乌桂利颜》
情节7	状元找到张桂花，并得以破镜重圆	后娘把金枝推下河，国王无奈跟玉叶结了婚	邻居老奶奶来借火，发现三姑娘变成的金子	莫日根把苏雀带回家，给扔到灶坑烧死了	金龙识破真相，顺女和金龙走到了一起	仙女把漂亮的衣裙和鞋子都给了难过的孔姬	国王找到花妮，跟太子说"你的妻子找到了"	查克颜挑出一双小红鞋和新衣服，穿戴起来回家	乌桂利颜一路听到达木待鸟骂她"不要脸"
情节8	继母遭雷击中而死	老宫娥和大臣帮助金枝，唤醒了被玉叶下药的国王	老奶奶请小伙和三姑娘吃饭，姑娘对小伙说明了真相	莫日根从火堆中扒出一支银簪，七七四十九天后银簪变成了自己的媳妇		后阿玛妮和葩姬推孔姬入水中，抱着她脱下的衣服和鞋子跑了	王子让待臣给粉妮娘俩扔两个金元宝，就用花轿接花妮回皇宫了	年轻的猎手看到丢的一只鞋，决定要找到鞋的主人做自己的妻子	乌桂利颜羞得不断脱去衣服，冻倒在松树下，被山老鹄啄死了

续表

名称	《雷劈母夜叉》	《三魔头》	《三姑娘与漂亮小伙》	《莫日根和他的老婆》	《顺女的故事》	《孔姬和葩姬》	《绣花鞋》	《查克颜》	《乌娜热与乌桂利颜》
情节9		国王知道了真相,决定立金枝为王妃	二姑娘羞愧地上吊而死	莫日根领着三妹去见二姐,二姐羞愧地投井自尽了		国王的差人救起孔姬,要孔姬的单只鞋子,献给了国王		后妈认出猎手是佐领的儿子乌特,就要把自己的女儿嫁给他	乌桂利颜死后,变成了一根毛也不长的"寒号鸟"
情节10		后娘和王叶被扔进了蛇洞	小伙和三姑娘重新结为夫妻,后又有了宝贝儿子			年轻的国王派当差的去找这只鞋的主人,要娶她做王妃		乌特认定查克颜是自己的主人,决定娶她做自己的妻子	

续表

名称	《雷劈母夜叉》	《三魔头》	《三姑娘与漂亮小伙》	《莫日根和他的老婆》	《顺女的故事》	《孔姬和葩姬》	《绣花鞋》	《查克颜》	《乌娜热与乌桂利颜》
情节11						后阿玛妮和葩姬被戳芽，孔姬换上仙女的衣裙和鞋子，坐上官家的彩轿走了		乌特找来十匹猎马，把老牛留下的嫁妆驮了回去，两人很快结成了夫妻	
救助1	书生	三魔头	邻居老奶奶	苏雀	金龙	癞蛤蟆	国王	山神	年轻的猎人
救助2	白发老太太	哥哥		银簪		黑母牛	王子	老牛	山白鸽
救助3	卖豆腐老头	宫娥				麻雀		乌特	山老鸨
救助4	雷神	大臣				仙女			
救助5						差人			
救助6						国王			

二、多民族故事主题内涵与情节结构比较分析

1. 题目与关系：汉族的题目《雷劈母夜叉》，主题鲜明、爱憎分明，价值取向突出"母夜叉"终遭正义力量——雷劈的因果报应。朝鲜族的《顺女的故事》、鄂伦春族的《查克颜》等，则是以主人公命名，主题和情节线索也相对集中。蒙古族的《三姑娘与漂亮小伙》、达斡尔族的《莫日根和他的老婆》、朝鲜族的《孔姬和葩姬》、鄂伦春族的《乌娜热与乌桂利颜》，则分别以主人公与救助对象（或相反）、主人公与继母的女儿关系命名，显现出故事情节的交互关系或对比效果。而满族的《三魔头》、朝鲜族的《绣花鞋》，则又是以发挥重要作用的救助者，或是故事情节核心线索——拟或可以称为"隐蔽救助者"命名。

2. 民族与地区：汉族作品采录于依兰，满族作品采录于宁安，蒙古族作品采录于富裕，达斡尔族作品采录于齐齐哈尔，朝鲜族三篇作品分别采录于海林、五常和牡丹江，鄂伦春族两篇作品均采录于嘉荫。可以说，多民族作品均采录于该民族代表性的聚居地区；朝鲜族的作品虽来自三个不同聚居地区，但仍表现出其主题情节的一致性和该民族注重风俗教化的传统。

3. 讲述与采录：在故事讲述者中，汉族的陈秀英，75 岁；满族的赵君伟，81 岁；达斡尔族的乔秀芝，61 岁；朝鲜族的金德顺，82 岁；姜信极，58 岁，包括不知具体年龄的朝鲜族的金玉凤，他们都是各自民族里年事已高的优秀故事传承人，尤以满族的赵君伟，朝鲜族的金德顺、姜信极最具代表性。而鄂伦春族的莫秀英，虽然只有 37 岁，但却是重要的家族故事传承的承继者。在采录者当中，裴永镇作为朝鲜族复员军人，长时期致力于本民族著名故事家金德顺讲述故事的采录和整理，并为其出版了《金德顺故事集》；李福忠作为文联干部，在 20 世纪 80 年代，热心致力于"中国民间故事集成"在齐齐哈尔地区的搜集整理和抢救保护工作，最终形成《齐齐哈尔民间文学集成》的系列重要成果。他们堪称"社会传承人"的杰出代表。

4. 时间与主题：从列表中可以看到，故事采录时间多集中在 1986—1987 年，最大跨度为 1979—1990 年。其间，由中央宣传部、国家文化部、国家民委、中国文联联合启动了"中国民间文学集成"的搜集整理、抢救保护工作。各省、市、县、区自上而下，严格贯彻全面性、代表性、科学性原则，抢救性采录了一批原汁原味的民间传承讲述优秀作品。同样，这些作品也就具备了特定时代的鲜明特色。但从故事作品讲述中的时间和主题来看，则多是对

"从前""很早以前""古时候"一个并不明确的特定时期，由家庭当中的继母、后房女儿与前妻女儿所生发的道德伦理矛盾冲突而讲述的、带有鲜明道德价值评判取向的民间教化故事。这里特别需要引起注意的是，蒙古族和达斡尔族的两篇故事，显然消解了继母、后房女儿与前妻女儿的矛盾母题，衍生出"姊妹易嫁"的核心情节。从多个作品也可以看出，这一复杂的主题交替，在朝鲜族的《孔姬和葩姬》《绣花鞋》，鄂伦春族的《乌娜热与乌桂利颜》等作品中，涉及"继母、恶妹（或恶姐）"的主题时，已有明显的过渡和交集。

5. 情节与结构：从梳理出的 9 篇作品核心主要情节来看，长则 11 个单元结构，少则 7 个单元结构。其中，以朝鲜族的《孔姬和葩姬》情节最为完整，更接近于母题类型。其他故事主体内容多为"主人公含冤蒙难—救助者正义相救—主人公再次蒙难（或经受试探、考验）—救助者（其他）再次施救（该情节可以交叉往复）—真相得以昭示—主人公终修成正果—施恶者得到报应"。更为值得注意的是，在 9 篇故事当中，几乎都是以"国王（王子）选妃（妻）""书生（状元）或年轻小伙（莫日根）求婚""狼（或狗）逼婚"作为潜在线索，由此生发或推进情节结构。或许也正因为如此，除却继母不能善待前房女儿，《雷劈母夜叉》和《绣花鞋》中的继母与和尚私通或原是一个风流寡妇的情节之外，似乎主人公与恶妹（姐）之间围绕婚姻（易嫁）的冲突纠葛，即对于婚姻抉择当中嫉妒、施坏，甚至不择手段的极端行为，最终善有善报、恶有恶报，更进一步强化宣示出因果报应的附加风俗教化主题。尤其是，多篇故事的情节与结构，甚至不再以"仙女"和"红绣鞋"作为必然线索，因而也就从童话幻想故事衍生转化为家庭社会生活故事，直至影响和呈现出故事主题的转变①。

6. 主角与救助：如上所述，主人公大都是仁义、善良、漂亮的、弱小的受害者。除了汉族、朝鲜族基于普遍的主题和情节结构，在封建传统意识持续渗透在风俗教化故事的过程中，书生、状元、国王、太子、宫娥、大臣、差人、金龙、仙女，甚至雷神等，自然成为天然的救助者；而此外，基于神话叙事传统，满族故事中对主人公施救的则是"三魔头"；蒙古族、达斡尔族、鄂伦春族，则又是情节内容相近的狼或狗等异类变形、婚配，甚至是簪子、苏雀、山白鸽等主人公的变形自救——这应该也是特定生产、生活方式下，一种孤苦无救的生活和社会现实的反映；而鄂伦春族乌特、年轻猎人、

---

① 陈岗龙：《灰姑娘的两次婚姻》，《民族艺术》2021 年第 4 期。

山神、山白鸽、山老鸹等救助者形象，以及救助者诸如皮达哈、特替、裤气、翁得、其它密、苗卡、卡涛①等赞助品，又体现出其山林狩猎的鲜明地域、生产、生活——尤其是民族的鲜明特色。汉族、朝鲜族故事中，诸如白发老太太、卖豆腐老头、邻居老奶奶、癞蛤蟆、黑母牛、麻雀，则又体现出农耕、稻作民族民间叙事所具有的且兼有童话和生活故事意趣的、乐观诙谐的世俗情致。

综上所述，作为国际民间叙事重要的一种情节类型，"灰姑娘"故事在中国——尤其是在东北，亦经历了漫长而复杂的时代、地域、民族、人群的传承、演变过程，也因此必然呈现出主题、形象、情节、结构上的鲜明个性特征。正如在笔者近期参加的中日韩"记忆、口述史与民间叙事国际学术研讨会"上，漆凌云《中国灰姑娘型故事的型式与起源试探》论文所促发的，对黑龙江六个民族9篇故事的三类历史传承流脉，以及多个民族相互之间的交互影响的深入思考；还有本人作为评议人，由李玉姬（韩国）发表的《对〈黄豆女与红豆女〉经典童话故事中"帮手"的考察》论文所促发的，对民间叙事环扣递进的结构形态，多重矛盾叠加冲突作为民间叙事情节推进、升发关键要素，以及民间叙事对超现实力量的他助的依赖与主题魅力所在等交流讨论，都将进一步促发对国内外、多地区、多民族"灰姑娘"故事的深入研讨。

特别是经历了漫长的时代的变迁，多民族社会文化生活发生了根本变化，以往随移民游动、口口相传的传统传播形式，随着传承人的年事渐高甚至先后过世而逐渐衰微隐退。同样，特定时代的道德评价取向与审美价值情趣的转变，继母、后房女儿与前妻女儿道德伦理关系的本质改变，以及当下受众群体及其多媒体渠道的传播负载等，也都使得这一类型民间故事曾经广泛存在的承载群体与文化空间渐次消退、演变。因此，基于对历史记忆的理解与尊重，着眼于历史记忆与现实语境、愉悦功能与教化功能的有机互文效应，如何在新的时代，结合非物质文化遗产保护，深入发掘传统民间故事的文明底蕴，弘扬升发其世俗道德教化的教育审美功能的积极作用，或许是我们更需直接面对的现实问题和义不容辞的使命责任。

---

① 鄂伦春语。皮达哈，皮袄；特替，皮上衣；裤气，皮裤；翁得，皮靴；其它密，皮鞋；苗卡，猎枪；卡涛，猎刀。

冯梦龙与晚明女扮男装故事的演变与发展

张 静

(华中师范大学文学院)

摘　要：中国的女扮男装故事在魏晋南北朝至唐代萌芽，在宋代被收录于《太平广记》和《文苑英华》等官修文献，在社会各阶层广泛传播，随后在明末迎来了第一个发展高潮。冯梦龙对女扮男装故事的发展和演变起着巨大的作用，首先是故事的辑录方面，在其删定的《太平广记钞》、编撰的《智囊全集》《情史》，以及"三言"中共有21则文本、12个女扮男装人物，既有广为人知的木兰、祝英台、黄崇嘏故事，也有鲜为人知的娄逞、孟妪、白项鸦故事。其次是评议方面，在唐宋，女扮男装故事呈现"人妖"和贞烈偶像的两极化评价，明代冯梦龙对"人妖"的点评回归女本本体，肯定其文才武略、机智谋略、贞烈品性，同情其遭遇和困境，也批评其逾越伦理的行为。最后是故事的发展方面，以其情理观导向，推动了故事由简短的奇闻异事向情节曲折的故事发展，进入广阔的通俗文学领域。

关键词：冯梦龙；女扮男装；情理观；伦理困境

木兰、祝英台、孟丽君，这一个个女子因故扮作男子，走出家门，或从军，或读书，或入仕，获得了男子都难以企及的成就。这些故事都属于一个庞大的故事系统——女扮男装故事，此处的"扮"是具有双重意义的，既有服饰的外在的扮演，也有社会性别的角色扮演。

女扮男装故事的研究成果众多，数量最为庞大的是对明清通俗文学中女扮男装题材和代表性个案的研究，以木兰故事和《再生缘》研究为代表。在民间文学领域，对流传各地的木兰传说、梁祝传说的研究也较为充分。前人研究很少将女扮男装故事视为一个相对独立的系统，仅将研究视角集中在明清阶段，忽视了这个故事的发展轨迹，忽视了故事系统内部的复杂性和多样性。

女扮男装故事有着漫长的发展历程，在南北朝至五代，零零散散出现了多个女扮男装故事，如木兰、祝英台、娄逞、谢小娥、黄崇嘏故事等。北宋初年，这些零散故事引起了文人的关注，《太平广记》中收录了6则，《古文苑》《文苑英华》《乐府诗集》中收录了《木兰辞》。到了明中晚期，愈来愈多的文人注意到这类故事，不仅辑录品评，还加以改编创作，推动这类故事的发展走向了高潮。

谈及明代女扮男装故事的发展，众多学者都提到了徐渭《四声猿》中的《雌木兰替父从军》和《女状元辞凰得凤》两篇，而忽视了冯梦龙的作用。冯梦龙删定的《太平广记钞》、编撰的《情史》《智囊全集》和"三言"中集中出现了十多则女扮男装故事，既有古代的，也有当朝的；既有简短的奇闻异事，也有洋洋洒洒数万字的话本小说。这些故事均有更早的文本记载，冯梦龙的工作在于辑录、品评和编撰，其加工甚至再创作的功绩是不可否认的。冯梦龙的一系列工作反映了晚明时期，民众和文人对这类故事的接受史和改编史。本文将冯梦龙视为女扮男装故事发展史中枢纽性的关键人物，通过分析其所辑录和编撰的文本，考察女扮男装故事由简短的奇闻异事如何进入文人视野，如何在特定的历史环境下生根发芽，发展为故事完整、线索清晰、情节曲折的文学作品。

一、辑录与品评

冯梦龙对女扮男装故事是极为喜爱的，在《太平广记钞》《情史》《智囊全集》中共11位女扮男装英雄，文本21条（篇），具体如下：

1.《太平广记钞》，5则：

"谢小娥"，卷四十四"妇人部"

"孟妪""白项鸦""娄逞""黄崇嘏"，卷七十二"妖怪一"

2.《智囊全集》，5则，3个词条：

"谢小娥""白瑾妻"，"木兰 韩保宁 黄善聪"，"闺智"部，二十六"不然须眉"

3.《情史》，4则，4个词条：

"刘奇""王善聪"，卷二"情缘类"

"祝英台"，卷十"情灵类"

"潘妪"，卷二十一"情妖"类

4."三言"，5则：

"李秀卿义结黄贞女"，《喻世明言》卷二十八卷正话

"木兰""祝英台""黄崇嘏"，《喻世明言》卷二十八卷入话

"刘小官雌雄兄弟"，《醒世恒言》第十卷正话

《太平广记钞》《智囊全集》《情史》和"三言"编撰的年代相去不远。这几部作品的资料搜集和整理，以及编撰品评工作时间可能存在交集，关联紧密，可作为一个系统加以考察。具体到女扮男装故事，《太平广记钞》《情史》《智囊全集》几部作品集中收录了北宋到晚明的故事文本，冯梦龙的品评代表了当时对这类故事的看法的转变，同一故事的异文的差异呈现了故事演变发展的轨迹。

（一）《太平广记钞》

冯梦龙删定《太平广记》，将原书五百卷合并为八十卷，将原有的近七千篇删到两千六百多篇，删减了部分篇目的篇幅，并校订了篇目出处中的错误，还对大部分篇目作了评点，有眉批、夹批、篇后总评，共两千多条。《太平广记钞》中的女扮男装故事有"谢小娥""孟妪""白项鸦""娄逞""黄崇嘏"共五则，比《太平广记》少了一则，原因是冯梦龙将"尼妙寄"和"谢小娥"合为一则了。

《太平广记》是北宋初期太宗下诏大修的类书之一，是两宋以来的宋元话本、元杂剧以及明清小说、戏曲的重要题材来源。明嘉靖四十五年（1566年）谈恺重新刊刻，之后盛行于世，作为文人的必备参考书和小说辑佚、编选的工具书，成为古代小说创作的源泉[1]。

《太平广记》收录了六则故事，其中"人妖"中的四则是女扮男装故事第一次被作为一类故事辑录。六则故事的核心情节相同，但是评价是两极化的。女扮男装行为，在古代是"服妖"之一，为乱世之征兆，但因其行为的目的性不同呈现了评价的分野。谢小娥是忠孝的道德偶像，为父为夫复仇，女扮男装，隐身为仆，最终手刃仇人，全歼盗匪。故事结尾有一段评语："君子曰：誓志不舍，复父夫之仇，节也；佣保杂处，不知女人，贞也。女子之行，唯贞与节，能终始全之而已……"[2] 这段话赞扬了小娥女扮男装、誓志复仇的行为，达到了"足以儆天下逆道乱常之心，足以观天下贞夫孝妇之节"[3]

---

[1] 牛景丽：《〈太平广记〉的传播与影响》，南开大学出版社，2008年，第54—55页。

[2] 李昉等：《太平广记》，中华书局，2020年，第3331页。

[3] 李昉等：《太平广记》，中华书局，2020年，第3331页。

的高度，凸显了贞孝观念。

文采出众的娄逞、黄崇嘏，武艺高强的孟姬、白项鸦则被归入"人妖"一类。娄逞，南齐东阳女子，"变服诈为丈夫。粗会棋博，解文义。游公卿门，仕至扬州从事而事泄。明帝令东还，始作妇人服"①。孟姬，唐郭子仪部下张詧之妻，夫死后冒充詧弟以事郭，郭死后，以七十二岁高龄再嫁，生二子②。黄崇嘏，五代蜀人，得蜀相周庠赏识，大展才华，周庠欲嫁女，崇嘏作诗自曝身份。白项鸦，宋辽时期陈州贼帅，自投军中，袭男子姓名，衣巾拜跪，皆为男子状③。她们的"妖"体现在其"女扮男装""诈为丈夫"的行为上，其中"娄逞"和"白项鸦"两则文本中明确出现了"人妖"一词。"人妖"一词，《辞源》解释为"人事上的反常现象。荀子天论：'政令不明，举措不时，本事不理，夫是之谓人祅（妖）。'生理变态或伪装异性者，也称人妖。见南史崔慧景传"④。《南史·崔慧景传》中记载了娄逞故事，评价"此人妖也。阴而欲为阳，事不果故泄……慧景之应也"⑤。《太平广记》中收录了这段记载，在"白项鸦"一条结尾也有类似的评价："又有一男子，亦乘马从之，此人妖也。北戎乱中夏，妇人称雄，皆阴盛之应。"⑥《太平广记》不仅强调二人是"人妖"，而且均将她们的行为与乱世联系起来。

《太平广记》中的"尼妙寂"和"谢小娥"讲述的实为同一个故事，情节基本相同，但是主人公姓名和故事时间有别，《太平广记钞》中，冯梦龙以"谢小娥"为底本，以第三人称的叙事视角从头到尾讲述了小娥成功复仇的故事，融合了"尼妙寂"中小娥出家的情节，去掉了其中的佛教说教，在结尾加上了总评：节孝智勇、无一不备，字曰女中丈夫，无愧乎！将《太平广记》中的"贞节"扩充为"节孝智勇"，评价其为"女中丈夫"，重视和赞赏女性的才智和勇敢⑦。

冯梦龙在《太平广记钞》中保留了《太平广记》"人妖"类的四则，将"人妖"类调整到七十二妖怪部"妖怪一"，将顺序微调为"孟姬""白项鸦""娄逞""黄崇嘏"，在"孟姬"一条标题后眉批"以下女假男"，明确将这四

---

① 李昉等：《太平广记》，中华书局，2020年，第2430页。
② 李昉等：《太平广记》，中华书局，2020年，第2430页。
③ 李昉等：《太平广记》，中华书局，2020年，第2430—2431页。
④ 《辞源》（修订本），第一册，商务印书馆，1979年，第159页。
⑤ 《南史·卷四十五·崔慧景传》，中华书局，2023年，第1251页。
⑥ 李昉等：《太平广记》，中华书局，2020年，第2431页。
⑦ 冯梦龙：《太平广记钞》，第三册，崇文书局，2019年，第642页。

则归为一类。仅从分类看，冯梦龙没有改变原有的观念，但是其品评更加多样化，批评力度减弱。

"孟妪""娄逞""黄崇嘏"三则故事的文本也没有太大改动，只有"白项鸦"一则，删去了对其"人妖"的评价。在"娄逞"条目下冯梦龙点评："丈夫受巾帼，老妪羡衣冠，贤愚既分明，何方颠倒看。"冯梦龙条目下加总评："孟妪，白项鸦，妇而能者也；娄逞崇嘏，女而文者也。然而不免于怪者，以其不安于妇与女也。不然，武氏垂旒南面，亦不足怪乎！"肯定了女子的武艺和文采，质疑了以往批评其不安于女性身份的行为的观点。

从冯梦龙对《太平广记钞》中几则女扮男装故事的修改和品评来看，他弱化了违反服制的批评力度，将评价从"妖"降格为"怪"，品评更加多样化，回归女性本体，从她们各自的命运和特点出发，肯定女性的欲望和需求，既赞扬女性的才能、品性，也批评其"不安于妇与女"的行为，进一步强化了节孝的伦理观念。

（二）《情史》和《智囊全集》

《情史》和《智囊全集》是专题性的文言小说集，前者谈"情"，后者论"智"，保留了前代和当时大量珍贵的小说资料，成为"三言"等明清通俗文学的重要来源。冯梦龙将相关故事分门别类排列，加上全书和各部（卷）的序言、评语、按语等，集中体现了其智慧观和情教观。

《情史》二十四卷，收录小说八百多篇，学界大部分学者认为编撰者为冯梦龙。《情史·序》中提出："我欲立情教，教诲诸众生，子有情于父，臣有情于君，推之种种相，俱作如是观。"[1] 这里的情包括爱情和其他各种情感，如君臣、父子、兄弟、朋友之情[2]。

《情史》中收录了四则女扮男装故事，均与男女之情相关，分别是卷二"情缘类"中的"刘奇""王善聪"，卷十"情灵类""祝英台"，卷二十一"情妖类"中的"潘妪"。梁祝故事、刘奇、王（黄）善聪故事赞扬了至真至纯的男女爱情，无论是哪一种爱情都获得了世人的同情和赞扬。

"潘妪"即《太平广记》中的"孟妪"，冯梦龙在《情史》中再次收录了这个故事。此篇被归入"情妖"一类，是该类第一篇，紧跟其后的"焦土妇人""海王三"两篇均为男性出海遇难，流落到荒岛，与一女子相遇并生育子女，后携子乘船返回，留下女子在岛上。以上四篇的共性在于女性的情欲，

---

[1] 冯梦龙撰：《情史》，中华书局，2024年，第1页。
[2] 傅承洲：《冯梦龙文学研究》，中国社会科学出版社，2013年，第207—209页。

对男性的主动甚至强迫要求结合。冯梦龙在结尾借武则天的故事表达了对其七十二岁再嫁又生二子的妇人的矛盾看法,"老而淫",但是又强调了"曌之雄略"①。

冯梦龙在另一部小说集《智囊全集》中收录了五则女扮男装故事。《智囊全集》一书,辑录了历代典籍中的一千多则古人的智术计谋故事,原本辑于天启六年(1626年),崇祯七年(1634年)又增补改订,更名为《智囊补》,二十八卷,分为"上智""明智""察智""胆智""捷智""术智""语智""兵智""闺智""杂智"十部。

冯梦龙为历代杰出女性单辟第九部"闺智",在总序中批评了"女子无才便是德"的观念,提出"譬之日月:男,日也,女,月也;日光而月借,妻所以齐也;日殁而月代,妇所以辅也,此亦日月之智、日月之才也"②,虽然仍将女性归为男性附庸,但高度强调了男女相辅相成的两性观。

"闺智"二十六"不然须眉"收录有多为英勇的女将女武士,遍及各个阶层,既有皇族唐平阳昭公主、"蛮夷"女将冼氏③,也有李寄这样的平民,还有红拂等下层的妓女。"不然须眉"中收录了五则女扮男装故事,分别是单列的一则"谢小娥""白瑾妻",和三人合为一则的"木兰 韩保宁 黄善聪"。

在"谢小娥"一文中,冯梦龙重在讲述故事,略去《太平广记钞》中大段的关于贞节的评论,在尾批中说:"其智勇或有之,其坚忍初,万万难及!"④ 这点出了谢小娥品质的核心,其坚忍在智勇之上,这是她超越其他女扮男装的女子的地方。

"白瑾妻"葛氏女,先是敦促"素弱"的丈夫读书入仕,在暴徒作乱的危急时刻,她"命家人力拒其两门,迁白公于他室,埋其银污池中,著公之服,升堂以候贼"。冯梦龙加边批"不慌不忙,有条有理",尾批"白公衣,合让与此妇穿戴",极为恰当⑤。

在"木兰 韩保宁 黄善聪"一则的尾批中,冯梦龙评议了多位女扮男装的女子:

---

① 冯梦龙编著:《情史》,见魏同贤主编《冯梦龙全集》第七卷,凤凰出版社,2007年,第816页。
② 冯梦龙编著:《智囊全集》,栾保群、吕宗力校注,中华书局,2007年,第622页。
③ 冼氏,高凉蛮酋之女,嫁罗州此事冯融之子冯宝为妻,助夫出战平乱,冯梦龙评价"智勇具足,女中大将"。
④ 冯梦龙编著:《智囊全集》,栾保群、吕宗力校注,中华书局,2007年,第661页。
⑤ 冯梦龙编著:《智囊全集》,栾保群、吕宗力校注,中华书局,2007年,第655页。

木兰十二年，最久，韩贞女七年，善聪逾年耳，至于善藏其用，以权济变，其智一也。若南齐之东阳娄逞，五代之临邛黄崇嘏，无故而诈为丈夫，窜为仕宦，是岂女子之分乎！至如唐贞元之孟妪，年二十六而从夫，夫死而伪为夫之弟，以事郭汾阳。郭死，寡居一十五年，军中累奏兼御使大夫。忽思茕独，复嫁人，时年已七十二，又生二子，寿百余岁而卒。斯殆人妖与？又不可以常理论矣。①

同样都有女扮男装的行为，冯梦龙的评论有着明显的差异，他将木兰、韩贞女、黄善聪归为一类，"善藏其用，以权济变"，是智，原因在于是不得已而为之的行为；娄逞和黄崇嘏，就"岂为女子之分"了，因为她们"无故而诈为丈夫，窜入仕宦"，女扮男装的行为没有正当性，与男性争权夺利，冯梦龙批评的态度是明显的。至于孟妪，夫死后伪为夫之弟，功勋卓著，但是七十二岁高龄再婚，还育有二子，就"斯殆人妖"了，一句"忽思茕独，复嫁人，时年已七十二，又生二子"，将一个不安分的老妇人刻画得栩栩如生，但其结尾一句"又不可以常理论矣"，表明其矛盾心态。

《情史》和《智囊全集》中的多则女扮男装故事，体现了冯梦龙对女性的"情"与"智"的高度肯定。冯梦龙回归女性本体，从《情史》中辑录的这四则女扮男装故事来看，他充分肯定了女性对于爱情甚至情欲的追求，但是这种追求需在伦理的框架内。那么原本违反礼教的女扮男装行为如何实现情理融合呢？《智囊全集》中的五则故事给出了答案，要靠"智"解决女扮男装行为所带来的伦理困境。冯梦龙在"三言"中改写了黄善聪和刘方故事，明显体现了他的这种思路。

二、改写与改编

"三言"是冯梦龙编纂的《喻世明言》《警世通言》《醒世恒言》的简称，其中有不少宋元旧本，也有明代话本，部分是轰动一时的政治事件和社会事件。冯梦龙在收藏的话本小说基础上精选了一百多种，加以认真改定和自我创作，傅承洲认为其功绩在于编辑、评点和改定②，聂付生也认为冯梦龙对

---

① 冯梦龙编著：《智囊全集》，栾保群、吕宗力校注，中华书局，2007年，第669页。
② 傅承洲：《冯梦龙文学研究》，中国社会科学出版社，2013年，第99—100页。

宋元旧篇情节、主题、结构等方面的改动都算再创作①。冯梦龙树起了"情教观"的大旗，既认可情感欲望，又要维护封建伦理。《情史序》中说："我欲立情教，教诲诸众生。"编纂情史可以"使人知情之可久，于是乎无情化有，私情化公，庶乡国天下，蔼然以情相与，于浇俗冀有更焉"②。

《喻世明言》卷二十八"李秀卿义结黄贞女"，入话部分提到了木兰、祝英台、黄崇嘏，然后才进入正话黄善聪故事，说明其将这几人视为一类。这几人的故事见上文几部小说集，比较文本，入话部分三则冯梦龙也做了明显的改动，并加以评论，正话部分的黄善聪故事，篇幅达到了四千多字。

冯梦龙对这几位奇女子的智谋做出了高度评价："暇日攀今吊古，从来几个男儿，履危临难有神机，不被他人算计？男子尽多慌错，妇人反有权奇。若还智量胜蛾眉，便带头巾何愧？"③

细读对比文本，相比较简短的文言小说，话本小说篇幅增加，内容丰富，情节曲折，人物形象鲜明，突出了女性主体性和主动性。正话中的黄善聪故事和刘方二人的命运颇为相似：因故随父女扮男装外出，父亲去世后主动寻求依靠，与其他男性相处守贞守节并建立了互信互爱的亲密关系，寻机主动揭示性别，在保全贞孝名声的前提下与昔日伙伴（兄弟）结为夫妇。故事始于女子原生家庭的破裂，终于新的家庭的重组；始于人生困境，终于圆满结局。她们积极主动寻求解决之道，父亲去世后善聪主动找到平日留心观察的李英，互结为兄弟，银钱充足后回乡安葬父亲，回到姐姐家才揭穿了自己的伪装；刘方父亲病逝，她主动请求刘翁夫妇收其为仆，安葬父亲，后与同样孤苦无依的刘奇一起被收留，成为兄弟，两人合力做大家业，后来她作诗巧妙揭示了性别获得了爱情，并安葬了三家老人。两则故事中，女子主动把握自己的命运，困境中临危不乱，与男性相处自珍自爱，首先要尽子女之孝，其次才追求爱情婚姻。

故事的发展和演变呈现出明显的特点，以伦理困境为核心创造戏剧效果。黄善聪故事、刘方故事，是一个从失衡到平衡的过程，在此过程中，女子经历的是重重的伦理困境，面对的是"孝"与"贞"的考验和压力，为子女不能安葬父母，为女子伪装男儿身。故事围绕这些伦理问题展开，增添了许多

---

① 聂付生：《冯梦龙研究》，学林出版社，2002年，第203页。
② 冯梦龙编著：《情史》，见魏同贤主编《冯梦龙全集》第七卷，凤凰出版社，2007年，第1页。
③ 冯梦龙编著：《喻世明言》，陈熙中校注，中华书局，2014年，第434页。

情节与母题。

其一，突出"贞"以保证女扮男装的伦理底线。

祝英台、黄善聪和刘方在女扮男装过程中，与男子朝夕相对，同住同宿，贞洁问题更为重要，女子不仅要小心翼翼地隐藏性别，还要绞尽脑汁地搪塞同伴的质疑。在"三言"中，均设置了女扮男装后男女同榻而眠的情节，将女性隐藏性别和守护贞洁的紧要性凸显出来。梁祝二人"日则同食，夜则同卧，如此三年，英台衣不解带，山伯屡次疑惑盘问，都被英台将言语支吾过了"①。黄善聪故事中："从此李英、张胜两家行李并在一房，李英到庐州时只在张胜房住，日则同食，夜则同眠。但每夜张胜只是和衣而睡，不脱衫裤，亦不去鞋袜，李英甚以为怪。张胜答道：'兄弟自幼得了个寒疾，才解动里衣，这病就发作，所以如此睡惯了。'"同住的李英起了疑心不免问起，黄善聪不得不搪塞过去。不仅如此，冯梦龙还设置了黄善聪面对李秀卿发现其耳洞并质疑的情节："李英又问道：'你耳朵子上怎的有个环眼？'张胜道：'幼年间爹娘与我算命，说有关煞难养，为此穿破两耳。'"但是有个问题始终令黄善聪处于高度紧张的状态中，"女相男形虽不同，全凭心细谨包笼。只憎一件难遮掩，行步蹊蹊三寸弓"②。

《醒世恒言》第十卷《刘小官雌雄兄弟》中也有类似的处理方法，刘方、刘奇兄弟二人同食同眠，后刘方作词婉转表明自己女子身份之后，借刘奇之口说出"据这词中之意，吾弟乃是个女子了。怪道他恁般娇弱，语音纤丽，夜间睡卧，不脱内衣，连袜子也不肯去，酷暑中还穿着两层衣服。原来他却学木兰所为"③。

即使女子千方百计保护贞洁，仍不免被质疑，故事中增加了验证贞洁的情节。黄善聪回乡与姐姐相认，却遭遇血亲骨肉质疑自己失贞的窘迫，不得不验证贞洁，之前的文本只是入密室验证，到了本文则十分具体：

> 姐姐道："原来如此，你同个男子合伙营生，男女相处许多年，一定配为夫妇了。自古明人不做暗事，何不带顶髻儿还好看相，恁般乔打扮回来，不雌不雄，好不羞耻人！"张胜道："不欺姐姐，奴家至今还是童身，岂敢行苟且之事玷辱门风！"道聪不信，引入密室验之。你说怎么验

---

① 冯梦龙编著：《喻世明言》，陈熙中校注，中华书局，2014年，第435页。
② 冯梦龙编著：《喻世明言》，陈熙中校注，中华书局，2014年，第439页。
③ 冯梦龙编著：《醒世恒言》，张明高校注，中华书局，2014年，第199页。

法?用细细干灰铺放余桶之内,却教女子解了下衣坐于桶上,用绵纸条栖入鼻中,要他打喷嚏。若是破身的,上气泄,下气亦泄,干灰必然吹动;若是童身,其灰如旧。朝廷选妃,都用此法,道聪生长京师,岂有不知?当时试那妹子,果是未破的童身,于是姊妹两人抱头而哭。①

入话中的祝英台故事也有姑嫂打赌考验贞洁的情节,"英台临行时,正是夏初天气,榴花盛开,乃手摘一枝插于花台之上,对天祷告道:'奴家祝英台出外游学,若完名全节,此枝生根长叶,年年花发;若有不肖之事,玷辱门风,此枝枯萎'","英台归时,仍是初夏,那花台上所插榴枝,花叶并茂,哥嫂方信了"②。

女扮男装的祝英台和黄善聪,面对的是来自家人毫不客气的质疑,善聪之姐道聪语气辛辣无情。善聪通过贞洁测试后,刚刚还冷脸的姐姐马上转变了态度,"道聪慌忙开箱,取出自家裙袄,安排妹子香汤沐浴,教他更换衣服。妹子道:'不欺姐姐,我自从出去,未曾解衣露体。今日见了姐姐,方才放心耳。'那一晚张二哥回家,老婆打发在外厢安歇。姊妹二人同被而卧,各诉衷肠,整整的叙了一夜说话,眼也不曾合缝"③。

其二,突出"孝"以赋予女扮男装行为的合法性。

女性为何冒天下之大不韪女扮男装,在《太平广记》《智囊全集》《情史》的记载中着墨不多,娄逞、祝英台、白项鸦等人是出于个人原因,木兰、潘妪、黄崇嘏、刘方、黄善聪则是经历家庭变故,以寥寥数语带过。在《李秀卿义结黄贞女》和《刘小官雌雄兄弟》中,二女为何女扮男装有充分的理由:因家中无女性长辈和亲眷,随父亲外出而女扮男装。

黄善聪母亲病逝,长姐已嫁,父亲黄老实"思想女儿在家,孤身无伴,况且年幼未曾许人,怎生放心得下?待寄在姐夫家,又不是个道理。若不做买卖,撇了这走熟的道路,又那里寻几贯钱钞养家度日?左思右想,去住两难","制副道袍净袜,教女儿穿着,头上裹个包巾,妆扮起来"④。黄善聪女扮男装是父亲的主意,也是在当时家境下无奈的选择。父亲死后,她无钱回乡安葬父亲,只好继续做生意,手头宽裕了便马上决定送父亲灵柩回乡。

---

① 冯梦龙编著:《喻世明言》,陈熙中校注,中华书局,2014年,第441页。
② 冯梦龙编著:《喻世明言》,陈熙中校注,中华书局,2014年,第435页。
③ 冯梦龙编著:《喻世明言》,陈熙中校注,中华书局,2014年,第441页。
④ 冯梦龙编著:《喻世明言》,陈熙中校注,中华书局,2014年,第438页。

刘方女扮男装的原因与黄善聪类似，她向刘奇吐露实情："妾初因母丧，随父还乡，恐途中不便，故为男扮。后因父殁，尚埋浅土，未得与母同葬，妾故不敢改形，欲求一安身之地，以厝先灵。幸得义父遗此产业，父母骸骨得以归土。妾是时意欲说明，因思家事尚微，恐兄独力难成，故复迟迟。"①

在她们恢复女装之后，首先要尽的是身为儿女的责任——安葬父母，其次是以合理的方式恢复身份，保全家族名声，最后才是情爱婚姻之事。也正是这样的伦理选择，让她们赢得了男方的尊重和爱慕，赢得了民众的赞扬，最后由地方官出面主办婚事表明了官方的认可，完美解决了之前女扮男装违背礼法的伦理困境，实现了情与礼的融合。

结语

冯梦龙系统搜集了古代和当朝的女扮男装故事，可见晚明时期这类故事在民间有一定的普遍性，社会上这类现象可能层出不穷。女扮男装故事的流行，根本原因在于尚"奇"的文学审美风潮。冯梦龙改变了自唐以来对女扮男装女子要么为忠孝偶像，要么为"人妖"的两极化评价，将她们还原为女性本身，同情她们的境遇，肯定她们的智谋与才华，充分发掘了该类故事的叙事特征和伦理价值，大大推动了故事的演变和发展。

晚明时期女扮男装故事逐渐走向成熟，"三言"中的祝英台、黄善聪和刘方故事经过了精心的构思和打磨，事件完整，逻辑通顺，人物鲜明，对话生动。冯梦龙发现了这类女性的伦理困境并关注解决之道，将奇闻异事纳入情教的框架内，改造为伦理故事，这也是后世女扮男装故事发展的一大趋势。

从《太平广记》到"三言二拍"，女扮男装故事经历了由口头叙事向书面记录再向文学文本的转化，冯梦龙正好处于这一节点上，赋予故事深刻的伦理内核。从其编撰的《太平广记钞》、《智囊全集》、《情史》、"三言"中的故事可以看出，女扮男装故事经过数百年的酝酿之后，由民间传说故事向作家文学的转化，由简短零碎的奇闻异事向引发民众兴趣的通俗文学，进而向精心构思的作家文学的转化，由此进入繁盛的发展阶段，成为中国文学史上生命力最为持久的文学原型和母题。

---

① 冯梦龙编著：《醒世恒言》，张明高校注，中华书局，2014年，第200页。

包公传说"鹰叼老鼠断不清型"的故事学探析

祝秀丽 叶芒含

(中国科学技术大学人文学院)

摘 要:"鹰叼老鼠断不清"是包公传说群的众多断案故事中唯一的无头公案,它的特殊性不仅在于包公断不清的开放性结局,也在于数个古老母题的交相辉映,以及在节俗生活中的生动回响。根据该类型划分的五个母题,即土地神与鼠、人披鼠皮变鼠、人鼠婚、审鼠、鹰叼鼠,探查它们的生成历程,发现:从先秦诸子政论中的社鼠,又经魏晋六朝志怪之风推助下魅人的鼠精、唐宋以来仙道传奇中演绎的道术变人为鹰鼠,再到明代包公审鼠断案,以及清代的人披鼠皮化鼠行窃,基本母题历时生发、慢慢汇聚,逐渐生成了今天的故事形态。它重在讲述这桩无头案的前因后果,其叙事意义最终依旧回到了古老的议题:社神、社鼠和人的关系。这种关系原本是我国农业社会生活史的一部分,但通过故事母题的组合建构了当代独特的故事类型,也增添了新的象征意义:社鼠隐喻了无法根除的依附权势为祸的阶层,包公无处稽查的鹰与鼠关系背后潜藏着的是盘根错节的社会权力结构,清官虽无法彻查,但令恶势力收敛,积极的震慑作用不可忽视。

关键词:包公传说;鹰叼老鼠断不清;故事类型;社鼠;土地神

一、引言

包公传说类型研究,始于赵景深的《所罗门与包拯》(1932年)、《包公传说》(1933年)二文[①],前者分析了包公故事"灰阑记"即"二妇争子型",并对比印度、犹太、希腊、罗马等国外同类型故事,推断该类型流传的另一

---

① 赵景深:《所罗门与包拯》《包公传说》,《中国小说丛考》,齐鲁书社,1980年,第503—511、481—500页。

条路线；后者将东汉以来古文献中他人断案故事与包公传说的同类型进行对勘，有力地论证了包公传说对他人传说的吸纳力。此二文成为我国包公传说类型的共时性研究和历时性研究的经典范例。

此后，艾伯华和丁乃通对包公传说类型做了归纳工作。1937年德国学者艾伯华的《中国民间故事类型》，关注到3个包公故事类型：116"包青天"，即包公审真假人物案；122"云中落绣鞋"，其中1篇异文里包公最后出场审案，"帮助好人得到了应有的权利"；136"告状"，冤死的鬼魂请求扮演包公的演员替其申冤，这是有关包公戏曲的传说，应属包公故事的外围①。1978年丁乃通的《中国民间故事类型索引》中至少归纳出9个包公故事类型：780"会唱歌的骨头"，926"所罗门式的判决"，926*"争执的物件平分为两半"，926*D"谁偷去了卖油条小贩的铜钱？"，926G*"谁偷了驴（马）？"，926G_1^*"谁偷了鸡或蛋？"，926H*"失言"，926Q*"他嘴里没灰"，1624$A_1$②。由于国外学者对我国文献掌握的有限性和20世纪70年代之前国内故事搜集工作的局限性，一些常见的类型便成了沧海遗珠。本文所研究的类型就是其中之一。

20世纪80年代以来，随着中国民间文学三套集成工作的展开，包公传说文本采集便有了很大的突破，不过均散见于各类省区县卷本之中，故而类型研究进程比较缓慢。2007年祁连休的力作《中国古代民间故事类型研究》，归纳的故事类型中涉及包公古今文本的至少有12个：不仅有"二妇争子型""放驴捉贼型""枯井尸案型""断绢得奸型""巧析家产型""智判牛案型""折芦辨盗型""晒银字型""浮脂辨盗型""审案济困型"等包公断案主题，还有"弃老复归型"的包公捉妖主题、"不误反误型"的包公之死主题。祁连休不仅归纳了故事类型的基本情节，还梳理了历时演变的传承脉络，并辑录了当代文本的主要篇目。这为包公故事类型的深入研究打下了良好基础。

2016年以来，笔者等人对"五鼠闹东京"（即祁连休"弃老复归型"）"包公为什么不转世"（即祁连休"不误反误型"）等包公故事类型的当代口

---

① 艾伯华：《中国民间故事类型》，王燕生、周祖生译，商务印书馆，1999年，第197—198、203—206、222页。艾伯华所见的"云中落绣鞋"的包公案故事，应源自《百家公案》第五十九回"东京决判刘驸马"或《龙图公案》第十二则"石狮子"，(明)安遇时：《包公案》，内蒙古人民出版社，2009年，第109—112、194—196页。

② 丁乃通：《中国民间故事类型索引》，郑建威、李倞、商孟可等译，华中师范大学出版社，2008年，第204—210、302页。

承文本进行了类型归纳和意义阐释等共时性研究①。但限于古文献不易获得导致文本演变路径难以摸清的问题,均未采用顾颉刚②、赵景深、钟敬文③等前辈开拓的以古文献梳理见长的历时性传说研究法。近年来,随着古文献数字化工程的推进,我们加强了对包公传说类型的历时性观照,拟以此文作为探索的开端。

纵观包公传说的所有古今文本,断案故事是其中数量最多的部分。有趣的是,包公日断阳、夜断阴,无案不破,其中却有一桩无头公案,叫"鹰叼老鼠断不清"。在当代特别是20世纪80年代以来中国民间文学三套集成搜集整理工作者采录了该故事的主要异文。它讲的是敬土地神的人获赠鼠皮后变成老鼠害人,在包公审理时,他又被一只老鹰叼走,最终找不出案子的真相。直至目前,几乎没有其他学者关注到这一类型及其特殊性。笔者曾以短文④简要对比"鹰叼老鼠断不清"和"五鼠闹东京"两个类型故事的三种叙事差异:鼠精性质的不同、包公捉妖结果的不同、超自然神灵与包公关系的不同,并在文末指出,它是以批判的叙事视角来揭露土地神和鼠人之间沆瀣一气的现象,包公作为审鼠官,竟然也无法彻查,反衬出产生这类现象的力量之强大。

鉴于上述研究,仍有一些问题有待解决:

1. "鹰叼老鼠断不清"故事的基本母题起源何处?经过怎样的生成、汇聚过程?

2. 故事的意义究竟何在?

二、故事资料与研究方法

本文的故事资料分为当代文本和古代文本两部分。当代文本是采集于各

---

① 祝秀丽、蔡世青:《"五鼠闹东京"传说的类型与意义》,《民俗研究》2018年第4期。祝秀丽、董军锋:《"包公为什么不转世"的结构形态与叙事意义》,《韶关学院学报》2016年第9期。

② 顾颉刚关于孟姜女故事研究的系列文章,参见顾颉刚著、王煦华编:《孟姜女故事研究及其他》,商务印书馆,2014年,第3—136页。

③ 钟敬文:《中国的水灾传说》,《钟敬文文集·民间文艺学卷》,安徽教育出版社,2002年,第441—471页。

④ 祝秀丽:《包公传说"鹰叼老鼠断不清"类型初探》,《包公文化》(肇庆市包公文化博物馆内部刊物)2020年总第3期。

类集成卷本和其他书籍中的鹰叼老鼠断不清型故事，共19则：湖北6则；贵州2则；云南2则；安徽、江苏、江西、广西、重庆、四川、新疆、西藏各1则；流传地不详1则。其主要情节单元包括：

（1）一个人敬奉土地神，土地神赠他一张老鼠皮，他披上鼠皮变成老鼠。（土地神14则，其他神5则）

（2）他到处偷东西，还潜入一个小姐的闺房和她私会，后来被她的父母捉住。（18则有此情节，其中有的不去偷东西，直接去找小姐；1则无此情节。从男女关系来看：两人相爱5则，害死小姐1则，奸污2则）

（3）小姐父母告状，包公（少数异文为员外）在船上审案，他披上鼠皮变鼠，爬上桅杆。（11则有此情节，另有6则是在衙门等处审案，老鼠爬上竹竿或旗杆；2则无此情节；其中1则为玉帝命土地神收回鼠皮，1则西藏故事为包公捉住鼠人，问斩前鼠人变鼠逃走）

（4）土地神变成老鹰来叼走老鼠。（17则有此情节，其中16则是救了他、1则是吃了他；另2则结局不同，1则是土地神要鼠皮，他不给，土地神变鹰搜寻老鼠；1则西藏故事结尾是包公令两人结婚，以举办婚礼结束）

绝大部分当代异文的基本情节高度一致，仅西藏藏族异文变异最大，它也许是结合了藏传佛教中财神天王和吐宝鼠的信仰①。在古代文本的采集中，没有发现"鹰叼老鼠断不清"故事，可初步推断这是一个晚熟的故事类型。对于这个故事类型，我们将从母题的来源角度切入，着力搜集与该故事母题有关的叙事文本。因此，先将上述情节单元简化，概括出土地神与鼠、人披鼠皮变鼠、人鼠婚、审鼠及鹰叼鼠共5个基本母题。

沿着这5个母题检索古代文献，发现从先秦到清代不断出现包含一个或几个上述母题的叙事文本，本文引证分析者共计16篇。

本文主要采用历时性研究方法，致力于发现该故事类型基本母题的生成历程，其次，辅以共时性研究法，从故事类型学角度进行文本对比，进而理解文本间的异同，最后发掘故事的意义。

三、母题生成历程

"鹰叼老鼠断不清"以土地神、凡人（披鼠皮化鼠）联手成功对抗了包公这位断清无数奇案的清官，在众多的包公故事中足以脱颖而出，令人惊奇。

---

① 张鹏：《毗沙门天与鼠》，《西域研究》2012年第1期。

不过，故事中的母题原型以及主题思想早在先秦时期就已初露端倪了。这就是先秦诸子的社鼠之论。

（一）政论中的社鼠

土地神，我国古代称为社神，其庙为社庙，寄生于社庙的老鼠，即社鼠。先秦时期政治家、学者谈到的社鼠，是自然界中的老鼠，没有什么异能，只是寄居在社坛、社树、社庙这样的神圣之地罢了。

社鼠之论最早见于春秋战国的《晏子春秋》卷三、卷七：

> 景公问于晏子曰："治国何患？"
> 晏子对曰："患夫社鼠。"
> 公曰："何谓也？"
> 对曰："夫社，束木而涂之，鼠因往托焉，熏之则恐烧其木，灌之则恐败其涂，此鼠所以不可得杀者，以社故也。夫国亦有社鼠，人主左右是也。内则蔽善恶于君上，外则卖权重于百姓。不诛之，则为乱；诛之，则为人主所案据，腹而有之。此亦国之社鼠也。……"①
> 景公问晏子曰："治国之患亦有常乎？"对曰："佞人谗夫之在君侧者，好恶良臣，而行与小人，此治国之常患也。"②
> ……………
> 公曰："然则夫子助寡人止之，寡人亦事勿用矣。"对曰："谗夫佞人之在君侧者，若社之有鼠也。谚言有之曰：'社鼠不可熏，去此乃治矣。'谗佞之人，隐君之威以自守也，是故难去焉。"③

晏子回答景公"治国最怕什么"的问题，说是"社鼠"。理由是：对于寄居在社庙中的老鼠，人们害怕毁了社庙，既不敢放火熏，也不敢用水灌，投鼠忌器，只能听之任之。国家的社鼠就是君主左右的谗佞小人，他们对内欺君罔上，对外仗势欺人，不诛杀他们，国家就会混乱，若想要诛杀他们，他们便会隐藏在君主权威中得以自保。特别值得一提的是，晏子还引用了当时的一句谚语"社鼠不可熏"。所以，贤君所能做的是"审见宾客，听治不

---

① 晏婴：《晏子春秋》内篇问上第三，汤化译注，中华书局，2015年，第185—186页。
② 晏婴：《晏子春秋》外篇重而异者第七，汤化译注，中华书局，2015年，第488页。
③ 晏婴：《晏子春秋》外篇重而异者第七，汤化译注，中华书局，2015年，第490页。

留"①，即审慎对待臣子，听政不拖延，不给谗佞小人以可乘之机。此后，社鼠用来比喻依凭于统治阶层而祸国殃民的奸佞之徒。

战国末年，韩非子承续了晏子的看法，明确指出社鼠之类的人内外勾结，控制君主，乃亡国之患：

> 故桓公问管仲："治国最奚患？"对曰："最患社鼠矣。"公曰："何患社鼠哉？"对曰："君亦见夫为社者乎？树木而涂之，鼠穿其间，掘穴托其中。熏之，则恐焚木；灌之，则恐涂阤：此社鼠之所以不得也。今人君之左右，出则为势重而收利于民，入则比周而蔽恶于君。内间主之情以告外，外内为重，诸臣百吏以为富。吏不诛则乱法，诛之则君不安，据而有之，此亦国之社鼠也。"……左右又为社鼠而间主之情，人主不觉。如此，主焉得无壅，国焉得无亡乎？②

后来，社鼠与稷狐又被联系起来，其意义更为鲜明：这类狐鼠之所以能存活，不是自身有什么神异之处，而是它们所依附者甚是强大。如西汉刘向的《说苑》中，孟尝君的门客对他说："且夫狐者，人之所攻也；鼠者，人之所熏也。臣未尝见稷狐见攻，社鼠见熏也。何则？所托者然也。"③ 稷狐，即寄居于谷神庙的狐狸。稷狐、社鼠都因所依傍的势力而不曾被猎杀，门客借此来说服孟尝君发挥强大的主君作用。继而，稷狐、社鼠又演变为"城狐社鼠"一词。在三国曹魏时期，应璩写有诗句："城狐不可掘，社鼠不可熏。"④ 此后，"城狐社鼠"成了一句成语，比喻那些依凭强权阶层而引起祸乱者。之所以城狐社鼠很难被惩罚，是因为其所依仗的势力保护了它们，而这种势力中最高者即人君，那么社鼠之说，始终是对君主为政的一种警示。

如何除掉城狐社鼠呢？鼠和鹰，狐与犬，在古人眼中是对立的意象，鹰、犬是鼠、狐的天敌，因而鹰、犬被文人借用来象征能除掉城狐社鼠的一股正义势力。如元代侯克中的诗《魏》云："城狐社鼠休夸巧，无限苍鹰未解绦。"⑤ 明代薛论道的散曲《水仙子·狐假虎威》指出了城狐社鼠虽能狐假虎

---

① 晏婴：《晏子春秋》外篇重而异者第七，汤化译注，中华书局，2015年，第490页。
② 《韩非子》外储说右上，高华平、王齐洲、张三夕译注，中华书局，2015年，第486—487页。
③ 刘向：《说苑》卷十一，四部丛刊景明钞本。
④ 萧统编、李善注：《文选》卷四十，胡刻本。
⑤ 侯克中：《艮斋诗集》卷二，清乾隆文渊阁四库全书本。

威、仗势欺人，却有鹰犬能制服它们：

> 全凭城社据为家，惯与椽杌作爪牙，张威借势惊人怕。
> 满乾坤袖里蛇，闹轰轰播土扬沙。
> 虎不如城狐大，骥不如社鼠猾，毕竟有鹰犬寻他。①

所谓能捉住城狐社鼠的鹰犬，就是能够刚正执法的直臣。但是，鹰犬捕寻狐鼠，如果只是停留在文人的借物言政的话语状态，就无法以积极的叙事元素被吸纳进后来的故事情节中。

那么，社鼠是怎样演变成叙事母题的呢？首先它从政论、诗词中脱离出来，进入志怪故事领域，摆脱了自然界的动物形象，发展为超自然界的鼠精，然后沿着这条路越走越远。

（二）魅人的鼠精

魏晋南北朝时期，随着志怪文学的产生和流行，社鼠的形象逐渐拟人化、人格化，转变为幻化人形并与人互动的超自然精怪。晋葛洪讲登山之道、入山之法时指出，一旦人入山中，就进入了一个妖魅横行的世界，所遇到的不同身份的人可能是各类动物精怪，自卫方法之一是要知道这些精怪的本相。于是葛洪指出很多动物精怪的假名和本相，提供了识别山中精怪的法则。关于老鼠精，他说道："子日称社君者，鼠也。称神人者，伏翼也。"② 意思是讲，子日遇见自称社君的，就是老鼠精；自称神人的，就是蝙蝠精。从这一说法来看，老鼠精在山中迷惑人的时候，是顶着社君的名义的。只要知道了社君就是鼠精，它就不能害人了。与先秦时期相比，老鼠与社神的密切关系又进一步深化，老鼠能变形，还自命为社君，显然它和社神一样属于超自然界了，只是社神位列为神、地位尊贵、受人崇拜，鼠精属于精怪，被人趋避。

干宝的《搜神记》里也有一些鼠精的志怪故事：卷三《淳于智杀鼠》，咬人之鼠被精通法术的淳于智所杀；卷六《鼠舞门》，妖鼠不停地舞于门中，是死亡之兆；卷十八《王周南克鼠怪》，有鼠做人语，几次咒周南某日死，周南不应答，到了那一天，鼠死了；卷十九《鼠妇迎丧》，灶间有鼠变成小人，被婢女踩踏误杀后，鼠妇举哀……③足见鼠精作怪是当时很常见的母题。不过，

---

① 薛论道：《林石逸兴》卷三，明万历刻本。
② 葛洪：《抱朴子内篇》卷十七，四部丛刊景明本。
③ 干宝：《搜神记》，马银琴译注，中华书局，2012年，第63、131、419、431页。

在干宝的辑录中，卷十九《张福遇鼍妇》①便是很有趣的动物精怪鼍女与男人欢爱的故事。相比之下，鼠精与人的关系似乎依旧遥远，缺乏异类婚主题。后来，南朝刘义庆的《幽明录》中出现了鼠女变为婢女私会男人的故事《徐密》：

> 上虞魏虔祖婢，名皮纳，有色，密乐之。鼠乃托为其形，而就密宿。密心疑之，以手摩其四体，便觉缩小，因化为鼠而走。②

这个故事已初具后来人鼠婚故事的雏形，是鼠女主动变形为男人喜欢的女人的模样，被男人质疑后变回原形逃走了，最后没有达成人鼠婚配的结果。在《幽明录》中还有獭精迷人、狐狸精迷人等，刘守华对比这些故事后发现了情节的一致性："这些精怪大都是雌性，变形为美女主动追求男人，享受男女欢爱。因偶然间露出破绽或遭遇猎犬，现出本相，或被打杀，或抱恨离去。"③可见，这类精怪故事在当时已广泛流布了，人鼠婚恋仅是其中一个亚型而已。

不过，魏晋六朝的鼠变人故事，总体上还是停留在鼠与人的世界相分离的状态，特别是从婚恋的结果来看，鼠精并未深卷于人类世界之中，是偶有短暂闯入人类世界（一夕之欢）且不被见容的异类，尽管已有其他动物精怪长期病魅某女的故事（如《搜神记》卷三《韩友驱魅》④，狐精多年缠磨刘世则之女，终被韩友的巫术所制）。到了唐传奇中，这种状态便被打破了，出现了长期闯入并影响到人类秩序的人鼠婚故事。如隋末唐初的王度撰《古镜记》里讲，王勣拿着宝镜游历，得到道士指点，成为捉妖的专家，有一次铲除了迷惑一家三女的妖怪，其中一妖即老鼠精：

> 更游豫章，见道士许藏秘，云是旌阳七代孙，有咒登刀履火之术。说妖怪之次，更言丰城县仓督李敬慎家有三女，遭魅病，人莫能识。藏

---

① 干宝：《搜神记》，马银琴译注，中华书局，2012年，第428页。
② 李昉：《太平广记》卷四百四十"畜兽七"，明嘉靖四十五年谈恺刻本补配清钞本。
③ 刘守华：《中国民间故事史》，湖北教育出版社，1999年，第120页。
④ 干宝：《搜神记》，马银琴译注，中华书局，2012年，第72页。

秘疗之无效。勋故人曰赵丹，有才器，任丰城县尉。勋因过之。丹命祗承人指勋停处。勋谓曰："欲得仓督李敬慎家居止。"丹遽命敬为主，礼勋。因问其故。敬曰："三女同居堂内阁子，每至日晚，即靓妆衔服。黄昏后，即归所居阁子，灭灯烛。听之，窃与人言笑声。及至晓眠，非唤不觉。日日渐瘦，不能下食。制之不令妆梳，即欲自缢投井。无奈之何。"勋谓敬曰："引示阁子之处。"其阁东有窗。恐其门闭固而难启，遂昼日先刻断窗棂四条，却以物支拄之，如旧。至日暮，敬报勋曰："妆梳入阁矣。"至一更，听之，言笑自然。勋拔窗棂子，持镜入阁，照之。三女叫云："杀我婿也！"初不见一物。悬镜至明：有一鼠狼，首尾长一尺三四寸，身无毛齿；有一老鼠，亦无毛齿，其肥大可重五斤；又有守宫，大如人手，身披鳞甲，焕烂五色，头上有两角，长可半寸，尾长五寸已上，尾头一寸色白，并于壁孔前死矣。从此疾愈。①

这则传奇中，老鼠精与其他两精怪一起神不知鬼不觉地潜入三女的闺阁中，迷惑她们私会偷欢，以它们为夫婿。从三女日渐消瘦、不能吃饭、不让梳妆就寻死觅活等情况看，此种异类婚已经深深影响或破坏了人类的生活秩序，更是不被人接受的，需要被剪灭。大多这类异类魅人成疾的故事结尾都是用神仙道术除掉异类，无论其所属何物（动植物、器物、鬼等）。

另一篇人鼠婚的志怪传奇见于唐前期的戴孚《广异记》中《崔怀嶷》，雄鼠魅女，并携带到房屋地下鼠洞中，女孩为妇生子数年，才被父母家人发现：

近世有人养女，年十余岁，一旦失之，经岁无踪迹。其家房中屡闻地下有小儿啼声，掘之，初得一孔，渐深大，纵广丈余。见女在坎中坐，手抱孩子，傍有秃鼠大如斗。女见家人，不识主领，父母乃知为鼠所魅。击鼠杀之，女便悲泣云："我夫也，何忽为人所杀！"家人又杀其孩子，女乃悲泣不已，未及疗之，遂死。②

---

① 李昉：《太平广记》卷二百三十"器玩二"，明嘉靖四十五年谈恺刻本补配清钞本。

② 李昉：《太平广记》卷四百四十"畜兽七"，明嘉靖四十五年谈恺刻本补配清钞本。

《古镜记》中的结局是妖魅被除而女孩痊愈、人类秩序得以恢复，但是这个故事结局却令人悲伤：人类击杀秃鼠父子并导致女孩悲痛死去，说明女孩已无法重回人类世界了。与现代"鹰叼老鼠断不清"中的人鼠婚情节相比，唐传奇中鼠是真正的鼠精，造成人类与精灵世界之间秩序混乱，虽其来源何处不被知晓，但终被人类所杀；而"鹰叼老鼠断不清"中鼠是披着鼠皮的人，与小姐私合导致社会阶层秩序的混乱，被捉住后却依凭土地神得以获救，世人也不知其来源，无法追捕。两者的叙事重心都在于恢复人类世界的秩序，所不同的是秩序破坏者是否拥有背后支持的势力。

至清代，人鼠婚的结局终于在作家用心撮合下得以圆满。蒲松龄《聊斋志异》中的《阿纤》①，讲的是鼠女阿纤嫁给了人类青年，因被怀疑是老鼠精而分离，后来彼此思念，幸得重聚，最后阿纤令青年再次致富，两人幸福生活在一起。这篇作品与唐末传奇里将鼠精视为异类而除掉要大大地进步了，相比于六朝时《徐密》中鼠女的自惭形秽，蒲松龄笔下的鼠女的人格化达到了一个高峰，成了人类青年幸福的伴侣。但是它明显地带着作者个人的理想主义。因为在我国农耕文化孕育出来的民间故事里，老鼠精大多是被驱逐出人类世界的，鼠女与人类青年的婚姻，可不像龙女故事那样结局幸福美满。例如河北邯郸的《光棍守店》②、山东泰山的《老鼠精》③等就是这类故事，讲在某一节日夜晚变形为人、来给单身汉包饺子的鼠女，因偷吃饺馅或饺子引起男人的警惕，最后被除掉。可见，我国传统文化中关于人鼠之间秩序的想象和安排，始终围绕着去除鼠患、拉开人鼠距离的主题展开。相比而言，"老鼠嫁女"故事的结局（鼠女的理想婚配对象还是老鼠）才是人们所喜闻乐见的鼠婚状态。

（三）道术变人为鹰鼠

隋唐时期，人变鹰鼠以摆脱官吏捕捉的故事也登场了。其中，道士是以道术控制形变的重要人物。宋《太平广记》收录了唐代以前的两则道士师父变作鹞鹰抓起变作老鼠的徒弟、救走他的故事。一是《列仙传》中的《赵廓》：

---

① 蒲松龄：《聊斋志异》，于天池注，孙通海、于天池等译，中华书局，2015年，第2635—2647页。

② 李怀顺主编：《邯郸地区故事卷（中册）》，中国民间文艺出版社，1989年，第375—376页。

③ 《中国民间故事集成》全国编辑委员会、《中国民间故事集成（山东卷）》编辑委员会：《中国民间故事集成（山东卷）》，中国ISBN中心，2007年，第738—739页。

  武昌赵廓,齐人也。学道于吴永石公。三年,廓求归,公曰:"子道未备,安可归哉!"乃遣之。及齐行极,方止息,同息吏以为法犯者,将收之。廓走百余步,变为青鹿。吏逐之,遂走入曲巷中,倦甚,乃蹲憩之。吏见而又逐之,复变为白虎,急奔。见聚粪,入其中,变为鼠。吏悟曰:"此人能变,斯必是也。"遂取鼠缚之,则廓形复焉,遂以付狱。法应弃市。永石公闻之,叹曰:"吾之咎也。"乃往见齐王曰:"吾闻大国有囚,能变形者。"王乃召廓,勒兵围之。廓按前化为鼠,公从坐翻然为老鹞,攫鼠而去,遂飞入云中。①

二是唐代薛用弱的唐传奇小说集《集异记》中的《茅安道》:

  唐茅安道,庐山道士,能书符役鬼,幻化无端。从学者常数百人。曾授二弟子以隐形、洞视之术。有顷,二子皆以归养为请。安道遣之,仍谓曰:"吾术传示,尽资尔学道之用,即不得盗情而衒其术也!苟违吾教,吾能令尔之术临事不验耳。"二子授命而去。
  时韩晋公滉在润州,深嫉此辈。二子径往修谒,意者脱为晋公不礼,则当遁形而去。及召入,不敬,二子因弛慢纵诞,摄衣登阶。韩大怒,即命吏卒缚之。于是二子乃行其术,而法果无验,皆被擒缚。将加诛戮,二子曰:"我初不敢若是,盖师之见误也。"韩将并绝其源,即谓曰:"尔但致尔师之姓名居处,吾或释汝之死。"二子方欲陈述,而安道已在门矣。
  卒报公,公大喜,谓得悉加戮焉,遽令召入。安道庞眉美髯,姿状高古,公望见,不觉离席,延之对坐。安道曰:"闻弟子二人愚骏,干冒尊严,今者命之短长,悬于指顾,然我请诘而愧之,然后俟公之行刑也。"公即临以兵刀,械系甚坚,召致阶下。二子叩头求哀。安道语公之左右曰:"请水一器。"公恐其得水遁术,固不与之。安道欣然,遽就公之砚水饮之,而噀二子,当时化为双黑鼠,乱走于庭前。安道奋迅,忽变为巨鸢,每足攫一鼠,冲飞而去。晋公惊骇良久,终无奈何。②

---

① 李昉:《太平广记》卷七十六"方士一",明嘉靖四十五年谈恺刻本补配清钞本。
② 李昉:《太平广记》卷七十八"方士三",明嘉靖四十五年谈恺刻本补配清钞本。

很明显，两则故事①同属一个类型，都是徒弟道术未精被捉，由道行高深的师父出面解救，解救的方法也同出一辙：弟子变鼠，师父变鹰，鹰捉鼠飞去。在《赵廓》中，徒弟赵廓因下山时形迹可疑，被误认为罪犯而遭追捕，是明显的受害者。《茅安道》中，庐山道士茅安道的两个徒弟到韩晋公面前炫技却因道术失灵而被捕，是咎由自取，这也是师父对徒弟们任意妄为、人前炫技的一种惩罚。故事里都描述了法术的神奇：《赵廓》中法术贯穿于前后，通过赵廓变青鹿、白虎、老鼠和师父变老鸥，表现得很充分；《茅安道》中法术集中在故事的后半部分，分三件事来表现：首先是在徒弟刚要供出师父时，师父忽然出现在府门前；其次，师父要水而未得，则饮砚水喷在徒弟身上，令其化鼠；最后，他猛然变作大鹰，每只爪抓一只鼠，冲天飞去。

与鼠精魅人相比，这两则故事中鼠的形变，不是鼠精自己的变化，而是人运用道术使人变鼠，即道士施法。钟敬文先生将故事中的变形分为自动变形和被动变形两类②，鼠精魅人中的自主变形就是前者，道士师父利用道术将徒弟变形为鼠则属于后者。徒弟有师父撑腰，这显然与社鼠依附社庙相一致。另外，《赵廓》中的齐王、《茅安道》中的韩晋公，这样的帝王将相角色也首次出现在捉鼠精的叙事中。道士以道术来挑战他们，是两个故事中最活泼的地方，或许有着道教和儒家之间角力的意思。鹰叼鼠的营救行为令捉鼠之举不了了之，这种角力的过程和结局成了当代"鹰叼老鼠断不清"故事最有意味的核心情节。明末短篇平话小说集《西湖二集》③中，韩晋公传奇里仍有这个茅安道故事，可惜并未增添新东西。

（四）判鼠、审鼠

土地神与鼠的母题，在明代出现在人物传说中并有了官员判鼠的意味。景泰年间《建阳县志续集》中载刘崇之因鼠啮文籍而判土地神不尽责的传说：

> 刘崇之为儿时，书斋文籍为鼠啮，戏书一判示土地云："尔不职，杖一百，押出斋门。"是夜，其师梦老人曰："某实不职，烦一言于侍郎免

---

① 需要说明的是，《列仙传》被认为是自汉代刘向之后陆续有人参与编撰的。从两则故事的繁简程度来看，《赵廓》似乎产生更早，那么《茅安道》可能受到了它的影响。

② 钟敬文：《中国的天鹅处女型故事——献给西村真次和顾颉刚两先生》，《钟敬文文集·民间文艺学卷》，安徽教育出版社，2002年，第609页。

③ 周清原：《西湖二集》卷九，明崇祯刊本。

断。"次日，其师以告，崇之遂毁其判。夜又梦老人曰："谢教授救解，有少白金为谢。"次早，于书几上得银一片，人以为异。后崇之果为侍郎。①

这是大人物童年判土地（或城隍）类型传说的较早形态。因鼠为祸而判罚土地，虽出自儿童戏言，但土地神在老师的梦中却自称确实失职，请求老师让这位将来当大官的小学生不要判罚自己。可见，老鼠归土地神管辖，是当时被世人普遍认可的事，小侍郎的判词起到了敲山震虎的警示作用。他那神奇的判罚土地神的本领，已包含对老鼠为祸之事做出审判的审鼠含义：不是直接找老鼠算账，而是找纵容老鼠做坏事的土地神，可谓断案的高手。类似的传说在清代也有流传，如瑞金的刘玮十四岁时家塾里多鼠，一天丢了一锭墨，他写文书谴责土地神失职并让他管好老鼠、追讨墨锭，晚上，老鼠把墨归还到了原来的地方②。

明代，包公审鼠精的故事"五鼠闹东京"非常流行，有《百家公案》中第五十八回《决戮五鼠闹东京》、《龙图公案》中第五十二则《玉面猫》③、《五鼠闹东京包公收妖传》④ 等几个版本。《百家公案》中还有第二十九回《判刘花园除三怪》、第五十一回《包公智捉白猴精》⑤ 等数篇包公审理精怪迷人的主题，而《决戮五鼠闹东京》中，因五鼠精先后变男子、变丞相、变皇帝、变国母、变包公，层层变化，惊动了民间、官方、朝野上下以至天庭、西天，叙事时空宏阔，情节跌宕曲折，十分精彩。因其篇幅太长，在此仅介绍梗概如下：

施俊赴京应试途中，被西天走下的五鼠精之一鼠五的毒酒毒昏，鼠五则变化为假施俊去迷惑其妻。施俊服了董真人的药后病好回家，被假施俊赶出家门，他找到丈人一起向王丞相告状。王丞相审案时，鼠四变作假丞相，案件难以告破。后被告知仁宗皇帝，鼠三则变作假仁宗出现在朝堂，群臣失色。国母来辨皇帝的真假，鼠二又变作假国母放了众人

---

① 《建阳县志》中《建阳县志续集》，明弘治十七年刻本。
② 《瑞金县志》卷八，清乾隆十八年刻本。
③ 安遇时：《包公案》，内蒙古人民出版社，2009年，第105—109、242—244页。
④ 《中国古代孤本小说集》编写组：《五鼠闹东京包公收妖传》，《中国古代孤本小说集》（第四卷），中国文史出版社，1998年，第3551—3584页。
⑤ 安遇时：《包公案》，内蒙古人民出版社，2009年，第54—56、90—92页。

犯。无奈之下，包公被召回审案，鼠大就变作假包公大闹公堂。包公让夫人看着自己的身体，灵魂上天找玉帝，查知是西天雷音寺灵怪五鼠精作乱，只有世尊殿前的玉面猫能降伏。天使去西天借猫未果，又领着包公亲自去借，才借来玉面猫。包公返回人间审鼠，玉面猫大显神通，除掉了鼠精。

在故事中，神通广大的五鼠精和能够治鼠的玉面猫都来自西方佛界，归西天世尊管辖，显示了浓重的佛教信仰成分。同为审鼠，鼠之来源是"五鼠闹东京"与"鹰叼老鼠断不清"两个故事的又一个显著差异："五鼠闹东京"中，鼠不属中土，城隍都管不着，更奈何不了它们，而包公只能冒死去天上见玉帝，才得知鼠是来自西天雷音寺，只有世尊殿的玉面猫可降伏。鼠乱导致的祸害程度在"五鼠闹东京"中显得更严重：鼠变成一模一样的凡人，与周边人打交道，造成关系混乱，最初祸乱一个家庭，后来扩大到官府、朝野，举国动荡不安，天界也费力稽查、解决。这比此前的鼠精仅仅为祸一人、一家要厉害得多。但是，从结局来看，西天之鼠，再有神通，总有相克之神猫，最后被成功驱除，而"鹰叼老鼠断不清"中，本土神明的暗中护佑竟让案件真相湮没，可见社鼠造成的祸患更大、贻害更深。

尽管"五鼠闹东京"的五鼠是西天佛界之鼠，但包公审鼠的影响却由此扩展开来。今天的"鹰叼老鼠断不清"故事选择包公为审判官便成了自然而然之事了。此外，在《百家公案》中，土地神也常做包公的超自然助手，帮忙调查案件原委或完成包公所求之事，如第十三回《为众伸冤刺狐狸》(命公差以牒文拘土神审究后，土神绑狐狸来公堂)、第四十回《斩石鬼盗瓶之怪》(命公差以文牒焚祝土地龙神后，鬼吏捉来石怪)、第八十九回《刘婆子诉论猛虎》(命公差以公文和冥钱焚祝土地后，众鬼卒绑来老虎)[1]。也有包公属下查不清案情时自行求助于土地神的情况，如第三十二回《失银子论五里碑》(公差自行以香钱焚献土地，土地梦中告知案情)、第三十五回《鹊鸟亦知诉其冤》(公差自行皈投土地)[2]。土地神掌管一方之物、一方之事，甚至直接捉来凶手让包公论处。为何如此？《百家公案》开篇交代过包公是天上文曲星下凡[3]，因此才能在后来的断案中上告天庭，下遣城隍、土地、阎罗、判官

---

[1] 安遇时：《包公案》，内蒙古人民出版社，2009年，第28—29、68—69、155页。
[2] 安遇时：《包公案》，内蒙古人民出版社，2009年，第59、62—63页。
[3] 安遇时：《包公案》，内蒙古人民出版社，2009年，第3页。

等。此时的土地神,尽管偶有失察之处,但总归算正义之神,辅助包公日断阳、夜断阴。这与当代"鹰叼老鼠断不清"中土地神深卷于案件之中,且把人犯救走,形象截然相反。

(五)人披鼠皮变鼠行窃

清代又出现了全新的叙事元素,见于袁枚《子不语》中《人化鼠行窃》故事。它不仅颇具民间性,且十分珍贵,因其提供了"鹰叼老鼠断不清"故事的又一关键母题——人披鼠皮变鼠,兼含有审鼠情节:

> 观察王某,以领饷到长沙。邑令陈公为设备公馆,将饷置卧室内。一夕甫就枕,气逆不能寐,辗侧至三更,忽梁上仰尘中有物作啮木声甚厉。悬帐觇之,见顶板洞裂,大如碗,一物自上堕地。视之,鼠也,长二尺许,人立而行。王骇甚,遍索床枕间,思得一物击之,仓卒不可得。枕畔有印匣,举以掷之,匣破,印出击鼠。鼠倒地皮脱,乃一裸人。王大惊,喊,吏役皆至。已而邑令陈某亦来,视之,乃其素识乡绅某也,家颇饶于资,不知何以为此。讯之,瑟缩莫能对。
>
> 王即坐公馆,将动刑。其人自言:幼本贫窭,难以自存,将往沉于河。遇一人询其故,劝弗死,曰:"我令汝饶衣食。"引至家,出一囊,令我以手入探之,则皆束皮成捲,叠叠重列。因随手取一皮以出,即鼠皮也。其人教以符咒,顶皮步罡,向北斗叩首,诵咒二十四下,向地一滚,身即成鼠。复付以小囊佩身畔,窃资纳于中,囊不大亦不满重也。到家诵咒,皮即解脱,复为人形。历供其积年所窃,不下数十余万。
>
> 王因问:"汝今日破败前,曾否败露?"曰:"此术至神,不得破败。曾记十年前,我见一木牌上客颇多赀,思往窃之。化鼠而往,缘木将上,突出一猫啮我项,我急持法解皮欲脱身逃,而砉然有声,猫皮脱,亦人也,遂被执。究所授受,其人与我同师,其术更精,要化某物,随心所变,不必借皮以成。因念同学,释我归,戒勿再为此。已改辙三年矣。缘生有五子,二子已历仕版,一子拔贡,尚有二子,思各捐一知县与之。敛家中银不足额,探知公饷甚多,故欲窃半以足数,不意遭印而败。"王因取皮,复命持咒试之,则皮与人两不相合。乃以其人付县复讯,定谳始去。①

---

① 袁枚:《子不语》,天津人民出版社,2016年,第227—228页。

人披鼠皮化鼠是以往鼠精故事中所没有的母题。当然，借兽皮等物变人的母题是比较古老的，如《搜神记》卷十四中的《羽衣女》，穿上羽毛衣变为鸟，脱下羽毛衣变成女人①；陶潜《搜神后记》卷五中的《白水素女》，离开田螺壳变形为人的田螺姑娘②。在现代的一些故事里，借助兽皮变形也是常见的，如脱下蛤蟆皮变成小伙子的蛤蟆儿子，脱下狗皮变成姑娘的龙女等。兽皮大多是神仙变形为人所借助的外衣，而在此故事里，鼠皮是凡人提升能力的工具，是他在穷途末路时得到一位懂得仙术的人或神的馈赠，馈赠者还教会他如何拜北斗、念咒语变成老鼠。变鼠行窃后，他由穷变富，但终于因官印所击被捉，遭到官府审讯，行迹败露。被捉时，他是有家室、为子女操心的中年男子，行窃的动机是为了给儿子买官而重操旧业、偷取公饷，这讽刺了当时官场腐败的行贿现象。获得鼠皮的过程，是忽然遇人或神帮忙，即有上天怜悯贫苦者的意思，两人也生发了师徒缘分，这种缘分还影响到十年前遭猫人捕捉时因师出同门而放他一马。不过第二次被捉，受到审讯，师父或同学并未出现，故事便以定案做了结尾。

与唐宋传奇中道士变鼠不同的是，《人化鼠行窃》中的行窃者不是学道之人，需要借助鼠皮来变形。相反，他遇到的猫人同学，则可随心所欲变形，显然比他道行更高，似乎得到了道术的真谛。由此看来，他有着明显的更世俗化的身份——普通人，而且曾一贫如洗，几乎要投河。这和今天的"鹰叼老鼠断不清"中人与鼠的关系几乎是一样的：穷人借助神奇的鼠皮化鼠作乱。

对比而言，袁枚记录中的获赠鼠皮、变形为鼠以及行窃致富却因贪得无厌而被捉等情节，都被当代故事吸收了进来。或许被扬弃的是如下几点：夫除了复杂的变形程序，当代故事中主角披上鼠皮变鼠，一般无须叩拜念咒，程序更显简单，老百姓记忆起来也更容易；不再是中年父亲，而是一个年轻的单身汉，这才能结合私会小姐的人鼠婚情节，如果只是行窃，就不如人鼠婚那样增添了人物关系的张力、更能吸引听众；猫鼠相认一节，是倒叙，对于推动情节发展似乎也没有明显价值，因此未被民众继承下来。

（六）当代的"鹰叼老鼠断不清"

今天流传的鹰叼老鼠断不清故事，结合了上述的土地神与鼠、人披鼠皮变鼠、人鼠婚、审鼠、鹰叼鼠5个母题，并用举世闻名的清官包公取代了韩

---

① 干宝：《搜神记》，马银琴译注，中华书局，2012年，第321—322页。
② 高等学校民间文学教材编写组编：《民间文学作品选（上册）》，上海文艺出版社，1980年，第179页。

晋公等官吏，形成了一个特立独行的包公故事类型。下面是湖北故事家孙家香婆婆讲的《黄鹰叼鼠》，读者可由此了解其口头流传的面貌：

  一个单身汉，蛮穷，天天捡柴卖，卖的钱买香敬土地老爷。土地公公和土地婆婆说："这个伢子这么穷，卖柴的钱买香来敬我们，他怎么富得起来呢？我们的眼睛也快熏瞎了！我们屋后头有张老鼠子皮，叫他披起去偷！"土地婆婆说："也行。"
  单身汉又来装香，土地公公把老鼠皮给了他。他把老鼠皮往身上一披，就变成一只大老鼠。人家的高粱、黄豆，横直往家里偷，腊肉也抱起跑，把铺家的布也扛起走。
  一天，它钻进一户官家小姐的绣花楼上，老鼠皮一取，是个小伙子。来的回数多哒，小姐怀了孕。她的爹妈发觉，逼她交出男的。她说是只老鼠。小伙子披起鼠皮又来了，小姐说："你会把我害死的。"小伙子说："再不来了。"小姐的爹妈就捕，发现一只老鼠跑来，把鼠皮一掀变成了小伙子，他们拿了他的鼠皮，把小伙子关起。小姐的爹告到包丞相那里，包丞相来审案。小姐的爹说："他喜欢跑，把他弄到船上去审。"他们把小伙押到一条木船上。小伙子说："我一个卖柴的，小姐的房里我怎么去得？"小姐的爹说："你变成老鼠子进来的。"小伙子说："没得这个事！"小姐的爹说："你还不承认，把柄在我手里！"他把老鼠皮拿出来，小伙子把它夺过来，往身上一披，变成了一只老鼠，爬到桅杆顶上去了。包丞相说："把桅杆放下来，捉住它。"
  土地婆婆说："是你给他老鼠子皮的，他今天要死哒，你还不快去救他。"土地公公变成一个大黄鹰子，把老鼠叼走哒。包丞相说："我断押了七十二样的案，这个案我断不押了。"
  包丞相快要死哒，给他的儿子说："我死哒，你弄个铁枋子把我埋倒。"他死哒，儿子想：铁枋子管不得几天就烂哒，岩头枋子不烂。他用岩头枋子把包丞相埋了。包丞相出来不得，后来就见不到清官哒！①

不难看出，这个当代故事最后一段组合了"包公为什么不转世"类型。就前面的情节来看，一开头就展现了浓重的信仰氛围，穷人卖柴买香敬土地

---

  ① 刘守华主编：《孙家香故事集》，长江文艺出版社，1998年，第120—121页。

神，土地神可怜他这么虔诚，赠鼠皮给他，他却先偷东西、后私会小姐，被捉住了还不承认，是个十足的鼠辈，没有一点英雄主角的光环。这是本性使然，还是鼠皮的异化？或许二者兼有，从多数异文中主角对小姐不负责的态度上，可确认这一点。

尽管我们无法明确"鹰叼老鼠断不清"型故事具体是何时定型的，但可断定它应是极其晚近的事。其当代文本的特点如下：

1. 敬土地神的单身汉获赠鼠皮，并以此为祸。

它的主角常常是一个贫穷的单身汉，虔诚地敬土地神让神感动了，被赠予鼠皮。这不同于袁枚故事中的上天见怜，当代故事中的土地与信徒之间的关系更显牢固。鼠人被捉，关键在于鼠皮的秘密被发现，这也与袁枚异文中鼠皮碰印而落不同，是因不能接受人鼠婚的父母来主动捉鼠，叙事更具戏剧性。不过，人贪心不足、坏事做多做大终会受到惩罚的这层意思，袁枚故事和当代异文均有表述。不同于鼠精志怪故事中真鼠与人类的婚恋，当代异文是凭借鼠皮变鼠的人与女子的结合，变鼠是进入绣楼接近女子之法，所以没有出现一般捉妖故事里以法术捉妖的情节，这让故事的现实意义更为明晰。

2. 包公虽然是尾巴式人物，但是意义非常。

包公在后半段出场，似乎是次要人物，不过异文中常会引用的俗语、山歌却强化了包公的重要性。

江苏的《老鼠鹰衔脱帽子》结尾提及一句俗语："后来大家传说包公审清七十二件无头案，就是这第七十三件——老鹰衔老鼠，没有审清。'老鼠鹰衔脱帽子——告诉天去'，就是打那时候传开的。"[①]

安徽的《鹰叼老鼠断不清》开头是一首山歌："过去，人们唱山歌：做官要做包文拯，日断阳来夜断阴，夜断阴，鹰叼老鼠断不清。"[②]

包公断不清，这反常的结局时刻警醒人们重视这个案件的特殊性、反思这类社会现象的特殊性。

3. 鹰叼鼠时，土地神未露本相，导致一桩无头公案。

对比唐宋传奇中师父当场变形，而当代故事中，鹰的本相一下子隐退到了审鼠的包公和要为女儿追凶的父母背后，无从追查，令清官包公和受害者

---

① 丁秀发主编：《中国民间故事丛书·江苏南通·海门卷》，知识产权出版社，2010年，第194页。

② 《中国民间故事集成》全国编辑委员会、《中国民间故事集成·安徽卷》编辑委员会编：《中国民间故事集成·安徽卷》，中国ISBN中心，2008年，第132页。

无能为力。这回应了"社鼠不可熏"的古谚,且社神与社鼠的关系变得更为隐秘了。

四、故事意义

"鹰叼老鼠断不清"中,包公无法断清此案,给故事留下了令人深思之处,因此故事重在讲述这桩无头案的前因后果,其叙事意义依旧回到了古老的议题——社神、社鼠和人的关系上。

(一)寓言式的象征叙事

就象征意义而言,"鹰叼老鼠断不清"的故事始终围绕着先秦社鼠之论中的三角关系——社神、社鼠和无计可施的人,同时增加了清官包公作为制衡恶势力的力量,是对古老议题的最大突破。该故事是隐喻的、象征的叙事,体现在下列对等的象征形式上:

> 单身汉〔敬土地神而获赠鼠皮化鼠行窃〕=社鼠=依附权势为祸者
> 土地神=实际操控权力的阶层或群体
> 小姐及其父母=无能为力的受害者
> 包公=对滥用权力者的牵制力量

土地神与主角的关系虽非师徒,但主角崇信土地神,是土地神的信徒,也形成了一种很牢固的依附关系,因此获得土地神的护佑,当主角被抓被审之后,土地神会出手相救。这种牢固的关系又与早期的社鼠与社神之间的关系,乃至后来道士对徒弟的护佑,都有着一种不言自明的继承性。披着鼠皮的人,就是社鼠的隐喻,他所牵动的是土地神所代表的位于事件表象背后的实际操控权力的特定利益阶层。这样的特定利益阶层是包公所代表的清官无法撼动的,因为它是既定的社会结构所固有的。在故事中表现为:人所敬奉的神,恰恰是纵容下属危害一方的罪魁祸首,面对这种情况,人无从下手。尽管如此,仍有为势单力薄的人们请命的清官包公来牵制或对抗社鼠及其背后的权势,使受害者有了伸冤的机会。即使无法摧毁此类社会结构关系,罪恶无法根除,但令恶势力收敛,震慑作用意义积极。这个故事的与众不同,就在于此。它把盘根错节的社会权力结构以寓言的方式讲述出来,打破了清官救世的理想主义,警示了世人。

（二）故事中的民俗折光

这个故事也是我国农业文明中祭祀土地神风俗的一道折光。土地神生日里的种种治鼠节俗，包含着土地神与人、鼠之间关系的表达，呼应了故事，使日常生活领域成了加深故事理解的另一个空间。

社神、鼠、人三者的关系在我国民间是祭祀土地神节俗的一部分。土地神，古为社神，祭祀曾分为春社和秋社，分别在立春、立秋后第五个戊日，后来"土地神为乡土保护神，司本乡本土之事，各乡多有土地庙，或设村头，或设村中，多很简陋"①。现在很多地区在每年春节、二月初二（土地神生日）等时节来祭祀土地神。二月初二，实际上叠合了两个民俗节日，一个因接近惊蛰是龙抬头日；另一个是土地神的诞辰，祭土地神。有的地区仅过其中之一，有的地区则两个节都过。这一天，除了祭神之外，还要打击虫子、老鼠。人们常以消极手法来限制蛇虫鼠蚁对农耕生产生活的破坏，咒它、吓它、堵它。其中，对老鼠采取的策略，也包含着让土地爷管好老鼠的意思。如湖南桂阳人在二月初二土地神生日时，做社饭、祭社神，祈求五谷丰登，还不动锄，穿上盛装去赶土地会。各村的小孩们要为老鼠"嫁女"，即敲锣打鼓，抬着放着瓦片的四方凳走街串户，每到一家，主人便把木炭火放在瓦片上。游行结束时，瓦片被抛进河里，同时要唱："娇娇女，嫁财主，嫁到江里呷饱水。"这样就嫁走了老鼠，不遭鼠害②。甘肃合水人二月初二清晨一起来，就拿着木棒走到田头，一边敲打一边说："二月二，龙抬头，一切虫齿都抬头，瞎老鼠抬头一骨嘟。"意为消灭老鼠③。海南人二月初二龙抬头日，农民参拜龙王，祈求风调雨顺、五谷丰登，渔民祭祀龙王，保佑出海平安、鱼虾满仓，同时在儋州、临高、琼海等地过"土地公节"，民谣有"二月初二日，做粿塞鼠穴"。此时早春，禾苗初绿，常遭老鼠啃食，农民就用糯米做成软粿堵住老鼠洞，不让它出来④。人们此类斗鼠习俗还有很多，大多集中于岁末到初春，至二月初二时，是最后的机会，因为此后北方土地解冻，只待播种，老鼠打洞更容易，南方土地更加松软，禾苗也开始生长，老鼠会更加猖獗。可以说，在二月初二民间的斗鼠行动是对老鼠发出了最后通牒。

---

① 叶大兵、乌丙安主编：《中国风俗辞典》，上海辞书出版社，1990年，第689、725页。
② 赵玉燕、吴曙光：《湖南民俗文化》，湖南师范大学出版社，2010年，第22页。
③ 赵鸿藻主编：《合水史话》，甘肃文化出版社，2005年，第183页。
④ 詹贤武：《海南民间禁忌文化》，海南出版社，2008年，第52—53页。

可是，人们想方设法在土地神生日期间控制老鼠的活动，土地神就能管好老鼠了吗？农民辛苦劳作收获的稻谷还是难免被老鼠偷去。于是对于这种屡禁不止的现象，人们用神话来解释：例如汉族、瑶族、傣族、德昂族等民族的五谷来历的神话中，老鼠出了力，是为人类农业文明做出贡献的文化英雄之一，所以神允许它吃到谷米①。如此说来，土地神也只能管它，但不能灭它，这便成了人类必须接受的现实。一如福建建瓯有一首儿歌《指头歌》唱道：

碓仔碓仔舂米，
筛仔筛仔簸米，
土地公土地公映碓，
金鸡金鸡拾米，
老鼠老鼠偷米。②

这首儿歌描绘出一幅充满童趣的画卷：水碓在舂米，竹筛在簸米，土地公在看管舂米的石碓，金鸡在啄食掉在地上的米粒，而老鼠则偷走了一些大米。我们要追问的是：老鼠在土地公眼皮底下偷米，是土地公真没看见，还是得到了他的默许呢？这首儿歌更像是社鼠主题故事的一个缩影。老鼠偷窃，破坏生产生活，我们用故事抨击它，以节俗行动限制它，让土地神管束它，就是无法消灭它。总之，老鼠是自然的一部分，总能拿到足以饱腹的那一份，而社鼠一类的人是社会结构的一部分，随时都寻机扰乱社会秩序，可见人们要一直与之斗争下去。

五、结语

综上所述，在包公故事群中，"鹰叼老鼠断不清型"故事十分独特，尽管异文数量不多，却令人过目不忘。其独特之处就在于它超越了包公所能审判的范围。有些包公故事也需要他顶住强权的压力而秉公执法，如陈世美故事

---

① 《老鼠为什么偷吃谷米》，中国民间故事集成全国编辑委员会、《中国民间故事集成·江西卷》编辑委员会编：《中国民间故事集成·江西卷》，中国ISBN中心，2002年，第322页。李子贤主编：《多元文化与民族文学——中国西南少数民族文学的比较研究》，云南教育出版社，2001年，第201—203页。

② 潘渭水、陈泽平编著：《建瓯方言熟语歌谣》，福建人民出版社，2008年，第127页。

中，最终他就算不要乌纱帽，也执意为秦香莲伸冤。而"鹰叼老鼠断不清"中，包公则无处稽查那鹰与鼠的关系，因为它们的关系潜藏在错综复杂的权力结构中。

回溯古文献，发现其基本母题的生成过程：从先秦的社鼠之政论，又经魏晋六朝志怪之风的推助产生人鼠婚，以及唐宋以来仙道传奇演绎出鹰叼鼠，再附会到包公审鼠断案上，加之清代贡献了人以鼠皮化鼠母题，逐渐生成今日形态。

此故事意义深刻：社鼠隐喻无法根除的依附权势为祸的阶层，包公无处稽查的鹰鼠关系潜藏着盘根错节的社会权力结构，清官虽无法彻查但令恶势力收敛，作为牵制力量，仍有积极作用。这种叙事意义可链接到广阔的民俗生活来加强理解：从土地神信仰节俗中治鼠策略来看，这个故事折射出农耕文化中社神、鼠与人之间的牵制且共存的关系。

论道教对鬼神志怪故事中女性形象的渗透与影响

王冠含

(华中师范大学文学院)

摘要：道教对中国民间故事具有重要影响，其女性崇拜的思想渗透于众多民间故事尤其是鬼神志怪故事中。鬼神志怪故事中从动物女、落难女孩到仙女、鬼女等，都体现出道教影响下女性形象的共同特点：年轻貌美、心地善良、拥有法术等。从中可以提炼出羽化登仙、形神俱炼、生命形态的相互转化等道教思想。道教不仅直接参与了女性形象的塑造，对民间故事中女性形象的发展演变也有重要推动作用，有助于提升女性形象的内涵和地位，但有时也会减弱女性形象的趣味性，削弱其故事性。

关键词：道教；鬼神志怪；民间故事；女性形象

道教作为中国本土宗教，已经有近2 000年悠久历史。道教以先秦道家哲学为根基，东汉末年在民间逐渐形成，与民间生活、民众心理存在天然联系，是土生土长的宗教信仰，与中国民间故事联系紧密。很多民间故事尤其是鬼神志怪故事[①]中都渗透着道教文化因子，融和了道教文化信仰。20世纪八九十年代，刘守华先生已涉足这一领域，出版了《道教与中国民间文学》一书，"给中国道教与民间文学研究打开了一条新的道路"[②]。新世纪后，道教与中国神话、道教与中国古代文学的关系，也越来越受到关注。道教具有崇尚女性的特征[③]，将中国古代神话的女神都纳入自己的神仙系统，同时也对鬼神志怪故事中的女性形象进行了一定程度的改编和再造，在此类故事的演变过程中留下了浓重的道教色彩。探讨道教对鬼神志怪故事中女性形象的

[①] 林非主编：《鲁迅著作全编》(第三卷)，中国社会科学出版社，1999年，第881页。
[②] 刘守华：《道教与中国民间文学》，中国友谊出版公司，2008年，第393页。
[③] 詹石窗：《道教与女性》，上海古籍出版社，1990年，第44页。

影响和作用极有意义，但是这方面的研究还没有深入展开，在道教影响下，鬼神志怪中的女性形象体现出哪些特点，具有怎样的道教文化内涵，在故事诗学层面，道教对女性形象的塑造又有什么意义，都有待我们厘清。刘守华先生2017年出版的《中国民间故事史》中对上自先秦下至明清的中国民间故事做了全面系统、详实细致的梳理总结，对其中的典型文本都有专门论述，为我们开展相关研究提供了丰富的史料和线索。在此基础上，本文主要选择魏晋和唐宋时期的《搜神记》《列异传》和《博异志》《夷坚志》等鬼神志怪小说中的典型文本作为研究对象，这些小说成书于道教兴盛的魏晋唐宋时期，其中浸透了道教因素和思想。之前的相关研究多围绕道教与中国神话、和道教相关的传说等内容展开，本文尝试研究道教对女性形象的塑造所产生的作用和影响，将道教作为一种文化背景和文化思想，探讨这一背景下鬼神志怪故事中女性形象的特点、内涵及其演变。

一、鬼神志怪故事中的四类女性形象

笔者将鬼神志怪故事中的女性形象分为四类，为便于分析，这里采用比较宽泛的分类，不纯粹以AT分类法为标准。

1. 动物女。动物女主要指鬼神志怪故事中塑造的从动物变化而成的女性。此类形象主要见于魏晋时期的《列异传》和《搜神记》，魏晋时期道教兴盛并得到统治阶层的推崇，人们对神仙灵怪多信以为真，这两本书所收录的也多为神仙道术、鬼怪灵异之事，体现出浓重的道教色彩。这里的动物女故事又可分为三类：一是化身女性的动物故事。以《列异传》中的《鲤鱼妻》，《搜神记》中的《苍獭》《鼍妇》等故事为代表，这些故事形态较为简单，应为初始形态的动物女故事，讲述单纯的动物变幻成貌美女子向年轻男子求爱，常常不自觉露出原形或被发现后变回原形离开。二是由动物女逐渐演变为仙女的故事。螺女故事、羽衣仙女故事都属此类。螺女即田螺姑娘，此类型的民间故事在中国很常见，丁乃通编撰的《中国民间故事类型索引》将"田螺姑娘"型故事列为400C型，所列举的有出处的异文30多种。这类故事最早见于西晋束晳《发蒙记》，完整形态初见魏晋时期《搜神记》中的《谢端》（一说《搜神后记》）。唐代时这一故事的代表性异文为《原化记》中的《吴堪》。学界普遍认为，《谢端》与《吴堪》为螺女故事的成熟形态，但并非初始形态。其演变是从动物田螺或海螺转化为天帝派来的仙女，注入了道教因素。干宝《搜神记》中的《毛衣女》故事，在原初形态基础上也有发展，"毛衣女"即鸟女，本来为鸟，幻化人形后和人间男子成婚生子，后找到羽毛又飞走。这一故事和前面的初始故事有共同母题，即动物变幻为女人，但又增加了结婚生子等情节，显然变复杂了。《中国民间故事类型索引》的400D型，即其他动物变的妻子，和毛衣女故事有重合之处，收录异文约30篇①。而毛衣女的故事继续发展变异，到唐代句道兴版《搜神记》的《田章》中，原来的鸟女已演变为天女，只是暂时幻化为白鹤到人间戏耍。天女在人间的儿子后来也登天且获得天公传授的方术技能。其中明显渗透了道教的因素和观念。三是蛇女故事。动物女中蛇女的故事数量多而突出，蛇女故事的演变又与众不同，表现得更为复杂。唐代《博异志》中的蛇女多为害人的形象，《李黄》《李琯》中的蛇女外表艳丽实则狠毒。根据《抱朴子内篇》的思想，做坏事害人即为妖，因此，唐代故事中的蛇女具有蛇妖特征。宋代《夷坚志》中收录的多篇蛇女故事，保留了外形艳丽的特点，增加了贤淑性情，而失去了害人的特征，但最后多是被法师施术现出原形，或者被发现后自惭形秽而离去。蛇女的故事继续发展进入宋代话本，并被明代冯梦龙写定为《白娘子永镇雷峰塔》②，逐渐成为流传后世的著名传说《白蛇传》。《白蛇传》中的白蛇、青蛇并不害人，且能做善事、法术高超，按说已经入仙，但却被和尚做法现出蛇形，不似白水素女、天帝之女那样具有纯粹天仙的身份，因此单独列出。

2. 落难女孩。此类故事主要讲普通女孩陷入困境或遭遇磨难，最后得到神的帮助，使自己的形象发生了很大的变化，从而改变了命运。包括《中国民间故事类型索引》中的403A型——受苦女郎，神赐美貌和510A型——灰姑娘两种类型。前者列出异文18种，后者20余种。403A型主要情节为：Ⅰ.女孩受到主人虐待。Ⅱ.她哭泣时得到有道法的人的帮助，得到仙丹或神水等，通过这些法术，女孩获得绝佳美貌。Ⅲ.虐待姑娘的人看到女孩变美后，也学着去哭泣，表面看似得到了帮助，实际上受到惩罚。510A型灰姑娘故事和上面情节单元较为相似，只是某些细节上不同，比如灰姑娘通过神人的指点，获得的不是美貌而是华美的服饰，最后还和王子结了婚。尽管某些情节不同，二者的核心情节中都有神人或有道法的人的帮助，这些都是促使女孩命运转变的关键环节，体现了道家济世救人的精神追求。

---

① 丁乃通编著：《中国民间故事类型索引》，华中师范大学出版社，2008年，第78页。
② 冯梦龙：《警世通言》，中华书局，2014年，第436页。

3. 仙女。这里的仙女特指"仙女救夫"型故事中的女性形象,即《中国民间故事类型索引》中的 313A 型故事,收录异文 40 余种。其主要故事情节可概括如下:Ⅰ.男主人公想向神仙学习法术并和术士的女儿相爱。Ⅱ.男女主人公的婚事遭到神仙反对,他设置种种难题、陷阱为难男主人公。Ⅲ.女主人公运用法术帮助男主人公化解重重危机,最后二人成功逃离神仙的控制,幸福地生活在一起。此类型故事在中国流传广泛,在汉族和很多少数民族中都广为传播。虽然细枝末节上会有差异,但主干情节基本一致。刘守华先生认为此类故事又可分为两种:一种是小伙子出门是为了学法术,因而投身到李老君、张真人、茅山道人门下从而和他们的女儿发生爱情纠葛,有较鲜明的道教色彩;另一种是小伙子出门就是为了寻妻,世俗生活趣味更浓重①。通过对这两种文本的对比,我们发现除了主要情节模式类似,二者还有两个共同点:第一,女主人公本领高强,其法术能力往往超过父辈,因此能助男主人公化解危机并最终逃离。第二,故事中的障碍或危机都以道家所想象的万物之间的互转互化思想为依据。虽然第二种故事的世俗生活气息增强,但其受道教影响的痕迹仍很突出。

4. 鬼女。鬼女多出现在人鬼恋故事中。"中国关于人鬼相恋的故事很多,成为一个大的类型。"② 最早的鬼女故事出于汉魏时《列异传》中的《谈生》,晋代干宝《搜神记》中的《王道平》《崔少府女》《紫玉》《河间郡男女》等,都是此类故事。南北朝时刘义庆的《幽明录》中亦不乏此类故事。从内容上看,此类故事大致可分为两类:一是男女有婚约在先后因别离不能成婚,女子郁愤而死。男子归来后到坟上大哭,女遂复活共还家。二是鬼女竟入人间求爱,经过有期限的相处最后又不得不分离或遗有子女。两类故事中,第一类更侧重死而复生母题,认为死人之所以能复生,是因为精诚感于天地。《王道平》(卷十五)、《河间郡男女》(卷十五)属此类,情节单元类似,包括生前订婚、乱离、死情、哭坟、复生几个环节,最后都有圆满团聚的美好结局。第二类侧重人鬼恋母题,最后多因人鬼殊途而不得不分离。《列异传·谈生》、《紫玉》(卷十六)、《崔少府女》(卷十六)、《驸马都尉》(卷十六)等是此类故事的代表。其中的鬼女生前多为富家女儿,死后找寻男子主动示爱,相处三天或三年后又不得不分开并赠送贵重衣物或珍宝等,进而帮助男子或其儿

---

① 刘守华:《"离经叛道"的奇女子——仙女救夫型故事的内涵及其渊源》,《思想战线》2001 年第 1 期。
② 刘守华:《中国民间故事史》,商务印书馆,2017 年,第 75 页。

子获取功名地位。

宋代《夷坚志》中《胡氏子》（乙志卷第九）延续了鬼女复生的母题，但具体情节已有较大变化，故事充满生活气息，世俗意味增强。《夷坚志》（三志壬卷第十）中《解七五姐》综合了鬼女复生和两法师相斗的母题，故事中的七五姐聪慧好学，婚后因丈夫外出经商忧思而亡。死后她到丈夫经商地寻找然后与丈夫同归，被家人疑为鬼魅，遭法师驱赶，结果七五姐法术更高反而把法师取笑奚落一番。七五姐自述"又于梦中，蒙九宫玄女传教吾返生还魂之法，遂得再为人，永远住浮世"①。宋代话本中也有不少取材于民间故事的鬼女内容，流传下来的有《西山一窟鬼》《闹樊楼多情周胜仙》② 以及《杨思温燕山逢故人》等，并在明代冯梦龙的"三言"话本中得以传承。这些话本中的鬼女故事，世俗性和道教劝世色彩更加浓厚。一方面，体现了女性对情爱的追求，充满市民生活气息。另一方面，也体现了道教对世俗社会的渗透，故事结尾都有道教真人或神仙的出场，或收服鬼怪度人归道或主持正义扶弱济困，宣扬了道教的某些理想。

二、鬼神志怪故事中女性形象的整体特点

鬼神志怪故事典型文本中的女性形象虽然遭际不同各有差别，但也存在一些共同的特点。共性的形成除了共同的自然本性等内在因素外，也不可避免地受到了社会文化形态的影响和塑造，道教就是参与影响塑造女性形象的一种重要文化因素。基于文本分析，笔者将鬼神志怪故事中女性形象的共性特点概括为四种。

1. 年轻貌美。以上民间故事对女性的外在形象描写，主要从年龄和容貌两个方面强调女性的美丽，有的还增加了对女性华美服饰的描写。螺女型《谢端》（《白水素女》）中说："……见一少女美丽，从瓮中出，至灶下燃火。"③ 其唐代异文《吴堪》中，说螺女"可十七八，容颜端丽，衣服轻艳"④ "美女二人，姗姗而出，其貌倾城"⑤（《婆律山美女》）。"落难女孩"故事中的女性本来外貌丑陋，可是在神仙的帮助下，最终也获得了美貌，并由此改

---

① 洪迈：《夷坚志》（第四册），中华书局，1981年，第1545页。
② 冯梦龙编著：《醒世恒言》，中华书局，2014年，第248页。
③ 干宝：《搜神记辑校》，李剑国辑校，中华书局，2019年，第113页。
④ 李昉编：《太平广记》卷八三，中华书局，2020年，第1331页。
⑤ 洪迈：《夷坚志》（第三册），中华书局，第1370页。

变了自身命运。灰姑娘的故事中，原文并没有突出女性的外貌特征，但是她在神的帮助下穿上华丽的衣饰和金鞋后，同样"色若天人也"①（《叶限》），这是民间故事中女性形象的第一个特点。崇尚外表美本来就是大众的普遍心理，道教因追求青春永驻、长生不老而将神仙特别是女神和女仙的外貌美定型化，从而强化了人们对外在形象美的崇拜心理。

2. 心地善良。上述故事中的女性形象，不管是人是鬼或仙或怪，大都表现出心地善良、有情有义的特点。螺女类女性不管是早期形态的从海螺幻化而成的女性形象，还是成熟形态中作为天帝代表的素女形象，都悲悯于男主人公的孤苦无依且勤于耕作，于是烧火做饭，默默付出而不愿为人知。等被人发现而离开时，还要留下宝物从而帮助男主人公获得财富或地位等。动物女故事里，獭、鲤鱼或鸟类所变的女性，虽然有追求情爱的明确动机但被发现后多一走了之，并无伤人之举。尽管唐代的蛇女故事中写到男性与蛇女交往后多迅速病亡，似乎表明了蛇女的可怕和淫毒，但事实上，"故事中的美女蛇，实际上是长安城中堕落风尘的柔弱女子的象征"，其寓意是"给那些寻花问柳的浪荡公子敲击警钟"②。而到宋明时期，蛇女已经演变为善良多情的女性形象了，一直到蛇女故事的成熟形态《白蛇传》的传说中，其形象都是善良贤淑的优美女性的代表。"仙女救夫"型故事中的仙女更不待言，面对要为难或陷害无辜男性的长辈，她们怀着助人之心，和邪恶势力斗智斗勇，不仅表现出仁慈之心，更表现出高超的智慧和本领。鬼女故事中的女性表现得尤其有情有义。《谈生》中的鬼女本来可以复活，但在男主人公触犯禁忌使她无法复生后，她仍顾念儿子和丈夫以后的生活，把随葬的贵重衣物赠送他们，使其和自己地位较高的父母相认。《列异传》中的紫玉、宋代话本中的鬼女周胜仙都是同样善良仁义的鬼女形象。清代时，随着道教影响力的式微和封建社会的衰落，恶鬼形象亦不少见，在《子不语》《聊斋》中都有体现，这些不在我们论述范围，不再赘言。

3. 拥有法术。鬼神志怪故事中通常都会涉及仙道法术，上述女性形象中，除了落难女孩这一类故事中的普通女孩不通法术外，其他几类女子几乎多少都掌握了一些神奇之术，有的女性还拥有高超法术。这些法术归纳起来可分为：（1）变幻术。变幻术应为最基本的法术，像动物女故事中，不管是水里的獭、鱼还是陆地的狐、蛇，或者天上的飞禽，几乎都可以幻化成美女

---

① 段成式：《酉阳杂俎》，张仲裁译注，中华书局，2017年，第3075页。
② 刘守华：《中国民间故事史》，商务印书馆，2017年，第307页。

的形象。当然,毕竟是初级法术,这些变幻极易露出原形,或者因为本身变幻不彻底,保留了原来动物性的某些特点,比如獭、鱼身上的腥臊味,蛇的分叉的舌头,田螺或海螺的壳或鸟类的羽毛等。总之往往因为这些破绽最终被人识破真相或自己露出原形。鬼女故事中侧重人鬼恋主题的鬼女,往往也有变幻之术。其表现不仅是把自己由尸体或枯骨变为美女,还能把坟墓变幻为房屋厅堂或庙宇楼阁等,从而吸引年轻男子前来会面。(2)神奇宝物。具有神奇功能的宝物几乎是这些女性的标配,如螺女故事中的螺壳可以"以贮米谷,常可不乏"①。动物女故事中的"毛衣女"故事,初始形态应为鸟幻化为女,发展到唐代时,就成为天女的化身,穿上天衣时才化身白鹤飞去。因天衣被人间男子深藏,仙女无法飞走而不得不和男子成婚,后来在找到天衣后便立即飞回天上。这里的"天衣"显然也是一件宝物。仙女救夫故事中的宝物就更多了,随便一把伞、一块布、一包粉末等都具有神奇法力,不一一赘述。(3)高级法术。高级法术多在具有斗法母题的故事中得以展现。"仙女救夫"型故事中通常都包含斗法母题。鬼女故事中的《解七五姐》也包含有斗法母题,七五姐自小就跟着父亲私习道教行持法书,死后复生,其父母疑惑请法师考治,"法师书符未成,女别书一符破之;法师再书灵官捉鬼符,女作九天玄女符破之"②。就这样,七五姐以高超法术轻松战胜了法师,不仅保护了自己,也打消了父母亲人的疑虑,实际上她已经由鬼入仙了。

4. 追求情爱。在追求个人情爱方面,动物女和鬼女表现得尤为突出。初级形态的动物女故事,基本上就是纯粹地表现动物对情爱的大胆追求。《列异传》中的《鲤鱼妻》,《搜神记》中的《苍獭》《鼍妇》,这些故事中的动物化身为艳丽女子,主动招引男性并与之同宿,实质上就是大胆寻找情爱的女性的象征。然而这种行为在封建社会受到压制,因此才以动物化身女性这样的方式曲意表达。动物女故事中的一种发展形态,即"毛衣女"故事及后来的"羽衣仙女"故事,虽然也涉及情爱问题,但慢慢演变为女性对原生家庭的回归。鬼女故事的两个类型中,女性对情爱的追求异常强烈。侧重"死而复生"主题的故事中,女性多因已订婚的丈夫远行不归而思念成疾,抑郁而亡。未婚夫归来后到坟头哭泣,又使她们死而复生重回人世。可谓因情而死,又因情而生。情爱的力量被夸大到可感天动地、起死回生的地步。另一种侧重"人鬼恋"故事中,情爱的力量同样巨大。《列异传》中的《谈生》,鬼女因与

---

① 干宝:《搜神记辑校》,李剑国辑校,中华书局,2019年,第113页。
② 洪迈:《夷坚志》(第四册),中华书局,1981年,第1545页。

谈生相爱两年，不仅可以生子，腰部以上还长出了皮肉，只因谈生犯忌偷窥，才导致鬼女的复生半途而废。《夷坚志》中《胡氏子》一文，鬼女因与胡氏子相爱且吃了人间餐饭，只要胡氏子不赶她走，她就可以变成人。话本小说《闹樊楼多情周胜仙》中的周胜仙，因不能和范二郎成婚而死，死后被盗墓贼强暴而复活，复活后独自去找范二郎，反被范二郎认为是鬼又遭砸死。第二次死后她再次寻到范二郎并与之欢会，还设法帮助范二郎摆脱牢狱之灾。可谓生也为情，死也为情，是一个典型的多情的女性形象。"螺女"型故事中，虽然现存的早期文本形态《白水素女》中，螺女已经是天帝使者的仙女形象，除了帮扶人间孤苦男子外并无其他世俗追求，但这一类型故事在传播演变中，世俗性色彩不断加强，唐代的异文《吴堪》中，螺女被发现后就没有离开而是嫁给了吴堪。"仙女救夫"型故事中，主要内容虽然围绕女性和父辈之间的斗法展开，但仙女对人间情爱的追求则贯穿其中，女性为此甚至不惜和父辈决裂，表现了她们追求爱情的坚定和执着。

三、女性形象中蕴含的道教思想

鬼神志怪故事中女性形象的共同特征是多种因素共同作用下形成的，道教文化思想是其中的重要因素之一。《列异传》《搜神记》等鬼神志怪之书也是在道教兴起之后，神仙鬼怪之说盛行之时问世的，作者多深受道教思想影响或坚信鬼神之道，干宝曾说其书"亦足以发明神道之不诬也"①。梳理鬼神志怪故事中女性形象的共同特征，可以提炼概括其中蕴含的道教思想。

1. 羽化登仙。道教作为中国本土宗教，具有不同于其他宗教的鲜明特点，这在其宗旨上有明显体现。道教的基本宗旨，"概括起来有八个字：'延年益寿，羽化登仙'"②。"延年益寿"仍在世俗生活的范畴，是每个人都可以努力追求的。但"羽化登仙"就超出了世俗范围和生命的局限，是一种永生不死的美好状态。道教对"不死"的理解在不同发展阶段是不一样的，"并非都是从肉身永存的意义上说的，在后来基本上是侧重于精神永存的意义了"，也就是"与大道合一而永存"③。因此，修炼成仙可谓道教中人的终极追求。《白水素女》中的"素女"本就是道教中的女神，素女化身为螺女下界

---

① 干宝：《搜神记》，李剑国辑校，中华书局，2020年，第6页。
② 詹石窗：《道教文化十五讲》，北京大学出版社，2003年，第11页。
③ 詹石窗：《道教文化十五讲》，北京大学出版社，2003年，第12页。

帮扶孤苦的谢端，被发现真身后就飞升离开了。这体现了神仙与世俗生活的距离，或者对世俗生活的超越。从动物女故事演化而成的"羽衣天女"型故事中，女性虽然迫于无奈而和人间男子结为夫妻，但一有机会她们便会穿上羽衣返回仙界，流露出以仙界为最终归宿的登仙思想。鬼女故事中，女性死后往往可以因情而复生。虽然在志怪小说中将其解释为因情而得到感应，但也不排除道教中灵丹妙药和"起死回生""还魂术"等仙方法术的潜在影响，使人们相信或引导人们想象死后复生的种种情节。收录于《夷坚志》的《解七五姐》中，七五姐死后复生寻得丈夫一起回家，她自己说："于梦中蒙九天玄女传教返生还魂之法，遂得再为人，永远住浮世。"① 这里提到的九天玄女也是道教女神，曾在上古战争中帮助黄帝打败炎帝且具有返生还魂的法术，并使得死去的七五姐从鬼一举变作神仙，可以永远生活在尘世中。

  2. 形神俱炼。上述民间故事中的女主人公，不管是人是怪是仙是鬼大都具有年轻貌美的特征，虽然反映了人们普遍爱美的共同心理，同时也与道家提倡的形神俱炼思想密切相关。"形神俱炼"②，既是道教的哲学思想，也是其养生方法。形，主要指人的躯体，外形，是物质性的肉身；神，主要指精、气、神等无形层面的内容。从形神俱炼的术语看，道教认为形与神是统一的，都很重要。从形的层面看，道教首先强调"维护生命的健康，保持青春之年华"③。青春年华在年轻女性身上尤为显著，集中表现在美貌上，体现出生命的蓬勃活力和华美状态，既是世俗赞美的对象，同样也是道家追求的养生目标。因此，道教中的女性神仙大多具有年轻貌美的特征。《山海经》中出现过的西王母等女性，原本有人兽混合的外部特征，被道教改编纳入神谱后，都变成了貌美女人，西王母更是被定型为30来岁雍容美丽的女性形象④。其他为世人所熟悉的仙女，如白水素女、七仙女、织女、嫦娥、云华夫人等，无不是曼妙多姿、姿容出众。因此，仙女必定美貌，成为人们的共识，以致"貌如天仙""仙女下凡"已经成为形容貌美的标志性用语。其积极意义在于培养提升人们的美感，消极意义在于导致人们过分看重女性的外表美，特别是在男权社会中，使女性长期处于被审视的状态，限制了女性价值的多元化发展。

---

  ① 洪迈：《夷坚志》（第四册），中华书局，1981年，第1545页。
  ② 詹石窗：《道教文化十五讲》，北京大学出版社，2003年，第225页。
  ③ 詹石窗：《道教文化十五讲》，北京大学出版社，2003年，第226页。
  ④ 施爱东：《"弃胜加冠"西王母——兼论顾颉刚"层累造史说"的加法与减法》，《民俗研究》2011年第3期。

3. 扶危救困。救苦救难是宗教的应有之义，道教也不例外。上面论及的几个故事类型中，几乎每个故事都有帮扶救助的母题。螺女故事是帮助孤苦无依而品性良好的年轻男性，仙女救夫故事是救助遭到强势威胁的凡夫俗子，鬼女故事中鬼女离开时还不忘留下宝物以帮助凡间男子。苦难女孩型故事中困苦中的女孩也多因善心而得到神的救助。所有这些故事中的女性形象多体现出心地善良、宅心仁厚的特征，这与道教所宣扬的修德合道的思想是一致的。《道德经》中说："道生之，德蓄之，物形之，势成之。是以万物莫不尊道而贵德。"① 基于道家思想的道教认为："人类社会乃是自然界的一种延伸，追其本原，依旧应该回溯于混沌之道。混沌之道的最大功德就是生养万物而不居功，保持淳朴的本性，这才能复归于道，与大道融通而为一体。"② 概括而言，道教认为人类的道德、功德就是生养万物，这才是合于道的，于人而言即是德。葛洪认为"行善是修仙的首要前提……作恶多端，养生将会毫无效果"③。因此帮助困境中的人、爱护动物河流乃至万物等都是合于道的修仙行为，都值得提倡。

4. 生命形态的相互转化。在幻想故事中，经常出现人变成了某种动物，或动物变作人这样的内容，也就是常见的幻化母题。《格林童话》中的《青蛙王子》《七只乌鸦》等，就讲述了青蛙转变成王子或王子变成乌鸦这样的神奇故事。中国的民间文学从早期的神话到民间故事中，也不乏幻化母题的故事。幻化母题的来源，一方面，可能源于原始思维下的先民还不能把自己和其他动物截然分开；另一方面，则源于人们的神奇幻想和想象。随着道教的兴起，幻化故事有了更丰富的发展，这源于道教对万物生命有意识的探索和理解，为世间万物的相互转化提供了思想基础。"道教一向关注生命问题，甚至可以说道教的一切理论乃是建立在对生命认知的基础上。"④ 这里的生命，不仅指人类生命，也包括动植物生命乃至山河大地。因为，在道教看来，一切存在物都具有生命活力。这一观点源于《道德经》，老子认为，万物源于道，道化气，气生万物。一切存在物都从"气"化生而来，具有共同的来源和基础。既然万物同源且具有共同的基础，那么它们之间是否能相互转化？道教认为是可以的。《抱朴子内篇·黄白》说："……至于飞走之属，蠕动之类，禀形

---

① 老子：《道德经》，团结出版社，2017年，第149页。
② 詹石窗：《道教文化十五讲》，北京大学出版社，2003年，第218页。
③ 张松辉译注：《抱朴子内篇·前言》，中华书局，2011年，第9—10页。
④ 詹石窗：《道教文化十五讲》，北京大学出版社，2003年，第147页。

造化，既有定矣。及其疏忽而已旧体，改更而为异物者，千端万品，不可胜论。人之为物，贵性最灵，而男女易形，为鹤为石，为虎为猿，为沙为鼋，又不少焉。至于高山为渊，深谷为陵，此亦大物之变化。"① 道教取法自然，认为既然自然界的高山可以化为深渊，深谷可以变成山棱，某些虫类能从爬行之物变为飞行之物（蚕和蝉猴的蜕变），那么人同样能男女易形或转化为飞禽、走兽、沙石等。这种大胆的想象性推理，有的已经得到验证，比如男女易形，有的还有待时间检验。道教对生命存在形式和变化可能性的探索为文学想象提供了思想依据。动物女故事中人与动物之间的相互转化，乃至人与仙、鬼与人的相互转化，都体现了道教生命形态相互转化的思想。

5. 女性崇拜。从上述故事中可以看出，与儒家重男轻女不同，女性在中国民间故事中占有重要位置，而且往往是人们赞美、崇尚的对象。"女性崇拜本是一种具有普遍性的原始文化现象，后来随着父权制的出现，神话和宗教中的女神地位也一落千丈……"② 但中国情况又有不同，汉代以来，基于先秦道家理论、源于民间的本土道教的不断发展，女性崇拜的传统由此得到继承和发展③。众所周知，以老子《道德经》为代表的道家文化主阴，是一种雌柔文化。"《道德经》一直是道教的圣经"④，因此，道家主阴的思想在道教中得到继承。"道教男神没有赶走女神，更没有使女神一个个变性；相反，原有女神不仅继续得到崇拜而且不断增添同伴，共同成为女修行者效法的楷模。这是道教思想体现中一个鲜明特征。"⑤ 从晋代以来，道教人士多次为女仙修书立传，从晋代葛洪的《神仙传》到陶弘景的《真诰》，再到唐代杜光庭的《墉城集仙录》、元代赵道一的《历代真仙体道通鉴后集》、清代王建章的《历代仙史》等，都收录或集中收录有女性神仙的故事。道教这一女性崇拜思想在传播中也渗透进民间故事，以女性形象为载体，使得螺女、羽衣仙女、蛇女、仙女甚至鬼女等女性形象，也从其原始形态，逐渐发展为具有神性特点的女性或成为真正的女神或女仙，成为人们想象中理想的女性形象甚至信奉或供奉的对象。

---

① 张松辉译注：《抱朴子内篇》，中华书局，2011年，第509页。
② 刘守华：《中国民间故事史》，商务印书馆，2017年，第567页。
③ 詹石窗：《道教与女性》，上海古籍出版社，1990年，第28页。
④ 詹石窗：《道教与女性》，上海古籍出版社，1990年，第48页。
⑤ 詹石窗：《道教与女性》，上海古籍出版社，1990年，第132页。

四、道教对塑造鬼神志怪故事中女性形象的作用和意义

道教作为一种民间信仰和思想文化对社会生活具有广泛而深入的影响，道教渗透进民间故事后，在故事诗学层面的作用在于推动民间故事中女性形象的仙化转向，为民间故事塑造了集真善美为一体的理想女性形象，升华了女性形象的价值和内涵。故事层面中理想女性形象的世俗超越性和引领意义，反过来又在现实层面给人以启发和引导，对当代两性文化的和谐健康发展具有重要启示意义。

1. 推动民间故事中女性形象向仙女（完美女性）的演变。从动物女故事来看，由动物幻化为女性求爱的故事，是此类故事的初始形态。这类故事的演变有两个方向。一是从动物鬼怪形象逐步转向世俗化，这一转向主要是在民间世俗力量的推动下促成的。二是异类女性向仙女或完美女性的转变，同时使民间故事逐渐仙化。第二个转向的完成离不开道教文化的渗透和推动作用。螺女故事初始形态是动物海螺或田螺变为女子，而其成熟形态则为天上的仙女先化身为螺再变为仙女形象，不难看出其中的仙化走向。毛衣女故事同样如此，到《田章》中原来的由鸟变成的女子就成为仙女变成白鹤，白鹤只是仙女的化身而不再是动物本身。包括蛇女故事，从开始的作为蛇的化身具有危害性到无害人间再到《白蛇传》中成为有情有义、法术高超的白蛇娘娘，实质上这一形象已经仙化，成为人们心目中完美女性的化身。鬼女类型的故事也有这样的演化方向，《解七五姐》中的女主人公死后得到九天玄女传授法术，不仅起死回生，而且能常驻人间。在女性形象的演化过程中，天帝、法师和法术等道教因素起了关键的转化作用。正是通过仙女身份、道教法术或神奇宝物等，故事情节才发生逆转，女性形象才由初始形态的动物完成向神仙、仙女的转化。

当然，鬼神志怪故事的发展演化过程中，道教的渗透和影响也是有限的。到了清朝末年，随着道教的衰落和封建社会的逐步腐朽，女性的境遇每况愈下。在民间故事较为集中的《聊斋志异》和《子不语》中，凶恶的女鬼形象逐渐增多。《聊斋》中的画皮鬼女直接裂人腹、食人心，凶恶残暴，令人发指。但其中还有像聂小倩那样良善的鬼女形象。但是到《子不语》中，大多数鬼女都成了恶鬼形象而且多有所冤屈，曲折地反映了女性在社会上的悲惨境遇。此外，也有的民间故事被改编为纯粹宣扬道教思想的工具，其中的女性形象自然也丧失了民间性和趣味性，从而损害了民间故事的韵味。

2. 提升女性形象和地位的现代意义。道教推动民间故事中的女性形象向仙女等完美女性的方向转化，从故事和文化的层面大大提升了女性的形象和价值，对当今社会依然有重要启示意义。道教本身秉持了道家阴柔文化的特点，具有尊崇女性的鲜明特征。受道教影响的民间故事同样体现了这一特点，道教文化参与塑造的女性形象不仅外貌美丽，而且心地善良、道术高超、有情有义、扶危济困，可谓集真善美为一体，体现了道教的理想主义精神。中国传统文化一向以儒家为主流文化，儒家文化更多地受到封建统治阶层的接受和欢迎，但是儒家文化有其片面性，其男尊女卑的思想对重男轻女观念的形成有重要影响。这一观念存在不少弊端，不利于形成阴阳平衡的健康社会状态，也不符合当今社会所提倡的性别平等意识和时代潮流。截至今日，虽然女性的地位有了一定改善，但社会上仍然存在歧视、侮辱甚至殴打、买卖女性的不良现象，亟待民众进一步提高男女平等意识。就此而言，道教及其文化的确体现出其先进性。道教从根本上是尊重生命、重视生命质量的宗教。女性孕育生命，抚育、爱护生命，天然地和道教思想相契合，同时也受到道教的尊崇。所以说，道教文化弥补了儒家文化的某些不足，具有独特价值。刘守华先生也强调"我赞同儒道互补，共同构建中华文化之说"[①]。道教文化的这一特点理应在当代社会重放光彩，再现生机，参与并推动当代文化的繁荣发展。

---

① 刘守华：《道教与中国民间文学》，中国友谊出版公司，2008年，第2页。

干宝《搜神记》与"孝妇蒙冤感动天地"型故事研究

王曼利

（杭州师范大学）

摘　要：干宝《搜神记》是我国古代志怪小说的代表作，在我国民间故事史上具有重要地位。本文讨论了以《搜神记·东海孝妇》故事为代表的"孝妇蒙冤感动天地"型故事，通过辑录历代典籍中的相关故事，梳理源流和发展，印证干宝《搜神记·东海孝妇》故事是由干宝原书及后人缀辑而成。

关键词：《东海孝妇》；干宝；《搜神记》

刘守华先生在《中国民间故事史》中言：《搜神记》在中国民间故事史的研究中占有十分重要的位置。原书传至宋代，就已散逸。今天，我们见到的20卷本，据学人考证，可能是明代的胡应麟从《法华珠林》《太平广记》等类书中辑录而成。有鉴于此，鲁迅先生在《中国小说的历史的变迁》中便称它是"一部半真半假的书籍"[①]。本文以《搜神记》中辑录的《东海孝妇》故事为例，借此来论证这一观点。

一

《东海孝妇》是干宝《搜神记》中记录的一则故事，说的是汉朝时东海郡有个孝顺的媳妇，婆婆不想拖累她便上吊自杀了。小姑子认定是孝妇谋害，将其告到了官府。孝妇被抓后，受不了酷刑，屈打成招。狱吏于公认为这个孝妇奉养婆婆十多年，以孝著称，不会杀害婆婆。可太守不听他的意见，于公只能抱着定案的文书哭着离开。孝妇被杀后，东海郡连着三年大旱，后任

---

① 刘守华：《中国民间故事史》，商务印书馆，2012年，第80页。

太守寻找原因，于公禀明是冤杀孝妇才导致天降旱灾。后任太守亲自去孝妇的坟墓前祭奠，大雨立刻就下起来，这一年庄稼大丰收。

除了干宝《搜神记》，历代典籍中都可以找到此类故事的踪迹，许多官吏、文士将其作为典故进行引用，以该故事为原型创作的戏曲如关汉卿的《窦娥冤》受到百姓的欢迎。当代仍有相关故事在民间流传，2014年"东海孝妇传说"被列入第四批国家级非物质文化遗产名录。

这类故事情节大致如下：

1. 某女子孝顺婆婆。
2. 婆婆死去，她被诬告谋害婆婆。
3. 她无法辩白，临死时对天发誓。
4. 她死后果然出现奇迹（血倒流，大旱，大风雨，雷击，海难，折花插石缝成活……），于是人们为她平反昭雪。

顾希佳先生根据国际民间文学领域通用的"AT分类法"，在《中国古代民间故事类型》一书中，首次将此故事类型命名为"孝妇蒙冤感动天地"，新增列入"B宗教神仙故事（750—849）"中①。

我们可以从史书、笔记中陆续找到"孝妇蒙冤感动天地"型故事的记录，举例辑录于后。

关于"孝妇蒙冤感动天地"型故事现在可以找到的最早的文字记录是西汉刘安的《淮南子》卷六《览冥训》：

庶女叫天，雷电下击，景公台陨，支体伤折，海水大出。

庶女叫天的故事情节较为简单，只是庶女向天叫冤，上天怜悯她，出现雷击、海侵等现象。

东汉许慎为之注曰：

"庶女，齐之少寡，无子养姑。姑无男有女，女利母材而杀母，以诬告寡妇。妇不能自解，故冤告天。"

---

① 顾希佳：《中国古代民间故事类型》，浙江大学出版社，2014年，第116页。

东汉高诱亦注曰：

> 庶贱之女，齐之寡妇。无子，不嫁，事姑谨敬。姑无男，有女。女利母财，令母嫁妇，妇益不肯。女杀母，以诬寡妇，妇不能自明，冤结叫天，天为作雷电下击，景公之台陨坏也，毁景公之支体，海水为之大溢出也。

许慎和高诱的注解进一步交代了庶女的身份以及叫天的原因。庶女是一名齐地的寡妇，小姑子谋财害母，庶女反被诬，因为不能证明无罪只能向天喊冤，于是天象为之变异。由此可见，该记录已具备"孝妇蒙冤感动天地"型故事的雏形。

西汉刘向《说苑》卷五《东海孝妇》：

> 丞相西平侯于定国者，东海下邳人也，其父号曰于公，为县狱吏决曹掾，决狱平法，未尝有所冤，郡中离文法者，于公所决，皆不敢隐情，东海郡中为于公生立祠，名曰于公祠。东海有孝妇，无子，少寡，养其姑甚谨，其姑欲嫁之，终不肯，其姑告邻之人曰："孝妇养我甚谨，我哀其无子，守寡日久，我老，累于壮，奈何？"其后，母自经死，母女告吏曰："孝妇杀我母。"吏捕孝妇，孝妇辞不杀姑，吏欲毒治，孝妇自诬服，具狱以上府，于公以为养姑十年之孝闻，此不杀姑也，太守不听，数争不能得，于是于公辞疾去吏，太守竟杀孝妇，郡中枯旱三年。后太守至，卜求其故，于公曰："孝妇不当死，前太守强杀之，咎当在此。"于是杀牛祭孝妇冢，太守以下自至焉，天立大雨，岁丰熟，郡中以此益敬重于公。于公筑治舍，谓匠人曰："为我高门！我治狱未尝有所冤，我后世必有兴者，令容高驷马车。"及子封为西平侯。

东汉班固所著的《汉书》卷七十一《于定国传》，内容与《说苑》相似，这里不再赘述。孝妇的故事被作为表现于公贤明的一则材料记录了下来，并首次被记入了史书。故事中，婆婆怕拖累孝妇而自杀，孝妇反被小姑子诬告受冤而死，天出现异象，"枯旱三年"。新任太守祭祀孝妇冢后，"天立大雨"。

南朝宋时期，王韶之《孝子传·周青》：

> 周青，东郡人也。母疾积年，青扶持左右，四体羸瘦，村里乃敛钱

营助汤药,母瘥,许嫁同郡周少君,少君疾病,未获成礼,乃求青。母见青,嘱托其父母,青许之,俄而命终。青供养十余年,公姑感之,劝令更嫁,青誓以"匪石",后公姑并自杀,姑女告青害杀,县收拷捶,遂以诬款。七月行刑于市,青谓监杀者曰:乞树长竿,系白幡,青若杀公姑,血入泉;不杀,血上天。血乃缘幡竿上天。

该故事前半段增添了周青娘家的情况,介绍周青过门的原因是为了"冲喜"和供养公婆,表现出浓厚的民间色彩。而故事后半部分诬告、立誓等情节则明显借鉴了《搜神记》中的相关记载。

北宋李昉《太平御览》卷十二"雪"条下引《汉书》:

《汉书》曰:汉女者,居东海,养姑。姑女馋之于姑,姑经,太守诉而杀之,五月下雪。

该故事中汉女居住在东海,也就是我们所说的汉女,与其他大旱天象不同的是,用五月非冬天之时下雪,来彰显孝女的冤屈。

"东海孝妇"故事在民间流传的过程中,与地方上的人物、风物相粘连,又生发出如"上虞孝妇""陕妇人""罗江张氏女""窦娥""汉阳寡妇"等传说。

南朝宋范晔《后汉书》卷六六《循吏列传·孟尝·上虞寡妇》:

孟尝字伯周,会稽上虞人也。其先三世为郡吏,并伏节死难。尝少修操行,仕郡为户曹史。上虞有寡妇至孝养姑。姑年老寿终,夫女弟先怀嫌忌,乃诬妇厌苦供养,加鸩其母,列讼县庭。郡不加寻察,遂结竟其罪。尝先知枉状,备言之于太守,太守不为理。尝哀泣外门,因谢病去,妇竟冤死。自是郡中连旱二年,祷请无所获。后太守殷丹到官,访问其故,尝诣府具陈寡妇冤诬之事。因曰:"昔东海孝妇,感天致旱,于公一言,甘泽时降。宜戮讼折,以谢冤魂,庶幽枉获申,时雨可期。"丹从之,即刑讼女而祭妇墓,天应澍雨,谷稼以登。

《上虞孝妇》讲述的是孝妇被小姑子诬告毒杀婆婆,枉死后连旱二年的故事。有意思的是,故事里还有一个类似于公的人物户曹史孟尝,同情孝妇,并为新太守解释大旱缘由。

唐朝房玄龄等《晋书》卷九六《列女传·陕妇人》：

> 陕妇人，不知姓字，年十九。刘曜时嫠居陕县，事叔姑甚谨，其家欲嫁之，此妇毁面自誓。后叔姑病死，其叔姑有女在夫家，先从此妇乞假不得，因而诬杀其母，有司不能察而诛之。时有群鸟悲鸣尸上，其声甚哀，盛夏暴尸十日，不腐，亦不为虫兽所败，其境乃经岁不雨。曜遣呼延谟为太守，既知其冤，乃斩此女，设少牢以祭其墓，谥曰孝烈贞妇，其日大雨。

《陕妇人》这个故事中，孝妇冤死后，天降异象，除了我们熟知的经年大旱之外，还增加了"群鸟悲鸣尸上，其声甚哀，盛夏暴尸十日，不腐，亦不为虫兽所败"等传奇情节，具有鲜明的地域色彩。

南宋洪迈撰《夷坚志》丁志卷十三《汉阳石榴》：

> 绍兴初，汉阳军有寡妇，事姑甚谨。姑无疾而卒，邻家诬妇置毒，诉于官。妇不胜考掠，服其辜。临出狱，狱卒以石榴花一枝簪其发，行及市曹，顾行刑者曰："为我取此花插坡上石缝中。"既而祝曰："我实不杀姑，天若鉴之，愿使花成树，我若有罪，则花即日萎死。"闻者皆怜之，乃就刑。明日，花已生新叶，遂成树，高三尺许，至今每岁结实。

《汉阳石榴》故事跟干宝《搜神记》中的《东海孝妇》故事结构一样完整，都是孝妇被诬告、立誓、出现奇迹。所不同的是，汉阳孝妇的婆婆是无疾而终，而非怕拖累孝妇自杀，诬告汉阳孝妇的是邻居而非小姑子，同时最主要的区别在于立誓的内容不同：汉阳孝妇临受刑前，将头上戴的石榴花交给刑者，让其插入石缝中，并发誓若自己没有杀婆婆，则"花成树"，以此来证明清白。

《宋史》中除了提及《榴花塔孝妇》（卷六五）之外，在卷四六○还讲到《罗江张氏》：

> 张氏，罗江士人女。其母杨氏寡居。一日，亲党有婚会，母女偕往，其典库雍乙者从行。既就坐，乙先归。会甚，杨氏归，则乙死于库，莫知杀者主名。提点成都府路刑狱张文饶疑杨有私，惧为人知，杀乙以灭

口,遂命石泉军劾治。杨言与女同榻,实无他。遂逮其女,拷掠无实。隶乃掘地为坑,缚母于其内,旁列炽火,间以水沃之,绝而复苏者屡,辞终不服,一日,女谓狱隶曰:"我不胜苦毒,将死矣,愿一见母而绝。"隶怜而许之。既见,谓母曰:"母以清洁闻,奈何受此污辱。宁死箠楚,不可自诬,女今死,死将讼冤于天。"言终而绝。于是石泉连三日地大震,有声如雷,天雨雪,屋瓦皆落,邦人震恐。

勘官李志宁疑其狱,夕具衣冠祷于天。俄假寐坐厅事,恍有猿坠前,惊寤,呼隶卒索之,不见。志宁自念梦兆:非杀人者袁姓乎?有门卒忽言张氏馈食之夫曰袁大,明日袁至,使隶执之,曰:"杀人者汝也。"袁色动,遽曰:"吾怜之久矣,愿就死。"问之,云:"适盗库金,会雍归,遂杀之。"杨乃得免。时女死才数日也。狱上,郡榜其所居曰孝感坊。

张氏与母亲参加婚宴时,遭奸人构陷杀人,张氏代母受刑,临死前告诉母亲自己将向天伸冤。死后,"连三日地大震,有声如雷,天雨雪,屋瓦皆落"。勘官"冤魂梦兆",找到真凶,还张氏母女清白。这个故事情节有了很大的改变,只说张氏是孝女,未提及其寡妇身份,她被诬告也并非因谋害婆婆。

到了元朝,民间百姓传讲的"孝妇蒙冤感动天地"型故事受到文人的欢迎,王实甫、梁进之、王仲元等均创作过相关的杂剧,其中尤以关汉卿《感天动地窦娥冤》最为有名,是我国最著名的悲剧之一。

二

"孝妇蒙冤感动天地"型故事在流传的过程中,呈现出多种差异,为此,我们试图制表来说明这种差异。

主人公	年代/出处	所在地区	孝妇蒙冤原因	立誓情节	上天感应	官方为其平反昭雪
庶女	西汉/《淮南子·览冥训·庶女叫天》	齐地	小姑子谋财害母,诬陷庶女	无	雷电下击,海水大出	无

续表

主人公	年代/出处	所在地区	孝妇蒙冤原因	立誓情节	上天感应	官方为其平反昭雪
东海孝妇	西汉/刘向《说苑》卷五《东海孝妇》	东海	婆婆因为怕拖累孝妇而自杀,被小姑子诬告	无	枯旱三年	新太守"卜求其故",被于公告知缘故,"杀牛祭孝妇家,太守以下自至焉。天立大雨,岁丰熟"
东海孝妇	东汉/班固《汉书》卷七十一《于定国传》	东海	婆婆因为怕拖累孝妇而自杀,被小姑子诬告	无	枯旱三年	新太守"卜筮其故",被于公告知缘故,"太守杀牛自祭孝妇冢,因表其墓,天立大雨,岁熟"
东海孝妇（周青）	东晋/干宝《搜神记》卷十一《东海孝妇》	东海	婆婆因为怕拖累孝妇而自杀,被小姑子诬告	血当逆流	"青黄"之血"缘幡竹而上极标",三年不雨	新太守被于公告知缘故,"身祭孝妇冢,因表其墓,天立雨,岁大熟"
孝子周青	南朝宋/王韶之《孝子传·周青》	东郡	公婆怕拖累而自杀,小姑子诬告	血上杆	血乃缘幡竿上天	无

续表

主人公	年代/出处	所在地区	孝妇蒙冤原因	立誓情节	上天感应	官方为其平反昭雪
汉女	北宋/李昉《太平御览》卷十二"雪"条下引《汉书》	东海	小姑子诬陷	无	五月下雪	无
上虞孝妇	南朝宋/范晔《后汉书》卷六六《循吏列传·孟尝·上虞寡妇》	会稽上虞	婆婆寿终正寝,小姑子因与孝妇有嫌隙而诬告"加鸩其母"	无	连旱二年	新太守"访问其故",户曹史孟尝对新太守解释大旱缘由时,特意提到了于公和东海孝妇的故事,"即刑讼女而祭妇墓,天应澍雨,谷稼以登"
陕妇人	唐朝/房玄龄等《晋书》卷九六《列女传·陕妇人》	陕县	叔姑病死,小姑子因借钱不成而诬告孝妇谋杀	无	"群鸟悲鸣尸上,其声甚哀,盛夏暴尸十日不腐,亦不为虫兽所败" "经岁不雨"	新太守"既知其冤,乃斩此女,设少牢以祭其墓,谥曰孝烈贞妇,其日大雨"

续表

主人公	年代/出处	所在地区	孝妇蒙冤原因	立誓情节	上天感应	官方为其平反昭雪
汉阳寡妇	南宋/洪迈撰《夷坚志》丁志卷十三《汉阳石榴》	汉阳	婆婆无疾而终，被邻居诬告孝妇下毒	石榴花插石缝中，若自己没有杀婆婆，则"花成树"	"明日，花已生新叶，遂成树，高三尺许，至今每岁结实"	无
张氏	元/脱脱《宋史》	罗江	遭奸人构陷杀人，张氏代母受刑	无	"连三日地大震，有声如雷，天雨雪，屋瓦皆落"	勘官"冤魂梦兆"，找到真凶，"郡榜其所居曰孝感坊"
窦娥	元/关汉卿元杂剧《惊天动地窦娥冤》	楚州	张驴儿下毒欲杀死婆婆进而霸占窦娥，不料其父反被害，诬告窦娥下毒	"血溅白练""六月飞雪""三年大旱"	三桩誓言均应验	窦娥已当官的父亲为其平反

从上表可以看出，以干宝《搜神记·东海孝妇》为界，在它之前，已有了大旱三年的上天感应和官方为其平反的内容，但缺少立誓环节，以及血当逆流的内容。

《淮南子》中的"庶女叫天"发生在齐地，齐地位于山东省东北部，濒临大海，也是东海地区。基本情节是庶女被诬，冤死后天为之变异。缺少立誓和官方为孝妇平反昭雪这两个情节。北宋李昉《太平御览》卷十二"雪"条下引《汉书》中提到的汉女故事，情节与此相同，只是异象由"雷电下击，景公台陨，支体伤折，海水大出"转为"五月下雪"。《淮南子》大约成书于西汉武帝时期，保存有大量先秦时期的民间传说故事。"庶女叫天"故事中提

131

到了景公台,景公指的是春秋时期齐国君主齐景公,由此可见,该故事最早可以追溯到先秦齐景公时期。顾颉刚以及祝肇年先生都认为这则故事是此类故事原型的最早记载。

相比较"庶女叫天"故事,西汉刘向《说苑》和东汉班固《汉书·于定国传》中的"东海孝妇"故事发生地由齐地缩小至东海郡,情节上也有所变化:其一,由小姑子杀害婆婆演变为婆婆自杀,毕竟因为钱财把自己母亲杀死这种事太过耸人听闻,超出了人们所能接受的道德界限。如果是婆婆因为怕拖累孝妇而自杀,则显得合情合理,也更能被人们所接受。其二,表征天人感应观念的异常天象,由"雷电下击""海水大出"演变为郡中"枯旱三年"和祭祀孝妇冢后的"天立大雨"。海水大出毕竟是滨海地区独有的天象,枯旱三年适应的范围更为广大,凡是农耕地区都害怕旱灾,这也有助于该故事在其他地区的进一步传播。其三,故事中的于公是整个冤案的知情者,他承担着向新任官员解释异象产生原因的作用。此时的"东海孝妇"故事依然没有立誓情节,但增加了官方为孝妇平反昭雪的情节。

此后,《后汉书》记载的"上虞孝妇"和《晋书》记载的"陕妇人"这两则故事与《说苑》《汉书》中的"东海孝妇"故事情节基本相同,可以说是"东海孝女"故事在上虞和陕县的"在地化"发展。《上虞孝妇》讲述的是孝妇被小姑子诬告毒杀婆婆,枉死后连旱二年的故事。有意思的是,故事里还有一个类似于公的人物孟尝,历史这个人物是真实存在的。《陕妇人》这个故事中,孝妇冤死后,天降异象,除了我们熟知的经年大旱之外,还增加了"群鸟悲鸣尸上,其声甚哀,盛夏暴尸十日不腐,亦不为虫兽所败"等传奇情节,具有鲜明的地域色彩。特别值得一提的是,"上虞孝妇"故事里,户曹史孟尝在对新太守解释大旱缘由时,提到了于公和东海孝妇的故事,以此来劝告太守刑戮那个诬告的小姑子并去孝妇墓前祭祀。可以说,"东海孝妇"故事的流播范围此时已至上虞(今浙江省东北部)、陕县(今河南省西部)等地。

干宝《搜神记·东海孝妇》的前半段:

> 汉时,东海孝妇,养姑甚谨,姑曰:"妇养我勤苦,我已老,何惜余年,久累年少。"遂自缢死。其女告官云:"妇杀我母。"官收系之。拷掠毒治,孝妇不堪苦楚,自诬服之。时于公为狱吏,曰:"此妇养姑十余年,以孝闻彻,必不杀也。"太守不听。于公争不得理,抱其狱词哭于府而去。自后郡中枯旱,三年不雨。后太守至,于公曰:"孝妇不当死,前

太守枉杀之,咎当在此。"太守身祭孝妇冢,因表其墓,天立雨,岁大熟。

可以说,该部分内容讲述孝妇被诬杀,上天怜悯其冤屈,天降异象,大旱三年的情节与之前的《说苑》《汉书》所涉及的故事内容是基本相同的,与之后的《后汉书》《晋书》所记载的故事是一脉相承的。这也与干宝在《搜神记》序中所言,书中内容一部分"考先志于载籍,收遗逸于当时"相呼应。由此可见,这部分内容为干宝原《搜神记》真实辑录。

干宝《搜神记·东海孝妇》的后半段:

> 长老传云:"孝妇名周青,青将死,车载十丈竹竿,以悬五幡,立誓于众曰:'青若有罪,愿杀,血当顺下;青若枉死,血当逆流。'既行刑已,其血青黄,缘幡竹而上极标,又缘幡而下云。"

"长老传云"意为年纪大的人传言,以这种方式补充故事内容,不仅孝妇第一次有了名字叫周青,而且孝妇被诬杀之前,为了表明自己的清白,对天立下"血当逆流"的誓言。最终"青黄"之血"缘幡竹而上极标",誓言应验。这些都是与之前的故事迥然不同的。

从上文的表格中可以看出,在干宝《搜神记·东海孝妇》之后,元朝之前,只有南朝宋王韶之《孝子传·周青》和南宋洪迈撰《夷坚志·汉阳石榴》有立誓环节。

王韶之《孝子传·周青》故事前半段增添了周青娘家的情况,介绍周青过门的原因是为了"冲喜"和供养公婆,表现出浓厚的民间色彩。而故事后半部分诬告、立誓等情节则与《搜神记》基本相同,但没有官方为其平反昭雪情节。

南宋洪迈撰《夷坚志》丁志卷十三《汉阳石榴》故事跟干宝《搜神记》中的《东海孝妇》故事一样,都是孝妇被诬告,立誓,出现奇迹。所不同的是,其一,上天感应的内容不同,这个故事中是独有的石榴花枝插入石缝中,使"花成树",没有大旱的情节。其二,因为没有天大旱,所以该故事也缺少了官府为孝妇平反昭雪的情节。元朝脱脱《宋史》、明朝秦聚奎《明万历汉阳府志》、清朝张峰在《云台新志》、清朝迈柱等《湖广通志》等都有提及这个故事。该故事在民间流传的过程中,与汉阳当地的石榴花塔相粘合,据说人们为了纪念此事,在石榴花树边上建了此塔,以此增加故事的可信度。由此可见,立誓环节在此之后一直有所延续。

奇怪的是,从南朝宋到南宋中间很长一段时间,"孝妇蒙冤感动天地"型故事都缺乏立誓环节。这与民间故事的流变规律不合。众所周知,王韶之《孝子传》早已散逸,只零星见于北宋《太平御览》等类书中,由此可见,《孝子传·周青》极有可能是宋人缀辑。那么是否有可能《搜神记·东海孝妇》的后半段也同样出自后人之手呢?如此,才能解释为何立誓环节是用与前半段故事叙事风格不统一的"长老传云"的方式。如果《搜神记·东海孝妇》后半段故事是由后人辑录,那就能解释为何中间空缺很长一段时间,一直到宋朝,"孝妇蒙冤感动天地"型故事才接着有了立誓环节的问题。

三

从"庶女叫天"到"东海孝妇",再到"汉女""上虞孝妇""陕妇人""汉阳寡妇"……在这个庞大的"孝妇蒙冤感动天地"型故事群中,故事情节最完整丰富的当属东晋干宝《搜神记》中辑录的"东海孝妇"故事,尽管它半真半假,但对后世影响较为深远。

干宝辑录的"东海孝妇"故事第一次使得孝妇有了名字叫周青,直到今天,在山东郯城,东海孝妇故事产生地,当地老百姓口耳相传的孝妇名字仍旧叫周青。以"东海孝妇"故事为底本创作的元杂剧《窦娥冤》之所以能够震撼人心,离不开窦娥在赴法场面临死刑时所发的"血溅白练""六月飞雪""三年大旱"三桩誓愿的情节起的大作用,而干宝辑录的誓言就占其二,并且孝妇对天立誓的情节自干宝始,"血溅白练"的誓言也是自干宝始。可以说,在灿若星辰的"孝妇蒙冤感动天地"型故事群中,干宝《搜神记》中辑录的"东海孝妇"故事是最闪亮的那颗星辰。

下编：传说、神话及其他民间文学研究

民间文学是民众自己的文学[①]

陈连山

(北京大学中文系)

人类语言具有两种基本形式——口头语言和书面语言;作为人类语言艺术的文学自然也呈现两种基本形式——口头文学和书面文学。知识分子一般采用书面文学,普通民众一般使用口头文学,这就是民间文学。这两种文学是不同社会阶层、不同生活方式的产物,分别体现着不同社会群体的特殊审美趣味。换言之,人类文学是多元的,民间文学和书面文学是人类文学世界中彼此平等的两元。但是,毋庸讳言,在古代中国书面文学被尊为"阳春白雪",而民间文学被视为"下里巴人"。

20世纪以来,中国逐步打开国门,走向世界。中国人的价值观和文学观念发生了天翻地覆的变化。书面文学唯我独尊的时代一去不复返,民间文学重登文学殿堂。

一、现代民间文学搜集出版工作的回顾

把存在于百姓口头的民间文学用文字记录下来,并加以出版,是保护民间文学、提高民间文学地位的重要方法。民间文学传播与保存的最大困难在于口头语言的随生随灭。如果没有文字记录,现场之外的任何人都无法知晓它的存在。因此,中国现代民间文学研究必须从采集、记录民间文学作品开始。

1918年,《北京大学日刊》发表刘半农起草的《北京大学征集全国近世歌谣简章》。振臂一呼,全国响应。从此,原本局限于各地的百姓口头文学陆续登上《北京大学日刊》《歌谣》《民众文艺》《民俗》等报刊,声名远播。民

[①] 本文为作者为《山西民间故事大系》所作《序言》,收入本书时有所修改。

间文学的搜集工作不仅是为了研究古老的民间文学遗产，更是为了创造新文学。1922年，北京大学歌谣研究会创办《歌谣》周刊，其《发刊词》宣布："本会搜集歌谣的目的共有两种：一是学术的，一是文艺的……歌谣是民族学上的一种重要的资料，我们把它辑录起来，以备专门的研究，这是第一个目的。……从这学术的资料之中，再由文艺批评的眼光加以选择，编成一部国民心声的选集。意大利的卫太尔曾说：'根据在这些歌谣之上，根据在人民的真感情上，一种新的'民族的诗'也许能产生出来。'所以这种工作不仅是在表彰现在隐藏着的光辉，还在引起未来的民族的诗的发展，这是第二个目的。"民间文学是民众的心声，是未来新文学的组成部分之一。

20世纪二三十年代影响最大的民间文学搜集出版者是所谓"林兰"女士。这实际上是三个人的共同化名，包括李小峰、蔡漱六和赵景深。他们用这个笔名搜集出版了包括《民间趣事》《徐文长故事》等37种民间故事集，一共45册、近1 000个民间故事作品。

在艰苦卓绝的抗日战争期间，学者们依然坚持着民间文学的记录与出版工作。国统区出版了刘兆吉整理的《西南采风录》，解放区出版了何其芳等人编选的《陕北民歌选》，沦陷区出版了方明整理的《民间故事集》和王统照编的《山东民间故事》等。

新中国成立后，民间文学以其"人民性""革命性"得到政府重视。1958年，"大跃进"民歌还得到政府的大力提倡。真正科学、全面的民间文学记录与出版工作开始于80年代。1984年，国家文化部、国家民委和中国民间文艺研究会（中国民间文艺家协会前身）启动全国民间文学普查和《中国民间故事集成》《中国歌谣集成》和《中国谚语集成》编纂工作，前后延续二十多年，采录民间故事184万篇，歌谣302万余首，谚语748万条。但是，限于当时政府财政困难，仅仅出版了90部省卷本和4 000余部市、县卷本。其中很多县卷本还都是内部印刷，并非正式出版物，如今面临再次失传的危险。

随着中国经济的腾飞和中国人民文化自觉意识的不断提高，中国各级政府和中国民间文艺家协会陆续展开了多项民间文学的保护和出版工作。其中包括《中国民间故事全书》的编辑出版。

2017年1月，中共中央办公厅、国务院办公厅印发了《关于实施中华优秀传统文化传承发展工程的意见》，要求各地区各部门结合实际认真贯彻落实，其中明确提出实施"中国民间文学大系出版工程"。中国文联、中国民间文艺家协会及其各省分会积极响应中央和国务院号召，并启动了大规模的民间文学出版工程。

山西省率先响应了这一号召。山西省非物质文化遗产保护中心从2006年开始在全省展开非物质文化遗产普查，搜集到大量民间故事的文本和口头记录。现在，乘着《关于实施中华优秀传统文化传承发展工程的意见》的东风，《山西民间故事大系》结集出版。全书总计25卷，总字数达1 200万，包括作品约6 000余篇，总篇数达到《中国民间故事集成·山西卷》（598篇）10倍以上的规模。这是山西省非物质文化遗产保护工作的伟大成就，是山西省民间文学保护工作的新里程碑。

这批珍贵的民间文学遗产的出版，不仅对保护中国传统文化作出了巨大贡献，而且对建设中国新文化具有重要意义。

二、民间文学是民众自己的文学

大规模地搜集出版民间文学作品，只是民间文学遗产保护和新文学建设的第一步。正确对待民间文学，才是全面实现民间文学价值的根本保证。

过去，知识界总是从自己的需要出发去判断民间文学的价值。在新文化运动之际，知识分子关注的民间文学是具有反传统价值的。一旦发现民间文学中包含着大量的旧思想、旧观念，就无法继续肯定它。在革命时代，有些人推想民间文学是具有"人民性""革命性"的文学。当他们发现民间文学中存在不符合这一假设的情况时，就判定其中包含着"糟粕"，搜集记录时便故意忽视它的存在，不予记录或者加以修改，在出版时则加以剔除。在民族文化复兴的今天，我们强调的民间文学的价值在于它是民族文化遗产。它当然是民族文化遗产，但更重要的是：它首先是那些活着的民众自己的文学！

我们在重视民间文学作品的同时，更应该重视民间文学作者——广大民众的地位。民间文学作品的创造者是普通民众，这些民众是独立于专家、学者之外的另一个社会主体。当我们搜集、研究民间文学的时候，应该是专家、学者与民众之间进行的平等对话。专家、学者不应该采取俯视民众、教化民众的态度。民间文学的价值应该由民众自己判定。我们也不能割裂民间文学自身的一致性，不能对民间文学作品进行选择性利用。这样是永远无法真正全面地认识民间文学的。

我们应该承认民间文学是民众自己的文学，这种文学本身就是对人类文学的贡献，它的价值不依赖于外来评价。2003年联合国教科文组织通过的《保护非物质文化遗产公约》在这方面具有启示性。该公约的基本出发点是人人自由平等和人类文化多样性原则，其宗旨之一就是尊重有关社区群体和个人的非物质文化遗产。公约承认广大民众在非物质文化遗产的生产、保护、延续和再创造方面发挥着重要作用，从而为丰富文化多样性和人类的创造性作出贡献。

人类的文学应该包括所有不同社会群体的文学，"阳春白雪"与"下里巴人"都是人类文学之中各自平等的一员。专家、学者自可以陶醉于"阳春白雪"，百姓也有权敝帚自珍，大唱"下里巴人"。不同社会群体彼此尊重对方的文学趣味和文学价值标准，中国未来的新文学应该奠基于这一理念之上。所以，我认为，目前大规模记录出版民间文学作品就是肯定民间文学的独立存在价值，肯定民众对于中国文学的特殊贡献，这是建设中国未来新文学的伟大工程。

当然，要建设多元的中国新文学，需要放弃知识分子对于民间文学指手画脚的文化霸权。我认为，这对于知识分子而言是一种解放。

为什么呢？在中国，每一个从事民间文学搜集、研究的学者都会面临潜在的质疑：研究"下里巴人"有价值吗？你是否在肯定"下里巴人"？你是否在背离"阳春白雪"？如果你背离了"阳春白雪"，是否就放弃了作为知识分子的历史使命？这的确是令人困惑、难以回答又不得不回答的难题。

中国现代民间文学学术史上对此有各种回答。一种普遍的回答是：自己不喜欢民间文学。这种回答会陷入自我矛盾，这就是早期民间文学研究多次中断的直接原因。另一种回答是：科学研究对象无所谓高雅、低俗之分。这种回答是顾左右而言他，同样无法为民间文学研究提供根本性支持。

其实，民间文学搜集者与研究者可以保持个人艺术趣味，甚至也可以不喜欢民间文学。要做到这一点，又不陷入自我矛盾，就需要一个新的价值立场——承认多元文化价值观，承认每一个人都具有平等的文学权利。只有这样，知识分子才能够在保持个人的艺术趣味的同时，也承认民众的不同于自己的艺术趣味。

我们必须承认民间文学作为其他社会群体的特殊文学有权利继续存在，不论它是否符合知识分子的艺术趣味。所以，当代民间文学研究的终极目的在于肯定民众自己具有独立、平等的文化权利。肯定了处于社会底层的民众的文化权利，实际也肯定了每一个人的文化权利，包括知识分子自己的文化权利。肯定"下里巴人"的价值，实际也同时肯定了"阳春白雪"的价值。因此，放弃知识分子对于民间文学的文化霸权，实际上最终解放了知识分子自己。我们再也不需要违背科学求真的要求去修改民间文学作品了，再也不需要放弃自己的个性去假装喜欢他人的文学了。

民间文学搜集、出版和研究工作的伟大，正在于它肯定了每一个人的文学权利，有助于实现每一个人的存在价值。而这正是中国现代知识分子的历史使命所在。

民间叙事研究的本源探索及其意义

——以端午叙事为例

田兆元

（华东师范大学社会发展学院）

摘　要：民间叙事是指民间的艺术叙事，民俗叙事则在此基础上增益信仰敬畏与规则遵从等内涵。民间叙事的语言文字、仪式行为与景观物象的形态，是民间叙事的形式谱系。民间叙事的本源性研究具有发现本质、探寻演变规律以及传承文化多方面意义。端午节的民俗叙事，最初是对于五月五妨碍长者的一种设置，这些设置有：五月禁欲，女子回娘家，这是从根本上防止生育的措施。浴兰与午时水，都是用阴性的水克制强阳的巫术。竞渡更是以水性消解强阳可能带来的危害，并以游戏消除真实的对抗，维护社会的和谐。

关键词：端午本源；民间叙事；民俗叙事；维护和谐

一

叙事是文化之本，文化因叙事发生，也因叙事传播、传承与建构，叙事因而成为庞大的文化集群与学术集群。民间叙事作为文化叙事的主流话语之一，因其民间叙事特色鲜明、历史悠久、传统承载厚重、艺术价值高，广为社会与学界所重视。

21世纪初，民间叙事开始在中国学界普遍受到重视。最初在对于民间文学历史的研究过程中，程蔷教授发现，民间文学各种体裁都有一个鲜明的特点：叙事。什么是民间叙事呢？程蔷教授下了一个定义："我们所谓的民间叙事，并不是一种泛指，而是指无文化或文化很低、生活于社会底层的老百姓们的口头叙述活动，主要的更是指他们的艺术叙事。日常叙事的工具主要是口头语言，艺术叙事自然也要利用这种语言，但艺术叙事的载体和产品却要丰富得多。"① 这个概念是很有意思、很有价值的，强调了民间叙事的超越性。文章虽然也强调口头，但更强调语言形式与各种载体，尤其是提出了行为叙事。

我们在此基础上，增加了一个物象景观叙事，这就构成了我们后来所说的民俗叙事的三种形式：语言文字的叙事、仪式行为的叙事和图像景观的叙事②。只是在内容上，我们强调艺术审美，也强调信仰崇拜、社会规则。这样民俗叙事比民间叙事在内容方面更广一些。这中间的差异其实是由学科方面的差异造成的。程蔷教授长期耕耘中文学科，所以更加强调艺术叙事与文学相关。后来民俗学被划入社会学学科，叙事内容有所增益，就使用了民俗叙事的概念。

后来的民间叙事的概念或者是一个与官方叙事相对立的概念，或者是一个叙事表现形式的概念，如表演理论与民间叙事，大体上也是与程蔷教授所说的行为叙事相类似的表达。当然也有保护寻找民间叙事的表达，因为现代个性创作会破坏民间叙事传统。民间叙事是对于单一民间文学体裁叙事的超越，在一定程度上，提升了对于民间文学与民俗研究的综合分析的能力与视野。今天，我们是使用民间叙事还是使用民俗叙事的概念，可以根据自己的学科定位、研究对象的性质来确定。假如艺术性比较强，可以使用民间叙事的概念；假如民俗特色鲜明，则可以使用民俗叙事的概念。同时，民俗叙事并不意味着与官方对立，而是强调社会的共同叙事。如春节叙事，其文化很大程度上是官民一致、社会共享的。

民间叙事或者民俗叙事的溯源性分析，即本源性分析，在民俗学民间文学中十分普遍。其中既包括题材情节的最初发生，也包括民间文学体裁的来源。这样一种溯源性的本源探索，有助于认识某一题材的来龙去脉，而对于某种民俗现象的分析，其本源探索既有发生的趣味性探寻，也有对于民俗的本质属性的认识。在今天，民俗叙事与民间叙事的本源探索还包括对文化资源的探讨，对文化中断失落的规律的考察，对文化资源开发的价值，以及文化传承的意义。

我们从文化谱系的视角探索民间叙事和民俗叙事的本源性问题，可能会有更多的发现。这种谱系性，不仅仅是叙事形式的语言文字叙事、仪式行为

---

① 董乃斌、程蔷：《民间叙事论纲》（上），《湛江海洋大学学报》2003年第2期。
② 田兆元、阳玉平：《中国新时期民俗学研究》，《社会科学家》2016年第4期。

叙事和物象景观叙事的叙事形式谱系的问题，更是文化的整体性、多元性与持续性问题。

本文拟对端午的民间叙事与民俗叙事的发生做再次探索。这种端午探源也是为端午文化的传承与保护提供思考。

二

端午作为民间叙事、民俗叙事，是大宗叙事话题。如果按照民间叙事只是艺术叙事的思路，则可能使用民俗叙事更能够表现端午节的叙事特点。

端午节庆历史悠久，而且节日时间相对确定，其重要性是一般节庆所难以相提并论的。端午节实际上就是端午季，就是仲夏五月这一个月，所以影响很大。端午不像新年，时间都是不大确定的，如夏朝建寅，商朝建丑，周朝建子，秦朝建亥。新年庆典虽然古老，但是时间不一致。夏朝岁首是正月初一，商朝岁首是十二月初一，周代新年是十一月初一，秦王朝的新年则是十月初一。这就是说，新年节庆的时间不如端午固定。今天的新年时间正月初一是汉武帝时代定下来的，即历史上第一个年号——建元元年（前140年）的第一天。而形成这个古代时间实际上比端午节五月节庆要晚。著名的上巳节是从上古起源的，但是这个节日现在成了一个地域性的节日，在整个节日文化系统中失去了主导性的地位。端午节是不折不扣的大节。五月初五和五月恒定的民俗时间，有其十分独特的、丰富的文化内涵。所以端午节在中国文化中十分重要就不待言说了。

中国端午节的重要性还在于其跨越民族、国家的界限，以不同的形态在世界上传承。当年韩国一个"端午祭"成功申报人类非物质文化遗产名录，把中国人都惊呆了。"端午祭"这事似乎永远完结不了。我们每年大张旗鼓宣扬端午节，其中有加强文化自信的因素，当然也有一个动机，似乎要跟周边的国家较劲一下。中国大节，人类非遗，国际性节庆，这是其他节日不具有的文化身份。只是比较遗憾，从端午节这样一个重大的文化事象中，真正的学术发现并不多。我们的研究也多是文化事象复述，当然这种复述也是一种文化传承。总体来说，我们的研究取得了很多的成绩，但在一定程度上把博大精深的端午文化简单化了，这对于端午节来说很可惜。

民俗节日文化是一个谱系，具有整体性、联系性、多元性与互动性的特点①。近年来，民俗文化谱系的研究视角已发生转变，更多地从认知与文化保护的角度出发，改变了过去民俗学简单从海外"批发"、从其他学科"批发"理论的做法，对于中国民俗事象有了自己的解读方式。自2008年林继富教授发表第一篇关于民俗谱系的文章②以来，现有题名"谱系"讨论民俗问题的文章39篇，有国家社科基金等一般项目、重点项目、重大项目十余项。谱系学说深化了民俗学研究对于民俗事象复杂性的认识。目前关于民俗学谱系的讨论，有叙事形式论的语言文字叙事、仪式行为叙事和景观图像叙事三形态说，有关于跨地域民俗与信仰的空间谱系说，有注重关系流变的时间谱系说，有注重人群差异的族群谱系说，等等。

以谱系学说讨论节庆有如此思路：一是回到源头看问题，现在节庆研究多是立足当下看问题。回到源头不是复古，而是直指当下的简单化传承带来文化传统的遮蔽与流失问题。二是思考传播路径，从路径看其多元发展，但也不是追求面面俱到，而是反思我们在传承过程中的片面性。

笔者曾经尝试将竞渡舟船以谱系学说加以思考，发现龙舟并不是竞渡的唯一舟船，甚至龙舟竞渡根本就不是端午竞渡文化的本源③。这次尝试，让我们发现了民俗节庆更加辽阔的天空，让我们意识到谱系视角可以深化对于端午节庆的研究与传承。我们可以进行端午节传说的英雄谱系研究、健康功能的分门别类研究、形式中的语言仪式与物质世界的谱系研究、参与共享的族群谱系研究，也可进行国家与地方甚至跨国的文化关系研究。谱系研究不仅仅在于发现多少新的根系，也是找出独特主干，找出节庆的层次、秩序与联系。也许，端午节的研究可以诠释中华文化多元一体的特质，也可以找出端午文化世界交流的契机。

本文拟从探寻起源的角度，讨论端午节在传承过程中失落的诸传统。这些传统的发现，既是一个学术问题，又是一个现实的端午文化传承的问题。

关于端午的起源与端午文化的主格调是一个老问题。当年闻一多先生《端午考》等论文中的端午起源于吴越龙文化说至今还具有主导地位，该问题直指龙舟竞渡的问题，屈原、伍子胥、曹娥英雄叙事的问题，这是一个文化英雄与核心仪式的问题④。

---

① 谭萌：《作为民俗学方法论的谱系学》，《湖北民族学院学报》2018年第2期。
② 林继富：《民俗谱系解释学论纲》，《湖北民族学院学报》2008年第2期。
③ 田兆元：《论端午节俗与民俗舟船的谱系》，《社会科学家》2016年第4期。
④ 闻一多：《伏羲考》，上海古籍出版社，2009年，其中《伏羲考》《端午考》讲述端午龙的节日。

现在我们说得最多的是端午节的另外一个重大问题：端午节是一个全民卫生防疫节日，那么一定会说到端午节挂菖蒲艾草问题、除五毒问题。端午节及其竞渡是一个法术处理的公共卫生事业是江绍原先生当年明确提出来的①。

纷繁的关于端午的文化问题，现在无论是专家还是普通民众，都会从龙舟竞渡与端午挂艾谈端午起源与端午文化，形成了端午文化的两大问题。本文从端午文化本源的视角，主要就竞渡与公共卫生两个问题展开。

三

端午节发于先秦，有丰富的图像和相关习俗为证。但是五月初五叫端午的说法则记载较晚，现在知道的最早的文献记载是晋代周处的《风土记》，而今本《风土记》残本不载。《太平御览》卷三十一五月五日引"风土记曰：仲夏端五，端，初也。俗重此日，与夏至同"②。先秦两汉不称名，称名都是到三国以后，端午称谓出现还真是比较晚的。

但是五月的禁忌起源很早。最著名的是孟尝君田文五月五出生差点丢命的故事：

> 初，田婴有子四十余人。其贱妾有子名文，文以五月五日生。婴告其母曰："勿举也。"其母窃举生之。及长，其母因兄弟而见其子文于田婴。田婴怒其母曰："吾令若去此子，而敢生之，何也？"文顿首，因曰："君所以不举五月子者，何故？"婴曰："五月子者，长与户齐，将不利其父母。"文曰："人生受命于天乎？将受命于户邪？"婴默然。文曰："必受命于天，君何忧焉。必受命于户，则可高其户耳，谁能至者！"婴曰："子休矣。"③

五月五这个日子不太吉利吗？田婴认为，孩子在这一天出生会妨害父母，不能养。田文的命大，能活下来算是好运气了。又因为好辩，被这个迷信的

---

① 江绍原：《端午竞渡本意考》，1926年2月10日、2月11日、2月20日《晨报副刊》，本文参考于《江绍原民俗学论集》，上海文艺出版社，1998年，第206页。
② 李昉等：《太平御览》卷31，影印本文渊阁四库全书第0893册，第400页。
③ 司马迁：《史记》卷75，《孟尝君列传》第15，中华书局，1959年，第2352页。

老爸放过了。到了王充时代，这个禁忌还在流行。当时流行的"四大讳"，都是先秦传下来的。第一是忌讳"西益宅"。春秋晚期鲁哀公欲西益宅的故事，为汉代的人所津津乐道。鲁哀公想要向西边扩展宅子空间，臣子们强谏以为不可。因为西边为尊，损害尊长利益，大不祥也，所以列为"四讳"之首。而五月生子的逻辑，竟然与"西益宅"是相同的。王充说："夫正月岁始，五月盛阳，子以生，精炽热烈，厌胜父母，父母不堪，将受其患。"① 西益宅之西，不是西边有问题，而是西边是尊长尊贵之地；而五月并不是月份不好，相反是太好了，有利生长。五月所生子会很厉害，超过其父母，从这个角度看不祥。这个逻辑就是中国文化的尊卑逻辑对于民俗的影响。所以五月初五所谓恶月恶日，是非常值得玩味的权力逻辑。

顾炎武《日知录》"正、五、九月"条说："唐朝新格以正、五、九月为忌月，今人相沿以为不宜上任。"② 其中五月尤其忌讳，说是五月上任终身不得提升。正月是一元复始，一年开头，大吉大利的日子。五月，九月，是九五之尊的月数。所以，正五九不是在为官员们着想，而是防止他们成长以妨害皇上。这就是从先秦传下来的禁忌，逐渐堆加了很多话语上去。至于说端午节是公共卫生之节，五月是疾病滋生的季节等，可能是用一种污名化的话语掩盖其本来的吉祥。我们都知道，冬春之际是传染病多发季节，但是仲夏之际并不是疫情高发的季节。

先秦秦汉时期，人们对于五月是这样认识的：

> 是月也，日长至。阴阳争，死生分。君子斋戒，处必掩，身欲静无躁，止声色，无或进，薄滋味，无致和，退嗜欲，定心气，百官静，事无刑，以定晏阴之所成。鹿角解。蝉始鸣。半夏生，木堇荣。③

《吕氏春秋》是战国后期的作品，所以这些论述是先秦的学说和观点。这里只是强调五月间宜清心寡欲，同时，官员在这段时间宜平心静气，不要有大的作为。这里有没有五月毒月需要保健的说法呢？仔细看原文，其实是一点也没有的。

---

① 王充：《论衡·四讳》，上海人民出版社，1974年，第359页。
② 顾炎武：《日知录》卷三十"正五九月"条，黄汝成集释，上海世界书局，1936年，第710页。
③ 吕不韦：《吕氏春秋·仲夏纪》，高诱注，毕沅校，徐小蛮点校，上海古籍出版社，2014年，第90页。

既然五月最大的问题是不能生人，那解决问题的方案是不是可以比较简单，但不能粗暴。《吕氏春秋》提出了最为简单的方案："君子斋戒，处必掩，身欲静无躁，止声色，无或进。"据说这一段是指的君王，五月就不御宫妃了。这是不是一个釜底抽薪的事？就再也不用担心五月有孩子妨害父母了。古人对于生育时间，总是有不同的看法，如说黄帝孕育二十个月，帝尧孕育十四个月。当然古人也普遍认识到十月怀胎的问题。但关键的是：既然五月出生的孩子很可怕，那五月怀上的孩子是不是一样可怕呢？所以是不是五月份男女隔开禁欲，男女不交接就会没有事？

后世的躲端午习俗，是不是与此相关？关于躲端午，尚未见到相关研究论文，有少量的网文谈论该问题，揭示这一现象。现举出网上的解释和材料：

> 躲端午，旧时端午节习俗，指接新嫁或已嫁之女回家度节。简称"躲午"，亦称"躲端五"。俗以五月、五月五日为恶月、恶日，诸事多需避忌，因有接女归家躲端午之俗。此俗宋代似已形成，陆游《丰岁》诗有"羊腔酒担争迎妇，迭鼓龙船共赛神"之句。《嘉靖隆庆志》亦记云："已嫁之女召还过节。"又，《滦州志》："女之新嫁者，于是月俱迎以归，谓之'躲端午'。"①

为什么要把媳妇招回家呢？其实这个民俗制度背后是不是这样的简单逻辑：五月怀胎不是好胎，父母要遭殃，还不如夫妻分开。躲端午实际上是躲怀胎。但是这事是不是不好明说，躲端午禁欲的本质性问题，反而成为亲情话题。还有，既然五月是回娘家的日子，那就不能生产，也就有了自觉的五月生子的防范。

总之，五月的最大问题是生出来的孩子妨害长者，这样会危害社会秩序。于是我们就看到有这样的制度：禁欲。这当然在阴阳学说里可以解释。但是我们是不是可以看出这是解决端午难题的根本方法：与其生出来"不举"，还不如不怀呢。所以端午的问题，最初不是英雄怀念，也不是公共卫生，而是社会动荡的预防。预防的方法就是那么简单。

---

① "躲端午"，参见 https://www.chazidian.com/tianqi/news11343/。

四

端午太热，但也不是最热。不过按照阴阳五行的说法，五月阳气盛。整个世界充满活力，但是要压一压。其最好的物理方式是水。水为阴，故午时水是最好的选择。所以端午节是一个水节。水在端午节中起着重要的作用。

这样我们就明白了，端午节最初叫"浴兰节"，是一个以水洗浴的日子。

这就是我们要讨论的端午香型的艾派与兰派的问题。

插艾的习俗，已经成为中国端午节的标配。从《荆楚岁时记》以来，都是将艾叶的民俗浓墨重彩加以描述的，这是毫无异议的事实。《荆楚岁时记》确实是这样写的：

采艾以为人，悬门户上，以禳毒气。①

这种崇艾防疫的传统，到了宋代文献里，有了很多新的内容，如"结艾人"，这是老传统，把艾草打结成一个人形，挂在门上。"掺艾虎"，就是将艾叶粘上小虎戴在头上。"衣艾虎"，就是把艾虎缝到衣上穿着②。到了当下，挂艾草几乎成为海内外中国人标志性的端午习俗。端午节销售菖蒲艾叶，在中国城乡是常见的文化行为。

但是，我们在端午叙事中，除了部分人会说一句端午节又名浴兰节，关于浴兰、佩兰的传统习俗则不怎么讲，现实中基本就不怎么说了。作为端午祭神驱邪的香草，一个更加根本的端午香——兰香，被忽视了。

在《荆楚岁时记》里有这样的描写："五月五日，谓之浴兰节。"浴兰在当时是五月五日的节日基本属性。并且这段表述还在端午插艾的前面，是五月五日民俗节日的开篇语。

这种传统在20世纪前期，还是盛行着的。徐中玉先生1936年《端午民俗考》列端午十四大民俗，第一是浴兰：

（一）沐浴。《大戴礼》曰："五月五日蓄兰为沐浴。"《楚辞》曰："浴兰汤兮沐芳（华）。"习凿齿与桓常侍书曰："想往日与足下及江州，

---

① 宗懔：《荆楚岁时记》，宋金龙校注，山西人民出版社，1987年，第47页。
② 陈元靓：《岁时广记》（二），商务印书馆，1939年，第243页。

五月五日共浴戏，追寻旧约，仿佛玉仪。"五日沐浴的风俗，至今很多地方保存着。①

按照徐中玉先生的说法，1936 年的时候还有很多的地方保留着这样的习惯。为什么我们现在就几乎遗忘了呢？要论防疫的作用，浴兰不比插艾的效果差。兰香相比艾香有其独特的功效。药典记载，沐浴用的佩兰，具有除湿、防暑的功能，浴兰对于即将到来的盛夏是非常重要的保健方式。端午节与浴兰节两个名称，一个是以时间命名的，一个是以香型命名的。但在过去，尤其是本源意义上，兰香比艾香的影响更大一些。端午香就有兰派和艾派两个不同的端午香型群体，这是我们忽视了的一个问题。

端午有十分古老的传统，甚至在屈原时代就有了相关的习俗。我们没有任何文字证据说后来的龙舟竞渡等问题在先秦时就有，只有浴兰节有先秦的相关证据。《礼记·月令》根本就没有说五月与后来端午节相关的内容。只有"浴兰"问题十分明确。

关于"浴兰"，我们现在提出来讨论的多是徐中玉先生早就列出来的两条材料。第一条来自《楚辞·云中君》："浴兰汤兮沐芳，华采衣兮若英。"② 兰汤沐浴，这是第一次文字的记载。祭祀云中君，女巫先沐浴更衣，香体彩衣，以备神灵附体。联系《东皇太一》篇"灵偃蹇兮姣服，芳菲菲兮满堂"看，香体彩衣似乎是祭祀神灵的基本礼仪，最初可能与健康也是相关的，但是主要功能不是防疫。我们再看其他的祭祀活动，如《少司命》一开篇："秋兰兮麋芜，罗生兮堂下。"秋兰迎神，摆在首位。后面还有："秋兰兮青青，绿叶兮紫茎。"兰花伴随着整个祭祀。更值得关注的是，少司命歌词还有"与女沐兮咸池"，这是不是与"浴兰汤兮沐芳"的浴兰有关？是不是一种祭祀神灵的礼仪？对兰的信仰与民俗似乎不只沐浴一种方式，除了少司命的秋兰供奉，《湘君》竟然有一面"兰旌"——兰花做成的旗帜。湘君还要乘那些兰桡兰舟。《湘夫人》一篇，世人都知道"洞庭波兮木叶下"，但是"沅有芷兮澧有兰"与"疏石兰兮为芳"里涉及的兰花供奉可能就少为人所知了。由此可以说，浴兰供兰最初是一种祭神的礼仪。

这种人神共享的兰香花沐浴在屈原时代似乎已经成为习俗，也成了屈原的最爱。《离骚》记载了那个时代的五月习俗。从《离骚》看，屈原"纫秋兰

---

① 徐中玉：《端午民俗考》，《国闻周报》1936 年第 13 卷第 25 期。
② 以下《楚辞》诗歌文章，采录自洪兴祖《楚辞补注》，中华书局，1983 年。

以为佩""朝搴阰之木兰""朝饮木兰之坠露""结幽兰而延住伫",这一切与现实似乎格格不入。这些有的是象征,但是似乎也是现实香型选择的问题:

> 户服艾以盈要兮,
> 谓幽兰其不可佩。

每家每户都在插艾,还有的将艾香佩在腰间,这不是想象,而是后来崇尚端午香型的写实,描述的是荆楚之地五月五插艾佩艾香的习俗,老百姓对于佩兰似乎没有感觉。但是屈原似乎不喜欢这种香型,他对于艾香有一种排斥。可能插艾群体中,有他不喜欢的腐败人群,所以连带不喜欢艾香了。同时,艾香浓烈,似乎也是屈原不喜欢的原因之一。如果当时没有广泛的插艾习俗,屈原是很难选择一种与现实无关的香料植物来作为象征对象的。

《九歌》中祭神坛,没有艾香,祭坛上是兰香主体。而在《离骚》中,艾是一种反面的象征,是变质的粗俗的象征。尤其是其将弟子喻为兰,育人为"滋兰"。当"兰芷变而不芳",昔日芳草"今直为此萧艾",屈原就绝望了。兰香与艾香,是端午香型两种不同的类型。兰香似乎是神坛上的香,士大夫的香,而艾香是民众的香。艾香太过浓烈,而兰香为雅香,两者有阶层之异。这就是我们所说的端午香的两派:艾香派,兰香派[①]。在战国时期,兰香是主流,艾香尚处不入流的状态。

我们在《大戴礼》中找到了徐中玉先生引用的第二条材料,即《夏小正》篇记载:"蓄兰,为沐浴也。"《大戴礼》一书材料的来源,众说纷纭,即便是戴氏当时编的,那也是公元前一世纪明确记载的文献,说明至少那时已经有此风俗了,而其他关于端午的记载很少。

《大戴礼》选录的《夏小正》文献,一般认为来自先秦。这些资料表明,浴兰佩兰,应该是端午节最为重要的文化本源,或者至少说是重要的文化本源之一,并且一直延续到20世纪,就是在今天,也在民间边缘生存。在上海与江南民间,就是到现在,也有佩兰的习俗。这些白兰花来自周边地区,有的甚至是从南方空运过来。一批老阿姨在地铁口、公交站等地贩卖。上海人,尤其是女性,五月间佩戴,雅香迷人,据说还有很强的防疫功能。佩戴者一般认为,如果佩戴的兰花很快变黑,就说明体内毒素太重。这一方面说明兰

[①] 《端午到了,你选择"沐兰"还是"悬艾"?》,澎湃新闻,https://www.thepaper.cn/newsDetail_forward_18396874。

花排毒，另一方面也证明自己的身体有问题，需要检查。一朵小兰花价格比一大把艾叶枝价格还贵，这也是佩兰群体与插艾群体有不同趣味的地方。上海华东师大为正确传播端午文化，还为外交官举办了浴兰节①。

可是，这么历史悠久、审美雅致的浴兰习俗，在当下几乎被放逐出端午的叙事话语之外。这就是当下节日文化传承单一化造成的问题。

如果说"浴兰"与公共卫生有关，那是说得过去的。但是其本质问题还是通过水这一阴无来遏制五月的强阳，保护了普通民众的健康，其根本问题是社会的平衡。

五

端午竞渡，还是一个水的问题。竞渡既是水之阴对于强阳亢奋的调解，也有通过竞渡游戏消解现实传统的意图。

说起端午竞渡，必定要说龙舟竞渡。龙舟竞渡像是是端午节的标配一般。闻一多先生是端午龙文化的强力叙事者。抗战以来，一批五四时期的传统文化批判者，一改此前激烈的文化批判态度，积极参与中华文化本源的建构，积极为中华民族的团结寻找神话与民俗的资源。其著名的代表作是《伏羲考》与《端午考》②。《伏羲考》较早提出越人"断其发，文其身，以象龙子"，就是坦白承认自己是"龙的儿子"。这篇文章的写作，有着非常鲜明的动机：就是抗战时期中华民族的团结，大家要团结在龙文化的旗帜下。如何才能团结到一面旗帜之下呢？这就需要学术的表达。《伏羲考》以学术为本，但是有着深切的家国意识与人文关怀。闻一多先生从人首蛇身的伏羲女娲交合图像群着手，借用图腾学说的视点，讲述龙图腾的优势地位，讲述夏禹王朝的龙文化属性，讲述汉苗关系，勾画了一幅中华民族符号的整体图景。关于龙图腾形象的综合构成说和中华民族的符号说，都是影响深远的论断。他说："东方商民族对我国古代文化的贡献虽大，但我们的文化究以龙图腾团族（下简称'龙族'）的诸夏为基础，龙族的诸夏文化才是我们真正的本位文化，所以数千年来我们自称为华夏，历代帝王都说是龙的化身，而以龙为其符应，他们

---

① 《浴兰佩香，沪上外交官们体验中国端午节民俗》，上海教育新闻网，http://new.shedunews.com/zixun/shanghai/gaodeng/2019/05/29/2105164.html。

② 《伏羲考》《端午考》写于抗战期间，收录到 1948 年《闻一多全集》第一卷"神话与诗"中。2006 年上海古籍出版社出版《伏羲考》题名的闻一多神话学论集，将《端午考》收入其中。

的旗帜、宫室、舆服、器用，一切都刻画着龙纹。总之，龙是我们立国的象征。"① 这些表述，彰显了龙图腾对于整个国家文化的意义。

为了更加直观呈现龙文化的价值，闻一多先生将目光对准了端午节庆。研究神话变成了研究民俗，这是一个很大的突破，其实是把神话与民俗综合起来考察，立体地探索龙文化的影响。我们后来把神话的叙事分为三种形式，一是语言文字的叙事，二是仪式行为的叙事，三是物象图像的叙事。仪式行为的叙事，实际上就是民俗的叙事。梁启超先生在《中国历史研究法补编》里谈到"神话史"的研究，举出《荆楚岁时记》这样的节庆文献，并大谈七夕节、端午节等的神话意义，可以作出"一部神话同风俗史来，可以有很大的价值"②。所以，在一定程度上，研究民俗也是研究神话。闻一多先生研究龙的过程中，从文字图像的伏羲女娲文献，转向了民俗仪式的端午节，于是有了《端午考》。

在《端午考》之"龙舟"节一开头，闻一多先生就指出："寻常龙舟刻画为龙形，本是吴越一带的习俗。"③ 闻一多先生还引用了很多文献佐证，但是其观点被很多人所质疑。一是闻一多先生引用的文献，要么就不是竞渡舟而是歌吹舟，要么就与吴越之地无关。闻一多先生的文章写于战争岁月，犹如郭沫若先生的《甲申三百年祭》，都是名著，思想人文意义突出，但是限于条件、文献资料不足，存在错误，加上那时很多的考古材料也没有报告出来，这是可理解的，不影响他们的文章在文化史与学术史上的地位，也不影响龙文化的真正地位和端午竞渡的重要的文化意义。

随着考古图像的不断发现，人们对于龙舟竞渡的起源有了新的认识。其实，考古界很早就对端午竞渡问题有了新的看法。1974年，冯汉骥先生《云南晋宁出土铜鼓研究》一文对于晋宁石寨山等地的铜鼓进行了探索，其中提到船纹羽人鸟纹等问题。铜鼓何以有鸟纹，冯先生引用前人说法，《诗经·鲁颂·有駜》"振振鹭，鹭于下。鼓咽咽，醉言舞。于胥乐兮"认为鹭鸟与鼓存在天然联系。冯文引用《隋书·音乐志》关于"建鼓"有鸟问题：

---

① 闻一多：《伏羲考》，《闻一多全集》第1卷，生活·读书·新知三联书店，1982年，第33页。
② 梁启超：《中国历史研究法补编》，《饮冰室合集》专集之九十九，中华书局，1936年，第134页。
③ 闻一多：《端午考》，《闻一多全集》第1卷，生活·读书·新知三联书店，1982年，第236页。

又栖翔鹭于其上，不知何代所加。或曰鹄也，取其声扬而远闻。或曰鹭，鼓精也。越王勾践击大鼓于雷门以压吴。晋时移于建康，有双鹭呒鼓而飞入云。

鹭鸟叫声洪亮，为鼓精鼓神，那么铜鼓上绘满鸟纹，可以理解。但是，为什么这些鸟的代表羽人以及鸟本身要与船相关联呢？冯汉骥先生说：

在晋宁的铜鼓上，多铸有船形纹。这种船形纹也是早期铜鼓上最特出的纹样之一，所以对它曾引起了不少的推测，有的以为是婆罗洲遴亚克人的"黄金船"，有的以其上有羽冠的人形纹，遂以为系表现图腾主义，如"鸟图腾"等。这些说法，实未细察这些船形的内容。从各种船形的内容来看，还是以"竞渡"说法似较为合乎实际。

作者指出：这些船首都饰以鸟纹，即"鹬鸟首"，是典型的鸟舟。船为狭长的轻舟，划船者为滇族男子（因此图较大，描画极为清晰），头插羽，每两人并坐而划，中有一人指挥，使动作齐一。这种形式，几与现在长江中游竞渡的船完全一样①。唯一不同的就是，这个竞渡船不是龙舟。晋宁石寨山汉代的铜鼓纹，为端午竞渡带来了新的信息。

铜鼓研究专家蒋廷瑜先生也从铜鼓船纹中得出羽人划船就是竞渡的写实。他说，广西贵县罗泊湾的汉代铜鼓船纹，有人认为是竞渡的写实。他认为根据其分工严密，有指挥的，有划桨的，动作一致，节奏感强，除了竞渡，无法做出其他的解释。并指出，在秦汉时期，广西的龙舟竞渡就已经盛行了，深受壮汉各民族人民的喜爱②。

涂元济、涂石《船棺葬·铜鼓船纹·龙舟竞渡》一文认为："船纹之舟是鸟的变形，在鸟舟上举行招魂仪式，实是祝愿死者乘鸟升天。"并且有一种船纹，大家认为就是龙舟竞渡，文章认为那是大错特错，竞渡最初不是龙舟。作者认为那些舟都是各种鸟纹，他反复强调那些船纹的鸟的特性，但是没有称其为鸟舟③。万建中教授《龙舟竞渡习俗渊源新探》指出："最初的舟饰为

---

① 冯汉骥：《云南晋宁出土铜鼓研究》，《文物》1974年第1期。
② 蒋廷瑜：《铜鼓船纹与龙舟竞渡》，《广西日报》1980年6月20日。
③ 涂元济、涂石：《船棺葬·铜鼓船纹·龙舟竞渡》，《思想战线》1989年第4期。

鸟形。"① 也与涂元济、涂石文章中一样，对闻一多先生的观点表示质疑。文章也认为这是南方民族招魂的仪式。

笔者在讨论龙舟竞渡的时候，就直接使用着《鸟舟竞渡》的名称，并明确指出，端午竞渡的渊源是鸟舟竞渡，龙舟竞渡到南宋才完全在端午竞渡中占据主导地位②。此后就有大量鸟舟竞渡与凤舟竞渡的文章出现了，包括学位论文。从考古材料出发，以蒋廷瑜先生开始，到胡建《南越国铜器船纹水上航行能力的解析》③，再到张强禄《羽人竞渡纹源流考》，展现出考古世界中鸟舟竞渡或者羽人竞渡的丰富的场景，这是过去竞渡研究中完全没有见到的全新世界④。文献的、考古的、田野活态凤舟竞渡的，相关资料日益丰富起来。民俗学方面的学者、体育学的学者，都广泛加入了关于鸟舟竞渡问题的讨论。体育界研究者最新发文，对于考古材料有更多的综述⑤。

就现有考古资料看，20世纪70年代发现于浙江宁波鄞州的春秋铜钺羽人鸟舟竞渡纹，是迄今为止最早的竞渡图像。所以我们是没有理由批评闻一多先生在20世纪40年代就先知先觉知道三十年以后有鸟舟竞渡的文物。我们今天来看，要是没有闻一多先生的论述，端午节的影响力是不会有今天这么大的。他讲到龙舟的意义，是符合现实的，只是讨论历史的时候，有些将源头提前了。今天讨论凤舟是端午文化的源头，一点也不影响今天龙舟竞渡是社会文化主流的合理性问题。相反，我们会进一步认识龙舟竞渡起源的复杂性与丰富性，认识中国主流文化的形成路径，同时也是为了探索中华多元一体文化的生成路径。当然也有烛照当下文化传承模式简单化的问题。

曹锦炎、周生望《浙江鄞县出土春秋时代铜器》一文报告了浙江铜钺"羽人划船"的图像，报告中与铜钺一起出土的还有"王"字矛。文章认为，羽人划船解读为竞渡船是比较合适的⑥。此时，南方云南、广西铜鼓船纹和越南铜器船纹已经有相关羽人划船图像。但宁波鄞县的铜钺竞渡纹，为迄今时代最早的竞渡图像，是春秋时期的产物，其他地方都晚于此。由于这些图像中划船者都戴有羽冠，所以由羽人划船生出"羽人竞渡"说，而羽人本于

---

① 万建中：《龙舟竞渡习俗渊源新探》，《四川文物》1996年第2期。
② 田兆元：《鸟舟竞渡》，《光明日报》2015年6月22日。
③ 胡建：《南越国铜器船纹水上航行能力的解析》，《广州文博》2018年年刊。
④ 张强禄：《"羽人竞渡纹"源流考》，《考古》2018年第9期。
⑤ 陈连鹏、杨海晨：《中国古代鸟舟竞渡源流的史料取证及考辨——兼论中华竞渡文化起源与谱系》，《西安体育学院学报》2022年第2期。
⑥ 曹锦炎、周生望：《浙江鄞县出土春秋时代铜器》，《考古》1984年第8期。

鸟崇拜，早期以及后期的竞渡船都不同程度饰有鸟纹，所以也就有"鸟舟竞渡"说，而这些原本称为飞凫、鹢首的竞渡舟船，宋元以后称为凤舟，所以今天人们就直接叫"凤舟竞渡"。于是羽人竞渡、鸟舟竞渡、凤舟竞渡，一定程度上说的是一回事。

《汉书·地理志》注引臣瓒曰："自交趾至会稽七八千里，百越杂处，各有种姓。"古百越地，是一个大的概念，也是边疆的概念。有趣的是，从浙江、江西、广东、越南、广西、贵州，再到云南，这是一个环绕东南中国的文化圈，也是一个鸟舟竞渡的文化圈。这地域的空间谱系，是边陲与文化的边缘区，无论是先秦还是秦汉。所以，端午竞渡的发生，是不是国家稳定的一项民间制度？

现在我简单说出一个解释：五月妨长，或者存在不安定因素，水是克制的一个要素。而竞渡游戏可以消解现实的紧张。竞渡有很多的解释，本文初步提出这样的观念。当然这并不是新鲜话题，心理学家、人类学家对于游戏的解释，都可以回答这些问题。

这里我引用唐代诗人元稹的《竞渡》诗，来看唐人对竞渡的理解：

吾观竞舟子，因测大竞源。天地昔将竞，蓬勃昼夜昏。
龙蛇相喷薄，海岱俱崩奔。群动皆搅挠，化作流浑浑。
数极斗心息，太和蒸混元……
壮哉龙竞渡，一竞身独尊。舍此皆蚁斗，竞舟何足论。

这首诗不是描述竞渡，而是探索竞渡中的意义。"数极斗心息，太和蒸混元"，深刻揭示了竞渡的意义，就是消弭斗心。龙竞与龙竞渡，是指在龙门的竞渡，不一定是龙舟竞渡。轰轰烈烈的竞渡，化解了更有危害的"蚁斗"，游戏就是一切。

端午的民俗叙事，应该是社会安定的一种设置，然后在发展中派生出丰富的内涵。

民俗叙事的本源性研究，可以探索其背后的社会文化意义，以及民俗文化的生长路径。

民间传说的功能转向与文化成因

高艳芳

（安阳师范学院文学院）

摘　要：民间传说建构了一个传统的文化记忆，承载了一个地域的生活世界，其社会功能显在而强大，不仅完成了特定族群的精神叙事，也实现了特定空间的认同性想象。非遗时代对民间传说的高扬与重塑，全方位地激活了民间传说的社会功能，其多维转向与文化成因值得深入讨论。多维转向主要体现在地域维度、媒介维度和时空维度三方面；文化成因则主要体现为民间传说的内生文化逻辑和外在社会推动，以及由此促成的功能转向形态。消极形态功能转向的存在提醒我们需对民间传说的功能转向进行文化审视和现实考量，并着力处理好传统与现代、保护与利用及局内与局外等多重关系。

关键词：民间传说；功能转向；文化成因；双面形态；优化策略

"民间传说是地方民众的精神与情感的传递与表达，在民众生活中有着特殊的位置。"[①] 在传统社会，民间传说是民众生活的重要组成部分，其功能主要表现在生活价值和文化价值方面。改革开放以来，伴随着经济的持续高速发展和社会的急剧转型，我国在政治、经济、文化及其社会结构方面都发生了深刻变化，人们的思想观念、价值判断以及生活方式等也都随之发生了革命性的转变。20世纪90年代以来，伴随互联网及其可视化媒介技术的迅速发展和广泛应用，我国步入了真正意义上的视觉文化时代。21世纪以来，非物质文化遗产（以下简称"非遗"）保护运动的普及式开展，使其成为全民参与的公共文化事业[②]。民间传说自然也裹挟其中，一方面，它形塑着民间传说的叙事形态，丰富了其呈现方式；另一方面，民间传说的功能也随之发

[①] 萧放：《非物质文化遗产的保护、开发与地方文化传统的重建》，《励耘学刊（文学卷）》2009年第1期。

[②] 高丙中：《作为公共文化的非物质文化遗产》，《文艺研究》2008年第2期。

生了相应转向。围绕民间传说的叙事形态已形成了景观叙事①、影视叙事②、动漫叙事③等较为丰硕的研究成果,然而针对民间传说功能转向的研究却付之阙如。时代的发展、民众需求的转变促成了民间传说的功能转向,功能已成为民间传说发展传承的重要指征,对其进行详细梳理,探讨其背后的文化动因,有助于达成一种更具当代性的民间传说理解,有助于民间传说的当代发展和传承。

一、民间传说功能转向的表征

从文化功能学派的观点出发,任何文化现象都具有一定的功能,功能的发挥与其所处的社会环境紧密关联,并随着社会的发展而不断变化④。当今社会,政治、经济、文化、科技,尤其是互联网技术与媒介技术的高速发展,以及非遗保护事业的持续开展,使得民间传说的生存空间、参与主体、表现形式、结构设置、传播载体等发生了急剧转变⑤,民间传说功能随之发生多维转向,具体表现在地域维度、媒介维度以及时空维度三个层面。

(一)地域维度的资源化转向

后工业时代的来临使得文化的价值更为凸显,文化与民族文化复兴、地方文化建设被迅速关联和建构。民间传说因其鲜明的地域性特征,随之发生了地域维度的资源化转向:一是作为文化资源参与地方文化建设,提升地方文化品位;二是作为地方文化资源进行文化产业开发,带动地方经济发展。

近年来,在地方文化建设中,民间传说成为全国各地挖掘地方文化资源、打造地方文化、增强文化"软实力"和实现文化繁荣的关键。从民间传说出发打造地方文化的案例不胜枚举,昭君故里、岳飞故里、梁祝文化之乡、嫘

---

① 余红艳:《景观生产与景观叙事——以"白蛇传"为中心》,华东师范大学博士学位论文,2015年。
② 徐兆寿、何田田:《民间传说"白蛇传"百年电影改编述要》,《西北师范大学学报(社会科学版)》2021年第2期。
③ 徐金龙、白玉帅:《"讲好中国故事"语境下哪吒神话动漫化传承发展》,《文化遗产》2020年第2期。
④ 马林诺夫斯基:《文化论》,费孝通译,中国民间文艺出版社,1987年,第26页。
⑤ 毕曼:《少数民族传统文化现代转化的规律与策略研究——以恩施土家"女儿会"为例》,《华中师范大学学报(人文社会科学版)》2021年第6期。

祖文化之乡等皆系此类。以董永传说为例，湖北孝感鉴于其城市名称与董永传说之"孝道"的历史和现实关联，在城市文化建设上立足"孝道"主题，并配合相应的景观生产，进行"孝"文化的主题宣传，将传说与城市文化建设完美嫁接，丰富了该地的文化内涵，同时也增强了该地的文化凝聚力和吸引力。再以刘伯温传说为例，浙江文成和丽水青田两地作为刘伯温的故乡和主要活动场域，迄今依然流传着相关传说。2008年，刘伯温传说登陆第二批国家级非遗名录，极大地提升了传说的社会知名度，基于此，两地均以纪念刘伯温为出发点，组织学者进行学术考察和宣传活动，并举办了不少相关主题的民俗活动，一方面扩大了传说的传播和影响；另一方面"刘伯温"也发展成为两地的文化符号，"成为涵养民众心灵、增强社会凝聚力、促进当地社会健康发展的重要资源"[①]。

对于民间传说的经济价值，学界有着持续不断的发声。田兆元结合既有研究成果和民间传说发展现状，提出了"经济民俗学"的概念，并以我国四大民间传说为例，指出它们不单是不朽的精神产品，也是经济价值突出的文化产品，是重要的文化资源，也是重要的经济资源[②]。民间传说与当下城市经济建设的融合随处可见，地方文化品牌的打造、地方特产的生产、地方纪念品的设计等都可以发现民间传说的元素和影子。就文化旅游而言，鉴于民间传说与文化旅游内在的契合性，将两者结合拉动地方经济的做法已十分常见。对此，有学者指出"民间神话传说转化为景观，用于旅游观光，也是现代民俗经济的一大特点。民俗文艺正成为民俗经济的核心元素，是诸多的经济类型发展的基本立足点"[③]。以壮族刘三姐传说为例，2004年以该传说为基础打造的山水实景演出《印象·刘三姐》投入公演，开创了我国山水实景演出的先例，成为桂林旅游的最大亮点。截至2017年12月底，已累计演出7 000余场，销售门票162万张，总收入达2.1亿元，净利润达1亿元[④]，极大地推动了地方经济的发展。

---

① 黄涛：《以民间传说促地方文化建设——从〈刘伯温文化遗产研究论文集〉出版说起》，《光明日报》2016年11月8日。
② 田兆元：《经济民俗学：探索认同性经济的轨迹——兼论非遗生产性保护的本质属性》，《华东师范大学学报（哲学社会科学版）》2014年第2期。
③ 田兆元：《经济民俗学：探索认同性经济的轨迹——兼论非遗生产性保护的本质属性》，《华东师范大学学报（哲学社会科学版）》2014年第2期。
④ 肖波、陈秋宁：《实景演出的资本风险与防控策略——以〈印象·刘三姐〉为例》，《同济大学学报（社会科学版）》2021年第1期。

(二) 媒介维度的资本化转向

娱乐休闲是民间文学的首要功能,对此,恩格斯有形象的阐述:"民间故事的使命是使农民在繁重的劳动之余,晚上疲惫不堪回来的时候,娱乐他,恢复他的精神,使他忘掉沉重的劳动,把他那贫瘠沙砾的田地变为芬芳的花园。"① 基于民间传说的休闲娱乐功能和当下媒介的普及式应用,将民间传说作为运作资本,对之进行文化创意和产业开发已成常态,民间传说发生了媒介维度的资本化转向。就外部表现来看,这种转向促成了民间传说内容的可视化和呈现方式的多样化;就内在深层而言,这种转向关乎民间传说主题的维系和民间传说的传承与发展。

内容的可视化和呈现方式的多样化。民间传说因其情节的曲折性和内容的"超人间"性,而深受广大民众喜爱,具有广泛的群众基础,成为文化产业争相开发的资本。在资本的运作下,民间传说与当下的互联网、媒介技术及其娱乐行业等发生了深度关联,以之为原型的影视剧、舞台表演、实景演出、文化旅游、景观生产及其文学创作等层出不穷。现代技术将传说的内容转化为可视的画面、表演、文字或景观,立体地呈现在民众的面前,打破了传统民间传说口耳相传的模式,实现了民间传说内容的可视化和呈现方式的多样化。于此过程中完成了民间传说的资本转化,实现了经济增值。以"白蛇传"为例,20世纪90年代以来,以之为原型的影视改编已不下26种,其中2019年上映的《白蛇传·缘起》票房达4.67亿元,2021年上映的《白蛇传2:青蛇劫起》票房达5.62亿元②。

主题的维系和民间传说的传承。资本运作下的媒介维度转向对民间传说的传播和传承有着突出的影响,这主要取决于其对民间传说主题的维系情况。具体看来,主题保留下的转向,即在民间传说的文化产业化过程中,创意产品与民间传说保持主题一致的现象。这种转向通常会促进民间传说的当代传播和传承。如20世纪90年代我国台湾地区推出的50集电视连续剧《新白娘子传奇》(夏祖辉导演)即延续了传统的爱情主题,保留了报恩、游湖、借伞、盗库银、发配、显形、水斗、盗仙草、断桥、产子、镇塔、祭塔等经典情节,完美呈现了许仙、白蛇之间忠贞不渝的爱情,一经播出便大受追捧,

---

① 中共中央马克思恩格斯列宁斯大林著作编译局编:《马克思恩格斯全集》(第41卷),人民出版社,1995年,第14页。

② 白蛇传影视改编的数据源自笔者的追踪统计,票房数据源自电影票房数据库:http://58921.com/。

推动了"白蛇传"的广域传播和跨时代传承。

主题转变下的转向,即在民间传说的文化产业化过程中,创意产品转变或颠覆传统民间传说主题的现象。通常意义上的主题转变有两种情形:一是伴随人们观念的变化而产生的转变,主要体现为时代因素的融入,如动漫电影《哪吒之魔童降世》(2019年)虽然以传统"哪吒传说"为原型,但在人物造型和传说主题上均进行了现代化的改编,脚蹬风火轮的正义小英雄转变成化着烟熏妆、露着大门牙的萌丑形象;"析骨还父,析肉还母"的骇人情节转变为父子间的温情脉脉;为民造福的英雄主义转变成与命运抗争的抗争主题。二是外来文化介入带来的主题转变,如美国迪士尼公司出品的电影《花木兰》(1998年),在西方文化和思维的主导下,其所展现的是个人英雄主义和婚恋自由的主题,迥异于我国的忠孝主题。主题颠覆,即创意产品对传统主题的解构。

(三) 时空维度的娱乐化转向

当代社会,互联网技术的普及式应用,世界范围内文化的交流融合,彻底改变了人类的时空观念。空间维度上,人们不仅知道本国本地,还知道国外,甚至外太空的存在;时间维度上,现代人具有明确的历史观,能够从过去、现在和未来的角度把控自我认知。由此,民间传说发生了时空维度的功能转向,人们对于民间传说的知识传授和道德教化功能发生了娱乐化的转向。

在漫长的农耕文明时期,民间传说承担着知识传授的功能,包括人文知识的传承和自然现象的解释等。人文知识传授方面,如广西大瑶山地区的瑶族,过去一直没有自己的文字,部族祖先的迁徙、重大历史事件以及部族行为规范等都以传说讲述的形式,流传在祖祖辈辈之间,维系着部族历史的传承[①]。自然现象解释方面,如《柿树为啥是黑心》以故事讲述的形式对柿子树"树干黑心"现象进行了解释[②]。这些知识在"彼时彼地"具有相当的可信度。然而,基于"此时此地"的知识文化水平和知识获取途径,人们对民间传说的这种知识传授功能明显持怀疑和否定态度,不再将之视为知识的传授,而是视为娱乐活动的一部分。

针对民间传说的道德教化功能,恩格斯曾说民间故事书像《圣经》一样培养着人们的道德感,使人们认识到自己的力量、权利和自由,唤起对祖国

---

① 黄涛:《中国民间文学概论》,中国人民大学出版社,2013年,第126页。
② 彭新生主编:《中国民间故事全书·河南林州卷》,知识产权出版社,2006年,第20页。

的爱。瓦尔特·本雅明也曾说过民间传说、童话等是人类的第一位导师,总是能给人们提供最好的建议和忠告。民间传说总是激发着人们趋向真善美,远离假恶丑。时至当下,部分民间传说所蕴含的道德教化仍被人们肯定和传承,如郭阁老传说所传达的勤政为民思想、包公传说所传达的铁面无私的为政品格、岳飞传说所传达的爱国主义精神等仍深得民心,广泛流传。当然,从时空维度的视角进行审视,可以发现已有不少传说因与时代脱节,而遭遇民众的诟病和扬弃,如曾广为流传的"郭巨埋儿类"传说一度被奉为孝的典范,在今人看来却是荒谬的愚孝,再如因戏弄和敲诈地主、商贩而闻名的机智人物传说,从当下诚信社会角度考量,其行为已无异于偷梁换柱的欺诈行为。基于当下时空认知的道德判断,人们对民间传说的知识传授和道德教化功能认知已发生了明显转变,不再将之视为知识传授和道德教化的组成部分,而更多的是当作娱乐化的存在。

二、民间传说功能转向的文化成因

民间传说的功能转向有其相应的文化成因。内生文化逻辑是功能转向发生的基础,外在社会推动是功能转向的催化和引导。内生文化逻辑与外在社会推动合力促成了功能转向的发生,实现了民间传说的社会融入,使其成为当代社会经济、文化的重要组成部分,成为民众生活日常的重要组成部分。

(一)功能转向的内生动力

民间传说的形成和发展有其内在的规定性,在长期的发展过程中形成了相对稳定的文化特征。这些特征是民间传说区别于其他文类的标志,也是其功能转向得以产生的内生动力。

集体性是功能转向的前提。民间传说的集体性包含两层含义:一是民间传说的形成是一个集体创作的过程,每个人都可以根据自己的理解进行传说的讲述。二是每个人都有民间传说的享用权,即每个人都是传说的拥有者。民间传说的集体性特征赋予了其共同文化的属性和开放性的特征。共同文化即"社会成员平等地拥有文化,人们对于文化的建构和社会变迁具有主体性的地位"[①];开放性,意为民间传说不设归属、保密限制,任何群体和个人都平等地享有使用权。共同文化的属性和开放性的特征赋予了民众的主体地位

---

① 雷蒙·威廉斯:《文化与社会:1780—1950》,高晓玲译,吉林出版集团有限责任公司,2011年,第112页。

和使用权,使得每个人都享有对之进行挖掘利用的权利。质而言之,集体性是民间传说资源化、资本化转向的前提和先决条件。

传奇性是功能转向的基础。传奇性是关于民间文学内容特征的总结。民间传说一方面基于现实生活,另一方面又通过巧合、夸张、超现实的想象手法达成了对奇情异事的讲述,以优美的主题、波澜壮阔的内容引人入胜,使人们获得精神的娱乐和放松。传奇性特征赋予了民间传说超现实的特征,民众在现实社会无法达成的愿望、无法获得满足的好奇心都可以在此成为现实。中国四大民间传说中牛郎织女鹊桥相会、孟姜女哭倒长城、梁山伯和祝英台化蝶相伴以及白娘子白日飞升等都以超现实的幻想达成了民众对忠贞爱情的美好想象。"传奇性是民间传说之所以能够得到'传说'的一个重要的原因"[①],也是民间传说具有广泛群众基础和成为文化资源、文化资本的重要原因。可以说,传奇性是民间传说功能转向得以发生的基础。

变异性是功能转向的关键。民间传说的变异性特征包括两层含义:一是传说本身的延续与发展,表现为横向的传播和纵向的传承,横向的传播随讲述人、讲述目的转变而发生变异;纵向的传承因时代的发展以及人们思想观念的转变而不断演变。二是民间传说向非民间文学的转变:一方面指向民间传说呈现方式的转变,即口头讲述向舞台表演、作家文学、影视展演甚至网络文学的转变;另一方面指向民间传说在民众日常生活中的实践应用,如与传说相关的手工艺制品、旅游纪念品甚至特色食品等。变异性赋予了民间传说超越时空的生命力,使其转变具有合理性和合法性,是民间传说功能转向得以发生的关键。

地域性是功能转向的重要环节。民间传说总是指向特定的历史人物、事件或者景观、风物等,这就使其具有了地域性的特征,地域性使地方与传说之间形成了稳固的链接,形成了人、物、景与传说之间的互动叙事,成为地方文化的重要组成部分。鉴于此,一方面,民间传说与地方文化发生深度关联,成为地方文化建设、地方文化认同的关键;另一方面,民间传说与地方经济发生联系,成为地方旅游、地方文化产业发展的核心。概而言之,地域性是功能转向的重要环节。

(二)功能转向的外部推力

民间传说功能转向的发生是其内生文化逻辑和外在社会推动共同作用的

---

① 万建中:《民间文学引论》,北京大学出版社,2017年,第177页。

结果。如果说内生文化逻辑是功能转向的基础，那么外在社会推动则是功能转向的诱因和向导。历时考察，可以发现进入21世纪以来，伴随非遗保护运动以及文化产业的兴起和发展，非遗成了保护运动和文化产业发展的重要对象，由此，民间传说发生了多维的功能转向。

非遗保护的政策引导。"全球化的席卷和民族传统的地方复兴，已成为我国当代两种并存互动的文化趋势。"① 全球一体化的发展趋势影响了文化的多样性，对各国的民族文化和传统文化发展带来了严峻挑战。为了应对全球化的危机，世界各国相继开启了非遗保护运动。2001我国昆曲登录"人类口头与非物质遗产代表作名录"，非遗的概念随之被译介和引入，其在增强文化认同、促进文化自觉、提升文化自信、铸造文化精神等方面的价值被发现和认可，非遗保护运动由此兴起，并迅速发展成为全民参与的公共文化事业②。国家、省、市、县四级非物质文化遗产保护名录体系的建立，相关法律法规和政策文件的颁布实施，抢救性、活态性、生产性、整体性等诸种保护方法的兴起等都使"民间文学在当代社会受到了前所未有的关注，并因之获得了更加深入地参与社会进程的机遇"③。作为非遗重要组成部分的民间传说，通常围绕地方性人文景观、名人轶事、风物特产以及自然现象等展开讲述，其间饱含着广大民众的历史认知、人生思考和情感倾向等，对现代人深刻理解民族精神和地方文化意义重大。国家层面的民间传说，如人类始祖传说成为中华民族同根同源的佐证，在民族认同的形成和稳固中，发挥着重要的推动作用；地方层面的民间传说，如历史人物传说和风物传说等成为地方文化建设和地方特色文化打造的重要文化资源。

文化产业的市场推动。"文化产业是文化与经济融合形成的新业态"④，是市场对文化资源的开发和利用，同时在一定意义上，也是对文化的继承与弘扬⑤。在我国，文化产业与非遗保护的兴起、发展几乎同步，人们对之的

---

① 徐赣丽、黄洁：《资源化与遗产化：当代民间文化的变迁趋势》，《民俗研究》2013年第5期。

② 高丙中：《作为公共文化的非物质文化遗产》，《文艺研究》2008年第2期。

③ 徐赣丽、黄洁：《资源化与遗产化：当代民间文化的变迁趋势》，《民俗研究》2013年第5期。

④ 黄永林、肖远平主编：《非物质文化遗产学教程》，华中师范大学出版社，2019年，第77页。

⑤ 毕曼、万利：《"场"的生成：少数民族文化产业的产业转化研究》，《东北师范大学学报（哲学社会科学版）》2018年第6期。

认知态度基本也是同步的。伴随着非遗保护实践的开展，人们开始认识到："保护是其中的一部分，另一重要的部分，则是要在保护的过程中，挖掘出新的创造力，并将其发展成为本民族文化政治和经济发展的重要生产力。"[①] 与此同时，文化产业的发展日渐成熟，人们的文化消费需求不断增长。非遗的丰富性、稀缺性以及与大众内在需求的深度契合性特征，促成了其与文化产业的融合，使其能够以资源形式进入经济市场，并创造出相应的经济价值。

在非遗与文化产业的融合视域下，民间传说首当其冲成为文化产业争相开发的对象。市场资本盘活了民间传说，并形成多产业融合的资源利用路径。如，文旅融合过程中，将地方传说作为宣传核心，并围绕地方传说进行相应的景观生产、旅游产品设计；如，文化创意产业生产过程中，围绕民间传说形成的绘画、雕塑、陶艺、服饰品牌；再如，伴随着互联网技术的发展，以民间传说为原型设计的网络游戏、网络文学创作等，无不是民间传说参与产业开发的例证。

三、民间传说功能转向的双面形态

民间传说功能转向的形态是其功能转向的外在表现，就其在民间传说传承和发展中的功用来说，有积极和消极之分。通过民间传说功能的转向形态可见民间传说功能转向的成败得失，及时发现问题，并寻求解决的方案。对民间传说功能转向进行文化审视和现实考量，可以发现那些遵循了内生文化逻辑、契合了外在社会发展和民众需求的功能转向，对社会发展和民间传说的传播与传承都产生了有利影响，促成了积极形态功能转向的生成；相反，那些因过度追逐某一功能、不顾内生文化逻辑、忽视民众需求的功能转向，对民间传说的传承发展以及社会的可持续发展都造成了不良影响，则促成了消极形态功能转向的生成。双面功能形态的并存造成了民间传说功能转向利弊、得失同在的局面，对此，需进行审慎考察和深入思考。

（一）积极形态功能转向

从传说主位的视角来看，积极形态功能转向的发生赋予了民间传说适应社会发展的动力，增强了民间传说的生命力，具体表现在以下几方面。

时代性。积极形态功能转向紧随时代发展而发生，为民间传说注入了时

---

① 方李莉：《"非遗"保护进入 3.0 时代》，《文化月刊》2017 年第 3 期。

代性品格，这主要表现在传说内容和呈现方式两方面：就内容而言，当代价值判断、审美趣味的融入促成了民间传说内容和主题的现代化，如电影《白蛇传2·情劫》（2021年）在"白蛇传"传说的基础上，对传说的男女主人公进行了符合现代审美的改写，剧中许仙成为爱情中较为主动的一方，更具男性魅力；白蛇则是相对矜持的一方，更为含蓄，这基本是当代理想爱情模式的再现。就呈现形式而言，为适应民众的多种功能需求，民间传说的功能转向实现了呈现方式的现代化，光、电、声效、特技等科技因素不断融入，极大地丰富了民间传说的叙事形态。

创造性。积极形态功能转向以当代社会民众的需求为出发点，与当下的高科技进行了充分融合，不仅满足了民众的文化创意产品需求，也推动了传说的良性发展。就民众需求而言，20年来文化市场的持续发展，培养了民众的文化消费习惯，使得文化消费逐渐渗透进了民众的生活日常：文创产品、文艺消遣需求已无处不在。积极形态功能转向则促成了相关产品的形成，满足了不同群体的消费需求。就传说的发展而言，高科技的融入彻底改变了以往的口耳相传模式，打破了时空的限制，实现了民间传说的广域传播和跨时代传承，巩固了传说的群众基础，有利于传说的当代保护和传承。

普惠性。从客位的视角来看，积极形态的功能转向促使民间传说与外界发生了更多的联系，激发了其惠及民众，尤其是地方民众的作用。这主要体现在以下几方面：一是可以推动文化的传播，促进外界对地方文化的认知，提升了地方文化的知名度和影响力。二是可以增强地方民众的文化自豪感和自信心，有利于地方文化认同的培养和文化自信的养成。三是可以带动地方经济的发展，缓解地方就业压力，改善地方经济民生。如《印象·刘三姐》项目的运营，一方面，扩大了刘三姐传说的传播范围，促成了传说的广域流传，延续、强化了壮族山歌文化的族群记忆，有利于地方文化认同及和谐社会的建设；另一方面，项目的开发和跟进不仅吸纳了当地大量的剩余劳动力，还促成了相关产业的兴起，如住宿、餐饮、手工艺品制作等，切实让民众在传说的传播和传承中，增加了经济收入，提升了文化自豪感。

（二）消极形态功能转向

民间传说的功能转向有其现实性和合理性，但我们必须正视，由于对某些功能，尤其是对经济功能和娱乐功能的过度追求而导致的消极形态功能转向，不仅会阻碍民间传说的传承发展，还会造成文化的同质化、庸俗化和浪费化。

同质化。消极形态的功能转向引发的同质化现象主要表现为地方文化特色的消解和类同,具体表现为部分地方忽视自己文化传统、在文化建设中的盲目跟风和简单模仿。以"白蛇传"的地方文化打造和文旅开发为例,浙江杭州、江苏镇江以及河南鹤壁都与该传说有着历史和现实的关联,都欲将己打造成白蛇传爱情之都。杭州、镇江是典型的东南沿海城市,鹤壁则是典型的中原内陆城市,三座文化风格迥异的城市竟然生产出了相似的文化景观,讲述着相同的故事情节,造成了严重的文化同质化,如此不仅不利于地方特色文化的打造,还可能在建设和打造中失去自我原本的文化底色。

庸俗化。对经济价值的过度挖掘和对娱乐功能的过度追求,往往会导致传统民间传说主题的消解。通过解构、恶搞、戏仿传说而谋求经济收益和制造娱乐效果的现象时有发生,如网络文学创作中的"木兰无长胸"书写,将原本关于忠孝的书写庸俗化为因身体缺陷而迫不得已的行为。再如,曾活跃于青少年群体的"刘胡兰"传说,刘胡兰临刑前的高呼"俺就是共产党员"被转述为"俺舅是共产党员",将原本的"大义凛然"扭曲成"贪生怕死"……诸如此类不仅导致了传说主题的庸俗化,甚至是对历史、对正义的玷污。对此,我们必须高度重视。

浪费化。一分为二地看,积极形态功能的转向不在少数,它们在提升地方化品位和推动地方经济发展方面的成效有目共睹。不可否认,消极形态功能的转向也绝非个案,如河南鹤壁围绕"白蛇传"进行的景观生产和旅游开发、湖北兴山围绕昭君传说进行的美人品牌开发和昭君故里打造等,前期都投入了大量的资金、人力和物力,但由于缺乏科学的规划和合理的运营,项目并未能达成预期目标、获得民众的认知,前往游览参观和购买当地产品的游客寥寥无几,不但没能实现文化建设和经济增收的目的,还造成了资源的极大浪费。而这种浪费不单表现为资金、人力和物力的浪费,与此相伴的还有土地资源的浪费以及由此引发的一连串的浪费。

四、民间传说功能转向的优化策略

通常情况下,民间传说的功能转向随社会的发展而自行调适,然而,当代社会的跳跃式发展造成了传统与当代社会的断裂,这就要求我们要格外关注民间传说的功能转向,处理好功能转向与传承发展之间的关系,努力促成积极形态功能转向的生成。

（一）积极传承：兼顾传统与现代

民间传说的功能转向一头连接着过去和传统，一头连接着现在和未来。功能转向是传统和现代的关系，也是继承和创新的关系。民间传说积极传承的关键在于实现民间传说的创造性转化和创新性发展。创造性转化就是"要对中华传统文化批判地继承并推陈出新"①，强调对传统文化的批判性继承；创新性发展就是"通过创造、创新和再生等现代转化，使之为现代生活和现代化建设服务"②，强调对传统文化的现代性和服务性转化。

从时间维度的视角来看，传统源自过去，是历史的形成和积累；现在立足当下，朝向未来。功能转向在于满足当下社会的民众需求，促进传统的未来发展与传承。固守传统，无视时代需求，脱离现代生活的传统，其生命力将无以为继，必将成为历史的存在。同理，只顾眼前，脱离传统，将传统和现在割裂的功能转向，将无所依凭，没有根基，没有厚度，浅薄简陋，无以为继。传统需要现代的挖掘，现代需要传统来注入活力，诚如方李莉所言："没有传统，现代化没有发展的根基；没有现代化，传统就失去了新的生命力。"③

从方法论角度来看，继承与创新是基于发展传承过程的讨论，继承需以传统为根基，传统是其力量和灵感的源泉；创新是对传统的发展性继承和创造性发展，时代的发展造就了不同的审美判断和情感认同，也造就了新的功能需求，民间传说鲜明的生活属性，要求其功能转向须能够"丰富与满足不断增长的生活需求，让当代中国人民在经济生活、社会生活、精神生活方面获得更强的参与感、获得感、幸福感与认同感"④，这就要求民间传说的功能转向不能是原封不动地继承，而应是以传统为根基，以满足民众生活需求为目的的创新性继承。

传统与现代是民间传说功能转向面临的首要议题，是关于传统与现代关系的认知问题，也是关于继承与发展过程的方法论问题，在此议题中，需尊

---

① 毕曼：《少数民族传统文化现代转化的规律与策略研究——以恩施土家"女儿会"为例》，《华中师范大学学报（人文社会科学版）》2021年第6期。

② 毕曼：《少数民族传统文化现代转化的规律与策略研究——以恩施土家"女儿会"为例》，《华中师范大学学报（人文社会科学版）》2021年第6期。

③ 方李莉：《论"非遗传承"与后现代文化模式的再生产》，《人文天下》2015年第17期。

④ 萧放：《新时代非遗保护传承的初心与使命》，《人民政协报》2021年第8998期。

重传统、重视其内生文化逻辑，也需关注外在社会环境，关注社会民众需求。对此，杨利慧提出的"一个核心原则"具有重要指导意义①。"一个核心"指出在功能转向过程中要遵循传统，重视民间传说的传统性和整体性，坚持民间传说的核心母题和经典情节，不歪曲贬低，不胡编滥造、生拉硬扯；同时也尊重民间传说的异文性和活态性特征，"不能完全照搬过去，而要结合时代改进民间文学的形式与内容，确保民间文学仍然鲜活地存在于民众生活当中"②，于此，实现民间传说的积极传承③，促成积极形态功能转向的生成。

（二）活化发展：统筹保护与利用

"一切文化要素，若是我们的看法是对的，一定都是在活动着，发生作用，而且是有效的。"④ 文化功能学派强调功能在文化维系和发展中的重要性。与之类似，方李莉在讨论非遗的当代传承时指出"非遗不是死了的过去，而是还活着的今天"⑤，也充分肯定了文化的当代功能。其实对于文化的功能，无论是国际范围的《保护非物质文化遗产公约》，还是国内的相关法律、法规、政策、文件都做了相应论述，如我国2005年发布的《关于加强文化遗产保护的通知》、2010年发布的《关于开展国家级非物质文化遗产生产性保护示范基地建设的通知》等都强调要"激发非物质文化遗产的内在活力，促进经济社会全面协调可持续发展"⑥。可见，保护和利用是非遗保护的核心，也是其宗旨和归属。

从保护和利用的关系来看，保护的目的在于维系和激发民间传说潜在功能，使其适应当代社会发展；利用的目的在于激活⑦，从而实现经济增收和

---

① 杨利慧：《遗产旅游与民间文学类非物质文化遗产保护的"一二三模式"》，《民间文化论坛》2014年第1期。
② 陈波、谢端：《文化分层视角下民间文学资源旅游开发优化研究——以黄陂木兰传说为例》，《华中师范大学学报（哲学社会科学版）》2019年第6期。
③ 杨利慧：《遗产旅游与民间文学类非物质文化遗产保护的"一二三模式"》，《民间文化论坛》2014年第1期。
④ 马林诺夫斯基：《文化论》，费孝通等译，中国民间文艺出版社，1987年，第14页。
⑤ 方李莉：《论"非遗传承"与后现代文化模式的再生产》，《人文天下》2015年第17期。
⑥ 参见 https://www.ihchina.cn/project_details/8914/。
⑦ 毕曼：《少数民族文化产业转化的矛盾张力研究——以恩施土家族"女儿会"文化为研究中心》，《湖北大学学报（哲学社会科学版）》2018年第3期。

文化增值。关于保护和利用的关系，2005年国务院办公厅发布的《关于加强我国非物质文化遗产保护工作的意见》、2011年发布的《中华人民共和国非物质文化遗产法》都提到了"抢救第一，保护为主，合理利用，传承发展"的指导方针①，保护和利用的目的都在于传承发展，满足当代社会民众的需求。保护和利用应是相互依存、互为促进的关系。脱离现代生活，不发生资源化、资本化转向的民间传说，将无法转变为现代社会所需的文化资源、文化资本，也就无法步入民众的社会生活，失去了其存在的价值和依据。同样，如果现代社会只关注民间传说的开发利用，忽视其保护传承，无视其内生文化逻辑，那么，久而久之，我们的现代生活就没有了文化气息和文化底蕴。

民间传说的功能转向实质上就是传承保护的文化关系与开发利用的经济关系，因此，在功能转向的过程中，要"逐步找到一个兼顾文化、经济、民生各个层面的结合点"②，"避免经济诉求与文化本位的冲突"③。一方面，关注传说的开发利用，将民间传说资源转化成为发展文化产业的优势和资本，将之融入广大民众现代生活当中，取得更多的经济收益，激发广大民众保护的积极性和主动性；另一方面，关注民间传说的传承和发展，尊重其内生文化逻辑，尊重其传承主体，对其功能转向进行科学、合理的引导。质而言之，功能转向不应是僵死的保留，而应朝向社会的发展。保护和利用应是民间传说功能转向的一体两翼，不能厚此薄彼。

（三）社会合作：协同局内与局外

刘晓春就非遗保护中的主、客体关系，提出了局内人和局外人的概念，认为传承主体（个人或群体）是保护的局内人，政府、学界、商界等是保护的局外人④。非遗保护、利用的顺利实施需以尊重局内人的主体地位为基础，实现局内和局外的通力合作。

局内人方面。鉴于民间传说的集体性和地方性特征，这里将地方民众统

---

① 参见中国非物质文化遗产网，https://www.ihchina.cn/project_details/8914/。
② 黄永林：《非物质文化遗产特征的文化经济学阐释》，《文化遗产》2018年第1期。
③ 毕曼：《少数民族传统文化现代转化的规律与策略研究——以恩施土家"女儿会"为例》，《华中师范大学学报（人文社会科学版）》2021年第6期。
④ 刘晓春：《非物质文化遗产传承人的若干理论与实践问题》，《思想战线》2012年第6期。

视为局内人。他们是民间传说的创作者、享用者和传承者，是地方民间传说文化基因的携带者，他们组成了地方文化基因库，并随社会的发展"不断增补新的时代性内容，使其具有鲜明的生活性和时代感"①。因此，民间传说的功能转向应以局内人为核心，尊重地方文化传统，满足地方民众需求，明确局内人在功能转向中的主体地位，充分激发其积极性和主动性，确保功能转向的存续力和积极形态功能转向的形成。

局外人方面。政府、学界、商界相较于传承人而言，是非遗保护的外部力量，属局外人的范畴。非遗保护实施过程中，政府是引导、推动非遗传承的主导力量。自2004年成为联合国教科文组织《保护非物质文化遗产公约》成员国以来，我国政府在相关法律、法规及其政策、文件制定，代表性项目评定，代表性传承人认定以及经费支持等方面都做出了巨大努力，并组织开展了相应的传播传承、推广宣传活动，为非遗保护提供了政策依据和资金保障，也为民间传说功能转向的顺利开展奠定了基础。商界是民间传说融入现代文化市场的关键，伴随着文化产业市场的日趋成熟，众多商企和民间传说发生了关联。商界的介入促进了民间传说与现代科学技术和民众生活的快速融合，实现了民间传说功能的资本化转向。

民间传说的保护利用、发展传承需局内人和局外人各方力量的相互协作和共同努力。需要强调的是，学界在此过程中发挥着不容忽视的作用。学界秉持求真务实的科学精神，一方面，对民间传说本体有着较为充分的了解，深谙其内生文化逻辑和外在社会推动的互动机制；另一方面，深厚的理论功底和丰富的实践经验促成了前瞻性的视野，能够为政府的政策制定、商界的开发利用提供理论支持和实践指导，使民间传说的功能转向免受去语境化、商品化歪曲等威胁，实现局外人与局内人的对话协商、合作交流②，促成群体合作优化，确保功能转向的合理高效。

综上，民间传说实践是一种生活现象，也是一种人际交流方式。民间传说的功能转向本质上源于生产力和生产关系变化引发的社会转型，具体文化成因则主要是民众主体的认知变化、文化管理的机制变化和传说资源的社会

---

① 林继富：《民间叙事传统与故事传承：以湖北长阳都镇湾土家族故事传承人为例》，中国社会科学出版社，2007年，第294页。

② 巴莫曲布嫫、张玲：《联合国教科文组织：〈保护非物质文化遗产伦理原则〉》，《民族文学研究》2016年第3期。

应用等，多重身份、多元机制和多路径应用，成为民间传说功能转向的基础力量。民间传说的功能转向与时代发展、民众现实需求之间有着极为紧密的关联，是其内生文化逻辑和外在社会推动合力促成的结果。功能转向已成为民间传说传承发展的重要指征，从功能转向着手或许能够达成对民间传说更具当代性的理解，也有助于正视民间传说功能转向和传承发展之间的互动机制，从而能够更积极地回应民众的现实需求，促进民间传说的传承发展。

非遗项目的保护与中国民间
故事类型索引的增补

丁晓辉

（海南热带海洋学院）

摘　要：海南省非遗项目民间叙事歌《黎从六之歌》的演唱内容是地方传说"从六含冤"。通过结构分析可知，"从六含冤"传说包含的故事母题"K2111 波提乏之妻"三千多年前已在全世界讲述，而"从六含冤"这一叙事模式也在中国至少流传了两千多年。"从六含冤"故事与众多结构相同的文本一同构成民间故事类型"庶母反告"，进而与相近故事类型"寡妇讼子""寡妇嫁祸""寡妇杀子"一起，形成一个故事类型系列。对该故事类型系列的确认、命名和编码有助于中国民间故事类型索引的增补。非遗保护与民俗研究本应相辅相成，这需要通过民俗学者的基础研究实现。

关键词：海南省非遗项目《黎从六之歌》；"从六含冤"传说；故事类型；中国民间故事类型索引；非遗保护

《黎从六之歌》是流传于海南岛东部的定安、琼海、文昌一带的民间叙事歌谣，曲调委婉悠长，内容悲凉忧伤。它于 2009 年入选海南省第三批非物质文化遗产名录，其传承人培训班从 2015 年开始连年举办，由定安县黄竹镇白塘村村委会副主任、《黎从六之歌》传承人何声利负责培训年轻人演唱。白塘村是《黎从六之歌》演唱的核心地带，该村村民不仅熟悉该叙事歌的演唱，对"从六含冤"传说更是耳熟能详。白塘村村口有一座据称建于明代的黎从六之墓，此墓 1985 年被列为定安县县级文物加以保护，村民每年清明自发到此祭奠传说中含冤而死的青年黎从六。

一、《黎从六之歌》的内容:"从六含冤"传说

《黎从六之歌》演唱的是"从六含冤"传说,大致内容是:

明代万历年间,白塘村青年黎从六和妻子周氏跟继母王氏一起生活。从六之父黎璋在县衙为官,偶尔回家。年轻貌美的王氏与黎璋的堂弟黎九日渐生情,担心败露,遂谋划除掉从六。王氏将儿媳周氏支回娘家,夜间装病呻吟,呼喊从六为自己刮痧。从六犹豫不决,王氏以从六不孝相威胁。从六无奈走近床边,王氏扯开自己衣服前襟,从六大惊。王氏借机剪掉从六一缕头发,并咬破从六的一根手指。黎璋回家,王氏诬陷从六调戏自己,并以从六头发和从六手上的伤口为凭,黎九也声称自己亲眼所见。从六百口莫辩。黎璋大怒,将从六活埋。从六冤魂化为八哥,飞到官府找知县告状。知县带衙役化装成商贾,借宿于黎璋家中,半夜捉住鬼混的黎九和王氏。知县为从六昭雪,恶人受惩。①

这一故事被当地民众视作史实,以此为基础的叙事歌谣《黎从六之歌》在当地民众中普遍传唱,而且有实物黎从六之墓为传说核,是一则地方特征突出的风物传说。

二、"从六含冤"的同型故事

"从六含冤"传说虽然具有鲜明的地方特征,但从民间叙事的角度观察,不难发现:"从六含冤"包含的核心母题——庶母反诬嫡子调戏自己,昏庸父亲除去儿子——反复出现于古今中外的民间故事中。

在中国,关于这一母题的最早记录"春申君怒杀甲"出自《韩非子》,讲述了春申君的爱妾与春申君正妻之子的冲突。春申君的爱妾叫余,她挑拨离间,不仅让春申君抛弃了正妻,而且设计陷害春申君与其正妻的儿子甲:

余又欲杀甲,而以其子为后,因自裂其亲身衣之里以示君。而泣曰:

---

① 中国民间文学集成全国编辑委员会、《中国民间故事集成·海南卷》编辑委员会编:《中国民间故事集成·海南卷》,中国 ISBN 中心,2002 年,第 92—95 页。

"余之得幸君之日久矣,甲非弗知也。今乃欲强戏余。余与争之,至裂余之衣。而此子之不孝,莫大于此矣。"君怒而杀甲也。故妻以妾余之诈弃,而子以之死。①

春申君的爱妾余为了自己的亲生儿子,诬告嫡子甲调戏自己;而春申君听信谗言,杀死了儿子甲。

另一则故事是蔡邕《琴操》中的《履霜操》:

吉甫,周上卿也,有子伯奇;伯奇母死,吉甫更娶后妻,生子曰伯邦。乃谮伯奇于吉甫曰:"伯奇见妾有美色,然有欲心。"吉甫曰:"伯奇为人慈仁,岂有此也?"妻曰:"试置妾空房中,君登楼而察之。"后妻知伯奇仁孝,乃取毒蜂缀衣领,伯奇前持之。于是吉甫大怒,放伯奇于野。②

这些故事发生在帝王、官宦之家,受宠的姬妾或后妻有所图谋,诬陷嫡子调戏自己,嫡子受诬,被偏听偏信的父亲处死或流放。它们强调了两种对立:嫡子既与庶子形成对立,也代表自己的母亲与庶母形成对立。在父亲、庶母和嫡子三者的关系中,庶母依仗美色,挑起年老父亲对年轻儿子的妒忌和仇恨,导致父子间的直接冲突。

还有相似的故事,只是冲突双方的关系不同,诬人者是王妃,受诬者是大臣,并由此引发君臣矛盾。如《汲冢琐语》中记载的"杜伯复仇":

宣王之妾女鸠欲通杜伯,杜伯不可,女鸠反诉于王。王囚杜伯于焦,枉杀之。后三年,而杜伯射王。③

---

① 韩非著,王先慎集解:《韩非子集解·卷四》,载于《诸子集成》,上海书店,1986年,第73页。
② 蔡邕:《琴操》卷上,转引自顾希佳编著:《中国古代民间故事长编·先秦两汉卷》,浙江大学出版社,2012年,第158—159页。
③ 《汲冢琐语》,转引自顾希佳编著:《中国古代民间故事长编·先秦两汉卷》,浙江大学出版社,2012年,第18页。

湖北随州流传着同样的故事《浮缨河》①，大意是：楚庄王为将军养由基庆功，大摆宴席。庄王的漂亮妃子姜妃借敬酒偷捏了养由基一把。养由基不为所动，还瞪了姜妃一眼。姜妃怀恨在心，酒宴后反告养由基调戏自己。庄王信以为真，但又怜惜养由基是功臣，就斩下养由基的帽缨以示警告。姜妃再次威逼养由基，养由基宁死不屈。庄王知道真相后，当众斩下自己的帽缨，向养由基赔罪。

这些故事的共同结构如下表所示：

表1 "从六含冤"同型故事的共同结构

故事篇目	流传年代	故事结构			
		诬人者	受诬者	冲突	结果
"杜伯复仇"	不迟于战国中后期	宣王之姜女鸠	大臣杜伯	女鸠诱惑杜伯不成，恼羞成怒，反诬杜伯调戏自己	宣王杀杜伯，杜伯死后化厉鬼复仇
"春申君怒杀甲"	不迟于战国后期	春申君爱姜余	春申君正妻之子甲	余撕烂自己衣服，反诬甲调戏自己	春申君杀甲
《履霜操》	不迟于汉代	尹吉甫之后妻	尹吉甫前妻之子伯奇	庶母使用蜜蜂计，反诬伯奇调戏自己	尹吉甫将伯奇流放
《浮缨河》	当代	楚庄王爱妃姜妃	大将养由基	姜妃诱惑养由基不成，恼羞成怒，反诬养由基调戏自己	养由基被楚庄王斩下帽缨
《从六含冤》	当代	黎璋后妻王氏	黎璋前妻之子从六	王氏与人有私，反诬从六侵害自己	黎璋活埋从六

同型故事的共同结构：后妻（或姜）反诬前妻之子（或大臣）调戏自己，昏庸丈夫（或王）听信后妻谗言，狠心处死（或严惩）自己的儿子（或大臣）。

---

① 《中国民间故事集成》全国编辑委员会、《中国民间故事集成·湖北卷》编辑委员会编：《中国民间故事集成·湖北卷》，中国ISBN中心，1999年，第246—247页。

该型故事中的冲突主要发生在庶母与嫡子之间或王妃与大臣之间，诬人者的奸诈淫邪、受诬者的无力辩白、主事者的昏庸绝情，以及由此导致的孝子或忠臣惨死，是这些故事共同的稳定结构。因此，我们可以根据故事结构，将这一故事类型命名为"庶母反告"。

从叙事的角度看，《三国演义》中貂蝉在董卓面前谎称遭受吕布调戏，《水浒传》中杨雄之妻潘巧云诬陷石秀，《东周列国志》中晋献公爱妃骊姬以蜂蜜计构陷太子申生[1]，都属"庶母反告"模式。可见这一叙事模式对中国作家文学的深远影响。

如果我们进一步参照世界民间文学的背景，就会发现，"庶母反告"这一故事类型虽然最迟在两千多年前的战国中后期就已流行，却非中国所独有。

《圣经·创世记》中的《约瑟和波提乏之妻》，是在基督教中广泛传播的一个故事，其大意是：约瑟被法老内臣、护卫长波提乏买到家中为仆，深得波提乏信任。波提乏将一切事务都交到约瑟手中。约瑟秀雅俊美，波提乏之妻向他眉目传情，邀他同寝。约瑟不从，并表明自己不能做此大恶，但她仍旧纠缠不休。一天约瑟进屋办事，妇人拉住他衣裳求欢。约瑟把衣裳丢在妇人手里，跑到外边。妇人恼羞成怒，就在波提乏面前反诬约瑟调戏自己。波提乏听信妇人谗言，将约瑟下狱。

由于《圣经》的影响，这一叙事结构被美国民俗学家斯蒂斯·汤普森列入《民间文学母题索引》，并以"波提乏之妻"命名，即"K2111 波提乏之妻"。

该故事类型同样也出现在伊斯兰教经典《古兰经》的第十二章《优素福》中[2]。与《优素福》相比，另一本书《古兰经故事》中的《英俊先知优素福》更为生动详细，大意是：先知优素福年少时不幸沦为奴隶，被埃及权贵葛图菲尔收为义子。优素福长大后英俊潇洒，成为葛图菲尔之妻祖莱哈的意中人。某日祖莱哈将优素福骗进卧室，百般诱惑。优素福慌忙逃走，祖莱哈用力拽住优素福的衣服，优素福挣脱时衣服下摆被撕破。葛图菲尔恰好此时出现在卧室门口。祖莱哈诬陷优素福要奸污自己，优素福极力辩白。葛图菲尔难以分辨是非。葛图菲尔的一个足智多谋的亲戚告诉他：如果优素福的衬衣从前面撕破，就是优素福撒谎；如果从后面撕破，就是祖莱哈撒谎。葛图菲尔看

---

[1] 冯梦龙原著，蔡元放改编：《东周列国志》，中华书局，2009年，第165—170页。
[2] 马坚译：《古兰经》，中国社会科学出版社，2013年，第116—117页。

到优素福的衬衣从后面撕破,知道了真相。但他为了自己和祖莱哈的名誉,还是把优素福关进了监狱①。

《世界神话故事宝库·波斯·阿拉伯卷》中,该故事类型以"尤素福和大臣之妻"之名出现,可见这一叙事结构(既是故事类型,也是母题)流传范围极广,渗透到今天的基督教和伊斯兰教世界。正因如此,该叙事结构也受到民俗学家的关注。

汤普森在其经典著作《民间故事》(The Folktale)中详细讨论了1852年发现的、记录在莎草纸上的埃及《两兄弟》(The Two Brothers)故事。该故事类型包含十几个母题,首个母题就是与"庶母反告"叙事结构一致的"波提乏之妻"(K2111),即"女人向男人示好,而男人不为所动。于是女人指责他强迫自己"。美国民俗学家阿兰·邓迪斯在《〈两兄弟故事〉中的逆向投射》中逐一讨论了该故事包含的母题,大意为:两兄弟阿努比斯和巴塔跟阿努比斯的妻子生活在一起。一天,弟弟巴塔回到家里,阿努比斯之妻想引诱他,就说:"来,我们躺下休息一会儿吧。"由于她对他说了那些邪恶的话,巴塔生气了,他回答道:"得了!瞧!你像我的母亲,还有,你丈夫像我的父亲。他比我年长,他把我养大。"后来阿努比斯回来了,讨了没趣的妻子害怕巴塔告诉阿努比斯她试图不忠之事,就把油脂抹在身上,看起来好像挨过打一样。阿努比斯问妻子怎么了,她说巴塔想诱奸自己,她断然拒绝,巴塔就打她了。

由于记录埃及《两兄弟》故事的这张莎草纸的历史可追溯至大约公元前1250年,所以可以据此判定,"庶母反告"这一叙事模式在距今三千多年前的埃及就已广泛传播。

由此可知,就中国而言,"庶母反告"故事在中国至少流传了两千多年;在世界范围来看,"庶母反告"这一叙事结构最早出现于古埃及,至少已有三千多年的历史,在基督教和伊斯兰教世界广泛流布。至于它在不同民族和地区的发生和传播情况,则是另一话题,有待考察。

三、"从六含冤"的相似故事

以"从六含冤"为代表的"庶母反告"型故事中,庶母以反诬嫡子调戏自己而置其于死地,这是故事的主要结构。中国还有大量与之结构相似的故

---

① 杨宗山:《古兰经故事》,宗教文化出版社,2009年,第89—94页。

事，其核心母题是不贞寡妇为了偷情，反诬儿子或嫡子不孝（或儿媳不贞），甚至直接残害儿女。

这些相似故事古已有之，在古代笔记小说、当代民间故事集中随处可见，有"寡妇讼子""寡妇嫁祸"和"寡妇杀子"三种叙事结构。

1. "寡妇讼子"

"寡妇讼子"盛行于唐，宋、明都有其异文，历代笔记小说中都不乏记录。

唐张鷟记录的"李杰察奸"中，寡妇讼子不孝：

> 李杰为河南尹，有寡妇告其子不孝。其子不能自理，但云"得罪于母，死所甘分"。杰察其状，非不孝子，谓寡妇曰："汝寡居，惟有一子。今告之，罪至死，得无悔乎？"寡妇曰："子无赖，不顺母，宁复惜乎！"杰曰："审如此，可买棺木来取儿尸。"因使人觇其后。寡妇既出，谓一道士曰："事了矣。"俄而棺至，杰尚冀有悔，再三喻之，寡妇执意如初。道士立于门外，密令擒之，一问承伏："某与寡妇私，尝苦儿所制，故欲除之。"杰放其子，杖杀道士及寡妇，便同棺盛之。①

清褚人获《坚瓠集》续集卷二中的《李太守烛奸》②，虽然是妻子告发丈夫，但因为情节与"寡妇讼子"类似，顾希佳将其归入同类故事中③。其大意为：松江太守李某遇一妇人告发丈夫作乱，李称一定追究，妇人归。李写好判状密封，告诉小吏三日内会有人来探问此事，到时候将此人捉拿。三日后果然捉拿到探问者。李命小吏拿来封好的判状，给探问者看。此人打开一看，判状内写"妇告夫，世所无。来问者，是奸夫"，当即大惊失色。经审讯，此人承认与妇人私通，共谋诬陷其夫谋反。

此类故事在古代笔记小说中记录甚多，祁连休在《中国古代民间故事类

---

① 张鷟：《朝野佥载》卷五，丁如明、李宗为、李学颖等校点：《唐五代笔记小说大观》（上），上海古籍出版社，2000年，第60页。

② 褚人获辑撰：《清代笔记小说大观》（二），李梦生校点，上海古籍出版社，2007年，第1571页。

③ 顾希佳：《中国古代民间故事类型》，浙江大学出版社，2014年，第171—172页。

型研究（修订本）》中列举了包括"李杰察奸"在内的13个文本①，顾希佳在《中国古代民间故事类型》中列举了由唐至清的11个文本②，在《中国古代民间故事长编》中另外收录了清代的2个文本《三杖惩奴》③和《好人》④。

值得注意的是，除了笔记小说中的大量记载之外，该叙事模式还出现在中国古代的历史叙事中。《春秋左传》中记载的春秋时期的栾盈被逐事件，是该叙事模式目前所见最早历史记录，可视为"寡妇讼子"故事的历史源头。基本内容是：栾祁生子栾盈，其夫栾黡死后，栾祁与家臣私通，栾盈深以为忧。栾祁忌惮，反诬亲生儿子栾盈密谋叛乱。执政者范士匄驱逐栾盈，尽灭栾盈党羽⑤。

《宋史》中从两个审案者的不同角度记载的王元吉毒母案，也沿袭了这一叙事模式，大致过程是：北宋真宗年间，开封刘氏早寡，有奸状，为嫡子王元吉所知。刘氏恐元吉告发，忧惧成疾，派侍婢去开封府诉元吉在刘氏食物中下毒，致继母刘氏中毒将死。刘氏贿赂主审，元吉受诬不辨。刘氏死，元吉方才说出真相。此案经多人审理，元吉惨遭刑讯逼供。元吉妻击登闻鼓惊动真宗，真宗亲自审理，方知冤情。真宗震怒，多名官员被降职夺官⑥。

而《宋史》中记载的包恢审理的寡母诉子不孝案⑦，与冯梦龙《智囊补》察智部卷十《诘奸·母讼子》中的"包恢"（祁连休列举的13个文本之一、顾希佳列举的11个文本之一）相比，只在文字上略有出入。栾盈被逐、王元吉受冤、包恢断母讼子案，这三件史实与历代笔记小说中的记录可以互为参照，视作"寡妇讼子"故事在不同时期的不同来源。

"寡妇讼子"这一叙事结构既出现于正史记载的史实，也见于笔记小说中的民间故事，由此可见历史叙事与民间叙事的复杂关系。

---

① 祁连休：《中国古代民间故事类型研究（修订本）》，河北出版传媒集团公司、河北教育出版社，2007年，第502—505页。

② 顾希佳：《中国古代民间故事类型》，浙江大学出版社，2014年，第171—172页。

③ 顾希佳：《中国古代民间故事长编·清代卷》（上），浙江大学出版社，2012年，第266页。

④ 顾希佳：《中国古代民间故事长编·清代卷》（上），浙江大学出版社，2012年，第266—267页。

⑤ 杨伯峻编著：《春秋左传注》（修订本），中华书局，1990年，第1058—1059页。

⑥ 参看《宋史·刘保勋传》（脱脱等撰，中华书局，2000年，第7678页）和《宋史·张雍传》（脱脱等撰，中华书局，2000年，第8177页）。

⑦ 脱脱等撰：《宋史·包恢传》，中华书局，2000年，第9857—9858页。

2. "寡妇嫁祸"

此类故事的冲突主要发生在寡妇与儿媳之间：不贞寡妇为了掩盖私情，反诬儿媳不贞，置儿媳于死地。有时冲突的双方是姑嫂。

《聊斋志异》卷十二中的《太原狱》①是一个典型的因奸成害故事。大意是：太原有婆媳二人都守寡。婆婆与村中无赖有不洁之事，儿媳不满。婆婆恼羞成怒，反诬儿媳与无赖通奸，告到官府。儿媳说出真相，官府拘拿无赖，无赖却称与儿媳私通。此案久不能决。新来的县令先在公堂上放置砖石刀锥，审案时称此家原本清白，罪责全在无赖，因此婆媳二人可以拿堂上刀石击杀无赖。儿媳取大石，婆婆取小石；儿媳举刀，婆婆犹豫不决。县令看出端倪，惩治了恶人。

该故事也在当代广泛流传，如河南西峡的《审堂鼓》就是一则当代异文②。河北清苑县流传的唐知县传说《智审奸情案》③ 与《太原狱》和《审堂鼓》情节一致，只不过与人有私者是小姑，受冤者是嫂子。上海崇明县流传的《刀石断案》④，同样也是小姑与和尚有染，反诬嫂子与和尚私通，讼师杨瑟严用同样办法帮助知县断案。

3. "寡妇杀子"

还有一类故事，虽然没有构陷的情节，不过由于涉及寡妇私情、残害子女，也可归类于"从六含冤"型故事。此类故事结局令人发指：寡妇为了偷情，直接残杀儿女或儿媳。清俞樾的《右台仙馆笔记》记录了清朝同治年间在天津流传甚广的"寡妇杀子女"：

> 同治元年，余在天津，忽喧传乡间有母杀其子女者。云其母嫠也，私于人，惧为子女所觉，谋杀之以灭口。其子甫十岁，读书村塾，微闻其谋，日加午，塾师纵诸徒归就食，是子惧不敢归，师不悟其意，谓其年幼独行，或有所畏，亲送之至其家。已而诸童食毕咸集，此子不来，师往其家问之，则与两姊俱死矣！大惊问故，母言语支离，师迫而验之，

---

① 蒲松龄：《聊斋志异》，四川人民出版社，2002年，第472页。
② 王俊义主编：《中国民间故事全书·河南·西峡卷》，知识产权出版社，2011年，第91—95页。
③ 樊新旺主编：《中国民间故事全书·河北·清苑卷》，知识产权出版社，2012年，第9—11页。
④ 《中国民间故事集成》全国编辑委员会、《中国民间故事集成·上海卷》编辑委员会编：《中国民间故事集成·上海卷》，中国ISBN中心，2007年，第1064—1065页。

则皆扼吭而死，形迹显然。乃闻于官，官鞫得实，怒其淫毒，械奸夫、奸妇而徇于市。①

寡妇因私情而杀害子女的故事，也在当代广为流传。如流传于山东台儿庄的《先生申冤》②，与俞樾记录的"寡妇杀子女"的结构和细节都极其相似；流传于广东遂溪的化鸟传说《枭鸟吃母》③，讲述的也是寡妇因为自己有私情而千方百计除掉亲生儿子的故事。流传于河北固安县的《蒸骨验尸》④，其主角是清朝末年的钱寡妇，她因被儿媳撞破私情，离间儿子儿媳关系，伙同儿子将儿媳勒死。流传于浙江宁波慈溪的《拜仙姑》中，寡妇怕自己的私情败露，将三个嫡女毒死⑤。流传于浙江宁波余姚的《三县并审》⑥中，寡妇与小叔有私，共谋勒死儿子。

与"庶母反告"类型故事相比，"寡妇讼子""寡妇嫁祸"和"寡妇杀子"这三个故事类型的反角不是年轻貌美的受宠妻妾，而是不甘寂寞的寡妇。她们因为不贞导致不义，置亲情人伦于不顾。故事繁变多样，无外乎要阐明"万恶淫为首"这一主旨。

四、"从六含冤"的同型故事和相似故事的基本结构

至此可以看出，单独视之，"从六含冤"是一则特征鲜明的地方传说；从故事结构类型的角度审视，它又是众多相差无几的故事文本之一。这些故事文本大同小异，属于同型故事或相似故事。可以按照结构，把它们划分为几个基本类型，如表 2 所示。

---

① 俞樾：《清代笔记小说丛刊·右台仙馆笔记》卷一二，梁脩点校，齐鲁书社，1986 年，第 294 页。

② 徐安伟、李楠主编：《中国民间故事全书·山东·台儿庄卷》，知识产权出版社，2011 年，第 584—585 页。

③ 《中国民间故事集成》全国编辑委员会、《中国民间故事集成·广东卷》编辑委员会编：《中国民间故事集成·广东卷》，中国 ISBN 中心，2006 年，第 542 页。

④ 刘秉忠主编：《中国民间故事全书·河北·固安卷》，知识产权出版社，2010 年，第 172—174 页。

⑤ 童银舫主编：《中国民间故事丛书·浙江宁波·慈溪卷》，知识产权出版社，2015 年，第 127—128 页。

⑥ 鲁永平主编：《中国民间故事丛书·浙江宁波·余姚卷》，知识产权出版社，2015 年，第 190—191 页。

表2 "从六含冤"的同型故事和相似故事

故事类型	故事结构	代表故事篇目
"庶母反告"	庶母（或主母）诬陷前妻之子（或大臣）调戏自己；父子（或君臣）反目，前妻之子（或大臣）含冤受惩	《从六含冤》
"寡妇讼子"	寡妇与人有私，诬告亲生儿子不孝（或妻举报夫谋反）；智审者明察秋毫	"李杰察奸"
"寡妇嫁祸"	寡妇与人有私败露，嫁祸于儿媳（或嫂子）；智审者据婆媳（或姑嫂）二人对情人的不同态度看出真相	《太原狱》
"寡妇杀子"	寡妇与人有私，与情人共谋杀害子女；真相大白后寡妇与情人受惩	"寡妇杀子女"

"庶母反告"没有出现讼子的内容，是因为在大多数故事文本中，反角庶母是受宠的后妻或姬妾，她们的丈夫为王为官，手中有权，可以直接处理家庭内部矛盾，不必去官府求断。"寡妇讼子"和"寡妇嫁祸"中故事的反角是寡妇，她们无法在家庭内部处置成年的亲生儿子或儿媳，只有冒险到官府诬告。"寡妇杀子"中的寡妇不似前三种故事类型中的反角阴险，但直接害死年幼儿女甚至儿媳，手段同样毒辣。这四个故事类型构成一个故事系列，讲述人伦惨变，警示世人重亲情灭色欲。

五、"从六含冤"同型故事和相似故事的编码设置

中国民间故事类型索引类著作目前共有五种：其一是艾伯华的《中国民间故事类型》①（以下简称"艾伯华《故事类型》"），其二是丁乃通的《中国民间故事类型索引》②（以下简称"丁乃通《类型索引》"），其三是祁连休的《中国古代民间故事类型研究（修订本）》③（以下简称"祁连休《类型研

---

① 艾伯华：《中国民间故事类型》，王燕生、周祖生译，刘魁立审校，商务印书馆，1999年。
② 丁乃通：《中国民间故事类型索引》，郑建成、李倞、商孟可等译，李广成校，中国民间文艺出版社，1986年。
③ 祁连休：《中国古代民间故事类型研究（修订本）》，河北出版传媒集团公司、河北教育出版社，2007年。

究》"），其四是顾希佳的《中国古代民间故事类型》[①]（以下简称"顾希佳《故事类型》"）。此外，金荣华的《民间故事类型索引（增订本）》[②]（以下简称"金荣华《类型索引》"）虽然是国际民间故事类型索引，但以中文撰写，以中国各族民间故事为主[③]，所以也是我们讨论中国民间故事类型时必不可少的参考工具。艾伯华和祁连休没有按照 AT 分类法设置编码，其余几部索引均以 AT 分类法为基本框架。这五部索引类著作各有所长，可以互相参照使用。

从这五部工具书中逐一检索"从六含冤"的同型和同类故事，有这样的发现：

艾伯华《故事类型》未收录"从六含冤"的同型和同类故事。

丁乃通《类型索引》从"926【所罗门式的判决】"到"926Q_1^*【苍蝇揭露伤处】"，未涉及这些故事[④]。

金荣华《类型索引》从"926 孩子到底是谁的（灰阑记）（所罗门式的判决）"到"926U 抬鼓破案"，也未涉及这些故事[⑤]。

祁连休《类型研究》收录了"寡妇讼子型故事"，概括为：

>大致写一寡妇至官府讼子不孝。官察其子非不孝，乃谓妇曰："子法当死，得无悔乎？"妇固请杀子，即命买棺取儿尸。妇出与一道士密语，官命捕道士审问，供与妇有私不得逞，故欲除其子。于是释子，杖杀道士及寡妇。[⑥]

同时，该书列举了从唐代至明代的 13 个文本[⑦]。

[①] 顾希佳：《中国古代民间故事类型》，浙江大学出版社，2014 年。
[②] 金荣华：《民间故事类型索引（增订本）》，中国口传文学学会，2014 年。
[③] 金荣华：《民间故事类型索引（增订本）》，中国口传文学学会，2014 年，增订缀言，第 Ⅴ—Ⅵ 页。
[④] 丁乃通：《中国民间故事类型索引》，郑建成、李倞、商孟可等译，李广成校，中国民间文艺出版社，1986 年，第 296—306 页。
[⑤] 金荣华：《民间故事类型索引（增订本）》，中国口传文学学会，2014 年，第 667—695 页。
[⑥] 祁连休：《中国古代民间故事类型研究（修订本）》，河北出版传媒集团公司、河北教育出版社，2007 年，第 502 页。
[⑦] 祁连休：《中国古代民间故事类型研究（修订本）》，河北出版传媒集团公司、河北教育出版社，2007 年，第 502—505 页。

顾希佳《故事类型》在祁连休的研究基础之上，将祁连休的"寡妇讼子型故事"命名为"○巧断母讼子案"①，列举了从唐代到清代的11个文本②，将该型故事情节概括为：

  一寡妇告其子不孝。法官断案时，其子认罪。法官怀疑而无法取证，故意判其子重罪，吩咐其母买棺木来为儿子收尸。其母出法庭，与一男人说话，法官派人跟踪偷听，获悉他们通奸证据，将此男人抓捕，案情终于大白。（或说一女子告其丈夫叛国，法官故意拖延，待几天后有另一男子来探听案情时，将奸夫抓获。）③

顾希佳将这一类型设置于"926Q 烧猪断案""926Q1 听哭声断案""○辩尸断案"之后，"○巧断分家案"之前④。

由此可见，祁连休和顾希佳对本文讨论的四种类型中的"寡妇讼子"关注较多，分别将该类型命名为"寡妇讼子型故事"和"○巧断母讼子案"。前文出现的《太原狱》，顾希佳将其归类为 AT926⑤，比较笼统，命名为更为具体的"寡妇嫁祸"为好。至于"庶母反告"和"寡妇杀子"，顾希佳在《中国古代民间故事长编》中已经涉及，只是尚未系统联系当代民间故事文本，没有为其归类、命名和设置索引编号⑥。艾伯华、丁乃通、金荣华的故事索引著作均未涉及这四种故事类型。

---

① 顾希佳这样解释自己的中国古代民间故事类型表："类型表采用 AT 分类法体系，凡是在丁乃通《中国民间故事类型索引》和金荣华《民间故事类型索引》中已有明确故事编码的，一般仍承袭采用。有的故事类型名称则有所调整。凡是我以为应该新增订的故事类型，一律暂时不设编码，而只是在该类型名称前加'○'，为其在类型表中安排一个它应该安排的适当位置。"参见《中国古代民间故事类型》（浙江大学出版社，2014年），导论，第11页。
② 顾希佳：《中国古代民间故事类型》，浙江大学出版社，2014年，第171—172页。
③ 顾希佳：《中国古代民间故事类型》，浙江大学出版社，2014年，第171页。
④ 顾希佳：《中国古代民间故事类型》，浙江大学出版社，2014年，第170—172页。
⑤ 顾希佳：《中国古代民间故事长编·清代卷》（上），浙江大学出版社，2012年，第103页。
⑥ 《中国古代民间故事长编》一书涉及的《履霜操》故事（《中国古代民间故事长编·先秦两汉卷》，浙江大学出版社，2012年，第158—159页）和"杜伯复仇"（《中国古代民间故事长编·先秦两汉卷》，浙江大学出版社，2012年，第18页）属于"庶母反告"类型；"寡妇杀子女"（《中国古代民间故事长编·清代卷》（下），浙江大学出版社，2012年，第427—428页）属于"寡妇杀子"类型。

在前人研究的基础上，我们可以在 AT 分类法的总体框架下，兼顾中国民间故事的民族性与世界性，为本文讨论的四个故事类型命名和设置编码，将其增补入以 AT 分类法为基础的中国民间故事类型索引。如下表所示：

表3 "从六含冤"同型故事和相似故事的故事类型编码设置

AT926R	"庶母反告"
AT926R1	"寡妇讼子"
AT926R2	"寡妇嫁祸"
AT926R3	"寡妇杀子"

六、中国民间故事类型索引的增补

以上四个故事类型在中国流传已久，文本众多，但都没有正式纳入以 AT 分类法为基础的中国民间故事类型索引。除此之外，我们在研究中也发现，中国长期流传的一些常见故事类型，如"铁杵磨针"、"孝媳割股事亲"、"当良心"[1]、"村姑皇后"[2] 等，在当前所见的中国民间故事类型索引类著作中都难觅踪影。这让人深感中国民间故事类型索引的增补迫在眉睫。

其实，早在祁连休《类型研究》、金荣华《类型索引》和顾希佳《故事类型》出版之前，刘守华便于 2004 年这样呼吁：

> 在《中国民间故事集成》的基础上，编纂一部全新的《中国民间故事类型索引》应成为我们的当务之急。[3]

而在更早的 2003 年，林继富也曾展望：

> 虽然我们期待能够囊括中国 2 500 年的民间故事类型索引只是奢望，但是编纂以 20 世纪以来采录的中国民间故事资料为主的类型索引以及各

---

[1] 林继富：《生意人的良心无价宝——"当良心"故事解析》，刘守华主编：《中国民间故事类型研究》，华中师范大学出版社，2002 年，第 351—361 页。

[2] 丁晓辉：《海南青梅传说与中国民间故事类型》，《南海学刊》2022 年第 2 期。

[3] 刘守华：《关于民间故事类型学的一些思考》，《民族文学研究》2004 年第 3 期。

民族类型索引和跨国、跨民族的比较索引却是可以操作的……①

岁月匆匆，民俗学者当年的呼吁在今天显得更为迫切：

首先，一些中国古代民间故事类型虽然得到归纳整理，但没有与AT分类接轨，使用起来多有不便。祁连休《类型研究》梳理和概括了520个中国古代民间故事类型，涉及未出现于丁乃通《类型索引》和金荣华《类型索引》中的不少故事类型。如果增补入AT分类的故事类型索引，必将大力丰富中国民间故事类型索引的内容。

顾希佳《故事类型》在丁乃通《类型索引》和金荣华《类型索引》的基础上，按照AT分类法的大致顺序，增补了376个故事类型（以"○"为标志）②。这些成果都尚未正式纳入中国民间故事类型索引。

其次，随着学术研究的深入，一些故事原先被排除在故事类型索引之外，现在看，应该增补进来。如神话和传说③、文人故事④、鬼故事⑤等。

最后，继《中国民间故事集成》各省卷之后，计划出版3 000多册的《中国民间故事全书》以及《中国民间故事丛书》的各卷本也开始陆续出版。《中国民间故事全书》和《中国民间故事丛书》是增补中国民间故事类型索引的重要资源，研究者不应视而不见。

中国民间故事类型索引虽然不必像《新华字典》那样修订频繁，但作为民间文学研究者的基本工具书，亟待增补。

---

① 林继富：《"中国民间故事类型索引"研究的批评与反思》，《思想战线》2003年第3期。

② 顾希佳：《中国古代民间故事类型》，浙江大学出版社，2014年，第3—13页。

③ 刘守华曾提出应该编纂一部新的中国民间故事类型索引，其初步设想是："按中国民间故事集成的大框架来建构分类体系。按中国民间文学集成总编委会的构想，就从'民间故事'的广义出发，将神话传说和故事作一体化处理。"参见刘守华：《关于民间故事类型学的一些思考》《民族文学研究》2004年第3期）。

④ 丁晓辉：《中国民间故事类型索引的盲点——兼论中国传统文人故事的雅与俗》，《长江师范学院学报》2015年第1期。

⑤ 顾希佳发现，大量鬼故事不易增补入现有AT分类法框架，他说："AT分类法本身尚有待完善，尤其是它是否适合中国民间故事的实际情况，学界多有讨论。比如中国存在着大量的鬼故事，目前还难以找到相对应的AT分类法编号，有待深入讨论，加以补充。"参见顾希佳编著：《中国古代民间故事长编·先秦两汉卷》（浙江大学出版社，2012年），凡例，第2页。

七、结论

(一)《黎从六之歌》内容的判定

通过对"从六含冤"故事的结构分析和源头追溯,参照中国民间故事类型的整体研究背景,我们可以判定:海南省非遗项目《黎从六之歌》演唱的"从六含冤"传说是一则在中国乃至伊斯兰教和基督教世界普遍流传的民间故事。从世界范围内看,其最早书面记录出现于三千多年前的埃及;在中国,其最早书面记录出现于大约两千多年前的战国时期,此后经历生生不息的演变,与海南的地方风物、地方人物紧密结合,逐渐形成今天活跃在海南民众口中的凄婉歌谣。

从内容上看,《黎从六之歌》的核心母题——庶母的不贞不义与受冤儿子的无力辩白,普遍存在于同型故事的众多文本之中;"从六含冤"所属的故事类型"庶母反告"跟"寡妇讼子""寡妇嫁祸"和"寡妇杀子"一起,构成一个故事类型系列。从形式上看,《黎从六之歌》有海南定安、琼海、文昌等地民众采用方言以叙事歌形式进行的深情演唱,有定安县白塘村黎从六墓的实物印证,还有白塘村村民年复一年的清明祭祀。因此,《黎从六之歌》既包含民间叙事的类型性和普遍性,也具有地方传说的历史性和独特性。

(二) 中国民间故事类型索引的增补

对《黎从六之歌》内容的考察使得现有中国民间故事类型索引类著作的缺陷一目了然:中国丰富的传说、神话没有进入现有的以 AT 分类法为基础的中国民间故事类型索引;一些历史悠久、至今仍在民间广泛流传的故事没有得到研究者的充分重视,因此就未能在故事类型索引类著作中据有一席之地;现有的以 AT 分类法为基础的中国民间故事类型索引类著作没有来得及吸收中国古代民间故事类型研究的丰硕成果;《中国民间故事集成》《中国民间故事全书》《中国民间故事丛书》是中国当代民间故事的重要资源库,其中蕴含的丰富资料尚未得到广泛、充分的利用。

(三) 非遗项目保护与学术研究的共同促进

无论是 2005 年的《国务院办公厅关于加强我国非物质文化遗产保护工作的意见》中的"在科学认定的基础上,采取有力措施,使非物质文化遗产在全社会得到确认、尊重和弘扬"①，还是 2021 年 8 月发布的《关于进一步加强非物质文化遗产保护工作的意见》中的"切实提升非物质文化遗产系统性保护水平"②，都要求非遗保护应以对非遗项目的全面科学认定为前提。

众所周知，对民间文学类非遗项目的了解和判定是对其保护的前提。"白蛇传说""梁祝传说""孟姜女传说"等民间文学经典入选非物质文化遗产代表项目，离不开民俗学者对其长期、深入的学术研究。相比之下，作为地方民间叙事歌谣，《黎从六之歌》主要因其委婉曲调与丰富唱腔入选海南省第三批非物质文化遗产代表项目，其叙事内容并未引起关注。因此，了解《黎从六之歌》的叙事特征、明确其身份、完善其价值，应与确立非遗传承人、举办传承人培训班等具体保护措施同等重要。非遗保护与民俗研究的相辅相成，需要民俗学者通过脚踏实地的基础研究来实现。

---

① 《国务院办公厅关于加强我国非物质文化遗产保护工作的意见》（国办发〔2005〕18号）。

② 《关于进一步加强非物质文化遗产保护工作的意见》，http://www.gov.cn/zhengce/2021-08/12/content_5630974.htm，2021 年 8 月 12 日。

赓续与播布：歌谣运动的新发展
——以民国时期的报刊为中心

任 正

（华中师范大学国家文化产业研究中心）

摘　要：歌谣运动是民国初期中国现代文学史上的重要事件，是新文学运动的一翼。一大批先进知识分子以北大歌谣研究会和《歌谣》周刊为代表的"一会一刊"为阵地，在中华大地上掀起了征集、整理、研究近世歌谣的运动，在他们的号召和影响下，不少学人参与其中，诸多边际报刊积极响应。这些刊载歌谣及其研究成果的边际报刊通过转载讯息、设置专栏、连载专文等方式实现了期刊互动、学人互动与地域互动，促进了歌谣研究学术共同体的形成，为现代中国民间文学的兴起与发展发挥了重要作用。参与人员与宣传阵地的文学性使歌谣运动天然便具有文学性特征。歌谣运动推动了新文学研究的范式转变，扩展了新文学创作的题材与形式，促进了中国现代民间文学的发展。

关键词：歌谣运动；《歌谣》；民间文学；新文学；人民性

歌谣运动是民国初期中国现代文学史上的重要事件，是新文学运动的一翼，也是现代中国民间文学真正意义上的发端。学界关于歌谣运动的相关研究总的来看比较丰富，但相对纷杂而不成体系，从研究者学科背景来看，主要是从事民间文学、民俗学研究的学者[①]，亦有现当代文学学者[②]及音乐学学

[①] 如刘锡诚：《关于顾颉刚的一篇佚文》，《民俗研究》1999年第1期。刘锡诚：《刘半农：歌谣运动的首倡者》，《民间文化》2001年第1期。陈泳超：《周作人的民歌研究及其民众立场》，《鲁迅研究月刊》2000年第9期。陈泳超：《作为运动与作为学术的民间文学》，《民俗研究》2006年第1期。徐新建：《采歌集谣与寻求新知——民国时期"歌谣运动"对民间资源的利用和背离》，《民族艺术研究》2004年第6期。徐新建：《官方参与与国家行为——民国早期"歌谣运动"中的学、政关系》，《民族艺术研究》2006年第3期。

[②] 如曹成竹：《从"歌谣运动"到"红色歌谣"：歌谣的现代文学之旅》，《文艺争鸣》2014年第6期。曹成竹：《歌谣的形式美学：生发于"歌谣运动"的文学语言观》，《文艺理论研究》2018年第6期。曹成竹：《歌谣与中国文学的审美革新——以20世纪早期的"歌谣运动"为中心》，人民出版社，2019年。张敏：《〈歌谣〉周刊与新文学的建构》，新华出版社，2020年。

人①的有益尝试。就研究领域而言，既有对"一会一刊"的研究，也有着眼于民国学者、民国政治、现代文学、现代民俗学等与歌谣运动的互动关系的探讨，还有从歌谣运动的价值与意义角度分析的成果，但关注《歌谣》以外刊载歌谣及其研究文章的边际报刊的成果阙如。基于学术反思与学科发展，本文以民国时期除《歌谣》以外的多种刊载歌谣的边际报刊②为研究对象，探讨其在歌谣运动的赓续发展与传播分布过程中的作用，进而分析歌谣运动对于中国现代文学史的价值与意义，以期提供关照歌谣运动的报刊媒介新视角。

一、歌谣运动的缘起与兴衰

（一）歌谣运动的缘起

歌谣运动（1918—1926）是 1918 年 2 月肇始于北京大学，以北大歌谣研究会（前身为北大歌谣征集处）为中心，以《歌谣》为阵地，以刘半农、钱玄同、沈兼士、沈尹默、周作人、鲁迅、胡适等新文化运动主将为代表人物，搜集、整理中国近世民间歌谣的一场新文学运动③。歌谣运动虽起于微末，但其功绩甚大，作为新文学运动的重要组成部分，为中国歌谣学与传说故事学的发展奠定了基础，也被诸多学人视作中国现代民间文学（民间文艺学）的重要开端④。

歌谣运动的兴起是特殊历史时期诸多因素合力影响下的必然结果。首先，

---

① 如张弢：《我国早期报刊中的民间歌谣征集、研究活动考察——以"歌谣运动"为例》，《南京艺术学院学报（音乐与表演版）》2013 年第 2 期。陈艳伟：《超越"风谣"与"歌谣运动"的"革命歌谣"——从时调小曲〈八段景〉到革命民歌〈八月桂花遍地开〉》，《音乐艺术（上海音乐学院学报）》2023 年第 4 期。

② 本文所指的边际报刊是相对于《歌谣》而言的，《歌谣》是民国时期刊载歌谣的核心报刊，其所刊载的歌谣及其研究文章最为集中；边际报刊则刊载内容多样，不以歌谣为主，刊载歌谣及其研究文章较为分散，但不乏关于歌谣的重要文章，在创刊时间上边际报刊或与《歌谣》同时，或晚于《歌谣》，为歌谣运动的兴盛与再发展贡献了力量。

③ 据刘锡诚的观点：在刘半农、钱玄同等人的推动下，北大歌谣征集处于 1918 年 2 月 1 日在北京大学成立。北大歌谣研究会则于 1920 年 12 月 19 日成立。《歌谣》创刊于 1922 年 12 月 17 日，到 1925 年 6 月底停刊，共编辑 97 期。参见刘锡诚：《二十世纪中国民间文学艺术史》（上卷），中国文联出版社，2014 年，第 79—80 页。

④ 参见刘锡诚：《二十世纪中国民间文学艺术史》（上卷），中国文联出版社，2014 年，第 78—79 页。

歌谣运动的兴起是中国古老的采风传统在民国时期的重要体现。自古以来，中国就有深入民间征集歌谣的采风文化传统，从先秦时期的国风到汉魏的乐府，再到唐宋以降的各类民间歌谣集子，民间文学的颗颗珍珠得以保存。歌谣运动以搜集、整理、研究中国近世歌谣为己任正是这一传统传承与发展的时代回响。其次，歌谣运动的兴起是西学东渐的必然结果。近代以来，西方各类思潮涌入中国，其中民俗学、人类学、民间文学等领域成果的传入与译介对中国现代学术研究、文学发展影响颇深。不仅一些外国传教士、外交使节及文化学者关注中国歌谣①，而且以刘半农、周作人、沈尹默、沈兼士等为代表的诸多学者也将目光投向歌谣，这无疑为歌谣运动的兴起奠定了人才基础。其三，歌谣运动的兴起还与民国初期中国的政治、文化形势密不可分。彼时的中国风起云涌，人心思变，然袁世凯提倡尊孔读经，康有为加以附和，不少学人仍禁锢在传统文化中不能自拔，对新文化、新文学嗤之以鼻，百般阻挠。一批受西方思想影响的民主主义者奋起反抗，声讨顽固派，提倡新文学、新史学、新文化。正是在深厚的历史传统、多元的西方思潮、特殊的现实情势等多重因素的作用下，歌谣运动应运而生。

（二）歌谣运动的兴衰

歌谣运动兴盛的标志是"一会一刊"的出现及其作用的发挥。"一会"即北大歌谣研究会，"一刊"为北大《歌谣》，前者为歌谣运动准备了组织基础，后者则为歌谣运动提供了宣传阵地。

歌谣研究会于1920年12月19日在北大成立，沈兼士与周作人任主任。其实，北大歌谣研究会的前身可追溯到1918年2月成立的北大歌谣征集处。但次年，随着五四运动的发生，国内政局动荡，各种思潮涌动，加之组织者刘半农与沈尹默相继出国留学，歌谣的征集与整理工作便暂停下来。直到歌谣研究会的成立，歌谣运动才得以继续进行。但在20世纪上半叶，歌谣研究会的相关工作在政治、文化保守势力的阻挠下开展得并不太顺利，彼时除歌谣研究会以外的中国知识界对待歌谣的态度莫衷一是，但多为否定意见。刘锡诚认为大致有三派人：一派为鉴赏派，认为歌谣作为"小玩意"，无足轻重，甚至不及打油诗和唱本；一派为混合派，认为歌谣及方言、乡曲等民间的东西难登大雅之堂，是下等作品；一派为笑骂派，在三派中该派人数最多，

---

① 邓谦林：《北大歌谣研究兴起的机缘》，《鲁迅研究月刊》2017年第1期。

势力最强大，对歌谣极尽讽刺与抨击①。

歌谣研究会是一个相对松散的组织，在这一研究群体中包罗了民国时期有着诸多学科背景的大量先进知识分子，其中的骨干人物大致可分为文学倾向的学者，如刘半农、胡适、沈尹默等；语言学倾向的学者，如钱玄同、沈兼士、魏建功等；人类学倾向的学者，如周作人、常惠等；历史学倾向的学者，如顾颉刚、董作宾等。针对歌谣研究会成员的多元学科背景，刘半农曾说："研究歌谣，本有种种不同的趣旨：如顾颉刚先生研究（孟姜女），是一类；魏建功先生研究吴歌声韵类，又是一类；此外，研究散语与韵语中的音节的异同，可以别归一类；研究各地俗曲音调及其色彩之变递，又可以另归一类；……如此等等，举不胜举，只要研究的人自己去找题目就是。而我自己的注意点，可始终是偏重在文艺的欣赏方面的。"② 尽管早期研究中国歌谣的学者成分庞杂，学科背景迥异，学术思想多元，但随着歌谣研究会的成立，大家暂时放下分歧，均以《北大歌谣研究会征集全国近世歌谣简章》及稍后的《歌谣周刊·发刊词》为指导，积极地从事起歌谣的搜集、整理与研究工作，并取得了较大成绩③。

《歌谣》于1922年底创刊于北京，由北大研究所国学门歌谣研究会出版，北京大学日刊课负责发行，是歌谣研究会会刊，属文学类刊物。作为民国时期发刊时间较长、研究中国歌谣水平顶尖的核心刊物，《歌谣》刊载的诸多文章集中反映了20世纪前期中国民俗学界对民间歌谣搜集、整理和研究的最新成果，为当代学人了解当时民国学者对中国民间歌谣的研究思路、研究水平及歌谣研究会的成立、改组过程都提供了翔实的参考资料。参与该刊的编辑及投稿的核心学者主要有刘半农、沈尹默、沈兼士、周作人、钱玄同、鲁迅、胡适、常惠、顾颉刚、魏建功、董作宾等。《歌谣》每月出版四期，为周刊，北大放假期间则会休刊，到1925年6月改刊并入北京大学《国学门周刊》，

---

① 刘锡诚：《二十世纪中国民间文学学术史》（上卷），中国文联出版社，2014年，第83页。

② 转引自刘锡诚：《二十世纪中国民间文学艺术史》（上卷），中国文联出版社，2014年，第83页。

③ 《北大歌谣研究会征集全国近世歌谣简章》（刊于《北京大学日刊》，1922年12月4日，第1124期，第2—3版）作为歌谣运动的行动纲领之一，谈及拟刊印成果、材料征集方法、规定时间、寄稿人注意事项等八项内容，为歌谣运动的顺利开展提供了可行性建议。《歌谣·发刊词》则明确提出了歌谣搜集的目的，周作人在《歌谣·发刊词》中写道："本会搜集歌谣的目的共有两种，一是学术的，一是文艺的。"

共计97期。《歌谣》是参照小报设计的,故每期的版式比较简单,多为八个版面。刊名印在头版右侧上方,刊名下方则印有当期的文章总目,刊名两侧印有出版和发行单位;期号、版次及发行日期等信息印在头版顶部。该刊栏目共有"研究""讨论""译述""歌谣选录""儿歌选录""通讯""转录"等,其中每期所刊的栏目主要有"研究""通讯"和"歌谣选录"三大板块,其他栏目多以穿插的方式设置,有时还会有研究专号。

"研究""通讯"和"歌谣选录"三大栏目特色鲜明,各有侧重。"研究"栏目多从民俗学视角关注歌谣,不仅关注其内在形式、所体现的民间传统与地方习俗,而且比较关注歌谣与一般群众民间信仰、生活状态之间的关联,尤其是与女性之间的关系,还十分注重总结搜集歌谣、研究歌谣的方法与经验,有较强的学术性;"通讯"栏目多刊登知名学者与歌谣研究会的通信,主要包括周作人、顾颉刚、常惠等知名专家;"歌谣选录"栏目主要是分省收集、刊登歌谣,属于民间文学作品的展示平台,也是《歌谣》每期中篇幅所占最大的栏目。此外,"讨论"栏目则以学者间的意见商榷为主,侧重于理论建构,对歌谣分类标准、歌谣分布、歌谣与语言语音之间关系进行深入的探讨。《歌谣》也比较关注歌谣研究会的健康发展与内部建设,还试图总结中国歌谣搜集、整理和研究的方法,颇有百家争鸣的态势;前几个栏目更多地立足本土,而"译述"栏目则放眼世界,重在联通国内国际,不仅注意海外学界的译介性研究成果,而且特别关注国外学者对中国民歌的研究,为中国歌谣研究走向世界、世界民间文学研究成果的传入作出了积极的贡献。

歌谣运动的衰落与政治形势的变化及内部成员的分化关系甚大。在《歌谣》停刊10多年后,胡适着手复刊工作,他在《歌谣·复刊词》中言及:"歌谣周刊停办,正当上海'五卅惨案'震荡全国人心的时候。从此以后,北京教育界时时受了时局的震撼,研究所国学门的一班朋友不久也都分散在各地了。歌谣的征集也停顿了,歌谣周刊一停就停了十多年。"[①] 歌谣研究会内部成员间一开始就存在着认知分歧,在动荡不安的时局的影响下,轰轰烈烈的歌谣运动也就偃旗息鼓了。

二、歌谣运动的赓续与播布

从1918年北大歌谣征集处成立以后,以《歌谣》为代表,在全国范围内

---

① 胡适:《歌谣·复刊词》,《歌谣》1936年第2卷第1期。

下编：传说、神话及其他民间文学研究

图1　《歌谣》周刊封皮及头版

形成了一个刊载中国近世歌谣的报刊群，其中《歌谣》为核心，其他报刊为边际，这一歌谣报刊共同体不仅为歌谣的征集、整理、研究提供了阵地，还通过转载、连载、商榷等形式实现了期刊互动、学人互动与地域互动，促进了歌谣研究学术共同体的形成，为包括中国民间文学在内的中国新文学的兴起与发展发挥了重要作用，更为赓续中华优秀传统文化贡献了力量。时至今日，走过百年历程的中国新文学在现代转型中依然扮演着重要角色，其民间性、人民性特征明显，而这两大特性与歌谣运动密不可分。

（一）歌谣运动中边际报刊的时空分布

《歌谣》作为歌谣运动的主要阵地和文化产物，从19世纪20年代到30年代，陆续出版了150期，其中前期的20年代（1922—1925）出版了97期，后期的30年代（1936—1937）的第2—3卷出版了53期。受北京大学《歌谣》的影响，当时全国各地的不少报刊也积极响应，加入了刊载中国近世歌谣及其研究成果的行列之中，形成了一个以《歌谣》为核心报刊、诸多报刊为边际报刊的刊载歌谣的报刊媒介群。其中，尤以北京、上海两地的报刊居多，北京的《晨报副刊》（原名《晨报副镌》）与上海的《妇女杂志》、《文学周报》（原名《文学旬刊》）、《小说月报》等报刊是其中的重要代表。

195

1. 时间分布

笔者以《民国时期期刊全文数据库》为来源，以"歌谣"二字为全字段，时间限定为民国时期（1912—1949），共检索出与"歌谣"相关的文章5 287条。其中1912—1919年有537条；1920—1929年有2 193条；1930—1939年有2 062条；1940—1949年有495条。由此可见，20世纪初的第二个十年是歌谣运动的初始阶段，歌谣运动于1918年方才开始，此时的《歌谣》也尚未创刊，1918年前刊载歌谣的期刊较少，仅有《余兴》《少年》等少数几个报刊有所涉及；20年代是歌谣运动的兴盛阶段，《歌谣》《晨报副刊》《文学周报》等均创刊并活跃于这一时期，很多高质量成果在这一阶段井喷式出现，掀起了歌谣运动的高潮；30年代是歌谣运动的惯性阶段，有了20年代积累的经验，30年代相关报刊如胡适复刊的《歌谣》等仍是刊载中国近世歌谣及其相关研究文章的主要阵地，但从质量上来看已远不如20年代。20世纪20—30年代是歌谣运动的黄金时代，这20年间各类报刊刊载的全部歌谣相关文章占到民国时期报刊歌谣刊载总量的八成以上；40年代是歌谣运动的衰落阶段，这一时期因抗日战争与解放战争的影响，出版界生存困难，关于歌谣的版面日益减少，歌谣运动最终归于沉寂。

2. 空间分布

数十年间，除了《歌谣》为刊载歌谣的专刊外，还检索出了刊载歌谣的相关报刊47种，《歌谣》为核心报刊，相关文章超过2 000条；其余47种期刊虽不是刊载歌谣的专门性期刊，但或多或少地为歌谣类文章提供了公开发表的机会。这些刊载歌谣的报刊主要分布在民国时期的18个重点城市，不仅包括像北京、上海、南京这样的全国性城市，也包括天津以及河南开封、河北保定、广东广州、广西桂林、湖北武汉、湖南长沙、浙江杭州、四川成都等城市，还包括江苏苏州、江苏无锡、浙江湖州等区域中心城市。其中上海包括20份报刊，为全国之最，占比超过1/3；北京涉及16家报刊，仅次于上海，占全国总数的3成左右；广州、杭州、天津各有2份报刊，占比3.63%；其余的武汉、长沙等诸城市各有1份报刊，占比1.82%。北方以北京为中心，辐射北部中国；南方以上海为旗帜，引领南部中国，其中上海相关报刊最为丰富，这与近代以来上海优越的地理位置、发达的经济水平、便捷的交通与通讯不无关系。京、沪两地刊载歌谣的报刊数量占到了全国刊载歌谣报刊总数的2/3左右，其余16个城市所有的刊载歌谣的报刊数量占到了全国刊载歌谣报刊总数的1/3强。

表1 民国时期全国各地刊载歌谣的报刊统计简表

序号	城市	报刊数	代表性报刊	占比①（55）
1	北京	16	《歌谣》《晨报副刊》	29.09%
2	上海	20	《妇女杂志》《文学周刊》《小说月报》	36.36%
3	广州	2	《民俗》杂志	3.63%
4	杭州	2	《艺风》杂志	3.63%
5	天津	2	《新天津副刊》	3.63%
6	成都	1	《民视日报五周纪念汇刊》	1.82%
7	重庆	1	《新四川日刊·副刊》	1.82%
8	开封	1	《放足丛刊》	1.82%
9	西安	1	《西北向导》	1.82%
10	保定	1	《保师附小校刊》	1.82%
11	长沙	1	《儿童世界》	1.82%
12	武汉	1	《民众旬刊》	1.82%
13	香港	1	《儿童世界》	1.82%
14	桂林	1	《新道理》	1.82%
15	湖州	1	《民铎报》	1.82%
16	南京	1	《民众周报》	1.82%
17	苏州	1	《函牌研究会汇刊》	1.82%
18	无锡	1	《新民众》	1.82%

表2 民国时期刊载歌谣的代表性报刊简表

序号	刊名	出版周期	出版年份	主办单位	出版地	主编	主要撰稿人
1	《歌谣》	周刊	1922—1925；1936—1937	北大歌谣研究会	北京	常惠、顾颉刚、魏建功、董作宾	常惠、顾颉刚、魏建功、董作宾

① 共计48种报刊，有3种为2个出版地，2种为3个出版地，故以发行出版地来看共计55处。

续表

序号	刊名	出版周期	出版年份	主办单位	出版地	主编	主要撰稿人
2	《北京大学日刊：歌谣周刊》	周刊	1925.1.4—1925.6.28	北京大学	北京	沈复、沈尹默、周作人、钱玄同、沈兼士	
3	《民俗》	周刊	1928—1928；1930—1937	国立中山大学语言历史学研究所	广东、广州		何思敬、钟敬文、顾颉刚、杨成志、黄仲琴、夏廷棫、董作宾、李荫光、王敬宜等
4	《国语》	周刊	1931—1936	国语统一筹备委员会；北平教育部国语推行委员会	北京		钱玄同、黎锦熙、周作人、魏建功、朱家骅、赵元任、刘复等
5	《小朋友》	周刊	1922—1957	《小朋友》编辑部	上海	黎锦晖、陈伯吹、潘汉年	黎锦晖、陈伯吹、潘汉年
6	《儿童世界》	半月刊、周刊	1922—1941	《儿童世界》编辑部	上海、湖南长沙、香港	徐应（香港）为发行人，由郑振铎、徐应昶编辑，商务印书馆发行	叶圣陶、赵景深、苏苏（钟望阳）、贺宜等

续表

序号	刊名	出版周期	出版年份	主办单位	出版地	主编	主要撰稿人
7	《新学生》	月刊	1931—1932	《新学生》杂志社	上海	汪馥泉	郑振铎、汪馥泉、陈之佛、袁殊、冯三昧、谢冰莹、丰子恺、匡亚明、谢六逸、赵景深等
8	《妇女杂志》	月刊	1915—1929	《妇女杂志》编辑部	上海	王蕴章、章锡琛、杨润馀、胡彬夏、叶圣陶，代行主编金仲华	胡愈之、沈雁冰、叶圣陶、胡寄尘、张季鸾、钱基博、丁逢甲、成舍我等
9	《晨报副刊》	日刊	1921.10.12—1928.5.31	北京《晨报》社	北京	李大钊、孙伏园、徐志摩	鲁迅、叶圣陶、李望之
10	《努力周报》	周刊	1922—1923	《努力周报》社	北京	胡适、高一涵等	丁文江、陶孟和、高一涵、朱希祖、徐志摩、陈衡哲等

续表

序号	刊名	出版周期	出版年份	主办单位	出版地	主编	主要撰稿人
11	《文学周报》	周刊	1925—1929	文学研究会	上海	郑振铎、谢六逸、叶绍钧、赵景深	沈雁冰、赵景深、顾均正、钟敬文、郑振铎等
12	《文学旬刊》	旬刊、周刊	1921—1925	文学研究会	上海	郑振铎、沈雁冰、谢六逸、叶圣陶、赵景深	沈雁冰、赵景深、顾均正、钟敬文、郑振铎、徐调孚
13	《青年界》	月刊	1931—1949	《青年界》期刊社	上海	石民、赵景深、原家华、李小峰	赵景深、叶德均
14	《语丝》	周刊	1924—1930	北京大学新潮社、上海《语丝》社	北京、上海	周作人、鲁迅、柔石、李小峰	周作人、鲁迅、林语堂、钱玄同、孙伏园、俞平伯、刘半农、梁遇春、顾颉刚、钟敬文、台静农、江绍原等
15	《新潮》	月刊	1919—1922	北京大学新潮社	北京	傅斯年、罗家伦、周作人	毛子水、顾颉刚、陈达材、孙伏园

续表

序号	刊名	出版周期	出版年份	主办单位	出版地	主编	主要撰稿人
16	《读书杂志》	月刊	1931—1933	《读书杂志》社	上海	王礼锡、陆晶清、胡适	巴金、周作人、胡秋原、赵景深、汪辟疆、彭信威等
17	《现代评论》	周刊	1924—1928	《现代评论》社	北京、上海	王世杰、胡适、张奚若、陶孟、胡适等	王世杰、胡适、张奚若、陶孟和、吴稚晖、西林、高一涵、丁文江、杨端六、周鲠生、顾颉刚等
18	《小说月报》	月刊	1910—1932	商务印书馆、《小说月报》社	北京	王蕴章、恽树玉、沈雁冰、郑振铎、叶圣陶	鲁迅、叶圣陶、冰心、徐志摩、朱自清、沈从文、施蛰存、巴金、老舍、丁玲、西谛

续表

序号	刊名	出版周期	出版年份	主办单位	出版地	主编	主要撰稿人
19	《燕大周刊》	周刊	1923—1936	燕京大学学生自治会出版委员会	北京		周作人、许地山、刘儒、白序之、赵石萍、张天泽、王克私、罗慕华、姜公伟
20	《京报副刊》	日刊	1924—1926	京报社	北京	孙伏园	徐志摩、向培良、张竞生、钱玄同、鲁迅、林语堂、丁文江、马寅初、孙伏熙等

（二）歌谣运动中边际报刊的作用机制

受北京大学《歌谣》的影响，当时全国各地的不少报刊也积极响应，加入了刊载歌谣及其研究成果的行列之中，这使得以《歌谣》为核心、其他报刊为边际，在《歌谣》外围形成了一个刊载歌谣的歌谣报刊群，二者联系紧密，互动频繁。这些报刊作为民国时期重要的传播媒介，通过转载讯息、设置专栏、连载专文等手段实现了期刊互动、学人互动与地域互动，促进了歌谣学术共同体的形成。边际报刊不仅为中国近世民间歌谣的搜集、整理与研究提供了传播阵地，在歌谣运动的历时性赓续与共时性播布等方面功不可没，更为中国现代民间文学的兴起与发展发挥了重要作用，极大地促进了包括歌谣在内的新知识、新理念、新思想的传播。歌谣运动中边际报刊的作用机制如图2所示：

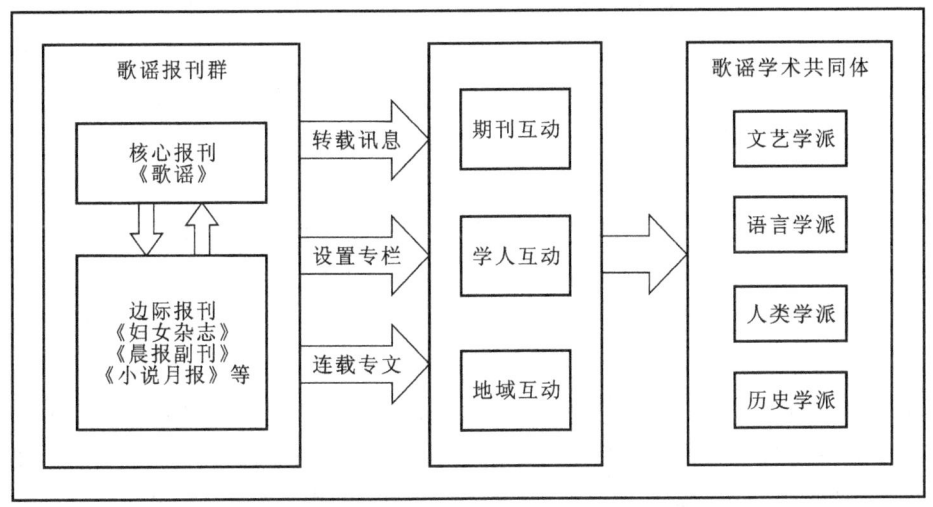

图2 歌谣运动中边际报刊的作用机制示意图

1. 期刊互动：扩大影响与提供稿件

期刊层面的互动主要体现在期刊之间的相互转载（转录），既包括中心期刊与边际期刊的互动，也包括边际期刊间的互动。在歌谣运动肇始时，期刊间的互动就已初见端倪。比如1918年2月1日，当时的《北京大学日刊》第61期刊载了北大校长蔡元培的《校长启事》，在全国范围内号召大家征集中国近世歌谣，此外刘半农起草的《北京大学征集近世歌谣简章》也在同期刊载，但《北京大学日刊》作为北大内部刊物，主要对内，发行量也比较有限。当时具有全国性影响力的多个期刊随后便转载了北大的这一讯息，《新青年》在第4卷第3号转载，《东方杂志》在第15卷第5期转载，《教育杂志》在第10卷第4期转载，一些地方性期刊如《昆明教育月刊》在第2卷第10期转载，《浙江公报》则在第2219期转载，这些边际期刊的转载有效扩大了歌谣运动的影响力。

一些在边际期刊如《学艺杂志》《努力周报》《文学周报》等上发表的歌谣文章也会成为《歌谣》转载的重要来源，像周作人的《中国民歌的价值》原载于《学艺杂志》，后被《歌谣》1923年第6号全文转载。《努力周报》1922年第27期最早刊载了常惠的《谈北京的歌谣》，后《歌谣》分两期转载于1924年第42期和第43期。署名Q，实为胡适所撰写的《歌谣的比较的研究法的一个例》原载于《努力周报》1922年第31期，《歌谣》创刊号上常惠有所提及，1924年《歌谣》第46期上全文转录，该文作为国人首篇用比较研究法研究歌谣的文章，对歌谣运动影响深远。

此外，不同边际期刊亦有互相转载之文章，如《晨报副刊》1923年3月22日的论坛栏目转载了来自《北京大学日刊》歌谣第十号中周作人所作的《读〈童谣大观〉》，该文不仅划分了童谣研究的三大派别，即民俗派、教育派、文艺派，还概述了童谣大观的基本情况。

2. 学人互动：专题研究与学术商榷

学人层面的互动主要体现在学人以边际期刊为媒介平台开展专题研究与学术商榷。《歌谣》周刊常设有"研究""讨论""通讯"等栏目，还会不定期地出版聚焦某一主题的专号，有意识地引导并推动了学人们的歌谣专题研究。边际期刊与之类似，一些期刊通过设置专栏、推出专号、连载专文等手段，引导学人们对歌谣的某一主题开展深入探讨，如《北京大学日刊》推出了由刘半农主编的"歌谣选"专栏，日刊一章歌谣，共计刊载140余首歌谣，并附有注释。《妇女杂志》设有"民间文学"专栏，胡愈之的《论民间文学》发表在1921年第1期。《现代评论》杂志连载了顾颉刚关于孟姜女故事的研究。《小说月报》为国外民间文学的译介提供了平台，西谛的"希腊罗马神话传说中的恋爱故事"连载于《小说月报》第19卷的第3—19期，顾均正的"世界童话名著介绍"连载于《小说月报》第17卷第1—11期。

刘半农、周作人是歌谣运动的两大领袖，二人互动频繁，边际期刊为其互动提供了阵地。刘半农采集整理了20首江阴船歌，周作人敏锐地捕捉到了其重要性，撰写的《中国民歌的价值》一文便刊载在《学艺杂志》第1卷第2号上。而刘半农则为周作人搜集的《越谚》写下了《越谚序录》，刊载在了1918年7月底至8月初的《北京大学日刊》上。早在歌谣征集处成立之初，刘半农与常惠、罗家伦等学者就曾针对歌谣中涉及的北京旗人的风俗习惯等内容展开了讨论，双方商榷的信函刊载在了《北京大学日刊》上①。刘半农后虽出国留学，但依旧牵挂着歌谣研究工作，与国内学人多有互动。如他看到吴立模在《文学周报》上发表研究五更调的文章《五更调与五更转》后，主动将自己在国外抄到的两篇五更调异文提供给吴，供其比较研究。其《致吴立模书》及吴立模的回复《答刘复书》均原载于《文学周报》，后被《歌谣》周刊第51号转载。

此外，学人与期刊之间存在双向互动关系，学人通过投稿亦或以主编、编辑身份与边际期刊建立联系，将自身歌谣方面的成果公之于众，而期刊则

---

① 1918年《北京大学日刊》第256期和第258期分别刊载了常惠与刘半农、罗家伦与刘半农的相关信函。

通过向学人约稿、转载著名学人文章等手段提升自身影响力，学人与期刊在双向互动中推动着歌谣运动的前进。

3. 地域互动：中心号召与边际响应

期刊互动与学人互动本身具有空间属性，这直接促成了歌谣地域层面的互动。就期刊而言，这些刊载歌谣及其研究成果的报刊散布在全国各地重要城市，以北京、上海为主要阵地。就学人而言，因歌谣运动早期，学术界曾对本地人研究本土歌谣还是外地人研究外乡歌谣展开了激烈的讨论，后来逐渐趋向于本地人研究本土歌谣。来自不同地域的民国学人专注于家乡歌谣的搜集、整理与研究，如北京有常惠，河南有白启明与刘经菴，江苏有顾颉刚，广西有刘策奇，广东有钟敬文，云南有孙少仙与张四维等，因此歌谣研究无论是从学人的籍贯来看，还是从期刊的出版发行地着眼，均带有很强的地域色彩。

地域互动主要指中心地区与边际地区的双向互动，也包括不同区域的多向互动，中心地区向边际地区的传播类似水波向外扩展，歌谣运动的相关信息得以从北京向全国各地扩展；边际地区向中心地区的传播类似水波遇岸后的回旋，地方的歌谣实践经验促进了北京歌谣运动的发展。《歌谣》周刊所在地北京为中心地区，全国各边际期刊所在地为边际地区，中心地区发出号召，边际地区积极响应，并以相关启事、通知的转载这一手段传播歌谣相关信息，扩大歌谣运动的影响地域，中心号召——边际响应的作用机制由此形成。但这一作用机制并非单向的，而是双向甚至多向互动的，某一边际地区征集歌谣及其研究文章的地域特色又源源不断地为中心地区或其他边际地区歌谣的征集方法积累与理论建设提供了经验。

民国时期研究歌谣的学人往往有着蜘蛛网似的复杂交错的关系，或为业缘（同事）、或为学缘（同学）、或为地缘（同乡），不少学者本身就是出版家，一人主编或编辑多个期刊，同一期刊刊载有着不同关系学人的文章，看似复杂，但又有规可循。在期刊互动、学人互动及地域互动三大互动关系的同频共振下，诸多学人以《歌谣》周刊及各种边际期刊为阵地，积极参与到歌谣运动中来，促成了宏观上的歌谣学术共同体的出现，但因各自学科背景的差异又可分为文艺学派、语言学派、人类学派、历史学派等多个分支歌谣学术共同体，他们又借助自己创办、主编、编辑的期刊撰文发声，传播这一派别的学术思想，引领时代潮流，把歌谣运动推向百花齐放、百家争鸣的繁荣局面。

三、歌谣运动的文学史意义

（一）歌谣运动的文学性特征

歌谣运动是中国现代民俗学、民间文学发展史上的重要开端，参与人员的复杂性决定了歌谣研究的多元性，不同的学者从民俗学、文艺学、教育学、历史学等多维角度展开研究，但在纷繁的研究取向中文学倾向一直处于相对优势地位，这与中国深厚的文学研究传统及特殊的历史环境密切相关。"中国现代民间文学形成渐趋成熟的学科体系，是在中国现代民俗学的发展以及民俗学研究文学化倾向的背景中实现的。"① 其实，歌谣运动从一开始就包孕着深厚的文学性，主要体现在参与人员的文学性和宣传阵地的文学性两大方面。

歌谣运动的主要参与者中属中文学家居多，影响深远。刘半农、周作人、胡适、沈尹默、沈兼士、郑振铎等都是当时十分著名的文学家。作为首倡歌谣征集的学者，刘半农从一开始就特别注重歌谣的文学性，对民歌与戏曲情有独钟，他在《国外民歌译·自序》中明确表示："而我自己的注意点，可始终是偏重在文艺的欣赏方面的。"周作人虽深受西方及日本人类学、民俗学思想影响，但他本身就是一名优秀的文学家，也十分重视将民间文学放置于中国文学的宏观视角来阐发其思想。胡适早在1917年便于《新青年》上发表了《文学改良刍议》，强调用白话文进行新文学创作，使其成为中国文学之正宗，以期实现言文合一的目标，而歌谣正是老百姓用白话创作的民间口头文学的代表。

《歌谣》周刊作为歌谣运动的主阵地，是中国第一份民间文学专刊，其创刊之初就阐释了搜集歌谣的目的之一是文艺的。周作人在《歌谣·发刊词》中写道："本会搜集歌谣的目的共有两种，一是学术的，一是文艺的。"② 1936年《歌谣》周刊复刊后，其文学性日益加强，胡适在《复刊词》中写道：我以为歌谣的收集与保存，最大的目的是要替中国文学扩大范围，增添范本。……"我们现在做这种整理流传歌谣的事业，为的是要给中国新文学开辟一块新的园地。"③ 边际报刊中的《小说月报》《文学周报》《文学旬刊》

---

① 陈勤建、廖海波：《中国现代民间文学在民俗学文学化中独立发展》，《广西师范学院学报（哲学社会科学版）》2004年第2期。
② 周作人：《歌谣·发刊词》，《歌谣》1922年第1版。
③ 胡适：《歌谣·复刊词》，《歌谣》1936年第1期第2卷。

《语丝》《晨报副刊》《燕大副刊》等诸多期刊或为纯文学刊物，或为文学性较强的刊物，它们与《歌谣》一起刊载了不少从文艺视角研究歌谣的文章。

（二）歌谣运动的文学史价值

歌谣运动作为中国现代文学史上的重要事件，其文学史意义十分明显。主要有以下几点。

其一，推动了新文学研究的范式转变。歌谣运动虽然是知识分子群体发动并身体力行的文学运动，但这批知识分子的眼光日益朝向当下、走向民间，一改中国传统学术关注古代、聚焦精英的传统，为新文学研究提供了新的研究范式。新文学的人民性十分突出，在中国现代文学生成的现代性文化中发挥了重要作用[①]。不少以研究歌谣及其他民间文学为主要内容的学术文章及学术专著大量涌现，如顾颉刚等人在《歌谣》及其他报刊上刊载不少关于孟姜女故事的讨论文章，后出版了《孟姜女故事研究及其他》一书。顾颉刚的吴歌研究也比较突出，辑录了《吴歌甲集》。茅盾是中国现代神话学的开拓者之一，他积极参与歌谣运动，在神话研究领域成就尤为突出，出版了《中国神话研究 ABC》《神话杂论》《北欧神话 ABC》等神话学专著。

其二，扩展了新文学创作的题材与形式。一些文学家本身就参与到歌谣运动中来，又把相关经验投身于新式的文学创作中去，不仅拓宽了新文学创作的题材，还从语言上突破了传统文言文学的形式藩篱，极大地丰富了中国新文学宝库。原本被认为是下里巴人的民间歌谣、乡村故事、俚语灯谜等得到了学者尤其是现代文学家的青睐，这就为五四新文化运动以来的中国新文学中的多种体裁如诗歌、小说、戏曲等的创作打开了新天地，原本拘泥于传统的格律诗向现代诗转型，一向关注才子佳人等上层社会、城市生活的传统小说开始关注农民、工人等普通劳动者的日常生活与喜怒哀乐，一大批通俗小说如雨后春笋般涌现出来。

歌谣运动为中国现代新诗的创作开辟了新天地。周作人在《歌谣·发刊词》中写道：

> ……歌谣是民俗学上的一种重要的资料，我们把他辑录起来，以备专门的研究；这是第一个目的。……从这学术的资料之中，再由文艺批评的眼光加以选择，编成一部国民心声的选集。意大利的卫太尔曾说

[①] 陈晓明：《人民性、民间性与新伦理的历史建构——百年中国文学开创的现代面向思考之三》，《文艺争鸣》2021 年第 7 期。

"根据在这些歌谣之上,根据在人民的真情感之上,一种新的'民族的诗'也许能产生出来。"所以这种工作不仅是在表彰现在隐藏著的光辉,还在引起当来的民族的诗的发展;这是第二个目的。①

在周作人看来,歌谣搜集有两大目的,其一是学术的,其二是文艺的,前者是为后者服务的,终极目的在于以民间歌谣为蓝本,创作出具有真情实感的民族的诗。刘半农"倡导、发起征集歌谣,最初是为了探索一条诗歌创作的新路"②。为此,他身体力行,积极主张用白话文进行诗歌创作,写诗要有感而发,不仅采录了20余首家乡民歌,集结为《江阴船歌》,而且以家乡方言模拟民歌,创作出了影响深远的新诗集——《瓦釜集》。

其三,促进了中国现代民间文学的发展。以往的中国文学史虽偶有《诗经·国风》《楚辞》《汉乐府》以及竹枝词等采风或灵感自民间的优秀文学作品,但总体来看主要是文人文学作品的历史,蕴含着深厚民间智慧的歌谣、故事、神话、传说等民间文学作品被排斥在中国文学史的书写过程中。而歌谣运动使得民间文学擦去尘埃,露出光芒,带着泥土芬芳的民间歌谣、民间传说与民间故事等民间文学作品走到了国人面前,为新文学运动提供了文化自信的来源,中国现代民间文学的真正意义上的肇始时期开始了。

歌谣运动留下了可观的民间文学研究成果,包括各类报刊上刊载的文章、出版的各类专著。以《歌谣》为中心,各类刊载歌谣及其文章的边际期刊为边缘,形成的歌谣报刊群为歌谣的搜集、整理及研究作出了巨大贡献。不少学人或将报刊上刊载的文章出版成册,或出版了民间文学领域的不少专著,如顾颉刚的《吴歌甲集》、茅盾的《中国神话ABC》、钟敬文的《民间趣事》《客音情歌集》等。歌谣运动还为中国现代民间文学培养了一大批人才,如刘半农、周作人、赵景深、顾颉刚、钟敬文等,特别是钟敬文等学者以民俗学、民间文学为毕生事业,推动了民俗学、民间文学学科的发展。中国民俗学学术共同体在这一过程中初步形成③。

---

① 周作人:《歌谣·发刊词》,《歌谣》1922年第1—2版。
② 陈勤建、廖海波:《中国现代民间文学在民俗学文学化中独立发展》,《广西师范学院学报(哲学社会科学版)》2004年第2期。
③ 黄永林、任正:《中国现代民俗学学术共同体的建构与影响(1918—1937)——以北上广三地报刊为中心》,《湖北民族大学学报(哲学社会科学版)》2024年第3期。

四、结语

在歌谣运动的勃兴与发展过程中,一大批知识分子积极地参与到中国近世歌谣的征集、整理、研究过程中来,边际报刊与核心报刊组成的歌谣报刊群作为舆论阵地,为歌谣研究学术共同体的形成作出了巨大贡献。他们在不足十年的时间里,不仅编辑了近百期的《歌谣》,还编辑、出版了一批高质量的报刊与丛书①,一些西方的新思想、新理念也得以在民间文学领域成功地实践,无疑为新生的中国民间文学的发展奠定了坚实的基础,为中国近代文化史上留下了浓墨重彩的一笔。当前,关于《歌谣》以外的刊载歌谣的边际报刊的相关研究还比较少,特别是以代表性边际报刊如《晨报副刊》《妇女杂志》《小说月报》等为研究对象,或者以北京、上海等报刊聚集地为中心,从外围角度对歌谣运动进行的研究颇为不足,在相关领域加强研究无疑将对更加深入地理解歌谣运动与中国新文学史大有裨益。

---

① 他们编辑了《歌谣丛书》《歌谣小丛书》,出版了《看见她》《吴歌甲集》《孟姜女故事的歌曲甲集》等。

中国仙侠游戏叙事中的道教色彩

程 萌

(华中师范大学国家文化产业研究中心)

摘 要:"仙侠"是2000年后,由国产单机游戏《仙剑奇侠传》引领的一种主流叙事类型,氤氲着鲜明的中国道教色彩。仙侠叙事借助道教信仰以及独具道教特色的民间故事,构建了一个虚幻缥缈的世外桃源,为人们勾勒了一种出世想象。在仙侠游戏中,道教渐进性的世俗生活哲学、仙凡两界巨大的时间差异、性命双修中的向善和度人伦理以及求仙与社交的修仙模式构成仙侠游戏叙事特色,促使仙侠游戏在国产游戏市场独树一帜。以修仙主题的《一念逍遥》游戏为例,一窥道教文化在我国仙侠游戏叙事中的创新形态,一展道教文化的现代风采。

关键词:仙侠;道教文化;游戏叙事;民间故事

我国道教创立于东汉时期,其将民间一切神的信仰完全通纳于内,化信神和修道为一体,形成了以得道成仙为道徒信仰追求的终极目标。在它所构筑的生动完整、超凡脱俗的幻想世界中,众多以神仙之说为重要标志的民间故事演绎了道教近2 000年的灿烂历史。道教民间故事是发生在人所经历的历史时代,它把现实的人(如历史人物)进行神化,因此它的神奇幻想与将自然形象化的远古神话完全不同,而更贴近人们的日常生活。人们对这些道教故事有所信奉是因为这些神化的仙人被赋予了神奇的经历,也更是因为这些仙人神通广大,能主持人间正义、济困扶危、消灾降福,人们借此求得了心灵慰藉。

因带有鲜明的中国道教文化审美,仙侠叙事作品被当代的文化接受者们追捧为我们的国潮文化。在仙侠游戏中,修仙游戏是当前备受瞩目的一类,例如《一念逍遥》《梦幻修仙》《神仙道》《凡人修仙传》等游戏,深受玩家喜爱。它们充分借鉴道教"神仙说"理念,讲述了作为修仙奇才的现代玩家—

边在洞天福地中独自盘膝默坐，于仙凡两界神奇的时光差异中体验快速升级的快感，一边在修仙世界，通过与人、妖、神的交流互动，历经尘世磨难、去欲归真、习得内善、降妖修法、度人度己等游戏实践之中，与虚拟世界的玩家们一起一步步践行着性命双修理念，最终飞升灵界的新故事。

在崇尚科学的现代社会，道教渐进性的世俗生活哲学、仙凡两界巨大的时间差异、性命双修中的向善和度人伦理以及求仙与社交的修仙模式，赋予了仙侠游戏独特的道教审美，创造了一种久远的出世想象，激起了当代玩家的无限好奇和感触。

一、世界观叙事：道教渐进性的世俗生活哲学

道教照中国封建社会组织结构架构出了完整的神仙谱系。神仙有仙班等级制度，仙包括天神、地祇、人鬼、仙真四类。天神是最高等级，其中玉皇大帝及其配偶王母娘娘是最高统治者；地面上的神祇有土地神、山神、门神、灶神等；人鬼则为历史上声名显赫的英烈，如关羽被推崇为关圣帝君；仙真则包括一些仙人和真人，如鬼谷子、张天师、八仙等，是半人半神，支配人间神秘力量，直接受命于玉皇大帝[①]。凡人只要勤苦修炼，就可脱去凡胎，进入仙班，走向极乐世界，过上逍遥自在的日子。在修仙的过程中，只有经过反复的善恶之争，历经尘世磨难，去欲归真，以至诚之心，人才能成圣成佛的修仙伦理是道教的宗教人生观和救世思想[②]。这种渐进性的、上升性的世俗生活哲学，结合生动的求仙学道故事，架构了仙侠类作品修炼升级的叙事结构。

（一）道教渐进性世界观与游戏数值升级机制

凡人修仙必须积善立功，慈心于物，坚持到底，历经尘世磨难，才能够得道成仙。例如《小掌柜养仙》故事中的那位小掌柜，就是跟着道人上山，成天挖坑、浇水、栽树，经历各种苦难不动摇，终于修成了神仙；而《赵大钊和夜明珠》故事中，医道高明的主人公本救人一千就可离凡成仙，却在救了九百九十九人后动了贪念，功亏一篑。可见，修仙过程是一种持续性、反

[①] 刘守华：《刘守华故事学文集》第四卷，华中师范大学出版社，2020年，第275—291页。

[②] 苟波：《"尘世磨难"故事与道教的修仙伦理》，《四川大学学报（哲学社会科学版）》2004年第5期。

复性的修心去欲的艰难历程。

　　修仙类游戏作为玩家修炼成仙的实践平台，其中人物之间的关系、人物的成长过程、人物的行为都有着明确的等级特征，在《一念逍遥》游戏中，玩家需要经历从江湖好手，到炼气、筑基、结丹、元婴、化神、返虚、合体、大乘、真仙、金仙、道祖十二大境界的修炼方能成仙。玩家与玩家，玩家与各路神仙NPC（非角色玩家）之间的仙班等级也是以数值的大小来辨别。然而这些等级是动态的，只要勤加修炼，即使是出身普通的凡人，也可凭借一步步的修炼，实现数值的增长，最后完成仙班等级的越迁，成为受世人敬仰的神仙。道教坚信只要掌握了宇宙的奥秘，我们就可以役使万物，从而得道成仙。而数值体系则是修仙游戏世界的宇宙法则，只要掌握数值升级规律，通过解锁数值，一步步飞升灵界，成为神仙也就指日可待了。

　　基于道教渐进性的世俗生活哲学，修仙题材作品架构了升级叙事模式，其他的例如升级流玄幻、升级—系统等题材的仙侠作品也概莫能外。它们广泛地活跃在我国网络游戏和网络文学作品中。遗憾的是，有学者在研究此类题材作品时，认为它们的叙事结构是基于游戏打怪升级的游戏经验，而未发现仙侠游戏这种我国独有的国潮作品正是汲取了我国道教世俗生活哲学。

（二）道教渐进性修仙伦理与凡人学道求仙型故事

　　道教渐进性的伦理观也体现在两个持相反修仙理念的凡人修仙故事中，即刘守华先生所言的凡人学道求仙型故事。该故事讲述两个青年人访道求仙，一人意志坚定，能克服种种凡俗欲望诱惑的考验，终于成功，另一个因意志薄弱而失败①。

　　在《一念逍遥》游戏中，作为修仙奇才的玩家与其天资愚钝的大力师兄同在清虚观下修仙。在遇到修炼瓶颈时，大力师兄信念不坚定，受邪修蛊惑，决定走歪门邪道。他欺骗并利用比他修为强大的玩家护送他去古修遗址寻找法宝助他突破，结果玩家发现那实际是个妖气冲天的邪修祭坛，而他早就知道这个事实。玩家告知他里面邪修魔道的血玉法宝蕴含大量的邪念和心魔之力，修仙者无法驾驭，否则一念成魔。实际上，师兄并非秉承着清静无为的修仙追求，而执念着凡人之欲，其修仙是为了复仇，因为他的心上人被贵族抢走并杀害。但此时他已着心魔，认为修仙者只为拥有毁天灭地的神通，不主持人间公道，他要打破修仙者不得对凡人出手的铁律。他不听劝阻，夺走

---

　　① 刘守华：《道教信仰与中国民间故事类型》，《黄淮学刊（哲学社会科学版）》1996年第2期。

血玉，依靠血玉的修炼，他愈发强大，但血玉也在不断吸尽他的真元精血，导致他被魔道利用，入了魔道，被种了魔根。最后玩家帮助他清除了魔根，从魔界救回了他。他告知玩家通关成功了，因为玩家识破了内心的心魔幻境，通过了考验。

从普罗普叙事功能角度出发，发现该游戏叙事有三个叙事角色：大力师兄（主人公A）、玩家（主人公B）、邪修或魔道（对头）。这则凡人学道求仙型故事由两个对立的主人公及其两组行动构成。玩家基于正确的成仙理念学道求仙，而大力师兄以不正确的修行路径，最后适得其反。

该叙事包括的叙事功能和联结因素如下：

第一行动：

大师兄（主人公A）在无法进入化神阶段时，邪修（对头）告知主人公A有法宝可助他突破修仙瓶颈（信息性连接因素），对头企图欺骗他的受害者（功能6），主人公A于是决定走歪门邪道，这违反了禁令（行动3），并受骗上当，最后被邪物血玉反噬（转移性连接因素：状态的变化），被魔道利用，不自觉地帮助了对头（功能7）。

第二行动：

大师兄遇到修仙瓶颈，需要宝物助力，匮乏被确认，a. 师兄请求玩家（主人公B），b. 主人公B收到直接动身出发（功能9）。主人公B离家出发，进入邪修祭坛（转移性连接因素：空间的变化）；主人公B帮助师兄成功找到宝物，欠缺被补足（功能19）。但这并不是修仙的宝物，而是加快缺乏的邪物，师兄已着心魔（信息性连接因素）。主人公B试图说服师兄回头是岸，这交给了主人公B困难的任务（功能25）。主人公B打败魔道，救回师兄，任务完成（功能26）。主人公B通过修仙考验，成功识破了内心的心魔幻境，进入新的修仙境界（功能31）。

通过以上行动功能定位，可以看到玩家与师兄修仙故事的对比，呈现了两组鲜明的行动序列。这首先折射出修仙需要意志坚定，保持至诚之心，毕竟"神仙本是凡人做，只怕凡人心不诚"。其次，也折射出修仙过程充满了一系列考验，若事事皆如意，就不是修行了。只有经过反复的善恶之争，历经磨难，去凡人之欲，坚持不懈，清静无为，才能渐进到由俗成圣的新历史阶段，否则就会如大力师兄一样因意志薄弱而前功尽弃。

二、时间叙事:"人间一日,仙乡百年"的时间观

修仙主题类仙侠游戏大多是放置挂机类游戏,即玩家不需要花太多时间,就可在游戏中体验快速升级的快感。玩家化身的修仙者在游戏中只要盘膝默坐就可获取数值,实现升级。其中,玩家盘膝默坐的修炼速度是每修十五分钟等于修一道年。如此算来,静坐一天,就相当于修炼了九十六道年。另外,如想加速修炼,也还可通过主动操作吐纳、服食丹药。如此,玩家在现实生活过了一天,在游戏里差不多是一百年,即"人间一日,仙乡百年",如同樵夫观棋烂柯,让玩家深刻地感受到时间观念上的巨大差异。游戏中这种稍纵即逝的时间流逝速率既创造性地吸收了道教故事"仙乡奇遇"中"仙乡一日,人间百年"的时间观念,也融合了鲜明的当代生活印记。

(一)"仙乡一日,人间百年"的古朴时间观差异

在表现仙道思想的传说故事中,凡夫俗子偶然闯入仙乡得遇仙人的短暂经历构成的仙乡奇遇动人故事广为民众乐道。丁乃通 681 型瞬息京华故事也表现了这种现世与异世时间观念的巨大差异,主人公只是打了个瞌睡,或小憩的功夫,就进入异世界经历了沧海桑田。

关于仙乡奇遇故事中神仙世界时间流逝飞快的诗意想象,刘守华先生认为这主要与民众困苦的生存现状有关。特别是魏晋时期,社会的动乱、生存的艰难打破了日常生活的平衡,迫使民众以人生短暂为苦,强烈地向往永生的不死的神仙世界[①]。这种仙凡两界时间观差异正反映了道教厌弃人生短暂、追求长生成仙的思想,使民众于这种古朴的仙道想象中得以忘忧。

(二)"人间一日,仙乡百年"的当代时间观差异

当仙凡两界巨大的时间观差异这种富有诗意与哲理的叙说进入现代网络游戏生活后,就迅速被裹挟于快节奏生活以及众声喧哗之中的当代玩家欢迎。有意思的是,古老的"仙乡一日,人间百年"故事中折射的是过去民众希望现实苦难早日结束的期望,而在飞速发展的当下,民众却希望生活节奏能慢下来。当这种需求浸入游戏,就促使游戏中出现的是与古老故事完全相反的"人间一日,仙乡百年"时间观念差异。如此,玩家们得益于这种与现实世界截然相反的安神养性的缓慢修炼生活方式,以及以此实现了一种超现实的修炼数值提高效果之中,求得了心灵补偿和慰藉。

---

① 刘守华:《中国民间故事史》,商务印书馆,2017 年,第 589 页。

三、生命叙事：性命双修中的向善和度人伦理

人类自古就有灵魂不死的原始观念，而祈求肉体的长生不老更是人类的一种普遍愿望，基于该生命信念，道教认为以药物养生，以术数延命，内疾不生，外患不入，进而可实现灵魂和肉体的永生。道教追逐的生命叙事是一种性命双修。也就是通过养生与养德来修炼内性。除了借助服食天地日月之气、"存神"、服丹等养生术外，道教强调了修身养德这个重要前提，突出了身德相养的向善伦理；同时，通过济世度人来实现度己的以济修法的伦理观来修炼命功。这种性命双修的生命叙事观，在游戏道士与妖女型故事以及道士降妖故事中可见一斑。

（一）身德相养：道士与妖女型故事中的向善伦理

正如前文所述，玩家一方面，在仙音缭绕、仙气飘飘的洞府中，盘膝默坐，以一种养生性的挂机放置模式等待修为、真元数值的自动增长，轻松体验突破的快感。虽然极少数情况下会升级突破受阻，导致真元受损，但也无妨，可通过炼丹、服丹进行修复。修仙游戏在对悲剧心理的摒弃中创造了一种内疾不生的修内模式。

抛开服丹养生的内修行为，道教强调修身养德是健康长生的前提。道经《崇百药》中就将"行宽心和""救祸济难""尊奉老者""内修孝悌""清廉守分""好生恶杀""廉洁忠信"等多种美德善行奉为有益于身心的百种良药[①]。通过对心理道德的炼养，我们可习得内善，即道德行为是实现内疾不生的药方。民间流传的关于人与异类通婚的"道士与妖女"神奇故事，就表明即使是精灵鬼神，只要修道或向善，就可享受人间幸福或进入美妙的神仙世界。游戏通过创造性转化"道士与妖女故事"中即使是恶的代表的妖女也具有改恶向善的伦理潜能，游戏化再现了抑恶向善的伦理价值观，向当代玩家重申了道教养德修心的向善养生理论。

在游戏中，清虚观镇上的商人芸娘，其祖上是上古大妖青鸾和上古修士的后裔。在人族和妖族还未分裂时，青鸾恋上了一个人族修士，两人相知相会。当人妖两族决裂时，青鸾和修士两难之下选择归隐，退出了修仙界。斗转星移，在人妖对立的当下，令狐一族觊觎芸娘体内的大妖血脉，利用招魂

---

① 吕锡琛、陈明：《论道教的修德养生思想及其现代启示》，《世界宗教文化》2009年第1期。

术企图夺取她的大妖血脉以重振昔日辉煌。芸娘的大妖血脉为此给清虚观招致了无尽的麻烦，危及清虚观内的镇妖塔。玩家的师父想除掉芸娘以绝后患，但最终打消了这个念头，选择通过除妖来解决困境。因为师父深知修仙的目的就是行仁义之道，求得从心所欲而不逾矩。

游戏虽然通过法术神通的师父之口道出的是儒家的仁义之道，但这个"道士与妖女"故事渲染的依然是浓厚的道教色彩。作为半个异类的芸娘其实并不是一个恶的存在，而是一个从"妖"进化的人，理应享受着人间幸福。师父作为半人半神的道士，没有杀芸娘，看似是出于君子喻于义，小人喻于利的儒家道义，但其实是在执行着他的赏善惩罚职能。师父的行为不仅践行了且进一步确认了道教养德向善的伦理观。

（二）以济修法：道士降妖修法的度人伦理

道教以济世度人为立教宗旨，道士得道成仙不仅是为了追求逍遥出尘的仙真生活，同时也是为了实现"仙道贵生，无量度人"的济世情怀。在游戏中，作为仙道之士的玩家需要完成各种降妖除魔、护卫天道纲常的游戏任务，以确保镇上的人间安宁。在中国封建社会，妖魔鬼怪是自然与社会邪恶势力的象征。下层民众希望向仙人学法，或寄托于神化后的道士以摆脱不幸命运，所以民间故事中活跃着众多道士修仙学道、替天行道的事迹。比如哪里有害人的妖魔鬼怪，哪里就有张天师现身捉鬼斩妖。在《张天师捉鬼》《许真君斩蛟》等精彩生动的民间故事中，道士负责利用自己超凡的神通为老百姓消灾增福、济世救人，他们不仅展现了道教的社会政治理想，也象征性地表达了民众切身要求。道士们无所不能的法术保障了外患不入，在旧社会具有积极的鼓舞作用。

道教强调"道以人弘，教因师得，若不度人，则法桥路断，所以弘教，先在度人"，张泽洪先生指明道教济世度人不仅是施恩于人，也是积德于己，积德方能修成仙道①。在游戏中，玩家降妖度人后，游戏会反馈玩家大量法宝原料奖励，使得玩家可以用来修炼长生诀功法，炼制丹药，顿悟三昧真火、天罡业火阵等各种神通法术，以增进个人气血和真元、战斗力，使自己强大到外患不入，最终增进自身的法术修为以更好地降妖除魔。

游戏通过汲取道教度人的永恒价值理念，让玩家在完成众多降妖除魔的任务中，诠释了道教的普世情怀。在这种入世济世的游戏任务实践中，玩家

---

① 张泽洪：《道教〈度人经〉的思想与现代价值》，《西南民族大学学报（人文社会科学版）》2011年第3期。

更能深刻感受到道教悯人之苦、济人之危的慈爱之心，这不仅反馈了玩家度己的机会，也给予处于现代生活中的他们一定的心灵震撼和教诲。当今多元化且复杂的现代社会，如果人们能遵循道教仙圣的教导，世界就一定会和平安宁①。

四、修行叙事：求仙与社交的修仙模式

凡人修仙一般是个人行为，凸显的是个人的道法高深和功德无量。例如道教许真君一人得道后，其鸡犬亦相随升天。但修仙游戏比较注重社交属性，打造的是一种求仙与社交相结合的修行模式。即玩家不再孤零零地一人修炼，他们不仅有灵兽的陪伴，也还可以加入宗门，结识陌生的道友，互相切磋，建设宗门，共同降服古老的妖兽。

（一）动物修仙中的善恶世俗观

在道教神秘主义学说中，不仅凡人可修炼成仙，就连位于万物最低级别的动植物也可修炼成仙。但行恶的动植物则会修炼成精，行善的才能圣化成人，乃至神化为仙。其中，精怪修炼所得的修行，亦可被人继承。比如《诸葛亮得道》故事中的诸葛亮正是吃了三个精怪，获得了它们3 600年的修行，从此料事如神，多智而近妖。游戏汲取了行善为神、行恶为精的善恶观。其中能修炼成仙的动物是陪伴玩家求仙的灵兽，其他作恶的动物精怪则只能被玩家收服，化为妖丹供人修行，成为玩家求仙之旅中炼丹入器的绝佳材料，或作为交换的道具，增加修仙之人的修行。

（二）修仙游戏中的社交属性

除了动物的陪伴外，游戏也提倡道友之间的互动陪伴。道友之间通过互相传功，增加修炼数值，互相成就。基于神秘的、严肃的道教修仙体系，修仙类游戏加添加了娱乐性的社交属性，实现了在线玩家的结伴而行。根据马斯洛需求层次理论，社交需求是人继生理需求和安全需求后的第三层基本需求，修仙游戏所打造的社交属性实现了玩家之间的认同，志同道合的玩家在游戏中怀揣相同的求仙梦想，互相成就，满足了我们的尊重需求（第四次需求）；玩家通过把握修仙游戏世界的宇宙规律，一步步追求梦想的实现，由此

---

① 张泽洪：《道教〈度人经〉的思想与现代价值》，《西南民族大学学报（人文社会科学版）》2011年第3期。

也获得了自我实现（第五层需求）。

五、总结

通过剖析道教文化以及道教故事在中国仙侠游戏中的创新转化，我们看到道教文化以其独特的文化魅力和价值成功地融入当代游戏叙事当中，这也为道教文化的活态传承开辟了一条新路径。

首先，道教渐进性的世俗生活哲学赋予网络游戏积极浪漫的文化精神。虽然现代科技让人类拥有了呼风唤雨、飞天下海，甚至翱翔宇宙等不逊于古老想象的"神通"，但这些远不足以满足人类内心深处渴望获得永生、主宰世界的理想愿望。游戏借助道教渐进性的世俗生活哲学，通过多方位创造想象空间，让当代玩家在浸入古老的想象中，发掘着自身所蕴含着的无限潜力，积极去实现自我突破。

其次，仙侠游戏与现代民众的生活和心理需求实现了紧密结合。特别是在追求速度和效率的现代工业文明进程中，游戏吸收了道教神奇的时间观念，给当代被"996"工作制裹挟、被众声喧哗支配的玩家们创造了一块养身安心的悠闲宝地。

其三，道教身德相养的向善伦理以及济世的度人伦理，同样给予了当代玩家心灵滋养和震撼，更是通过仙侠游戏降妖度人的慈爱理念阐发了追求社会和谐的古老智慧，令人深思。另外，游戏在积极融合善恶世俗观念外，也通过融入当代玩家的社交需求丰富了玩家们的虚拟体验。这些宝贵的道教智慧促使仙侠游戏大放光彩，游戏反过来也助推了道教文化的现代化转化。

"眼光向下"与"目中无人"
——重估顾颉刚先生的民俗学遗产

王杰文
（中国传媒大学艺术研究院）

摘　要：作为中国民俗学与民间文艺学的奠基人之一，顾颉刚先生有关民众（文化）的学术观念为学科的确立奠定了思想基础；他努力搜集材料并进行了系统分析的科学方法为学科的发展树立了学术典范。重新评估顾先生的民俗学及民间文艺学遗产，不应该亦步亦趋，故步自封，而应该反思他从理解"民众"降格为理解"民众文化"观念的合法性，应该分析他为了科学地研究民众文化而实践的文字中心主义方法的局限性。

关键词：民众；民众文化；科学方法；求真

在中国民俗学、民间文艺学领域，顾颉刚先生卓越的学术贡献和崇高的历史地位是举世公认的。在《顾颉刚全集》出版之际，中华书局编辑部这样评价顾先生，"民俗学研究，是顾先生学术研究的另一大贡献。顾先生倡导'要打破以圣贤为中心的历史，建设全民众的历史'，并以孟姜女故事来论证古史的演变，以考察东岳庙诸神及妙峰山香会来探讨古代神道与社祀，以歌谣来论证诗经是古代诗歌总集，拓展了民俗学研究的领域，奠定了中国民俗学研究的基础"[①]。

钟敬文先生在顾先生去世一周年的讲话中，同样从历史的角度辩证地评价了顾先生的杰出贡献，并重点强调了他在歌谣学与传说学两个学术领域的杰出成就。然而，钟先生在谈到他的孟姜女故事研究时，又说：

[①] 中华书局编辑部编：《顾颉刚全集出版说明》，《顾颉刚全集·顾颉刚古史论文集卷一》，中华书局，2010年，第2页。更全面的评价参见王煦华：《顾颉刚先生对民间文学、民俗学的研究及贡献》，《文史哲》1993年第2期。

当然，像许多学术上的优秀成果一样，在突出的成就的另一面，往往不免带有一定缺点。这个在新文化运动后不久产生的《孟姜女故事研究》也是如此。例如：他不能深刻理解作为人们意识形态的民间传说的产生和演变跟广大群众社会地位和现实生活的密切关系；不能明确地理解封建地主阶级的文化与广大人民文化的质的差异及其互相渗透斗争的事实；……而没有运用马列主义的观点、方法，则是造成他的研究见解上这些弱点的基本原因。①

当然，我们不能对顾先生求全责备。事实上，尽管他的孟姜女故事研究、吴歌研究、神道与社会研究等，已经是近一个世纪之前的研究成果了，但它们早已成为中国民俗学史上的经典，一直都深刻地影响着一代又一代的中国民俗学者。然而今天，我们应该警惕的却是另一种学术态度，那就是"言必称顾颉刚"。在某些学者的眼里，顾先生的孟姜女故事研究、妙峰山香会调查、吴歌研究等似乎是不可逾越的高峰；百年以下，今天的中国民间文艺学与民俗学，似乎只能在顾先生开拓的道路上做点修修补补的工作。显然，这种观念并不严谨，也不符合历史发展的规律。这种观念的持有者，既没有理解钟先生在前述讲话中所做出的中肯评价，也不了解当前国际民间文艺研究的前沿成果。一句话，在历史地、辩证地肯定顾先生杰出成就的前提下，如何再来认识与评价他的学术观念、问题意识与研究方法，仍然是当前中国民俗学、民间文艺学最迫切的任务。

一、顾颉刚先生的民众文化观念

在中国民俗学、民间文艺学领域，大家在评论顾先生的学术成就时，往往直接从他的研究领域——吴歌甲集、孟姜女故事研究、妙峰山香会调查、东岳庙研究等谈起，较少去深究顾先生之所以关心这些研究领域的思想根源。可事实上，任何一个学者的学术观念，都决定着他会提出什么样的学术问题，会关注何种学术领域，会采取何种研究方法。因此，评价顾先生的民俗学遗产，首先要考察促使他努力从事民俗研究工作的思想观念。也就是说，在20世纪20年代，顾先生何以会去关注民众文化？他着手研究民间文艺、民俗

---

① 钟敬文：《〈孟姜女故事论文集〉序》，《钟敬文民间文学论集》（上），上海文艺出版社，1982年，第456页。

时,其潜在的思想观念是什么?

现在看起来,顾先生最明确、最集中地表达自己之所以决意要研究民俗、民间文艺的思想观念,莫过于1928年《民俗》周刊的发刊词,其中,他发出的口号是:

> 我们要站在民众的立场上来认识民众!
> 我们要探检各种民众的生活,民众的欲求,来认识整个的社会!
> 我们自己就是民众,应该各各体验自己的生活!
> 我们要把几千年埋没着的民众艺术、民众信仰、民众习惯,一层一层地发掘出来!
> 我们要打破以圣贤为中心的历史,建设全民众的历史!①

即使在今天,顾先生的口号也是振聋发聩的,听起来令人热血沸腾。一百年前,他追随新文化运动先锋们的足迹,起来反抗封建地主阶级的文化,倡导民众文化的观念。从历史的角度来看,他的民众观念的确是进步的、有力的,事实上产生了重大的学术影响。然而,认真考察起来,就会发现,顾先生所标举的民众的概念,又似乎并不十分明确②:

1) 民众既与圣贤的概念相对立,在另外的层面上,却又包括了圣贤;

2) 民众既与认识它的主体(所有研究者,包括顾先生)相对立,又包括了认识的主体在内;

3) 为了了解民众,既主张局内人的视角(体验),又坚持局外人的视角(认识);

4) 民众既代表整个社会,又似乎只是社会的一部分;

5) 在某些情况下,被认识与体验的对象是民众自身,而在另一些情况

---

① 顾颉刚:《〈民俗周刊〉发刊辞》,《顾颉刚全集·顾颉刚民俗论文集卷二·孟姜女故事研究集第三册》,中华书局,2010年,第571页。

② 户晓辉:《论顾颉刚研究孟姜女故事的科学方法》,《文化研究》2003年第4期,第30页。作者认为:顾颉刚的孟姜女故事研究所涉及的巨大的历史地理跨度,使他论述的这个故事的主体更多的是一种抽象意义上的"民众",而不是具体的实践主体,所以,顾颉刚眼中的孟姜女故事,之所以成为一个独立的学术研究对象,在很大程度上是因为他没有遵循以"民"来界定"俗"或民间文学的一贯做法,而是把"无"具体主体或有抽象主体的民间文学现象当作研究的对象。表面上看起来,单就孟姜女故事研究而言,其主体为谁,似乎并不重要;然而若从顾先生总体的民众文化思想观念上看,孟姜女故事的抽象主体,恰好反映了顾先生民众文化的思想观念混乱与游移不定。

下，被认识与体验的对象又被转化为民众的生活、欲求、艺术、信仰、习惯与历史等。

在上述口号中，顾先生有关民众的概念似乎还有些不太严谨，但它却是顾先生有关民众的思想观念最元气淋漓的表述。在他自己的学术实践中，他似乎从未掉过头来，再对这一思想观念进行认真的反思。事实上，今天人们提及他的思想观念的时候，最经常称引的是他的另一段话：

> 我们要喊的口号只是：研究旧文化，创造新文化。所谓旧文化，圣贤文化是一端，民众文化也是一端。以前对于圣贤文化，只许崇拜，不许批评，我们现在偏要把它当作一个研究的对象。以前对于民众文化，只取"目笑存之"的态度，我们现在偏要向它平视，把它和圣贤文化平等研究。可是，研究圣贤文化时，材料是很丰富的，中国古来的载籍差不多十之八九是属于这一方面的；说到民众文化方面的材料，那真是缺乏极了，我们要研究它，向哪个学术机关去索取材料呢？别人既不能帮助我们，所以非我们自己去下手收集不可。①

在这段话里，顾先生重申了他的圣贤与民众二元对立的观念，但是，关注的焦点则明确地转向了他们的文化，即圣贤文化与民众文化。由于历史的原因，二者的地位并不平等，顾先生是努力要颠倒一下这层关系，或者至少是平等地看待它们，这反映了他的民主精神；与此同时，他又强调二者同时都是旧文化，都是研究的对象，这又反映了他的科学精神。而在研究旧文化与创造新文化两项任务中，顾先生早期阶段明确地选择了前者。也就是说，顾先生有意识地选择了科学研究的道路。尽管如此，顾先生显然并不仅限于研究民众文化，而是要借民众文化的解放，来促使民众获得自我的觉悟。他说：

> 我们的使命，就在继续呼声，在圣贤文化之外解放出民众文化；从民众文化的解放，使得民众觉悟到自身的地位，发生享受文化的要求，把以前不自觉的创造的文化更经一番自觉的修改与进展，向着新生活的

---

① 顾颉刚：《圣贤文化与民众文化——一九二八年三月二十日在岭南大学学术研究会演讲》，《顾颉刚全集·顾颉刚民俗论文集卷二·孟姜女故事研究集第三册》，中华书局，2010年，第574—575页。

目标而猛进。能够这样，将来新文化运动就由全民众自己起来运动，自然蔚成极大的势力，而有彻底成功的一天了。①

在这里，民众文化不只是因为对应于圣贤文化而具备被关注的重要性，相反，它似乎还具有无可取代的、独立的价值与地位。至于民众文化何以就具有不可忽视的研究价值，如何通过发扬民众文化来达成觉悟民众的目标，民众如何可能从被启蒙者转化为自我启蒙者，民众如何对自有的旧文化产生自觉地继承与改造的意识，愿意并能够建设一种新生活等问题，顾先生似乎并没有予以更多的说明与讨论。

顾先生有关民众（文化）的相关表述，深刻却并不明确。它作为口号是鼓舞人心的，作为思想观念却又是不成体系的。我们当然不能怀疑：尽管他出身于名门世家，但他仍然可以成功地摆脱旧社会的身份认同；可以成功地转化为现代大学中一名职业化的教授或者学术大师。尽管他出身于本应维护圣贤文化的社会阶层，却可以坚定地、彻底地提倡民众文化。可是，他的有关民众（文化）的思想观念，在多大程度上是对五四时期知识分子精英文化思想潮流的响应，只是一种口号？如果它只是一种既成的时代精神与思想观念，它在多大程度上会渗入他灵魂的深处，并融入他的血液当中？而他的学术研究成果，又在多大程度上能够体现他的思想观念？

上述疑问颇有诛心的嫌疑，毕竟顾先生亲自搜集了吴歌，偕其他学者开展了妙峰山香会的实际考察，亲自调查并研究了北京东岳庙。而且，顾先生一生以"健足"而自豪，足迹几遍中国。可以说，顾先生是真正地放弃了自己身上的知识阶级的自尊自贵的矜持，不只是发出了"到民间去"的口号，而且亲自"到民间去"了。"到民间去"何为？顾先生是有明确的目的的。他说：

> 我们若是真的要和民众接近，这不是说做就做得到的，一定要先相互的了解。我们要了解他们，可用种种的方法去调查，去懂得他们的生活法。等到我们把他们的生活法知道得清楚了，能够顺了这个方向而与他们接近，他们才能了解我们的诚意，甘心领受我们的教化，他们才可

---

① 顾颉刚：《圣贤文化与民众文化——一九二八年三月二十日在岭南大学学术研究会演讲》，《顾颉刚全集·顾颉刚民俗论文集卷二·孟姜女故事研究集第三册》，中华书局，2010年，第575—576页。

以不至危疑我们所给与的知识。①

这种"我们与他们"的关系，是顾先生设想中知识分子与民众的关系，它们双方是一种启蒙与被启蒙的关系。当时，顾先生真诚地秉承着了解民众、启蒙民众的精神，坚定地"到民间去"了。他要考察民众生活，目的则是获得他们的信任，教化他们。换句话说，考察民众文化只是启蒙民众的手段。反过来，民众是被动的，他们只有领受与危疑的份儿。所以，顾先生所谓"要先相互了解"，实际上被折扣为只是我们对他们的了解。而且，在具体开展研究工作时，顾先生与他的同志们的实践，距离上述了解他们的理想，还是有一定差距的。比如，在妙峰山考察香会的时候，顾先生在当着他人的面抄写那些会启时，都会觉得羞怯。此外，抄写会启固然十分重要，顾先生借助于这些会启，也的确发现了参与妙峰山庙会的民间香会组织的许多知识，然而，我们应该追问的是：顾先生为什么会首先想到"抄写"会启？为什么没有去"访谈"会众呢？以今天田野考察的标准来说，顾先生他们一行人，参与观察算是做到了，深入访谈却几乎可以说只做了一点儿②。他们的确是"到民间去"了，但他们也只是"眼光向下"放眼观察，却并没有降低了身份去开展访谈与交流。因此，他们的考察成果，更多的是他们眼中的民众行为。事实上，在顾先生及其同志们的研究成果中，这些民众并没有自己的声音，没有自己的行动逻辑，没有个性，他们并不是具体的活生生的个人，只是作为群体的民众。

尽管如此，顾先生仍然获得了相当丰富的资料，并提出了非凡的见解。他发现，各路香会齐心协力，相帮互助。他说：

> 这一路的山光水色本已使人意中畅豁，感到自然界的有情，加以到处所见的人如朋友般的招呼，杂耍场般的游艺，一切的情谊享乐都不关于金钱，更知道人类也是有情的，怎不使人得着无穷的安慰，仿佛到了

---

① 顾颉刚：《〈妙峰山进香专号〉引言》，《顾颉刚全集·顾颉刚民俗论文集卷二·孟姜女故事研究集第三册》，中华书局，2010年，第326页。着重号为笔者所加。

② 参与妙峰山香会调查的诸位先生分工不同，比如顾先生负责抄写会启，并由此而分析香会的地域分布与组织关系；而容庚先生则负责其历史的梳理；孙伏园先生负责道里的描述与记录；容肇祖先生从心理层面，庄严先生从游记的角度来呈现庙会的面貌。后来，地方知情人士补充了一些地方性的阐释，再有宗教专家江绍原、何思敬的专业性的批评，这样的组织方式与批评对话模式，实在是很有创造性。

另一个世界呢!①

能够做出这样的结论，怎能不让人膺服呢！尽管其中浸透着某种浪漫主义的情绪。然而顾先生毕竟没有只是停留在"眼光向下"的口号阶段，而是亲自"到民间去"了，他观察并感受到了（民众）文化表演的特质，尽管这种观察与感受只是顾先生自身作为民众之一员（一位特殊的香客）的观察与感受，未必就等于民众自身的观察与感受。

总之，在妙峰山香会的考察活动中，"眼光向下"且身在民间的顾先生，看到的更多的是民众文化，而不是民众自身；关注的是民众文化之可观察与可记录的层面，而不是民众文化的整体；重点研究的只是有关民众文化之历史与地理传播的问题，而不是民众文化的实际意义、价值与功能。随着顾先生研究领域的专业化，这种迹象似乎越来越明显。走到极端处，其研究成果愈发趋近于有关（民众）文化的知识，而距离理解民众十分遥远，更遑论与民众相互了解了。最终，这种有关民众文化的学术，成为学术大师自我区别于普通同行，尤其是区别于普通民众的一种高深学问，与顾先生自己曾经确立的民众文化的思想观念渐行渐远。

二、顾颉刚先生的研究方法

顾先生是中国学术现代化进程中涌现的第一代学院派教授，正是他们那一代学者奠定了中国现代学术的研究规范，因此，我们今天评估他的学术成就，必须从他的现代化的学问观说起。顾先生说：

> 研究学问是一件极难的事，起初要搜集材料，后来要从繁难的材料里求出简单的系统，这才是真实的学问工作。没有材料的系统是假系统，就是从许多专家的研究结果撷取出来的系统也只能算常识，说不到学问。②

---

① 顾颉刚：《〈妙峰山进香专号〉引言》，《顾颉刚全集·顾颉刚民俗论文集卷二·孟姜女故事研究集第三册》，中华书局，2010年，第358页。
② 顾颉刚：《魏应麒〈福州歌谣甲集〉序》《顾颉刚全集·顾颉刚民俗论文集卷一》，中华书局，2010年，第369页。

由此可见，搜集材料与求出系统是顾先生理想中真正的学问的两个标准。让我们来看看顾先生是如何搜集材料的，又是如何分析研究的。

（一）民俗材料的搜集

如前所述，顾先生立意要研究民众文化，可惜文献记载中的民众文化少得可怜，因此，他说，"我们要认识民众文艺也罢，要认识民众心理也罢，反正不能不去寻材料。从最真切的材料上加以最精细的整理，方能有最公允的批评"[①]。顾先生对于民俗材料的重视由此可见一斑，那么，他所谓"最真切的材料"指的是什么？什么样的材料才够得上真切？

在搜集编纂"吴歌"的阶段，顾先生说，在家乡的时候，他也曾亲闻家乡人民在夏夜里乘凉时唱"对山歌"，去乡下时听摇船的人唱"四句头山歌"，在上海与北京欣赏京戏，"回来后，就要把演员的唱工、说白、做工、武工以及服装、道具作几个月的咀嚼"[②]。顾先生又恰是因为热爱戏曲，而转向故事研究，因故事研究而转向古史研究。从顾先生的学术回顾中，人们似乎可以得出这样的结论：正是对于这些表演艺术的热爱，他才改变了自己的阶级自豪感，转而重视起人民群众的文学创作的。

除了自身的兴趣与爱好，顾先生最早搜集吴歌，直接的原因则是为了响应刘半农、沈尹默、周作人等为了创造新体诗而借鉴民歌的倡议。然而，正像格林兄弟当年搜集童话故事一样，顾先生除了亲自去搜集吴歌之外，还动员了家人与好友来参与搜集的工作。然而，在顾先生那里，吴歌就等于吴歌的歌词，尽管他深知吴歌是唱出来的，但他还是有意无意间把吴歌的表演性信息给抛弃了，而且，他似乎从来都没觉得把吴歌简化为吴歌歌词来搜集与记录有什么不妥。

显然，在搜集吴歌的材料时，顾先生所谓"真切"，就是指亲自动手搜集材料，或者如果材料是他人代为搜集的，他自己作为委托人，至少是对被他人记录的材料有着真切的感受。因此，在记录与发表吴歌的时候，顾先生为了方便读者，为其中难解的方言加了注释，这就涉及了音韵学、文字学和当地风俗研究的问题。《吴歌甲集》也因此呈现出了其作为材料的学术厚度。但

[①] 顾颉刚：《刘万章〈广州谜语〉序》，《顾颉刚全集·顾颉刚民俗论文集卷一》，中华书局，2010年，第365页。

[②] 顾颉刚：《我和歌谣》，《顾颉刚全集·顾颉刚民俗论文集卷一》，中华书局，2010年，第387页。

无论如何，顾先生也意识到了，"这种歌词写在书本上看，固然觉得很单调，但在他们清夜高歌的时候，我们听着实在是非常美丽的"①。的确，我们今天找来阅读它，完全不知道它是谁唱的，怎么唱的，在什么语境下唱的，对谁唱的，和什么样的其他民间文艺类型一起存在于何种人的日常生活中，它们之间是什么关系等。

如果说在吴歌研究阶段，顾先生毕竟还可以意识到吴歌的现实存在形式，知道它是不限于歌词的。但等到研究孟姜女故事的时候，顾先生已经完全投入"整理国故"的总体工程中去了，他一头扎进了故纸堆里，来排列比较从杞梁妻到孟姜女在文献记录中演变的轨迹，这些材料自然极度缺乏语境信息。这时，他所谓的材料，基本上仅限于文献资料中文字所传达信息的维度。等到他接下来从地理的、横向的角度来考察该故事时，他以及与他对话的学者们，大都同样只是注意搜集该故事的文本信息②。

在中大时期，为了积累民俗学的材料，顾先生顶着他人的质疑，大量印刷民俗材料，他辩称说："你们还是把民俗材料和甲骨文字一例看罢！"③ 这里，顾先生的本意是要抬高民俗材料的地位，但也是他把民俗材料简化为文献记录的一个最典型的证明。

尽管在某些情况下，顾先生也承认，民众文学——歌谣与故事是口头交流的传统，但是，从整体上来看，他既不关心民众是如何讲述的，也不关心记录者是如何把这些被讲述的内容记录下来的。在他所搜集与使用的材料中，他只关心已经被记录好的民众文学的文本，我们权且把他的这种材料观称为

---

① 顾颉刚：《苏州的歌谣》，《顾颉刚全集·顾颉刚民俗论文集卷一》，中华书局，2010年，第286页。

② 当然，例外的情况也是有的。比如，何植三先生说，"我在七八岁时，从住社庙中的理发师处已知道这件故事。这个理发师貌很美，他拿着这唱本，指手画脚的说给邻居的娘儿们听；我于是得听到这首有趣的故事，而且记得书后有一幅'孟姜女要求秦始皇向范杞良祭奠焚帛，她由城上纵身入火而自殉'的图画"。这里，何先生便简要记录了讲述人、听众、语境以及媒介等信息。参见何植三：《诸暨与上虞的孟姜女歌曲》，《顾颉刚全集·顾颉刚民俗论文集卷二·孟姜女故事研究集第三册》，中华书局，2010年，第168页。

③ 顾颉刚：《谢云声〈闽歌甲集〉序》，《顾颉刚全集·顾颉刚民俗论文集卷一》，中华书局，2010年，第355页。

"文本与文字中心主义"①。他的这种搜集与处理材料的方式与观念，既是时代局限的反映，也是其思想观念之不彻底的体现。在国际民俗学界，最晚自20世纪中期以来，以劳里·航柯为领袖的北欧民俗学家已经把关注的焦点转向了民众的讲述行为与搜集者的记录行为两个层面，他们分别称之为"初级文本化"与"次级文本化"。遗憾的是，一些唯顾先生马首是瞻的中国民俗学者，至今仍然把高傲的头颅埋在沙土里，不愿意了解国际民俗学的新成就，也不愿意反思自身学术传统的局限性。

（二）分析方法与目标

除了亲自从事搜集的工作，顾先生还利用《歌谣》周刊的传播平台，呼吁各界人士共襄其事。顾先生大力倡导各地同志，勠力同心，努力搜集。他的思路是积少成多，最后是能够集众人之力，成就《中华民国民俗志》，然后就可以名副其实地谈民俗学了。此外，顾先生还最早发出了"抢救"的警告，他说："所以现在不搜集，数十年之后即有完全失传的危险，我们生当这个存亡绝续之交，如果不忍使他们失传的，还不赶快起来干罢！"②顾先生的理想——全国范围内抢救性地搜集与出版在百年之后的中国民俗学界变成了现实。

事实上，早在19世纪晚期，欧洲早期的人类学家与民俗学家便已经在全球范围内努力搜集民俗文化诸事项，他们先后对这些搜集来的对象进行了分类研究，并进而开展了历史维度与地理维度的传播研究，最终造成了巨大的学术与社会影响。今天看来，他们的搜集与研究行为，很大程度上是为了满足他们"包举宇内，囊括四海"的殖民心理。仅从研究方式上看，早期的歌

---

① 刘复：《〈吴歌甲集〉序五》，《顾颉刚全集·顾颉刚民俗论文集卷一》，中华书局，2010年，第22页。刘半农先生清楚地看到了当时歌谣学研究可能并应该有的三种倾向，他说："我们研究民歌俗曲，以至于一切的民间作品，有种种不同的意趣。归并起来，却不外乎语言、风土、艺术三项。艺术一项，大部分是偏向着文学一方面说；但如碰到了附带乐谱的作品，就得把音乐也归并在一起算账。"可惜，刘先生有关民间作品之艺术研究的视角，显然没有引起时人足够的重视。

② 顾颉刚：《陈元柱〈台山歌谣集〉序》，《顾颉刚全集·顾颉刚民俗论文集卷一》，中华书局，2010年，第367页。顾先生晚年还说过："先民遗产会在我们手里失掉，使得我们上无以对祖宗，下无以对子孙。其他风俗也都这样，交通事业突飞猛进，人们来去自由，都市生活促进了同化的程度，既经不用了就毫不顾惜地任它散亡了。"参见顾颉刚：《赶紧收罗风俗材料！》，《顾颉刚全集·顾颉刚民俗论文集卷二·孟姜女故事研究集第三册》，中华书局，2010年，第586页。

谣运动与民俗研究，尤其是顾先生的研究方法，几乎就是上述国际人类学与民俗学研究范式的翻版。尽管他也曾提出了借鉴域外理论，开展民间文学类型之间关系的研究、类型与社会文化关系的研究等其他可能性①，但他的研究成果基本上是一种基于文本材料的比较研究②。

顾先生有关歌谣与故事的比较研究，首先是相关文本的历史传播研究，他说："我们搜集的材料还不多，不足为比较研究之用。……材料聚得多了，自然容易做比较研究的工作了。"③ 他在历史学、文献学、地理学方面的雄厚积累，为早期民俗学奠定了研究工作的基本调子，比如，他说："吴湛（《粤风续九》一书的辑录者），真是我们民俗学同志的老祖师，我们应当努力汇求他的事实。"④ 这种历史的、回溯性的工作方式，正是他最早的学术取向。

又比如，他在《写歌杂记》里谈到《吴歌甲集》第八十首时，便追溯到唐寅的诗作《妒花歌》，甚至追溯到了早于唐寅六百年的《全唐诗·菩萨蛮》里。又比如，他以民歌来重解古代的歌谣（比如《诗经》），从而对传统的理解方式提出批评。除此而外，他就《诗经》中《野有死麕》而与胡适、俞平伯、钱玄同等人的讨论，就是一种历史性的比较研究，清晰地反映了他作为一名"考据家"的研究风格。

当他的《吴歌甲集》出版之后，来自全国各地的许多热心同志，都跟他讨论各人本地类似歌谣的问题，顾先生个人的研究兴趣便自然地从历史起源与传播的视角转向了空间移动与交流的视角上来了。当然，历史与地理的材料相辅相成，相互阐发，共同服务他的比较研究的总体目标。

---

① 顾颉刚：《钟敬文〈粤风〉序》，《顾颉刚全集·顾颉刚民俗论文集卷一》，中华书局，2010年，第341页。"现在学术界的范围是放宽了；歌谣方面，不限于才子才能欣赏它，搜辑它了。我们应当顺了自己的才性和兴趣，或从文学上的观点去看它，批评它的艺术和情感，或从史学上的观点去看它，研究它的语言、文字、故事和风俗等。能够这样，我们将来可以开辟的新世界正多着呢。"

② 钱玄同：《〈吴歌甲集〉序四》，《顾颉刚全集·顾颉刚民俗论文集卷一》，中华书局，2010年，第20页。钱先生说："欣赏一种文学而不能读它出来，这是何等气闷的事！所以我认为以后凡汉字的书，都该记上音，而民间文学，因为是方音方言的缘故，尤其非记音不可。"钱玄同先生为顾先生《吴歌甲集》中的《萤火虫》作的读音版本，简直可视为中国尝试"民族诗学"的第一人。

③ 顾颉刚：《覆舒大桢先生〈我对于歌谣的一点小小意见〉》，《顾颉刚全集·顾颉刚民俗论文集卷一》，中华书局，2010年，第336页。

④ 顾颉刚：《〈粤风〉的前身》，《顾颉刚全集·顾颉刚民俗论文集卷一》，中华书局，2010年，第347页。

具体来说，比如，他在比较了苏州与福建的歌谣时，他提出来的问题就是传播的问题，是对二者的同与异进行比较的问题（比如如何因方言方音而变字）①。在比较了刘万章搜集的儿歌与苏州的儿歌之后，他说："我们知道歌谣是会走路的；它会从江苏浮南海而至广东，也会从广东超东海而至江苏。"②

当然，他所开创的"历史—地理的比较研究法"，最典型地体现在了孟姜女故事研究当中。他一如既往地号召大家搜求资料（比如像他一样，按照传说故事的人物主题来搜集），他说："这类故事如果都有人去专门研究，分工合作，就可画出许多图表，勘定故事的流通区域，指出故事的演变法则，成就故事的大系统。"③ 显然，他仍然主张在占有大量（文字）材料的基础上，开展比较研究，试图归纳总结出一套规则来。

在这里，顾先生自觉地区分了孟姜女故事的历史系统与地域系统，他明确地称之为纵的系统与横的系统。他说：

> 上一年中所发见的材料，纯是纵的方面的材料，是一个从春秋到现代的孟姜女故事的历史系统。我的眼光给这些材料围住了，以为只要搜出一个完全的历史系统就足以完成这个研究。这时看到了徐水县的古迹和河南的唱本，才觉悟这件故事还有地方性的不同，还有许多横的方面的材料可以搜集。于是我又在这个研究上开出了一个新境界了！④

显然，开展历史与地理维度的比较研究，其基本的前提是大量地占有文献材料；而历史与地理维度的比较研究也不是研究的极终目标，至少在越来越追求学问之专业化的顾先生那里，获得某种知识体系才是他的最高目标。他说：

---

① 顾颉刚：《谢云声〈闽歌甲集〉序》，《顾颉刚全集·顾颉刚民俗论文集卷一》，中华书局，2010 年，第 358 页。

② 顾颉刚：《刘万章〈广州儿歌甲集〉序》，《顾颉刚全集·顾颉刚民俗论文集卷一》，中华书局，2010 年，第 350—351 页。

③ 顾颉刚：《孟姜女故事研究集（第一册）自序》，《顾颉刚全集·顾颉刚民俗论文集卷二》，中华书局，2010 年，第 5 页。

④ 顾颉刚：《孟姜女故事研究的第二次开头》，《顾颉刚全集·顾颉刚民俗论文集卷二》，中华书局，2010 年，第 88 页。

> 如能把各处的材料都收集到，必可借了这一个故事，帮助我们把各地交通的路径，文化迁流的系统，宗教的势力，民众的艺术……得到一个较清楚的了解。①

尽管顾先生自叹材料尚不够完备，但他仍然努力地从已经获得的材料里归纳出某些初步的规则性的结论，比如，他尝试着从历史发展的文化政治中心来勾勒故事的变迁与转移，从文化思潮的转变来解释故事中母题转变的前后关系，从流传地来分析故事中风俗的转移。此外，他也强调了民众的感情与想象的需求等问题。顾先生无疑在这些方面收获了重要的成果。

多年之后，顾先生说："虽然从五四运动以来，搞了些民间文学，但因为受了当时胡适派以及清代朴学家的影响，只想从民间文学里做考据工作，因而走上了岔道。"② 我们有理由认为，这是特殊时代环境下顾先生的违心之论。因为他曾说过："考据原即是研究学问的方法，无论研究什么学问，就是实做某种学问的考据工作。"③ 由此可见，尽管顾先生兴许并不喜欢他人称他为"考据家"，但"考据"本身对于学问的重要性，他是完全推崇的。众所周知，顾先生对于自己的研究方法是有高度自觉的。他说：

> 我的工作，无论用新式的话说为分析、归纳、分类、比较、科学方法，或者用旧式的话说为考据、思辨、博贯、综覈、实事求是，我总是这一个态度。我确信这一态度是做无论何种学问都不可少的，希望在这一个态度上得和有志研究学问的人相互观摩，给专事空谈的人以一种教训。④

"这一个态度"就是被众多民俗学家所极力称道的科学方法——搜集材料与系统分析，它构成了顾先生的学问观。凡是认同这一态度的便是"同志"，

---

① 顾颉刚：《孟姜女故事研究》，《顾颉刚全集·顾颉刚民俗论文集卷二》，中华书局，2010年，第63页。

② 顾颉刚：《在全国民间文学工作者大会上的发言》，《顾颉刚全集·顾颉刚民俗论文集卷一》，中华书局，2010年，第384页。着重号为笔者所加。

③ 顾颉刚：《孟姜女故事研究的第二次开头》，《顾颉刚全集·顾颉刚民俗论文集卷二》，中华书局，2010年，第90页。

④ 顾颉刚：《孟姜女故事研究的第二次开头》，《顾颉刚全集·顾颉刚民俗论文集卷二》，中华书局，2010年，第90页。

否则就是"专事空谈的人"（在顾先生眼里，鲁迅先生便在此列）。当有关学问的意识被提升到某种高度时，顾先生有关民众文化的思想观念，便被降格某种有关民众文化的知识；研究者也就从启蒙主义知识分子转变为现代学院派学者了。

三、重估顾颉刚先生的研究成果

不可否认，在中国民俗学史上，顾先生继承五四新文化运动的思想余绪，反对封建专制主义，努力搜集与研究民众文化，拿它与圣贤文化等量齐观，并且做出了举世瞩目的成就，为早期民俗学树立了典范，是中国民俗学的主要奠基人之一。然而，继承与发扬顾先生的思想精神与学术遗产，除了公允地评价他的历史贡献之外，还应该为发展学术研究计议，深究的他的未竟之志，检讨他的不周之处，面向未来，开拓进取。

1. 从思想观念的层面来看，如前所述，在一百年前，顾先生有关民众（文化）的思想观念不可谓不先进，事实上也的确产生了革命性的影响。而且，他还发表过更具有革命性的言论。他说：

> "伪道学"何以成为一句通行的谚语？只为想做道学家的非矫揉造作便做不像。我们要堂堂地做个人，为什么甘愿在作伪的世界中打圈子！①

"堂堂正正地做个人"这样的表述，明显已经上升到了哲学人类学的高度了。但是，在顾先生那里，它又明显只是一句套话，类似于普通人在日常生活中使用的规劝性的言论，显然并没有什么稀奇的地方。他只是为了反对"伪道学"而标举一种"真个人"，而真正的个人，就是真诚而不虚伪。但是顾先生并没有深究，"真个人"意味着什么。在这个意义上说，顾先生显然并不是一位五四运动时期的启蒙思想家，而只是一位认同与宣传启蒙思想的学者。他只是借了他人的思想酒杯，来浇自家的学术块垒。具体来说，就是为了反抗封建专制主义的腐朽思想，质疑圣贤文化的虚伪与作假，进而宣扬民众文化的概念。如前所述，他倡导大家关注民众生活，要努力理解民众，并

---

① 顾颉刚：《圣贤文化与民众文化——一九二八年三月二十日在岭南大学学术研究会演讲》，《顾颉刚全集·顾颉刚民俗论文集卷二·孟姜女故事研究集第三册》，中华书局，2010年，第574页。着重号为笔者所加。

试图通过阐发民众文化的价值与意义,来启蒙民众。但圣贤文化与民众文化作为"旧文化",如何可以通过研究与分析而创造为"新文化",则又不在他规划的研究范围之内。他说:

> 我在此郑重声明一句话:我们民俗学会同人是只管"知"而不管"行"的,所以一件事实的美丑善恶同我们没有关系,我们的职务不过说明这一件事实而已。但是政治家要发扬民族精神,教育家要改良风俗,都可以从我们这里取材料去,由他们别择了应用。①

这里权且不论"知"与"行"是否可以截然分开,也不论顾先生自己是否真的遵守他的声明,我们只是从理论上来判断的话,显然,要想把求实与致用区分开来,民俗学家只有暂时(或者永远)把民众及其民俗区分开来,才有可能办得到。顾先生自己正是通过把求实与致用相对地区分开来,才把圣贤文化与民间文化给对象化了。

这种对象化、客体化地处理材料的方法,是现代学院派学者追求学术独立的前提条件,顾先生努力学习胡适先生所引进的科学方法,并在整理国故的总体研究计划中,把它应用于古史研究,是为"古史辨"。顾先生说他自己愿承担的工作有两项:"一是用故事的眼光解释古史构成的原因;二是把古今的神话与传说作为系统的叙述。"② 这个时候,不难发现,顾先生的具体工作距离他的口号中的民众文化愈发遥远了。当然,失之东隅,收之桑榆,他通过他的"科学方法",成功地变成了一位职业化的历史学家,一位以"高深学问"立身的"学术大师"。这个时候,他的研究工作,一来只是为了好玩与有趣;二来只是为了证明学问的不容易③,也就是"为了学术而学术"了④。

2. 从研究方法的层面来看,首先,如前所述,顾先生从来没有关注过文

---

① 顾颉刚:《关于谜史——钱南扬〈谜史〉序》,《顾颉刚全集·顾颉刚民俗论文集卷一》,中华书局,2010年,第360页。

② 顾颉刚:《顾颉刚启事》,《顾颉刚全集·顾颉刚民俗论文集卷二·孟姜女故事研究集第三册》,中华书局,2010年,第566页。

③ 顾颉刚:《孟姜女故事研究的第二次开头》,《顾颉刚全集·顾颉刚民俗论文集卷二》,中华书局,2010年,第89—90页。

④ 吕微:《民国时期的妙峰山民俗研究——纪念顾颉刚等人的妙峰山进香调查七十周年(摘)》,顾潮编:《顾颉刚学记》,生活·读书·新知三联书店,2002年,第277页。文中特别表彰了顾先生"为学术而学术"的思想观念,但也看到了它与"为人生、为社会而学术"的观念之间的辩证关系。

本化的问题。既然顾先生以及他那个时代的几乎所有的学者，都把民间文学作为真切的材料本身，那就意味着，尽管他们当然知道，这些所谓的民间文学的真实存在形式并不是僵死的书面文字，但是，他们还是在有意无意之间，用民间文学的概念取代了口头（艺术）传统。这一术语层面的置换，一方面，使得他从来没有把民间文学（吴歌与孟姜女故事）的真实存在形式作为考察的对象，即他从来没有关注过讲述者与歌手，更没有关注过听众与语境[①]；另一方面，也使得他不可能自我反思性地考察自身的在场，不可能反思自己如何影响了这些民间文学的表演，更不可能反思自己是如何用文字取代了口头的传播媒介的。

其次，顾先生在历史—地理两个维度之上所开展的比较研究，基本上是一种站在局外人立场之上的、外在联系的建构与排列，我们可以把这种联系称为机械关联，它对立于地方民众在讲述行为中，从内在需要出发所建立的有机关联[②]。在顾先生那里，同一主题之下不同材料之间的关联，全凭文字之信息维度上传递的意义而被联系在一起。由于前述所谓"文本（文字）中心主义"的固有局限性，顾先生可依据的材料基本上只剩下了信息的维度，至于讲述者之表达性的意义、信息表达形式之诗性的意义、语境所内含的意义、听众之认识的、实践的、修辞的、劝说的意义等，都基本上未被留意。一句话，"眼光向下"，努力要关注民众文化——吴歌与孟姜女故事的顾先生，实际上基本没有留意其民众文化的主体——民众。相反，他自信满满地去代表他们，表征他们的文化，把他们的口头讲述转化为民间文学。换句话说，顾先生固然是"到民间去"了，但身在民间的他，本质上仍然是一位"学问"家，是一位文字中心主义者，"眼光向下"却"目中无'人（民众）'"，他

---

① 顾颉刚：《孟姜女故事研究》，《顾颉刚全集·顾颉刚民俗论文集卷二》，中华书局，2010年，第68页。顾先生也曾说："……，我们可以知道一件故事虽是微小，但一样地随顺了文化中心而迁流，承受了各时各地的时势和风俗而改变，凭藉了民众的情感和想象而发展。我们又可以知道，它变成的各种不同的面目，有的是单纯地随着说者的意念的，有的是随着说者的解释的要求的。我们更就这件故事的意义上回看过去，又可以明了它的各种背景和替它立出主张的各种社会的需要。"这样的表述在顾先生的研究中十分罕见。

② 徐玉诺：《孟姜女边塞风沙》，《顾颉刚全集·顾颉刚民俗论文集卷二·孟姜女故事研究集第二册》，中华书局，2010年，第133页。徐玉诺先生不同意吴立模把杞梁妻与孟姜女混同为一人，其中提乡下老农的讲述，以及其后的孟姜女故事的在传奇与杂剧中的被创造。一是证明民间自有讲述的传统；二是说把二者混同为一，实在是学者的事，绝不会是民众的事。是外在的层累叠加，而不是内在的、自然的层累叠加。

只能看到、搜集到他们所珍爱的、熟悉的、可以得心应手地处理的文字。他不知道，他所做的孟姜女故事之历史的与地理的比较研究，并不是地方民众的知识，而是他顾先生自己建构起来的知识。在地方民众当中，在他们的讲述者那里，孟姜女的故事也许并不会与杞梁妻的故事产生什么联系，山东莒城的孟姜女故事与陕西同州的孟姜女故事也不可能有任何的混淆。

在研究孟姜女故事的时候，顾先生自以为可以区别于他之前的学者。他说：

> 就传说的纷异上看这件故事的散乱的情状。从前的学者，因为他们看故事时没有变化的观念而有"定于一"的观念，所以闹得到处狼狈。例如上面举的，他们要把同官和澧州的不同的孟姜女合为一人，要把前后变名的杞梁妻和孟姜女分为二人，要把范夫人当作孟姜女而与杞梁妻分立，要把哭崩的城释为莒城或齐长城，都是。但现在我们搜集了许多证据，大家就可以明白了：故事是没有固定的体的，故事的体便在前后左右的种种变化上。①

尽管顾先生的比较研究的确并没有胶着于故事之"固定的体"，其学术视野与格局也的确较之从前的学者远为开阔，但是，在固守文字中心的立场上，他与他们并没有本质的区别。

一个有趣的问题是：机械关联与有机关联，到底哪一种知识性关联是真正的知识②？哪一种知识更有助于实现顾先生理解民众的预期目的？

第三，正因为他站在文字中心主义的立场上，所以，他有时候无法分辨一个特定文本的性质，比如，他认定了（童暗樵）《节诗选》是民间歌曲的钞本③，却从来没有认真地反思过——这样文绉绉的文字怎么可能是民间文学？

在研究孟姜女故事的时候，郭绍虞与钟敬文都注意到，某些故事文本乃

---

① 顾颉刚：《孟姜女故事研究》，《顾颉刚全集·顾颉刚民俗论文集卷二》，中华书局，2010年，第66页。
② 范丹姆：《早期艺术人类学研究中的认识论和方法论》，李修建译，《国外艺术人类学读本》，文化艺术出版社，2021年，第474页。
③ 顾颉刚：《（童暗樵）〈节诗选〉序言》，《顾颉刚全集·顾颉刚民俗论文集卷一》，中华书局，2010年，第378页。

是文人遐想所造。郭先生还列举郭沫若创作故事剧一事予以说明①。这就是说，某些故事文本可能全部是文人的记述，在著作权的问题上，它们与民众实在并不相干。钟先生也相当敏锐地注意到类似的情况，并特别指出了"民俗作家"这一群体。他说：

> 绍虞君信中云云，颇有道理。……。看此，则不但文人的作品足以转变故事的真相而成为后代的传说，即民俗作家的制作也有同等的力量（其实，民俗作家的产品，左右社会上的传说的权力正要超越文人的多多呢），虽然文人和民俗作家的产品有时也是从民间口头上的传说取材而成的。②

显然，两位先生都质疑了顾先生所应用材料的民众性，实际上也就从根本上质疑了孟姜女故事的民众性，进而从根本上质疑了圣贤文化与民众文化之间的二元对立关系。然而，顾先生却并没有严肃地面对这一质疑，今天看起来，他提出的反驳的理由并不充分。他说：

> 郭绍虞先生所说的"传说的转变多由于文人虚构的作品风行以后的影响"的话，我不能完全承认。一来是中国的文人最不敢虚构事实来变更传说，因为他们对于描写事实本来不感兴味，而且信古之念甚深，也不敢随情创造。二来是纯出于文人虚构的作品，决不会造成很大的影响。一种传说的成立，全由于民众的意想的结集；它所以风行，也全由于民众的同情的倾注。③

这里，一个"不敢"，一个"不会"，两个判断都失之于太过绝对。前者

---

① 郭绍虞：《文人的兴会与传说》，《顾颉刚全集·顾颉刚民俗论文集卷二·孟姜女故事研究集第三册》，中华书局，2010年，第165页。
② 钟敬文：《送寒衣的传说与俗歌》，《顾颉刚全集·顾颉刚民俗论文集卷二·孟姜女故事研究集第三册》，中华书局，2010年，第196页。
③ 顾颉刚：《颉刚案：钟敬文〈送寒衣的传说与俗歌〉》，《顾颉刚全集·顾颉刚民俗论文集卷二·孟姜女故事研究集第三册》，中华书局，2010年，第197页。着重号为笔者所加。

关闭了民众文化可能是"自上而下"地从圣贤文化传播与接受而来的可能性①；后者则否定了民众文化与圣贤文化之间相互借鉴、相互交流的复杂性过程。当然，顾先生在这个问题上并没有坚持己见。在另一篇文章中，他又说：

> ……我们的成绩依然是限于书本的。书本虽博涉，总是士大夫们的"孟姜女"。孟姜女的故事，本不是士大夫们造成的，乃是民众们一层一层地造成之后而给士大夫们借去使用的。幸赖诸同志的指示，使我得见各地方的民众传说的本来面目。必须多看民众传说的本来面目，才说得上研究故事。②

上引两段文字，明显反映了顾先生的矛盾观点，那么，他所谓"民众传说的本来面目"又指的是什么？当年，钟先生是顾先生研究工作与学术口号最积极的响应者。为了回应顾先生博收民众传说的号召，他曾亲自去询问朋友此一传说，而他的朋友也只是"报告（注意不是表演）"了这则传说。而钟先生也没有特别关注过"报告"的方式，只是关注了报告的信息或者内容③。由此可见，那时不惟顾先生是文字中心主义者④。反过来，顾先生则称赞钟先生的调查工作时说："钟先生要到潮州去搜集歌本曲册，我们十分佩服他的精神，更十分祝颂他的成功！"⑤ 这里，我们注意到，钟先生并不是去访

---

① 这不由让人联想起德国民俗学家汉斯·瑙曼有关民众文化的"下沉理论"。参见 Giuseppe Cocchiara, The History of Folklore in Europe, John N. McDaniel translated from the Italian, A Publication of the Institute for the Study of Human Issues Philadephia, 1971, pp. 532-533.

② 顾颉刚：《顾颉刚全集·顾颉刚民俗论文集卷二·孟姜女故事研究集第三册》，中华书局，2010年，第155—156页。

③ 钟敬文：《广东海丰的孟姜女传说》，《顾颉刚全集·顾颉刚民俗论文集卷二·孟姜女故事研究集第三册》，中华书局，2010年，第158页。

④ 当然也有例外，比如伍家宥先生就曾有意访问地方民众，他说："我每次舟过其下，辄问舟子以'姜女'的故事，他们总只知道他曾万里寻夫。至于如何要为她在此立庙，大家总答不出些什么所以然来。可惜我无暇略为停留，一向土著问其究竟。"伍家宥：《临澧与澧县的孟姜女古迹》，《顾颉刚全集·顾颉刚民俗论文集卷二·孟姜女故事研究集第三册》，中华书局，2010年，第166页。事实上，凡有较多田野经验的人，莫不知道，对于地方传说，多数乡民大抵只能知其梗概，实在不可能有太多知识。

⑤ 顾颉刚：《颉刚案：钟敬文〈"情史"及"戏剧大全"中的孟姜女〉》，《顾颉刚全集·顾颉刚民俗论文集卷二·孟姜女故事研究集第三册》，中华书局，2010年，第179页。

问歌手们怎么唱，而是去搜集歌本曲册。可是，歌本曲册却可能同时内含着民众、士大夫以及民俗作家的创造，全部算作民俗文化总是不确当的。

第四，在不拘一格地应用材料进行比较研究的过程中，顾先生不惟对材料的来源并不做细致的分辨，也不重视不同材料的文体特征。仅就孟姜女故事而言，它存在于不同的文类或介质，比如歌谣、故事、传说、春调、宝卷、戏曲、小说、诗文、图画、正史、县志、碑文、游戏、星相等当中，从理论上讲，不同的文类与介质会带有其自身独特的交流信道、符码、语境、传播者与接受者，这些因素当然会建构它所要交流的信息内容。因此，在应用这些不同的文类与介质时，人们不能不从整体上来考察它们各自所交流信息的特殊性，而不能一概地仅仅关注其信息的维度。

但是，非常明显，作为一名历史学家，正如刘半农先生所评价的那样，顾先生是"用第一等史学家的眼光与手段来研究这故事"的①。尽管他区别于他的前辈学者的地方，就在于他注意到了"传说（故事）与历史"的差异，即：

> 传说与历史打混，最是讨厌的事。从前的人因为没有分别传说与历史的观念，所以永远缠绕不清，不是硬并（杞梁妻与孟姜为一），便是硬分（杞梁妻与孟姜为二）。现在我们的眼光变了，要用历史的眼光去看历史（杞梁妻的确实的事实），用传说的眼光去看传说（杞梁妻的变为孟姜），那么，它们就可以'并行而不悖'，用不着我们的委曲迁就，也用不着我们的强为安排了。②

为了讲清楚传说与历史的区别，顾先生运用了不同的材料，这些材料分属不同的文类与介质，顾先生固然是成功地区分了传说与历史，但是，他是以牺牲这些材料的内在的复杂性为前提的。在极端的情况下，如果我们忽略了文类与介质的差异性，便有可能把历史看作神话传说，那就可能走向历史的虚无主义；相反，当我们把神话传说当作历史来解释时，就有可能胶柱鼓瑟，死在章句之下。

---

① 刘复：《敦煌写本中之孟姜女小唱》，《顾颉刚全集·顾颉刚民俗论文集卷二·孟姜女故事研究集第三册》，中华书局，2010年，第173页。
② 顾颉刚：《〈颉刚案：郑宾于广列女传〉中的杞植妻与杞梁妻》，《顾颉刚全集·顾颉刚民俗论文集卷二·孟姜女故事研究集第三册》，中华书局，2010年，第230页。

当然，顾先生并不是不知道材料中文类与介质的差别。事实上，早在搜集吴歌的阶段，他就注意到了这个问题。他熟知苏州本地众多民间艺术的表演类型。在《〈吴歈集录〉的序》里，他罗列了苏州唱歌的种类二十种，分别描述了它们的类型特征与表演的主体，介绍了自己搜集其中五种类型的原因①。

而且，特别值得注意的是，与当时其他民歌的搜集者与研究者不同，顾先生并不是一个本质主义者。当其他歌谣搜集者与研究者强调歌谣的民间性，即强调民间文学与俗文学之间的区别时，他却看到了二者之间的交互关系。当时，他响应北京大学搜集歌谣的号召，同时注意到了地摊上的唱本，并在他的老家搜集到了 200 册，还嘱咐他的表弟吴立模写了一篇叙录，以期在北大的《歌谣》上发表，文中说：

> 不幸北大同人只要歌谣，不要唱本，以为歌谣是天籁而唱本乃下等文人所造作，其价值高下不同。……。但他们反对唱本的意思，我总觉得不服。我以为歌谣与唱本实在没有严密的界限。就意义上说，歌谣是民众抒写的心声；唱本也是民众抒写的心声。就流传上说，歌谣有流行得很广的，也有很狭的；唱本有流行得很狭的，也有很广的。就两者的关系上说，歌谣有从唱本上来的，如唱本失传而歌谣不失传，就给人看作歌谣了；唱本有写录歌谣的，如歌谣失传而唱本不失传，也就给人看作唱本而不看作歌谣了。若说唱本是下等文人所作而歌谣是天籁，难道歌谣是从天上掉下来的吗？不过歌谣有些出于妇人孺子之口，篇幅短，较富于天趣，而唱本则多出于略识字的男子之手，较富于理智，能作长篇的叙述罢了，若说这些下等文人造作的便无一顾之价值，则现在流行的戏曲何尝不出于下等文人之手，何以又要去注意呢？所以实际说来，歌谣、唱本及民间戏曲，都不是士大夫阶级的作品。中国向来缺乏民众生活的记载；而这些东西却是民众生活的最亲切的写真，我们应当努力地把它们收集起来才是。②

---

① 顾颉刚：《〈吴歈集录〉的序》，《顾颉刚全集·顾颉刚民俗论文集卷一》，中华书局，2010 年，第 218—219 页。

② 顾颉刚：《苏州唱本叙录》，《顾颉刚全集·顾颉刚民俗论文集卷一》，中华书局，2010 年，第 288—289 页。着重号为笔者所加。

显然,"北大同人"强调歌谣区别于唱本,更多地是从其艺术性的层面来强调,因为歌谣被看作妇人孺子的真性情的体现;顾先生强调歌谣与唱本、民间戏曲的类似性,则更多是从其思想性的层面来强调的,因为它们之所以能够普遍流传,正是因为它们都反映了民众生活,尽管它们可能出自下等文人之手,而这些人又只不过是一些略识字的男子。在顾先生那里,他们亦是民众的一部分,正与士大夫阶级相对。显然,顾先生太过轻视文字的力量了,下等文人到底更加认同民众,还是更加认同士大夫阶级,这是有待进一步考证的。然而正是在强调民间文学与俗文学中诸文类与介质之类似性时,顾先生忽略了它们在存在形式上的差异性。

既然顾先生的材料来自书面记录文本,而不是他亲自从口头讲述中转写来的总体的材料,也就是说,他并没有关注到初级文本化与次级文本化的过程;而且,既然最简单的文本记录也至少是粗通文字的下层文人的记录,那么,这里面就不可能不染上他们的意图与思想,所以,顾先生从这一传说中所分析到的孟姜女的失礼与知礼的矛盾,到底有多少是民众的意思,实在是很难讲的①。此外,即便在民众社会里,假使孟姜女真如顾先生所说的"没有了分裂的人格",然而从普遍的责任与道德的角度来看,民众社会眼中的人物就是完美的吗?是不是仍然同样可能是一剂毒性甚巨的"文化毒药"?

结语

本文主要讨论的是顾先生民俗学遗产中的缺点与不足。这并不意味着本人有资格、有理由轻视顾先生的学术贡献与历史地位。这里只是试图结合百年以来中国民俗学、民间文艺学积累的新思想与新观点,重新理解与评估他卓越成果中可能存在的问题,避免盲目崇拜。本文认为:

第一,顾先生有关民众(文化)的思想观念,是理解他民俗学与民间文艺学研究的基础。顾先生明显把理解民众等同于研究民众文化;而无论他研究哪一种现象,他基本上都采取了局外人、旁观者的立场。尽管他的确"眼

---

① 顾颉刚:《孟姜女故事研究》,《顾颉刚全集·顾颉刚民俗论文集卷二》,中华书局,2010年,第68页。"我们只要一看书本碑碣中的记载,便可见出两败俱伤的痕迹;倒不如通行于民众社会的唱本口说保存得一个没有分裂的人格了。"

光向下",真的"到民间去"了,但是,他基本上是"目中无'人(民众)'"的,他关注的是可以以文字记录下来的民众文化。但是,文化是历史的、静态的,民众生活是现实的、动态的。在很大程度上,顾先生对于中国现代社会、政治与民生等现实问题,不容易有切实的感受与思考,无法真正切实而又深入地感受与思考民众的所感与所思。

第二,这一立场的选择,使他从关注民众文化的整体,转变为专门研究民众的文化。而且,在他"科学方法"的内在要求下,他努力搜集材料,并进行了系统分析,最终成就了中国民间文艺研究的文字中心主义的传统。其中,顾先生有关真正学问的观念,反映了他立志成为一名现代学院派学者的志向[①]。一方面,这种观念成就了他自己不问外事、专一看书的大学教授身份;另一方面,也在某种意义上塑造了中国民俗学的学科倾向[②]。这种倾向发展到极端,使得以研究民众文化为专业的民俗学,渐渐成为一门与民众毫无关联的现代学科。从积极的方面看,它使得民俗学成为一门现代学科,在现代学术体系中占有一席之地;从消极的方面看,它造就了一群职业化的民俗学者,他们只想出人头地,成为"人上人"。他们只关心优越的自我感觉,以及社会赋予的崇高地位,而不是关心他们的社会贡献。作为一群精致的利己主义者,他们的自我优越感来自比他们的同行、比其他民众更聪明,知识更多,而不是来自对传统思想与文化的超越,更不是来自对现实的政治权力与世俗利益的超越[③]。恰好相反,他们在政治的庇护与认同之下,做着与民众丝毫不相干的"纯粹的学问"!

第三,"纯粹的学问"是建立在一整套科学方法的基础之上的,它首先是把研究对象客体化、扁平化,像解剖尸体一样予以冷静的分解,并以中立的

[①] 顾先生选择去研究学问,除了个人性情等方面的原因,也许外在的现实环境也是重要的。他曾说,北洋军阀不问人民的思想,所以他们一班人可以搞民俗学与民间文艺的研究,到了国民党手里,"他们要统制思想了,他们最怕的和最要压制的是人民群众,而我们所作的调查研究的对象是人民群众,触犯了统治者的忌讳"。顾颉刚:《我和歌谣》,《顾颉刚全集·顾颉刚民俗论文集卷一》,中华书局,2010年,第390页。

[②] 袁先欣:《顾颉刚的古史与民俗学研究关系再探讨》,《清华大学学报》2016年第1期。袁先欣也发现,"这种一方面要接近民众、一方面又以知识的方式异化和疏离民众,并在此之上再度无意识地建立现代式样的层级方式,不仅仅存在于顾颉刚身上,甚至可说是包括民俗学在内的现代学术以及操弄现代学术知识的知识分子难以摆脱的悖论"。

[③] 王富仁:《鲁迅与顾颉刚》,商务印书馆,2018年,第253页。

语言予以呈现。其次是对于自身的研究方法缺乏必要的自我反思与批评①。但是从现象学的立场来看,民众从来都是像研究者一样的自由主体,立志要认识与体验民众(文化)的民俗学者,必须反思前辈学者客体化、对象化"民众(文化)"的研究方法,实际上,民众文化从来都是在民众生活中被现实地应用着的;此外,民俗学者还必须反躬自省,严肃地检视学科早期的启蒙(民众)思想的精英主义立场,难道民俗学者不应该自我启蒙吗?20世纪70年代以来,国际民俗学研究已经从客位的、原初意义的探求,转向了主位的、地方意义以及主体间意义的考察。在这种总体性的、反思性的思想背景下,顾先生的"纯粹的学问观"显得特别扎眼了。

总之,重新评估顾先生的民俗学遗产,并不是要自不量力地去贬低顾先生的学术成就,而是在新的历史条件下,进一步明确顾先生的杰出成就与历史局限,以便更好地发展先贤的事业。顾先生说:"'世界是进步的',将来我们的新世界当然要看做旧世界呵!"② 诚哉斯言!

---

① 彭春凌:《五四前后顾颉刚的思想抉择与学术径路》,《现代中文学刊》2009年第4期。作者引用胡适、钱玄同的评价以及顾先生颇以自得的话,总结说,"行动力的果决及坚韧,顾颉刚的学术实践毫不亚于参与政治运动的朋侪,将'革命'诉诸于动,恐怕正是'五四'的特质"。作者仅仅基于"行胜于言"的逻辑来比较前贤,并不严谨,尽管这样的判断用于肯定顾先生的成就似乎并没有什么不妥。但是,联系到胡钱二师奖掖后学的意图,顾先生自鸣得意的言论的话外音(即贬低鲁迅),这样的判断又不得不大打折扣了。

② 顾颉刚:《顾颉刚全集·顾颉刚民俗论文集卷二·孟姜女故事研究集第三册》,中华书局,2010年,第155页。

傩文化的民间文学属性研究

——以中国环北部湾地区傩书为中心

林安宁

（南宁师范大学文学院）

摘　要：中国环北部湾地区的傩书是该地区重要的非物质文化遗产，对傩书的主题、母题和口头程式进行研究具有重大意义。傩书向世人表明，傩不仅是戏剧、音乐、舞蹈等艺术的综合体，还是民间文学艺术的宝库。换言之，傩是以民间文学（口头艺术）为重要内容的民间艺术综合体。把握傩文化的民间文学内容，为进一步弄清它如何统领戏剧、音乐和舞蹈等民间艺术内容奠定了坚实的基础。傩文化的民间文学属性的研究，为傩戏类非物质文化遗产的文学艺术经典化实践创造了非常有利的条件。

关键词：傩书；主题；民间艺术

中国环北部湾地区的傩书有着丰富的民间文学（民间文艺）内容，它的主题除了体现傩书文本的旨意，还与仪式实践的目的有关。傩书中的故事类型概念，是由民间文艺学故事类型概念转换而来的，但又被赋予了新的含义，即故事流传、扩展的范围，只限定在傩书传播的范围内。傩书的民间故事类型，是傩书中以一个母题或多个母题构成的故事形态。环北部湾地区傩书的口头程式，是它具有丰富的口头艺术的侧面反映。傩书的民间文学属性很多，本文只集中讨论傩书的主题、故事类型与口头程式，旨在梳理傩书文字文本的基本文学特点，以及傩书根本的口头性特点。通过梳理、分析傩书的民间文学属性特点，希望能引起研究者对傩书民间文学属性的重视，也借此抛砖引玉，希冀更多的学者深入探讨傩书的民间文学属性内容。

一、环北部湾地区傩书的主题研究

傩书的主题是指傩书的主旨内容。环北部湾地区傩书的主题有酬还年例、还平安愿、还生育愿、求花、"扫荡"、缅怀民族英雄或名人、传递民族和谐精神、歌唱爱情、超度亡灵、抚慰伤痛、娱神娱人、年节喜庆，等等。

酬还年例。如广西钦州的跳岭头和广东湛江的还年例，其主旨都是酬报神恩。钦州市灵山县跳岭头，又称跳庙、吃岭头或吃庙。跳岭头傩书的陈述阐明，跳岭头也是还年例。钦州市灵山县新圩镇官屯村傩书《跳清灯》的"唱三师格"叙述："起首朝阳鼓，祠堂锣鼓应分分。打得鼓声锣乱响，三师落马主明灯。朝间神在南容庙，功曹揽状庙门寻。入坛鉴受年例酒，戒男唱出将原因。未唱前皇并好汉，自讲当初将出身。""入坛鉴受年例酒"一句表明举行的活动是"年例酒"，即酬神恩。在钦州市灵山县丰塘镇礼回村的跳岭头现场，师公张贴的字幅里就有"酬还年例"的字样，这也是跳岭头的还年例属性佐证。广东湛江的傩文化主要体现在还年例中。年例是民众的说法，它是以游神摆宗台为核心并伴随各种民俗文化表演节目和宴请亲朋好友而开展的群体性祭祀活动，其主旨是敬神、拜祖先、祭祀社稷，祈祷风调雨顺、国泰民安。所谓年例，即年年有例，是粤西地区特有的民间风俗，当地有年例大过年的说法。

还平安愿。如毛南族"肥套"，包括还黄筵与还红筵仪式。还黄筵即还雷王筵，是答谢雷王等神灵护佑村寨和民众平安所举行的仪式。因为有雷王等神灵的护佑，村寨风调雨顺，民众丰衣足食、平安度日。海南省五指山市的苗族也有还平安愿仪式，广西河池市的布努瑶曾有大还愿仪式，史诗《密洛陀》对这一活动陈述得最完整，大还愿也属于还平安愿。

还生育愿。生育崇拜是中国南方很多民族的民间信仰。如毛南族肥套的红筵就是为了答谢花婆的生育之恩而进行的仪式，架桥和瑶王送花等仪式则展现了婆王（花婆）送子的情景。傩书①陈述："奏到花山东楼大庙，拜请催生月桂花林仙官。群脚执薄当案小娘，左金桥、右银桥、金桥十五、银桥十六、竹弓桥梁、长生房门桥朋、千秋万会，万岁桥梁，红洲卢七、谭卢八。送花刘九花部、刘十本姓花根，九郎花部。安花保花父母、红花妹花、旺花明花贵花父母，分花舍施小娘、珍珠花王父母。同来去接引曳婆王，委封、敬礼、洗面，婆王仙官降赴房门，点牲、领命，喜领牲头。依右赔觅仙官补筵足谢，抽架桥梁，送花入房与主。桥头冤结，桥尾冤结，桥头之害桥尾之

---

① 该傩书未命名，属肥套仪式上所用。傩书第1页写有"1 保筵 2 赔觅不见及洗面 3 许愿万岁 4 许愿雷王及孟光灵娘 5 点鼓 6 安楼 7 安坛 8 帖呈 9 垫脚 10 茶礼 11 种五斗 12 架红桥全卷"，这大概是傩书的目录。

害，七里暗山，不得等行桥梁，送花入房与主。"这部傩书演述了主家邀请花婆及众多送花神灵到席，答谢花婆及众花神为主家送子、还生育之愿的情景，也祈求神灵再为主家送红花白花（送子女）。

求花。毛南族肥套的还红筵既是答谢生育之恩，也是祈求子嗣延续的仪式。钦州市灵山县新墟镇官屯村跳岭头唱本《清灯科》的"南堂格"就唱述了花王身世及其送子职能。"灶王安扎祠堂内，儿女花王入直心。"唱完了灶王，开始唱花王。"释迦答言仙婆道，尔今皆听我行藏。尔吃人儿人卵痛，我捉尔儿尔就难。仙婆答言释迦道，佛令皆听尔行藏。尔暂放脱我儿去，我在阳间送女男。是人要求男共女，早起烧香叩南堂。今日众信有状请，五男二女到家堂。"这段唱词表明，花王供奉在南堂庙，民众若要求儿女，就向花王求拜。"七子团圆"是民间划拳的行令之一，五男二女是理想生育结果的寓意。2018年12月22日—23日，在钦州市浦北县寨圩镇花根村天堂寺的安龙仪式中，师公应民众所需主持了过桥仪式，还为民众求花。平话师公戏"仙妃送子"仪式的演述，其先在舞台上演出，再到庙里祈神，表示仙妃送子之寓意。

"扫荡"。傩起初的意旨就是驱邪。毛南族肥套仪式的最后一天是举行驱邪逐疫仪式。仪式结束后，主家告诉笔者一行，大家各自回去吧，莫再与师公打招呼。这些行为与观念强化了驱邪的神秘感和神圣感。钦州市灵山县丰塘镇礼回村的跳岭头，师公以傩戏的形式"捉妖"；灵山县新墟镇官屯村的跳岭头，师公则把所有妖魔鬼怪押到"船"上，让妖怪随之漂走。玉林市博白县凤山镇立石村"跳元宵"仪式中，道公们既在傩仪上驱邪，又戴着面具挨家挨户"赶鬼"，还会给民众发放刻有"镇煞""集福""迎祥"等字样的符咒。南宁市江南区仁义村下韦坡的土地公搬迁仪式中也有"扫荡"的仪式，师公除了驱除鬼怪之外，还把刻有"扫荡"字样的符咒送给民众。

缅怀民族英雄或名人。灵山县新墟镇官屯村跳岭头的《请神书》叙述："参拜本村拜祭……赏千岁爷爷……一切众圣弟子连身参拜，正一本庙侯王步下……位下圣众弟子未去迎请先来。"《请神书》陈明，所请的众神中有一位叫千岁爷爷的。丰塘镇礼回村的李姓师公告诉笔者，千岁爷爷是本地一位有影响力的明朝官员，他的坟墓就在灵山县境内。有研究者在搜集到的跳岭头经书中也发现有千岁爷爷的相关内容。《千岁偈》唱道："良宵日午鼓叮当，朱爷出圣在灵山。出圣灵山郁麓庙（位于灵山县城郊），葬在横州大路口，坐北兼东向西南。后底来龙九曲水，面前正对马鞍山。千人行过万人叩，文武官员列两行。大小官员来拜我，猪羊宝烛叠成山。三界值符来揽状，揽将口状郁麓江。筵迎朱爷装宝马，圣人渐降赴祠堂。手执南朝保一笺，村屯四季得安康。"① 有学者指出，灵山县及附近地区的跳岭头傩书与傩面中，皆有"千岁王（婆）"②。"相传明皇室镇国将军朱统鉴曾任灵山知县，平定当地贼乱，百姓得以安宁。后朱统鉴于廉州起兵反清复明，并破廉州府。至灵山时被山贼所害。后人为纪念他，于灵山等地建庙以祀，尊为'千岁'。"③ 由于千岁爷爷深入民心，当地一些热心的网民也不遗余力地进行宣传，在灵山家园网以"灵山千岁爷"为关键词进行搜索，相关帖子就有 10 多篇。陈述地方民族英雄（名人）的傩书还有很多，如肥套傩书中的"三界公"是毛南族地方化的神灵，南宁友爱村明秀寺庙（平话师公戏演场所）中供奉着宋代名将狄青的神位。

传递民族和谐精神。毛南族肥套中的瑶王捡花送花仪式陈述，婆王派瑶王给毛南族送来白花（男孩）或红花（女孩）。瑶王捡花送花仪式是肥套中最富艺术魅力的演出之一，瑶王的傩面具非常可爱，在肥套现场，瑶王扮演者手拿棍子，加以特定舞蹈动作，象征着瑶王被赋予了生育职能，也体现了毛南族与瑶族和谐相处的愿望。傩书的演述，会用毛南语、汉语、壮族等语言唱诵，这也体现了毛南族的开放精神及毛南族与其他民族和谐相处的意旨。壮族祭瑶娘故事歌颂了壮族祖先与瑶娘的伟大爱情，两人的恋爱一度被壮族民众反对，但瑶娘为壮族民众治病的行为感动了百姓，壮族民众接纳了两人的爱情。在每年正月二十五举行隆重的仪式，当地都会演述这一故事，也有瑶族民众加入表演之中。壮族和瑶族和谐相处是长诗《祭瑶娘》的主题。此外，许多壮族师公唱本内容会直接取材于汉族的传说、故事，如对唐僧取经故事、鲁班造桥故事和梁祝故事的吸纳，就体现了壮族、汉族和谐相处的期许。而少数民族师公信仰中的三元、四帅，是各少数民族把汉族文化本地化、民族化的表现，也体现了民族和谐共处的愿望。

环北部湾地区的傩书中，还有很多歌唱爱情、超度亡灵、抚慰伤痛、娱神娱人和年节喜庆的主题。如壮族傩书中的"翁妹对唱"就属于歌唱爱情的内容，平果一带丧场上演述的傩书中有超度亡灵和抚慰伤痛的陈述，壮族师公的傩书有很多娱神娱人的演述。此外，平话师公戏、钦州跳岭头和博白凤

---

① 林凤春：《桂南"跳岭头"唱本研究》，广西大学硕士学位论文，2007 年。
② 覃圣敏、李桐：《"跳岭头"诸神考略》，《民族艺术》1992 年第 3 期。
③ 《壮族百科辞典》编纂委员会编：《壮族百科辞典》，广西人民出版社，1993 年，第 337 页。

山镇"跳元宵"等傩书中都有大量的年节喜庆内容。

二、环北部湾地区傩书的主要故事类型

民间文艺学学者这样定义故事类型："所谓民间故事类型，是指一则民间故事在相当长的时间内，在相当广阔的地域中流传、扩展，产生不同程度的变化，形成各种不同的异文，因而构成故事类型。"① 环北部湾地区傩书的故事类型主要有以下几种。

（一）三元等诸神显圣故事

显圣，通常是指有功德的人死后变为神灵护佑民众，被人们较为熟知的人物有关羽、张飞等。傩书的诸神显圣故事是指普通人（甚至是地位卑微的人）经过修炼或得到神灵的提携，成为民间傩信仰中的职能神。这类神灵众多，较重要的有三元、土地、功曹，等等。傩信仰中的师公信仰（三元教），普遍存在于汉族、壮族、毛南族等民族中。胡仲实《三元故事考》认为："广西民间的师（尸）公（包括壮族师公与汉族师公）均自称为'三元师（尸）'。相传他们的祖师是'三元真君'，故师（尸）公们在'跳神''唱师（诗）'或'演师（尸）公'时，均有'请师'的仪式。所谓'三元'，即道教中的唐、葛、周三神。"② 道教中，三元统御唐葛周三大将军，上元唐宏大将军，字文明，孚灵侯，圣诞为农历七月二十一日。中元葛雍大将军，字文度，威灵侯，圣诞为农历二月十三日。下元周武大将军，字文刚，浃灵侯，圣诞在农历十月初二。据载，三元统御唐葛周三大将军曾是周厉王的三位谏官③。

在傩故事中，外来神的来历被本地化。这些吸收的外来神没有文绉绉的字号，只有根植于民众生活的故事。梁法光师公《清灯科》唱本中的"唱三师格"陈述："入坛鉴受年例酒，戒男唱出将原因。未唱前皇并好汉，自讲当初将出身。正月十五状元灯，生我上元唐将军。生我上元唐家子，蔗水淋头唐屋人。七月十五中元灯，生我中元葛将军。生我中元葛家子，岭上棚藤葛

---

① 祁连休：《中国古代民间故事类型研究（上卷）》，河北教育出版社，2007年，第3页。
② 胡仲实：《三元故事考》，《广西师范学院学报》1988年第2期。
③ 毛礼镁：《江西傩及目连戏：宗教民俗文化研究》，中国戏剧出版社，2004年，第118页。

屋人。十月十五下元灯，生我下元周将军。生我下元周家子，吉字围城周屋人。生我三人同一母，三人同线隔爷亲。生我三人同一日，三人同日隔时辰。生我三人一样大，恰想筛箕眼梗寅。生我三人齐得道，透过梅山学法真。"其中的三元为唐、葛、周姓的同母异父的兄弟，他们出生年份不同，但出生的月和日相同。三兄弟同去梅山学法，最后得道。而灵山县跳岭头傩书中叙述，唐将军是唐屋（今钦州市灵山县武利镇汉塘村那宝山队）人，葛将军属葛屋（今钦州市浦北县三合镇葛屋村）人，周将军是周屋（今钦州市灵山县佛子镇周屋村）人。神灵被地方化，神灵的姓氏在傩书中也得到了形象化地解释，如"唐"为"糖"的谐音，所以说"蔗水淋头"，甘蔗可以产糖，"蔗水淋头"是对糖水的形象化描述；"葛"被描述成南方的葛根，所以说"岭上棚藤"；"周"字里面是一个"吉"字，所以说"吉字围城"。

毛南族肥套傩书《红筵——还愿婆王》①的"三元过桌献酒"陈述："本殿三元降双筵，九流三教万代传。唐葛周员三兄弟，三人出世在梅山。降赴临坛新师跪，天师欢喜领初巡。玉皇敕封你三元，度戒财马达阴官。"毛南族的傩书中，唐、葛、周是三兄弟，他们也是师公的师傅，并且把三兄弟的降生地说成是梅山。

杨树喆在《师公·仪式·信仰：壮族民间师公教研究》中指出，《唱三元》，师公唱本，七言排歌体，主要唱述民间师公教祖师唐、葛、周的身世和功绩。传说有个叫孙公侃的人，有一女，16岁时嫁给唐巫，生一子唐道扬（一称唐道相）；唐巫死后，改嫁葛文扬，生一子葛定应（一称葛定志）；葛文扬死后，再改嫁周远方，又生一子周护正；不久，女子与周远方死去，同母异父的三兄弟被梅山寺院收养，并被教以念经和法术；后来三兄弟因为有功，被皇帝封为"三将真君"，他们到各地传法，成为壮族民间师公教的三位祖师，师公将之统称为"三元"。此唱本在所有壮族民间师公教的大筵头仪式的

---

① 该傩书封面上写着"红筵——还愿婆王 上册 谭仁畅传存 公元二〇一九年己亥十一月编印"字样。该傩书为2020春节前孙丰蕊、高文涛和陈金文到环江毛南族自治县调研所得。谭仁畅，男，毛南族，约七十岁。笔者一行于2017年11月26日至29日参加河池市环江毛南族自治县下南乡下南村上纳屯肥套活动时，谭仁畅是谭三刚师公班子中的一员。他当过小学老师，退休后才从事肥套仪式活动。2017年笔者去调研时，他还使用着手抄本的经书。后来谭仁畅把手抄经书内容录入电脑后再打印出来，形成该傩书。

请师圣环节当中都会演唱，同时还有相应的"三元舞"与之配合①。

海南苗族傩书有这样的叙述："本龛三元闻召请，梅山法主也临门。"海南苗族傩书中的三元也是师公的师傅，也住在梅山。各地的三元故事虽有差别，但相同的是，三元都是师公的师傅。

除了三元显圣故事，还有其他神灵显圣故事。苗族《白道架桥》叙述："大个虎儿心不好，到来咬吃弟心肝。后道死了我成鬼，众官差我作点坛。"点坛使者被老虎吃了，落了个凶死，其死后被遣作"点坛使者"。钦州市灵山县新圩镇官屯村梁法光傩书《清灯科》中叙述，功曹的父母"爷三十无男女，母娘四十断花枝。到取祠堂去许愿，大木搭桥修取儿"。"不确天乌并地暗，一肚降生十二个男儿。"功曹的父母年长无子女，去许愿后，生得12个孩子。"惟有四兄不信鬼，撑船出海不求神。"12个孩子中，有4个孩子出海经商贩盐，结果船沉人亡，成了功曹。

蒋永远（法名蒋道忠六郎）傩书《元宵上坛科》叙述，请到坛前的神有康王、罗大人、陈大人、周大人、四官、九官、冯官、四舍人等。陈大人和周大人，都是凡人遭凶死后成了神。陈大人"生身也在此霜地，祖宅茶根塘里村。隆庆年间三月内，失条性命入雷门。雷府督兵游天下，支粮支料救凡民"。周大人则"生身住在庆村地，立草为标在公门。壬寅之年十地月，失条性命内皈②阴"，"千处有求千处应，分身下界救凡民"。

（二）移植外来故事

环北部湾地区傩书会移植外来的故事，并将其本地化。其中较为典型的有四帅故事、梁祝故事和毛红故事等。平话师公戏例戏中的《八仙贺寿》，其故事原型便是广为人知的八仙故事，平话师公戏可能是从粤、港地区的民间戏剧中引进这例戏的。南宁市江南区苏圩镇定计村每年三月上旬村诞的粤剧演出中就有《八仙贺寿》这例戏，南宁市良庆区良庆镇的一些村子，还会请广东的粤剧团来村子里演出。而如今香港的庙会中，粤剧、潮剧等戏剧的演出中，也有例戏《八仙贺寿》③。

（三）解释习俗故事

如毛南族肥套傩书中会介绍黄筵、红筵的来历，钦州跳岭头傩书对于为

---

① 杨树喆：《师公·仪式·信仰：壮族民间师公教研究》，广西人民出版社，2007年，第114页。
② 应是"皈"，归之意。笔者注。
③ 蔡启光：《香港戏棚文化》，汇智出版有限公司，2019年，第42—45页。

何要杀牲、为何要上茶等习俗也会一一唱述解释，平果市壮族师公戏傩书对于祭拜盘古、家先、三元等神灵的原因也作出了陈述，等等。

（四）十二月人与自然共长故事

这一类故事体现了环北部湾地区的情歌文化。苗族开山歌通常在做平安仪式时唱述。做平安仪式，是整个村的人或同村的几户人家为祈求平安而进行的仪式。《开山歌》中的"开山"，海南五指山苗族傩文化传承人陈秀兴说："这是我们（祖先）在山上刀耕火种的时代所唱的歌，称开山歌，是砍山开荒的意思。"[①] 开山歌歌唱一至十二月的劳动生产中，人与自然共存共长的故事。海南的苗族与广西的瑶族有相似之处。广西的瑶族主要分布在山区，因而对山区的劳作非常熟悉。广西瑶族有"开山舞"，流传于蒙山县长坪乡长坪村。此地的开山舞表现了盘瑶先祖开山造地，征服自然以求生存的劳动过程。当地盘瑶地区至今仍保留开工挖土前鸣锣的习俗，意在惊动山神、驱赶野兽，以求丰收。现在，这样的习俗多在喜庆节日表演，由割草舞、打锣舞、举锄开山舞三个舞段组成[②]。

苗族开山歌是用铺陈的手法进行演述，比较直白，但加上特独的传统唱腔，显得情真意切、感人至深。开山歌的句式是4（3）、3、9字程式。开始唱道："出门来，望四响。望见弟情住在乌伝[③]上。住在乌伝，三百里，弟作知周[④]慢慢把丝上。"从弟弟的称呼中可以看出，这个开山歌已有情歌的意味。像蜘蛛一样把丝缠上，意指相思。"正月来，春季起，官打[⑤]春牛百姓犁耙地。犁起换新，耙换齿，郎换青衫娘换新头被。二月来，二月二，要看百花各处山都是。担类翁禾，禾不起，担类翁花，花发满天地。三月来，踏青草，青草青青知踏那条路。小姑出来，无烦闹，大舅出来男女哭曹曹。四月来，娘十记，白米落锅两岸锅都是。欲熟未熟，抽下地，娘问情郎你肚饥无饥。"民众既有正月里"郎换青衫娘换新头被"的喜悦，也有四月青黄不接时"问情郎你肚饥无饥"的生存忧愁。随着季节的更替，人们的生活依旧艰难，

---

① 陈秀兴，海南省五指山市南圣镇什拱村人。此段叙述为2020年2月21日笔者向陈秀兴进行微信访谈所得。

② 《中华舞蹈志》编辑委员会编：《中华舞蹈志（广西卷）》，学林出版社，2014年，第290页。

③ 抄本写作"伝"，应是"云"字。后经陈秀兴证实。笔者注。

④ 按上下文意思，"知周"应是"蜘蛛"之意。后经陈秀兴证实。笔者注。

⑤ "官打"是某人之意。陈秀兴解释。

但到了还是"年穷节"的十二月,"娘(姑娘)"与"弟(小伙子)"的感情却越来越深。从"郎来连娘得连你"使得姑娘和小伙子双方建立起关系,到"生时同枕死了同坟墓"的山盟海誓,《开山歌》既唱述了男女的恋情,也唱述了苗族民众的生活。"娘作鸭儿。游水面。弟作鸭儿佩去又飞转。千声万语。还了愿。祈保男女寿命千年春。"这里点明了歌唱与仪式的关系。这其中的故事情节有两条线交叉进行,即一至十二月的时令更替与感情的增长,两者相互交织、重叠,体现出苗族民众的真挚感受。苗族民众将人与自然共长的情怀,通过其特有的歌唱形式进行演述,形成了民族化与地域化的优秀口头传统。

壮族的情歌对唱中也有类似的口头传统。广西平果一带的丧场中,"翁妹"歌唱的《十二月欢》(五言)和《十二月歌》(七言),其故事内容与《开山歌》的内容有相似之处,两者皆是通过对时令的变更和男女情感的变化来反映民众对农事的深切感受以及人与自然共存的深层体验。

三、环北部湾地区傩书的口头程式研究

环北部湾地区傩书的口头程式以七言吟唱为主,辅以其他歌唱形式。如毛南族肥套的唱词这样叙述:

> 坛中鼓岳闹喧喧,再吹再打召雷王。只汉岳官好鼓手,左手打鼓右打鞭。左右打双两头鼓,不得抱手乱打声啊。自古至今曲述曲,后生听得笑眼开。腰鼓原来打左右,木鼓推独打双槌。笛子慢吹锣慢打,弹琴吹号唱呵呵。凤凰山高不乱见,未曾出现声连声。白鸟投林好安住,飞落下地尽惊忙。炉内香烟渺渺起,黄筵土地报全言。门户二官同神奏,临时通透到云龙。年值山中骑青虎,月值南路骑凤凰。

单从抄本唱词来看,这些唱词表面上与其他民族口头文学的七言程式相似,但它的口头程式不尽相同(加入地方性的衬词)。主要是师公进行七言唱述时,会加入很多地方化的演述程式,如:

> 坛中鼓岳依闹喧喧啊,再吹再打召雷王啦~依~。只汉岳官依好鼓手啊,左手打鼓右打鞭啦~依~。左右打双依两头鼓啊,不得抱手乱打

声啦～依～。自古至今依曲还曲啊，后生听得笑眼开啦～依～。腰鼓原来依打左右啊，木鼓推独打双槌啦～依～。笛子慢吹依锣慢打啊，弹琴吹号唱呵呵啦～依～。凤凰山高依不乱见啊，未曾出现声连声啦～依～。白鸟投林依好安住啊，飞落下地尽惊忙啦～依～。炉内香烟依渺渺起啊，黄筵土地报全言啦～依～。门户二官依同神奏啊，临时通透到云龙啦～依～。年值山中依骑青虎啊，月值南路骑凤凰啦～依～。

可以看出，师公对唱词的演唱，两句为一个段落，其程式为××××依×××啊，×××××××啦～依～。

此外，在请神时，师公唱道：

拜请上司川天民主雷殿大王、部化天尊、弥陀进佛（以上这一行诵读速度加快），依口取请啊。

金殿赐福妇人、银殿赐禄妇人也同临，啦～依～。

拜请上司天仓禾谷，六曹当案，执簿判官，钩愿、达愿、了愿判官，依口书请啊。

上司金苗、养苗、活苗、巡苗、乐苗判官也同临，啦～依～。

拜请上司刻升、定斗、定着、料量粮米、注粮、养命判官，依口书请啊。

上司天雷十一、地雷十二、神雷十三、鬼雷十四雷神也同临，啦～依～。

在请神的唱诵中，师公的唱词虽然不是七言唱词，但还是依照"××××（字数不定）依×××啊，×××××××啦～依～"的程式。"啦～依～"这种衬词，不仅是肥套的歌唱传统，还影响了毛南族其他的歌唱习俗。

2020年8月28日，国家级非物质文化遗产壮族蚂𧊅节项目代表性传承人廖熙福和广西壮族自治区非物质文化遗产壮族蚂𧊅节项目代表性传承人廖克江在东兰县巴畴乡巴英村壮族蚂𧊅节传习馆向笔者唱述了《蚂𧊅歌》，并提供了唱词。以下是廖克江整理的东兰县巴畴乡巴英村壮族蚂𧊅节唱词的汉语意译。

啊，呼啊好啊！（呼叫声）

老鹰不飞到家，
雷公不来霹这家。
妖怪阴魂不藏身，
造酒班班甜如蜜。
养鸡变金鸡，
养狗会斗猎，
雄姿矫健，
凶猛胜虎豹。
竹枝栏杆尖如钢。
竹篱笆挡风防妖怪，
坚不可破。
家养婴儿白胖胖，
家养子女美如仙，
红润润，
白胖胖。
田垌水常在，
老人寿如仙，
寿如仙，
延百岁，
永平安。
禾穗十二支，
粒粒得饱满。

据廖熙福所述，巴畴乡巴英村壮族蚂蚜节在正月初二举行。二月初二早上，仪式主持者廖熙福到蚂蚜庙（大村后山顶上）上一炷香，敲响铜鼓，然后村里的男女青年与"老爷"（70岁以上的老人）一起到田间去找蚂蚜。找到蚂蚜后，大家齐唱《蚂蚜歌》祝贺，两个人抬蚂蚜，主持人到每家每户唱《蚂蚜歌》贺喜。蚂蚜下葬，大家也一起唱《蚂蚜歌》。

《蚂蚜歌》除了自身的歌唱程式（如"啊，呼啊好啊！"的重复）之外，在活动各个环节的反复唱诵是它最显著的口头传统特点（即整个歌唱内容都变成了一个整体的、有意义的程式）。其歌词并不复杂，却推动了蚂蚜节各环节的顺利进行。

本文分析了傩书的主题、类型与口头程式特点，旨在为傩书的学科分析提供重要材料，也为傩文化的民间文学、口头传统特征的研究打下一定的基础。傩不仅是驱邪逐疫的民间信仰行为，是生动、诡异的面具艺术，是铿锵有力、振奋人心的音乐艺术，它还是丰富多彩、形象生动的民间文学大观园。傩书是傩文化的核心内容之一，把握傩书的民间文学属性是综合把握傩艺术的关键，傩文化的民间文学内容也是文学和艺术再创作的珍贵素材。